Der Dieb
der Seelen

Cecelia Holland

Der Dieb der Seelen

Deutsch von Petra Kall

Weltbild

Originaltitel: *The Soul Thief*
Originalverlag: *Forge Books, New York*

Die Autorin

Cecelia Holland, geboren 1943 in Henderson, Nevada, begann mit zwölf Jahren zu schreiben und interessierte sich schon als kleines Mädchen vor allem für historische Themen. Sie studierte Geschichte, lehrte am Connecticut College und an der Colorado State University und ist heute freie Mitarbeiterin verschiedener Zeitungen. Ihre zahlreichen Romane mit historischem Hintergrund spielen vornehmlich in der Frühzeit und im Mittelalter. Seit 1969 lebt die Mutter von drei Töchtern in Kalifornien. Im Weltbild Buchverlag erschienen von Cecelia Holland bereits die Romane *Im Tal der Könige* und *Herrscher aus Apulien.*

Für meine Freunde
Bob und Jacki Batjer

1

»Du bist ein Feigling, Corban! Ein Dummkopf! Ein Taugenichts! Nichts machst du richtig! Du bringst nur Ärger!«

Schweigend, mit zusammengebissenen Zähnen, ließ Corban den Zornesausbruch seines Vaters über sich ergehen. Er spürte aller Blicke auf sich gerichtet – den seiner Mutter, die sich neben der großen, wuchtigen Gestalt seines Vaters winzig ausnahm; den seines Bruders, der sich ängstlich wie eine Maus am Tischende duckte; den seiner kleinen Schwester, die ihn aus großen Augen verschüchtert ansah; und den seiner Großmutter, die an der Feuerstelle saß. Keiner sagte ein Wort oder ergriff Partei für Corban. Alle kuschten, während der Vater vor Zorn tobte.

»Im Namen deiner Familie, geh! Ich befehle es dir! Nimm dein bisschen Mut zusammen und erhebe dein Schwert für den König!«

»Nein«, entgegnete Corban standhaft, hielt den Blick jedoch gesenkt, denn er konnte seinem Vater nicht in die Augen schauen.

»Verdammt sollst du sein! Du bist nicht mein Sohn! Du bist ein jämmerlicher Feigling!«

»Vater, bitte …«

Fest und klar klang die Stimme durch die Stube.

Corban hob den Kopf. Hinter ihm war lautlos seine Schwester Mav durch die Tür getreten. Schnellen Schrittes kam sie in die Stube, ging mit hoch erhobenem Kopf an Corban vorbei, stellte sich neben den Vater und legte ihm eine Hand auf den Arm.

»Sprecht nicht so, Vater. Sagt bitte nichts, das ungesagt bleiben kann …«

Der alte Mann wandte ihr den Blick zu. Wirr stand ihm sein zottiges graues Haar vom Kopf ab. Trotz seiner Wut lächelte er; für Mav hielt er stets ein Lächeln bereit. »Ich wollte, du wärst mein Sohn, Mav, und nicht dieser erbärmliche Versager. Zu dir hätte ich Vertrauen.«

»Vater, ich bitte Euch. Macht Euren Frieden mit Corban. Das hat er nicht verdient.«

Der alte Mann bedachte Corban mit einem flammenden, bezwingenden Blick. Corban senkte erneut den Kopf und starrte zu Boden; er wollte sich dem Vater auf keinen Fall beugen.

»Ich soll meinen Frieden mit ihm machen?«, rief der alte Mann. »Niemals! Du wirst tun, was ich von dir verlange, Corban, und dem König deine Dienste anbieten, oder du wirst dieses Haus und diese Familie für immer verlassen!« Bei den letzten Worten knallte seine Stimme wie eine Peitsche.

Corban ballte die Hände zu Fäusten. »Ihr lasst mir keine Wahl«, stieß er hervor, wandte sich um und ging zur Tür.

Voller Schmerz schrie seine Mutter auf. Sie rief nicht einmal seinen Namen; es war eher ein verzweifeltes Jammern, das sich laut und schrill über das erschreckte Gemurmel der anderen erhob.

Corbans letzter Blick, bevor er die Stube verließ, fiel auf seine kleine Schwester, die ihn offenen Mundes anstarrte. Dann trat er durch die Tür hinaus ins Sonnenlicht. Überrascht, wie ruhig und gefasst er war, blieb er für einen Moment stehen und nahm den vertrauten Anblick des Gehöfts in sich auf, betrachtete die steinerne Wand des Kuhstalls, den Haufen gestochenen Torfs, die Leibeigenen, die zur Wiese schlenderten, auf der bereits die Kühe grasten. In einiger Entfernung funkelte das Meer; das gleißende Licht blendete Corban. Er holte tief Luft, dann kehrte er Familie, Haus und Hof den Rücken und stapfte über den langen Pfad, der am Kuhstall, dem Lehmofen und dem Schweinekoben vorbei den Hügel hinaufführte.

Corban blickte sich nicht um, sah nur nach vorn auf den Weg, den er in seinem bisherigen Leben schon oft gegangen war. Als er die Stelle erreichte, wo der Pfad sich den Hügel hinaufwand, holte die vom schnellen Lauf keuchende Mav ihn ein. Corban sagte nichts, warf nur einen kurzen Blick auf seine Schwester. Eine Weile gingen sie nebeneinander, stiegen den grasbewachsenen, baumlosen Hügel hinauf.

Der kühle Wind blies Mav das lange schwarze Haar aus dem Gesicht und färbte ihre Wangen rot. Leise murmelte sie vor sich hin; dann drehte sie sich um und blickte den Weg zurück. Immer noch bewegten sich ihre Lippen. Corban ging ein paar Schritte vor ihr auf die Kuppe des Hügels zu. Wie sein weiterer Weg durch das Leben aussah, wusste er nicht. Er würde einfach fortgehen, nur mit der Kleidung, die er am Leibe trug, und mit der Schleuder bewaffnet, die unter seinem Gürtel steckte. Das Herz wurde ihm schwer.

»Ich bin kein Feigling…«, begann er mit leiser Stimme, stockte dann aber, als Mav wieder zu ihm aufschloss und neben ihm schritt. Die langen Röcke wogten ihr um die Beine.

Die Augenbrauen gehoben, blickte Mav ihn erwartungsvoll an, als erwartete sie, dass er etwas sagte. Doch er schwieg.

Schließlich wandte sie den Blick von ihm, drehte sich um, sah wieder zurück auf den Weg, den sie gekommen waren, und seufzte tief.

Auch Corban blieb stehen und wandte sich um. Sie waren nun auf der Hügelkuppe angelangt, wo grauer Fels aus der vom Gras grünen Scholle ragte. Die Oberfläche des Steins war von Flächen rauer, schwarzgrüner Flechten bedeckt.

»Was ist, Mav?«

Sie zitterte heftig und senkte den Blick. Ohne ihm eine Antwort zu geben, holte sie einen Laib Brot und einen Krug unter ihrem Mantel hervor und reichte ihm beides.

»Nimm das, Corban.«

»Du hast ein gutes Herz.« Dankbar nahm er Krug und Brot, stellte den Krug auf dem Felsboden ab und legte den Brotlaib daneben.

Mit der freien Hand zog Mav sich den Mantel wieder straff um den Körper. Der Wind zerrte an ihrem Haar, und der Leinensaum ihres Gewandes flatterte. Plötzlich erstarrte sie, begann zu zittern und sagte mit leiser, angespannter Stimme: »Da kommt etwas… jemand… auf uns zu…«

Ihre schlanken Finger schlossen sich Schutz suchend um Corbans Hand.

Unwillkürlich blickte er den Pfad zurück auf das elterliche Gehöft. Er wollte Mav nicht glauben, dass jemand in der Nähe war; nur wenige Reisende verirrten sich nach hier draußen. Doch Corban wusste auch, dass seine Schwester eine besondere Gabe besaß: Sie wusste, was geschehen würde, bevor es geschah. Mav spürte Verlorenes auf und konnte sehen, was verborgen lag und wo. Fast jedes Mal, wenn Corban sie so erlebt hatte wie jetzt, war irgendetwas geschehen, und meist waren es schlimme Dinge gewesen. Besonders gut erinnerte er sich daran, wie Mav zwei Tage lang gezittert und gemurmelt hatte, so wie jetzt, bevor ein plötzlicher Sturm ihre Fischerboote zu Wracks zerschmettert und die Hälfte von ihrem Vieh getötet hatte.

Manche sagten, dass Mav es selbst sei, die schlimme Dinge geschehen ließ. Doch Corban, der ihre Hand hielt, wusste genau, dass dem nicht so war. Seine Schwester war ein guter, tugendhafter und aufrichtiger Mensch. Wenigstens was Mav betraf, hatte sein Vater recht.

Corban fragte sich, ob Mav auch seine Verbannung vorhergesehen hatte. »Vater wird mich zurückkehren lassen«, sagte er, obgleich er sich da ganz und gar nicht sicher war. »Vielleicht schon morgen. Du weißt ja, wie er ist.« Die Wut, die in ihm getobt hatte, war verflogen, und nun wusste Corban nicht mehr, ob er tatsächlich gehen sollte und wohin.

Im Westen stieg das Land an, erhob sich zu niedrigen Hügeln, die sich nun, mit dem nahenden Winter, braun verfärbten. Mit einem Mal schien Corban das heimatliche Feuer der einzige warme Platz auf der Welt zu sein – und seine Familie die einzigen Menschen, die ihn jemals lieben würden.

Mav entzog Corban ihre Hand. Mit beiden Fäusten packte sie den Saum ihres Mantels, den Blick starr auf das ferne Meer gerichtet. »Ich werde dir helfen, Corban. Ich rede mit Vater und lege ein gutes Wort für dich ein.« Sie strich sich das Haar aus der Stirn und umarmte Corban.

»Ja, ich werde ihn dazu bringen, dass er dich heimkehren lässt. Wenn nicht, gehen wir zusammen fort, Corban, du und ich. Wir treffen uns morgen Mittag wieder hier, wenn die Sonne hoch am Himmel steht.« Abrupt löste sie sich von ihm, wandte wieder den Blick ab und schaute aufs Meer.

Corban fand, dass seine Schwester wunderschön aussah mit den im Wind flatternden dunklen Haaren, den rosigen Wangen und den leuchtenden Augen. Und er hoffte, dass sie ihr Heim niemals verlassen würde, um mit ihm auf eine Reise ohne Wiederkehr zu gehen.

»Morgen also«, wiederholte er.

Sie wandte sich ihm wieder zu, lehnte sich an ihn und küsste ihn auf die Wange. Dann sah sie ihm tief in die Augen.

»Ich werde alles versuchen, dich wieder nach Hause zu holen, Corban«, sagte sie. »Doch es wäre besser, du kämst von allein und würdest dafür sorgen, dass Vater dich so nimmt, wie du bist.« Wieder küsste sie ihn, trat dann zurück, runzelte die Stirn und musterte ihn von oben bis unten. Sie machte Anstalten, ihren Mantel abzulegen und ihn Corban zu geben.

Trotz seines Kummers musste er lachen und nahm ihre Hand. »Nein, nein, mir ist warm genug.«

Sie zuckte die Achseln. Ohne ein weiteres Wort wandte

sie sich um und ging den Pfad zurück zum elterlichen Gehöft.

Corban blickte ihr nach, und der Anflug von Frohsinn verflog.

Er und Mav waren am selben Tag geboren; die Leute sagten, sie sähen einander ähnlich wie ein Ei dem anderen, und doch sah Corban nichts von sich selbst in seiner Schwester. Mav war immer frei heraus, war mutig und ehrlich und kümmerte sich um alles und jeden. Stets dachte sie gründlich nach, bevor sie etwas tat, und sie kannte keine Angst.

Corban hingegen war weder weise noch tapfer, sondern dümmlich und träge.

Er nahm den Brotlaib aus dem Beutel und aß ein Stück davon, wobei er den Blick über die Hügel und den Eichenwald schweifen ließ.

Nach der kargen Mahlzeit stapfte Corban am Rand des Großen Waldes entlang, wo das Gehen leichter war; er durchquerte ein Stück tückisches Sumpfland und kam an Wiesen vorüber, auf denen Rotwild graste. Im Vorbeigehen pflückte er Nüsse und Beeren. Ein Schwarm kleiner Sumpfhühner flatterte aufgeschreckt hoch und flog mit schwirrenden Flügeln über eine der Wiesen davon, auf denen sich das Gras bereits gelb färbte; nicht mehr lange, und der Winter würde Einzug halten. Dieser Tag aber war noch recht warm geworden, sodass Corban seinen Mantel über der Schulter und sein Hemd um die Taille geschlungen trug.

Am Fuß eines mit Büschen bestandenen Hügels entdeckte er Bärenlosung gespickt mit Samen. Einige Zeit später erlegte er zwei Eichhörnchen. Er wusste, wie rasch sie die Stämme der Bäume hinauf und hinunter huschten, deshalb legte er sich in guter Deckung auf die Lauer und wartete geduldig, bis sie zu neugierig oder zu dreist wurden, um sie dann mit der Schleuder zu erlegen. Die abgezogene Beute ließ er von seinem Gürtel baumeln.

Die Sonne wanderte weiter nach Westen, und Corban entfernte sich immer mehr von zu Hause. Vor ihm lag dicht und schattig der Große Wald; zu seiner Rechten, im Norden, senkten sich die Hügel ins Tal. In einiger Entfernung sah er eine große Wasserfläche schimmern – der Lange See. Corban schlug diese Richtung ein, wobei er auf einem alten, mit Steinen markierten Pfad einen Sumpf durchquerte; dann führte ihn ein steiler, lang gezogener Abhang weiter in Richtung des Sees. Nachdem er einen letzten Hügel umrundet hatte, stand er schließlich am Seeufer. In der Ferne sah er Männer in einem Boot, die im Langen See fischten. In kleinen, sich kräuselnden Wellen schlug das Wasser ans Ufer. Die Sonne näherte sich bereits dem Horizont.

Müdigkeit überkam Corban, und ihm wurde kalt. Er zog sich das Hemd über und wickelte sich in seinen Mantel. Am Fuße eines verwitterten grauen Felsens entfachte er ein kleines Feuer, spießte die Eichhörnchen auf Stöcke und briet sie über den Flammen.

Daheim waren jetzt alle zum Essen versammelt; sein Vater würde wie immer neben seiner Mutter sitzen, und sein jüngerer Bruder brachte ihnen und seinen Schwestern Fleisch und Brot und füllte ihre Becher. Corban wurde es schwer ums Herz. Plötzlich wünschte er sich, bei ihnen zu sein, umhüllt von ihrer Wärme, ihrem Lachen und dem Duft der Speisen. Er musste an seine kleine Schwester denken, an den Ausdruck auf ihrem Gesicht, als sein Vater ihn hinausgeworfen hatte. Mit großen Augen hatte sie ihm hinterhergeschaut, und ihr Blick war ihm den ganzen Weg durch die Stube bis zur Tür gefolgt.

Corban fragte sich, ob er jemals zurückgehen würde. Er brauchte die anderen nicht, so sehr er sich auch danach sehnte, bei ihnen zu sein. Sollte er seinen Weg jetzt allein gehen? Er dachte an Dun Maire, das große Gehöft im Landesinnern. Dort wohnte ein Mädchen, das ihn mit begehrlichen Blicken betrachtet hatte, als er das letzte Mal dort gewesen war. Ja, er könnte nach Dun Maire gehen. Vielleicht würde er dort eine neue Heimat finden, ein neues Zuhause…

Dann aber dachte er an Mav, und seine Zuversicht schwand. Mochte er sie alle jetzt auch hassen – seinen Vater, der so ungerecht zu ihm war; seine Mutter, die sich nicht für ihn eingesetzt hatte; seinen Bruder Finn, der immer nur betete und sich bekreuzigte und versuchte, fromm und gottgläubig zu wirken, weil er nach dem Wunsch des Vaters Priester werden sollte – mochte Corban sie alle jetzt auch hassen, seine Schwester liebte er über alles.

Ja, er würde heimkehren, Mav zuliebe. Unbehagen überkam ihn bei diesem Gedanken, und doch wusste Corban, dass er irgendwann auf das elterliche Anwesen zurückkehren würde…

Die Sonne ging unter und tauchte den Himmel und den See in eine prachtvolle rote Glut, die jedoch bald verblasste. Auf dem See ruderte das kleine Boot gemächlich davon. Corban spürte beinahe körperlich, wie die Dunkelheit sich auf ihn senkte, wie sie den Schein seines Feuers stärker werden ließ. Er fühlte das Alleinsein plötzlich überall um ihn herum; es war wie die kalte Luft, die ihn umhüllte.

Corban schüttelte das Gefühl ab. Am Morgen würde er zurückkehren zu dem Felsen oberhalb des elterlichen Gehöfts, um dort Mav zu treffen. Gewiss hatte sie seinen Vater überzeugt, seinen älteren Sohn heimkehren zu lassen. Corban verzehrte das Fleisch der Eichhörnchen, saugte das Mark aus den winzigen Knochen und warf die Essensreste zwischen die Bäume. In seinen Mantel gehüllt sprach er einen alten Zauber gegen Feen und legte sich dann schlafen. Sein Vater war ein gläubiger, ja fanatischer Christ; er hatte Corban das Kreuz und den Glauben an die Dreifaltigkeit sein Leben lang eingebläut. Doch Corban hatte keine Verwendung dafür – weder für das Kreuz noch für die Dreifaltigkeit noch für sonst etwas vom Christentum. Auch Mav ging ihren eigenen Weg, was das betraf. Und manche der

Leibeigenen, die nach außen hin Christen spielten und mit Corbans Vater beteten, brachten dem Alten Volk dennoch heimlich Opfergaben dar. Corban selbst glaubte ebenso wenig an die Sidhe wie an Christus – Christus hatte sie schließlich besiegen können.

Weder im Glauben noch auf der Welt schien es einen Platz für Corban zu geben. Er war bei allem ein Außenseiter, gehörte nicht mehr auf den elterlichen Hof, ja nicht einmal mehr zur eigenen Familie. Während Corban dort lag und beobachtete, wie das Feuer zu Asche verglühte, fühlte er sich leer wie die hohle Hand eines Bettlers.

Das Feuer wurde dunkler, bis es unter dem Gewicht der Asche zu einem einzelnen roten Auge geworden war. Der See schimmerte im Mondlicht.

Corban schlief.

»Sprich in meiner Gegenwart nie wieder von meinem missratenen Sohn, Mav!«, sagte der Vater schroff. »Ich will nichts mehr mit ihm zu tun haben. Verdammt soll er sein! Ich hoffe, er kommt nie mehr nach Hause!«

»Oh, Vater«, rief Mav, und Tränen stiegen ihr in die Augen. »Warum sagt Ihr so etwas?« Sie beide standen mitten in der Stube, in der die Familie sich zum abendlichen Mahl versammelt hatte. Die Gespräche der Leibeigenen übertönten ihre Unterhaltung. Mav ergriff einen Arm ihres Vaters. »Einmal noch, Vater!«, bettelte sie. »Vergebt ihm nur noch dieses eine Mal! Ich flehe Euch an!«

»Pah!« Er schüttelte ihre Hand ab. Unter den dichten, buschigen Wülsten seiner Brauen loderten seine Augen wie Feuer. Er packte Mavs Arm mit beinahe schmerzhaft festem Griff, doch seine Stimme war sanft.

»Für dich, mein Liebling, würde ich fast alles tun, das weißt du. Diesmal aber… nein.« Er beugte sich vor und drückte die Lippen auf ihre Stirn. Dann ging er ans andere Ende des langen Raumes.

Mav blieb stehen, wo sie war. Um sie her stopften die Leibeigenen und deren Frauen und Kinder sich mit Fisch und Brot voll. An der Feuerstelle erzählte jemand eine Geschichte. Die Luft im Raum war abgestanden und rauchgeschwängert, und es war viel zu heiß. Mavs Inneres war aufgewühlt. Sie sehnte sich danach, bei ihrem Bruder zu sein, draußen in der freien Natur, in der Einsamkeit der Wildnis.

Ihr Vater hatte unrecht. Corban war zwar ungeschliffen und nicht so, wie ihr Vater es wollte, doch er war ein guter und aufrechter Mensch. Sie musste ihn wieder nach Hause holen! Doch eine seltsame, kalte Angst bannte sie an Ort und Stelle. Einen Moment lang schwanden die Gedanken an Corban, und Mav dachte an etwas anderes, etwas Schreckliches, doch es war verschwunden, bevor sie es mit dem Verstand hatte fassen können.

Mav entfernte sich vom Feuer, näherte sich der Kühle an der Tür. Ihre Mutter saß noch am Tisch und aß ein Stück Fleisch. Ihr Kopfschmuck hatte sich gelöst und hing ihr über die Ohren. Mavs kleine Schwester kam herbeigelaufen, die Hände ausgestreckt vor sich. Ihre Mutter nahm sie und hob sie sich auf den Schoß. Dann steckten beide die Köpfe zusammen. Die Wangen des Kindes waren glatt, die der Mutter rau; das Haar des Kindes war schwarz, das der Mutter grau.

Ihr jüngerer Bruder Finn trat zu Mav. »Was hat Vater gesagt?«

»Du solltest darauf hoffen, dass er Corban zurückkehren lässt«, erwiderte Mav mit Schärfe in der Stimme. Manchmal hegte sie den Verdacht, dass Finn ihren Vater gegen Corban aufbrachte. »Sonst wird er als Nächsten *dich* zu König Brians Hof jagen!«

»Nicht mich«, erwiderte Finn, steckte sich eine Handvoll Nüsse in den Mund und fügte kauend hinzu: »Ich werde Priester und predige in ganz Irland!«

»Hoffentlich nicht mit vollem Mund. Es würde den Menschen sicher nicht gefallen, wenn du sie anspuckst, so wie mich«, sagte Mav und wischte sich Nussstückchen vom Ärmel.

Finn schnaubte. »Wenn ich erst Bischof bin, wirst du mich schon achten lernen!«

»Ehe du Bischof wirst, werde ich Königin!«

Wieder erhob sich eine dunkle Woge in Mavs Innerem, die ihren Geist durchflutete wie die gischtende Brandung des Meeres bei Sturm den Strand überspült. Mav schloss die Augen und kämpfte gegen einen plötzlichen, überwältigenden Anfall entsetzlicher Angst an.

Als Mav die Augen schließlich wieder öffnete, war Finn gegangen. Sie verschränkte die Arme vor der Brust, blickte durch den großen Raum und fühlte sich schrecklich allein. Ohne Corban kam sie sich wie ein halber Mensch vor.

Er musste zurück nach Hause kommen! Sie würde dafür sorgen!

Drüben an der Feuerstelle begann eine der Frauen mit hoher, heller Stimme zu singen. Es war ein altes Lied über den heiligen Brendan. Im ganzen Raum fielen andere ein; ihre Stimmen verwoben sich zu einem Umhang aus Klängen. Mav lehnte sich an die Wand neben der Tür und zitterte im kalten Luftzug. Auch sie hatte ein Lied zu singen, das die anderen aber niemals hören würden. Sie biss sich auf die Lippe, schlang die Arme um den Oberkörper und wartete.

Corban schlief tief und traumlos. Als er am nächsten Morgen erwachte, kam ihm erneut der Gedanke, gar nicht mehr nach Hause zurückzukehren. Sollte er stattdessen weiterwandern, am Ufer des Sees entlang, und einen anderen Ort suchen, an dem er sein Leben weiterführte? Dun Maire vielleicht? Oder O'Banlons Farm weiter im Norden? O'Banlon mit seinen großen Geflügelscharen und Herden brauchte immer Männer.

Doch er dachte an Mav, und tiefe Sehnsucht stieg in ihm

auf. Er musste sie wiedersehen. Er erinnerte sich daran, wie sie am Tag zuvor gewesen war, so unruhig und rastlos. Hätte er mit Mav zum Gehöft zurückkehren sollen, um seinen Vater zur Rede zu stellen?

Was aber hätte er ihm sagen sollen? Corban wusste, dass er kein Held war.

Doch was sein Vater von ihm wollte, konnte er nicht tun. Corban hatte schon zu viele solcher Männer erlebt – Männer, die nicht kämpften, um sich und die Ihren zu verteidigen, sondern um den Wünschen des Königs nachzukommen, den Wünschen eines fremden Mannes …

Du bist ein Feigling!

Noch immer spürte er die Worte seines Vater wie Peitschenhiebe; selbst in der Erinnerung waren sie wie Schläge ins Gesicht. Corban fragte sich, ob er tatsächlich ein solch feiger und ehrloser Hohlkopf war, wie sein Vater behauptete, als er den steilen Hügel hinaufstieg und sich dem Rand des Mischwaldes näherte. Das Gehen fiel ihm jetzt schwerer; der Weg führte meist hügelan, während er am Tag zuvor fast nur abwärts gegangen war. Corban durchquerte das Stück Sumpfland und stapfte durch den Eichenwald auf sein altes Heim zu. Die Blätter der Bäume verfärbten sich bereits und fielen von den Ästen und Zweigen, sodass Corban über einen Teppich aus dichtem, feuchtem, vermoderndem Laub ging; es fiel ihm schwer, sicheren Tritt zu finden, und er war hungrig.

Als er die Hügelkuppe erreichte, ließ er den Blick in die Runde schweifen. In einiger Entfernung stieg eine Rauchsäule auf; schwarzer Qualm zog träge über den Himmel.

Einen Augenblick fragte er sich, was sie da kochten, das so viel Rauch machte.

Dann, plötzlich, rannte er los, geradewegs die Schlucht hinunter. Sein Herz hämmerte. Immer dichtere Rauchschwaden breiteten sich aus. Noch im Laufen begann Corban zu schluchzen. Er machte weite, raumgreifende Sätze den abschüssigen Hügel hinunter. Noch war er weit weg von seinem Ziel; dennoch hatte er bereits das Gefühl, seine Lungen müssten platzen. Er stürmte den Hang hinunter, den er tags zuvor mit der Schwester erklommen hatte, und bog in den Pfad ein, der zum elterlichen Anwesen führte.

Das Tal öffnete sich vor ihm. Der Rauch stieg vom Haus auf, vom Kuhstall und vom Küchenhaus. Über allem wogten die dicken schwarzen Rauchwolken, die der Wind zu Boden drückte. Im Laufen sah er Menschen, die auf dem freien Platz zwischen den Gebäuden und der heimatlichen Weide ziellos umherirrten. Durch die beißend riechenden Rauchschwaden hindurch konnte er große Schiffe mit Drachenköpfen erkennen, die auf den Strand gezogen worden waren.

Corban stieß einen Schrei aus. Mit Riesenschritten eilte er auf das Gehöft zu. Jetzt erkannte er, dass zwischen den umhereilenden Gestalten Menschen auf dem Boden lagen, und er hörte verzweifelte Rufe und schrille Schreie der Angst. Corban rannte das letzte Stück des Pfades entlang und zur Rückseite des Gehöfts, am Misthaufen vorbei und auf den hell lodernden Schweinekoben und den Kuhstall zu.

Die Fremden trieben das Vieh fort. Der größte Teil der Herde trottete bereits zum Strand. Wenige Schritte hinter dem Kuhstall traf Corban auf einen großen Mann mit langem, geflochtenem Bart, der einer gescheckten Kuh und ihrem Kalb mit einem Stock vor der Nase fuchtelte. Ohne seinen Schritt zu verlangsamen, sprang Corban den Fremden von der Seite her an.

Mit einem Schrei ging der bärtige Mann unter der Wucht des Aufpralls zu Boden. Auch Corban schlug so heftig auf, dass er für einen Augenblick keine Luft mehr bekam. Er klammerte sich an den Körper unter ihm und versuchte verzweifelt, wieder zu Atem zu kommen. Der Mann brüllte, wand sich unter Corban, rollte sich herum und warf ihn ab.

Corban drehte sich von ihm weg. Nach einem blitzschnellen Blick in die Runde erkannte er verwundert, dass er und dieser fremde Mann jetzt die einzigen Menschen weit und breit waren. Nur die Schreie einer Frau waren irgendwo zu hören. Die Flammen knisterten.

Der bärtige Mann hob seinen Knüppel und näherte sich Corban.

Geduckt, mit gesträubten Nackenhaaren, erwartete Corban den Angriff. Er beugte sich vor, tastete über den Boden und spürte einen großen Stein unter der rechten Hand. Immer noch außer Atem sprang er auf – in dem Moment, als der Fremde mit dem Knüppel ausholte. Der Schlag glitt an Corbans Schulter ab, zwang ihn aber dennoch in die Knie. Der bärtige Mann stieß einen Triumphschrei aus, schwang den langen Knüppel hoch über dem Kopf und ließ ihn mit tödlicher Wucht niedersausen. Nur durch eine blitzschnelle Drehung zur Seite konnte Corban dem Schlag ausweichen. Er riss die Schleuder aus seinem Gürtel. Doch er hatte keine Chance. Noch bevor er den Stein eingelegt hatte, führte der Fremde einen weiteren Schlag und traf Corban am Kopf. Bewusstlos ging er zu Boden.

Als er erwachte, war es so dunkel, dass Corban zuerst glaubte, erblindet zu sein.

Doch als er blinzelte, nahm seine Umgebung wieder Konturen an. Einen Moment lang konnte er sich nur verschwommen an die Geschehnisse erinnern. Er roch Rauch. Auf den Ellenbogen gestützt, blickte er sich um. Es war tiefste, schwärzeste Nacht. Sein Kopf schmerzte. Über ihm, oberhalb der Steinmauer des Kuhstalls, fehlte das Strohdach; über die Kante der Wand hinweg erhellte ein seltsam rötlicher Schimmer das Dunkel.

Corban sprang auf. Mit einem Mal stürmte alles wieder auf ihn ein; sämtliche Erinnerungen fluteten zurück. Der Qualm, der bärtige Mann, die Schiffe am Strand…

»Mav!«, schrie er, und das Herz hämmerte schmerzhaft in seiner Brust.

Er blickte über die Wand des Kuhstalls hinweg. Das Haus dahinter war fast völlig zerstört. In den letzten noch stehenden Wänden knisterte das Feuer, von dem roter Nebel emporstieg. Corban blinzelte erneut, schaute sich weiter um. Die gescheckte Kuh und ihr Kalb waren verschwunden – wie auch der bärtige Mann, der ihn niedergeschlagen hatte.

Corban stöhnte auf. Die Knie wurden ihm weich. »Mav …« Er stolperte auf das Feuer zu.

Als er die Wand des Kuhstalls hinter sich gelassen hatte, wurde das Licht heller. Bis zum Meer hinunter war die ausgedehnte Grünfläche von einem schwachen, orangefarbenen Schimmer erfüllt – dem Widerschein des brennenden Hauses. Dann sah er einen dunklen Umriss ausgestreckt am Boden liegen, rannte dorthin und kniete daneben nieder. Er berührte die Gestalt mit der Hand. Es war einer der Leibeigenen. Jemand hatte ihm den Schädel eingeschlagen; wie roter Pudding bedeckte das Hirn des Toten den Boden. Corban wurde speiübel; er wankte von der Leiche fort und übergab sich würgend.

Dann entdeckte einen weiteren Toten. Er lag genau vor dem Eingang zum Haus – oder dem, was davon übrig war. Diesmal erkannte Corban sofort, wer da niedergemetzelt vor ihm lag, und für einen Moment wurde ihm schwarz vor Augen. Mit stolpernden Schritten bewegte er sich auf die Leiche seines toten Vaters zu und ließ sich daneben auf die Knie sinken. Er lag auf der Seite, das Gesicht abgewandt; die im Leben so harten Linien von Kinn und Wangen waren mit geronnenem Blut bedeckt. Doch den toten Vater zu berühren, konnte Corban sich nicht überwinden.

Mav hatte recht gehabt: Er hätte zurückkommen sollen, hätte herunterkommen sollen aus den bewaldeten Hügeln. Corban brach in Tränen aus; vom Rauch brannten seine Augen. Mit krächzender Stimme stieß er einen verzweifelten, an Gott gerichteten Ruf aus, verschloss die Lippen jedoch unvermittelt wieder. Gott hatte seinen Vater nicht gerettet.

Corban rappelte sich auf, stolperte davon, ging neben den nächsten Toten auf die Knie nieder: zwei weitere Leibeigene, die aufeinanderlagen.

Er richtete sich auf. Die Dämmerung brach an, der Himmel wurde blasser.

»Mav!«, rief er, bekam jedoch keine Antwort.

Er stapfte los, suchte in der zunehmenden Dunkelheit nach den anderen. Wo war seine Mutter? Wo seine Großmutter? Wo seine Schwestern? Sein Bruder Finn? Corban betrachtete eine Leiche nach der anderen, eilte kreuz und quer über das Gras. Zuerst fand er nur die Leibeigenen. Sie waren ein Stück in Richtung des Meeres gelaufen, um das Gehöft in vorderster Linie zu verteidigen. Die anderen fand Corban schließlich dort, wo der Rand der Weide über den abfallenden, sandigen Strand hinausragte. Sein Bruder lag mit dem Gesicht nach unten da, den Knüppel noch in der Faust; sein Rücken war zerfleischt und nur noch eine einzige, große rote Wunde.

»Finn!«

Er hatte gegen die Angreifer gekämpft, sein Bruder, der noch so jung gewesen war, beständig im Gebet versunken. Es schien, als hätte er die Verteidiger angeführt. Corban liefen die Tränen über die Wangen, als er dem tapferen Finn im Stillen Abbitte leistete. Eine ganze Weile stand er neben dem toten Bruder. Es ist besser, so gestorben zu sein, als einen solchen Schmerz tragen zu müssen wie ich, dachte er betrübt.

Schließlich zog Corban sich von Finn zurück, mit wild pochendem Herzen und erfüllt von banger Angst, denn noch hatte er keine Spur von seiner Mutter entdeckt. Er stolperte weiter, folgte der von vielen Füßen getrampelten blutigen Fährte bis zum Strand. Er erinnerte sich wieder daran, durch den Rauch die Schiffe mit dem Drachenkopf am Strand gesehen zu haben. Jetzt aber waren sie fort. Selbst die Fischerboote der Familie waren verschwunden. In der Brandung lagen lediglich Haufen von Knochen, Köpfen und Hufen. Innereien schwappten im Wasser; überall schimmerten glitschige Pfützen aus Blut: Die Angreifer hatten das Vieh hier am Strand geschlachtet. Der Gestank ließ Corban würgen, und wieder bekam er weiche Knie.

Hinter dem Schlachtplatz flatterten und hüpften mehrere schwarze Vögel über den Strand und wichen ihm aus, als er sich näherte: Sie waren zu vollgefressen, um noch fliegen zu können.

Das Herz krampfte sich ihm zusammen, als er vor sich die Gestalt einer Frau entdeckte … doch es war nur die alte Spinnfrau seiner Mutter, die verkrümmt im Gras lag. Näher zum Wasser hin fand er einen Säugling, dessen Kopf zertrümmert war. Dann, halb im Wasser treibend, sah er seine kleine, vier Jahre alte Schwester. Ihre Augen waren geöffnet, und ihr Haar wogte auf den sanft ans Ufer schlagenden Wellen. Eine schreckliche Wunde bedeckte ihre Brust, ein klaffender Schnitt, der größer zu sein schien als sie selbst – wie ein riesiges rotes Maul, das aus dem Meer aufgetaucht war, um das kleine Mädchen zu verschlingen.

Corban sank auf die Knie, schwankte vor und zurück und rang wieder um Atem. Seine Hände bewegten sich über seiner toten kleinen Schwester, ohne sie zu berühren: Es sah aus, als wollte Corban versuchen, irgendwie das Loch in ihrer Brust zusammenzudrücken.

Wo war Mav?

Er stand auf, wandte sich um und blickte zurück auf das brennende Haus. Wie eine Trommel dröhnte ihm sein Herzschlag in den Ohren. Das Mädchen, die alte Frau, der Säugling – wo waren die anderen Frauen? Corban beugte sich nieder, nahm seine Schwester in die Arme und machte sich auf den Weg zurück zum Haus.

Allmählich brach der Tag an, klar und kühl. Im ersten Morgenlicht entdeckte Corban nun auch die Spuren, wo die alte Frau entlanggeschleift worden war. Und nun blitzte auch die Erkenntnis in ihm auf, weshalb die Angreifer sie getötet hatten: Sie war zu schwach gewesen, um mithalten zu können. Genau das war auch der Grund gewesen, weshalb sie den Säugling getötet hatten und das Kind in seinen Armen. Sie wollten junge, starke Menschen. Junge, starke Frauen. Frauen wie Mav.

Wieder drohten die Knie unter ihm nachzugeben. Er stolperte zum Haus zurück und legte seine kleine Schwester zu seinem Vater in den Eingang. Mit grimmiger Miene suchte er zwischen Haupt- und Küchenhaus weiter. Schließlich fand er seine Mutter. Zusammengesunken lag sie neben der Tür zum Küchenhaus.

Corban nahm sie in die Arme. Sie wurde bereits steif. Ihre Hände waren zu Klauen verkrümmt; offenbar hatte sie sich gewehrt, so wie Finn. Ohne Erfolg zwar, doch sie hatte sich gewehrt. Ein unerwartetes Gefühl des Stolzes überkam Corban – Stolz darauf, dass seine Familie so verbissen gegen ihr Schicksal angekämpft hatte. Corban trug die Leiche seiner Mutter zu seinem ermordeten Vater an die Türschwelle des Haupthauses und legte sie neben ihn. Tränen strömten ihm über die Wangen. Er wollte etwas sagen, doch wenngleich seine Lippen sich bewegten, bekam er keinen Laut hervor. Sein Verstand war leer. Er verbarg sein Gesicht in den Händen.

Wieder schweiften seine Gedanken zu Mav. Er wusste, dass die Angreifer sie mitgenommen hatten. Er stapfte zurück zum Strand, ging bis dorthin, wo die Wellen sich brachen. Suchend schweifte sein Blick über das Wasser, als hätte Mav auf den Wellen eine Spur hinterlassen. Das Wasser stieg und wich zurück, wieder und wieder. Bevor Corban wusste, was er tat, war er hinaus in die Wellen gewatet, hinaus ins Meer. Er strengte die Augen an, bis sie schmerzten, als er hinter den Horizont zu blicken versuchte, hinter den die Fremden Mav entführt hatten.

Das Meer hob ihn an, als wollte es ihn hinter der Schwester her tragen.

Vor Kälte zitternd wich er zurück an den Strand. Im Geiste hörte er, wie Mav nach ihm rief. Er wusste, dass sie noch lebte, irgendwo da draußen.

Er hätte mit ihr zum elterlichen Anwesen zurückkehren sollen. Corban senkte den Kopf und weinte.

Den Rest des Tages verbrachte er damit, die Toten zusammenzutragen. Er legte sie vor die Schwelle des Haupthauses, um seinen Vater herum. Begraben konnte er sie nicht; es waren zu viele. Es kostete ihn alle Kraft, sie vom äußersten Rand der Weide herbeizuschleifen, kalt und steif wie sie waren. Hoch über ihm kreisten Krähen und Raben. In blinder Wut schoss er mit seiner Schleuder nach ihnen und hielt sie fern.

Ein Stück weiter draußen, am Rande der Weide, sah er einen grauen Schatten, zu weit entfernt für einen Schuss: Die Plünderer hatten eines der Schweine im Koben vergessen, wo es zusammen mit dem Gebäude verbrannt war, was Corban immerhin die Annehmlichkeit verschaffte, den ganzen Tag lang feinstes gebratenes Schweinefleisch zu essen – das ihm beim Gedanken an die Geschehnisse allerdings im Halse stecken blieb.

Die ganze Zeit überlegte er, was er tun konnte, um Mav zu finden. Am Nachmittag hatte er beschlossen, nach Black Pond zu gehen, ein Ort, der ein Stück die Küste entlang an einem Fluss lag. Corban wusste, dass die Fremden dort Markt gehalten hatten. Vielleicht würden sie alles, was sie hier gestohlen hatten, in den Ort schaffen und dort zum Verkauf anbieten.

Vor allem aber dachte er daran, die Männer aufzuspüren, die diese Verbrechen begangen hatten. Was er tun sollte, falls er diese Mörder und Diebe tatsächlich aufstöberte, wusste er allerdings nicht. Letztendlich blieb ihm ohnehin nichts anderes übrig, als vorerst seinen Hass und seine ganze

Wut zu bündeln und in einer dunklen Ecke seines Verstandes zu verbergen, außer Reichweite für ihn.

Zuletzt schritt er das gesamte Gehöft noch einmal ab, um sicherzugehen, dass er sämtliche Toten gefunden und geborgen hatte. Am zerstörten Kuhstall erblickte er einen Wolf, der sich in einen Strauch hinter dem Misthaufen zurückzog, als Corban näher kam. Die ersten Vögel ließen sich bei den Leichen nieder. Corban versuchte gar nicht erst, sie zu verscheuchen. Wölfe und Raben würden die Toten letzten Endes ja doch bekommen, so oder so. Sein Verstand war wie betäubt. Er konnte nichts fühlen, nichts denken, war müde bis auf die Knochen.

Als er sein Werk schließlich beendet hatte und die Toten im Eingang lagen, verharrte Corban. Er hatte das Gefühl, irgendetwas für sie sprechen zu müssen. Dadurch, dass er sie berührt hatte, hatten die Toten allen Schrecken für ihn verloren. Er sah sie nun als die Menschen, die sie gewesen waren und irgendwie, zumindest für kurze Zeit, noch bleiben würden. Viele hatten noch die Augen geöffnet, was sie umso lebendiger aussehen ließ; es schien, als wäre in ihrem Inneren noch immer ein Rest warmen Lebens vorhanden. Andere wiederum lagen in verkrümmten und verkrampften Körperhaltungen da; manche schienen in die Luft zu greifen, die Arme unbeholfen ausgestreckt. Doch von ihrem Geruch wurde Corban übel.

Er musste fort von hier, weg von diesem Ort des Todes, an dem er nicht einmal mehr atmen konnte. Sobald er fort war – das war ihm wohl bewusst – würden die Aasfresser kommen.

Doch ehe er ging, sprach er leise ein paar Worte: »Mehr kann ich nicht für euch tun. Es tut mir leid, dass ich nicht hier war, um mit euch zu sterben, aber Mav lebt, und ich werde sie finden.«

Wieder weinte er und fühlte sich mitleiderregend schwach, zerbrechlich und unfähig, die gewaltige Aufgabe zu lösen, die vor ihm lag. Doch er wankte nicht in seiner Entschlossenheit. Corban streckte die Hände nach den Toten aus.

»Auf Wiedersehen, ihr Lieben. Irgendwann sehe ich euch wieder…«

Schließlich wandte er sich endgültig ab und machte sich zum Aufbruch bereit. Einen Teil des gerösteten Schweins hatte er in einem Beutel verstaut, den er sich jetzt über die Schulter warf. Er fand einen Stecken, den er als Wanderstab benutzen konnte, füllte seinen Wassersack, ergriff den Stab und überquerte das Gehöft. Tränen liefen ihm übers Gesicht.

Er wanderte am Saum der Weide entlang. Wo diese an den sandigen Strand grenzte, überquerte er den kleinen Strom, der sich hier ins Meer ergoss. Am jenseitigen Ufer stieg er den schmalen Pfad zur Klippe hinauf. Oben angekommen, ließ er den Blick in die Runde schweifen. Das Land breitete sich vor ihm aus, um in der Ferne im Dunst zu verschwinden. Corban sank der Mut.

Als er dort stand, unschlüssig, ob er weitergehen sollte, bemerkte er, dass er doch nicht allein war.

Sie waren mit ihm gekommen. Er sah nichts, und doch spürte er sie alle um sich herum und vernahm ihre Worte. Sie schimpften, waren aufgebracht und traurig. Sie zogen an Corbans Ärmeln und stachen ihn wie mit Nadeln, bliesen auf seinen Nacken, legten sich ihm um die Schultern und erfüllten die Luft um ihn herum. Steifbeinig, von Schmerz und Trauer erfasst, stapfte er weiter. Er vernahm die tiefe, grollende Stimme seines Vaters, die Seufzer seiner Mutter und – leise und schrecklich – das hoffnungslose Greinen des Säuglings. Die vielen anderen stolperten jammernd und weinend neben ihm her. Mit steifen Schritten bewegte Corban sich voran. Sein Atem brannte ihm wie Feuer in der Kehle.

So wanderte er in einer großen Wolke von Seelen am Rande der Klippe dahin. Glatt wie eine Narbe schnitt sich der Weg durch das hohe gelbe Gras, das von den heftigen, vom Meer her wehenden Winden gepeitscht wurde. Je weiter Corban ging, stellte er fest, desto geringer wurde die Zahl derer, die ihn begleiteten. Ihre Stimmen klangen gedämpfter, und sie berührten ihn immer seltener. Einer nach dem anderen verschwanden sie und kehrten zum Gehöft zurück.

Jetzt plötzlich hatte Corban Angst, sie zu verlieren. Während die Stimmen erstarben, lauschte er ihnen nach. In den immer leiseren Tönen konnte er als Erstes das Greinen des Säuglings nicht mehr vernehmen; dann verstummte seine kleine Schwester, dann Finn, dann seine Mutter, bis er zuletzt nur noch seinen Vater hören konnte – und selbst diesen immer schwächer und seltener.

Corban bewegte sich den Pfad entlang, gebeugt von diesem Gewicht, und strengte sein Gehör an, bis er eine lange Strecke zurückgelegt hatte, ohne auch nur den geringsten Laut zu vernehmen.

Erschöpft setzte er sich an den Wegesrand und weinte, bis er keine Tränen mehr hatte. Zusammengesunken blieb er sitzen, stützte die Ellenbogen auf die Knie und ließ die Hände baumeln. Er hatte das Gefühl, so leicht und dünn zu sein wie ein Blatt im Wind. Bisher hatte er geglaubt, er wäre allein und würde nicht zu ihnen gehören, doch er war immer ein Teil von ihnen gewesen.

Zu spät erkannte er jetzt, was es *wirklich* bedeutete, allein zu sein.

Sein Kopf schmerzte an der Stelle, wo der Knüppel des Bärtigen ihn getroffen hatte. Ihm wurde übel. Seine Füße taten ihm weh. Um ihn her kam die gemeine Welt zur Ruhe. Das Zwitschern der Vögel legte sich, das hohe Gras raschelte und wogte im Wind. Der Himmel war unendlich weit und von dünnen Wolken überzogen; darunter segelten Möwen im frischen Wind.

Zwei Nächte zuvor erst hatte Corban sich überlegt, seine

Familie zu verlassen. Er erinnerte sich mit einem Schmerz daran, der so schrecklich war, als würde ihm ein glühendes Eisen in den Leib gestoßen. Er hatte sich das Unglück selbst zuzuschreiben. Durch seine Schuld war das alles passiert. Grimmig entschlossen richtete er sich auf. Er kam auf die Füße und machte sich auf den Weg, seine Schwester zu finden.

Mav hatte das Gefühl, sterben zu müssen. Es schien ihr, als würde sie sich aus ihrem Körper erheben und unter den Sternen segeln, zurück zum Gehöft. Sie hatte ihren ermordeten Vater gesehen und ihre ermordete kleine Schwester. Sie selbst war in den hölzernen Bauch eines der Schiffe geworfen worden, an andere Frauen gefesselt. Sie hatte daran gedacht, emporzuklettern und sich über die Reling des Schiffes zu werfen, doch die Ketten hielten sie an die anderen Frauen gefesselt, sodass sie sich nicht vom Fleck bewegen konnte.

Kurze Zeit später erreichten sie einen anderen Ort. Sie wurden vom Schiff gezerrt und in den Sand gestoßen. Dann wurden die Frauen von sämtlichen Männern missbraucht. Anschließend entzündeten die Männer ein großes Feuer, rösteten Fleisch, tranken und bedienten sich ein weiteres Mal der Frauen, einer nach dem anderen. Mav lag still da, mit geschlossenen Augen.

Die Frau neben ihr war ebenfalls vom Gehöft. Einmal, als sie dalagen, drehte Mav mühsam den Kopf. Ihre Blicke trafen sich, und erst jetzt sah Mav den Tod in den Augen der Leibeigenen. Kurz darauf schleiften die Männer die Leiche davon.

Mav starrte zum Himmel, zur Sonne, zum Mond, dann wieder zur Sonne, während die Stunden verrannen. Weitere Frauen wurden gebracht, aus anderen Orten. »Unsere Männer werden kommen«, rief eine von ihnen. »Unsere Männer werden kommen, und dann müsst ihr dafür bezahlen!«

Mav lag still da. Nein, dachte sie. Unsere Männer sind tot. Keiner von ihnen wird mehr kommen. Ihre Gedanken schweiften zu ihrer Mutter und ihrem Vater, ihrer Schwester und ihren Brüdern. Unvermittelt stieg tief in ihrem Innern eine gewaltige Woge der Verzweiflung auf, strömte bis in ihren Kopf, ihre Augen, ihren Mund, dass sie das Gefühl hatte, ertrinken zu müssen.

»Unsere Männer werden kommen …«

Tot. Alle, bis auf einen. Mav hielt die Augen geschlossen und dachte an ihren Bruder Corban, wobei ihr gepeinigter Körper vor Schmerzen schrie, sodass Erschöpfung und Müdigkeit von ihr abfielen.

Als Mavs Sinne schärfer wurden, wurde sie sich der anderen Frauen um sich herum gewahr. Manche stöhnten, andere weinten, viele lagen nur stumm und bewegungslos auf dem steinigen Strand. Mav fühlte sie um sich herum, ihr Entsetzen, ihren Schmerz. Sie biss die Zähne zusammen. Es war zu viel, als dass sie es ertragen konnte. Sie würde sterben.

Sie sah ihre Mutter und ihren Vater um sich schweben und sprach zu ihnen; sie sah ihren Bruder Finn, der sie anlächelte, wenngleich er tot war. Die Sterne schienen durch ihn hindurch.

Weiter weg erblickte sie ihren Bruder Corban, wie er auf sie zukam.

»Nichtsnutziger Balg«, sagte ihr Vater.

Doch Corban kam ihr unverdrossen nach.

»Verdammt soll dieser Nichtsnutz sein!«, schimpfte ihr Vater. »Er ist nicht mehr mein Sohn.«

Mav sah, wie Corban ihr unbeirrt folgte und den weiten Weg entlangstolperte.

Sie zwang sich zurück in ihren Körper, in ihre Finger und Zehen, zurück sogar in den blutigen Ort ihrer Weiblichkeit, den zuvor kein Mann gekannt hatte – und nun so viele. Mav nahm ihren Schmerz wieder an, nahm sogar den Schmerz und die Angst der anderen Frauen auf sich. Sie würde leben. Corban kam!

Neben ihr weinte jemand, leise und kläglich. Sie drehte sich um, so weit ihre Ketten es erlaubten, und bewegte einen kleinen Arm, berührte das unbekannte Mädchen. Ängstlich zuckte es zusammen. »Ich bin hier.« Bei dem Geräusch ihrer Stimme beruhigte das Mädchen sich und rückte näher zu ihr. Mav legte einen Arm um die Schultern der Kleinen und tröstete sie. »Ich bin hier«, wiederholte sie und drückte die Lippen in das verfilzte, nach Meer riechende Haar. »Ich bin hier.«

2

In seinen Mantel gehüllt schlief Corban in dieser Nacht am Fuße eines uralten Felsens, der neben dem Weg aufragte. Am Morgen lag er in der Wärme seines Mantels und konnte sich nicht dazu durchringen, aufzustehen. Für ihn schien es keinen Grund zu geben, überhaupt noch etwas zu tun. Wie der Schatten des Felsens lag eine finstere, bleierne Schwere auf ihm. Die verschwommene Erinnerung an einen Traum nagte in ihm, und er verspürte die Hilflosigkeit eines kleinen Tieres inmitten großer Vögel, die mit den Schnäbeln auf ihn einhackten. Über ihm spannte sich der Himmel weit und leer ins Nichts.

Schließlich stand er auf, als er wider Erwarten Hunger verspürte. Wachsam, mit wurfbereiter Schleuder, ging er auf dem Weg weiter nach Süden und hielt Ausschau nach Hasen und Vögeln. Der Weg führte durch Farn und Wald, Weide und Sumpf. Endlos zogen sich die niedrigen, sanft ansteigenden Hügel dahin. Er wanderte und wanderte, hatte jedoch zugleich das Gefühl, nirgendwohin zu gelangen. Er dachte an Mav und wie sie ausgesehen hatte, als er sie das letzte Mal sah: Der Wind hatte ihr das Haar aus dem schönen Gesicht geweht. Die Flut der Erinnerungen fesselte ihn. Er hatte so unendlich viel hinter sich gelassen. Vor ihm jedoch war nichts …

Was, wenn er nach Black Pond kam und Mav nicht dort war – was dann? Er hätte den ganzen Weg umsonst gemacht. Wann würde er die Suche aufgeben können, ohne ein schlechtes Gewissen dabei zu haben? Niemand würde erfahren, wenn er einfach aufgab. Es gab niemanden mehr, der ihm vorschrieb, was er zu tun hatte, und niemand kümmerte sich darum, was er tat, aber das spielte ohnehin keine Rolle.

Im Geiste sah er Mav, wie der Wind ihr das Haar aus dem Gesicht blies. Sie blickte aufs Meer hinaus und wartete. Erst jetzt bemerkte Corban, dass er angehalten hatte. Er stand mitten auf dem Weg und starrte ins Leere.

»Hilf mir!«, dachte er. Doch es gab niemanden, den er um Hilfe bitten konnte.

Ihn schauderte. Der Fluch seines Vaters verfolgte ihn. Und doch stand er lange Zeit dort, mit leerem Blick und einem flauen Gefühl im Leib. Wieder vermisste er die Stimmen seiner Familie, doch sie waren jetzt alle fort. Er war allein.

Es half nichts – er konnte nicht wie ein Fels mitten auf dem Weg stehen bleiben, sondern musste weiterziehen. Im Gehen pflückte er Beeren und Nüsse und trank aus einer kalten Quelle. Danach fühlte er sich ein bisschen besser. Er wanderte unter dem Dach, das die knorrigen Äste der alten Bäume bildeten. Die Blätter sperrten das Licht der Sonne aus.

Im Halbdunkel hielt Corban Ausschau nach Beute. Der Hunger machte ihn zu einem noch besseren Jäger, sodass er mit dem ersten Schuss einen Hasen erlegte. Dazu grub er ein paar wilde Zwiebeln aus. An diesem Abend aß er im Freien an einem kleinen Feuer auf der Klippe, die aus dem Meer ragte. Die Sonne ging unter. Im plötzlich aufkommenden, schneidend kalten Wind zog er den Mantel eng um sich. Wie Tausende sich öffnende, feurig blitzende Augen kamen die Sterne hervor. Er dachte daran, dass er morgens weiterwandern würde, und hob sich ein Stück vom Hasen für das Frühstück am nächsten Morgen auf.

Erstaunt wurde ihm jetzt erst bewusst, dass er nicht aufgegeben hatte. Er hätte es tun können – niemand hätte je davon erfahren. Er selbst aber hätte es gewusst; er hätte dieses Wissen mit sich herumgetragen, zusammen mit dem Fluch seines Vaters und den Erinnerungen an seine tote Mutter, sein brennendes Heim und seine Schwester, wie sie neben dem grauen Felsen gestanden hatte, während ihr Haar wie eine Fahne im Wind flatterte. Mav hatte damals gesagt, dass sie etwas Böses herannahen fühlte.

Corban war stolz darauf, dass er nicht zu den Männern gehörte, die einfach aufgaben, ohne zumindest den Versuch zu unternehmen, das Übel zu beseitigen.

Am nächsten Morgen wanderte er weiter und kam durch dichte Wälder. Noch am Vormittag traf er auf einen Weg, der von Wagenrädern ausgefahren und zerfurcht war. Dieser Weg führte ihn über einen Hügel bis an den Waldrand. Oberhalb eines Flusses trat Corban schließlich zwischen den Bäumen hervor und blickte über das Wasser. Wie das Nest einer Gallwespe an einer dürren Eiche klebte eine Siedlung am jenseitigen Ufer.

Das grüne Wasser strömte von rechts heran und floss nach links, auf das ferne Meer zu. Gegenüber der Stelle, an der Corban stand, floss ein weiterer kleiner Strom aus Süden heran. Kurz bevor dieser in den Fluss mündete, weitete er sich zu einem stillen See, umstanden von den braunen Binsen toter Rohrkolben.

Black Pond. Da war es. Die Siedlung war viel größer als das heimische Gehöft, größer selbst als Dun Maire; es war der größte Ort, den Corban je gesehen hatte. Auf dem Festland zwischen den zwei zusammenfließenden Strömen standen zwei Reihen solide gebauter, mit Stroh gedeckter Häuser. Das Land am südlichen Ufer stieg vom Fluss aus an. Auf der Anhöhe stand ein weiteres, größeres Gebäude; vielleicht ein Herrenhaus.

Dahinter sah man Menschen an einer Mauer arbeiten, die aus angehäuftem Lehm und Pfählen errichtet wurde. Die Arbeiter trugen Körbe hin und her und gruben in der Erde. Zwei große Bündel Stäbe lehnten am Fuß der irdenen Mauer. Einer der Männer arbeitete nicht; er beobachtete die anderen nur. Als einer der grabenden Männer plötzlich seine Schaufel hinwarf und sich auf den Boden setzte, ging der Beobachter hinüber und trieb ihn mit Fußtritten wieder zur Arbeit. Corban bebte vor Zorn und wandte den Blick ab.

Näher am Fluss, um die Häuser herum, gab es weitere Menschen. Die meisten gingen jedoch keiner Tätigkeit nach; sie standen oder saßen in Gruppen herum oder schlenderten auf dem freien Platz zwischen den Reihen der Häuser umher. Sie hielten sich stets auf Gehwegen aus Bohlen, die über dem Erdboden verliefen. Corban vermutete, dass der Untergrund dort nass und matschig war. Eine Ziege stöberte nahe des flach abfallenden Flussufers schnüffelnd durchs Schilf. Corban beobachtete, wie das Tier seine Hufe mit jedem Schritt aus dem Schlamm ziehen musste.

Ein Stück weiter das Ufer entlang wurde der Boden fester. Dort saßen einige Leute, die Körbe vor sich stehen hatten; andere schlenderten langsam daran vorbei. Corban hatte schon Märkte gesehen und wusste, dass er auch hier einen Markt vor sich hatte. Doch er stellte fest, dass hier keine Menschen verkauft wurden. Er sah keine Stelle, an der seine Schwester hätte sein können.

Vom Markt aus stromaufwärts ragte ein lang gestreckter, hölzerner Pier auf Stelzen in den Fluss hinein. Ein rundbäuchiges Schiff war daran festgemacht. Drei weitere, kleinere Schiffe lagen auf dem Uferstreifen. Keines sah aus wie die Schiffe mit den großen Reptilienköpfen, die er durch den Rauch des brennenden Gehöftes hindurch gesehen hatte: Die hier waren kleiner und gedrungener.

Aus den Tiefen seiner Erinnerung stieg erneut der Klang der Schreie auf; wieder sah er die Rauchschwaden, roch den Qualm, hörte das Brüllen des Feuers. Energisch schob er all das von sich. Er konnte es sich jetzt nicht erlauben, diesen Gedanken nachzuhängen.

Corban stieg die Böschung hinunter ans Ufer. Vom Pier stromaufwärts spannte sich eine Brücke aus Holzplanken über den Fluss, auf der die Menschen in die Siedlung überwechselten; dorthin lenkte er seine Schritte.

Auf der Böschung stand hoch der Adlerfarn. Seitlich schlängelte sich ein Pfad den steilen Hang hinab. Der Gestank einer Jauchegrube stieg Corban in die Nase. Mav war nicht hier; dennoch war er begierig darauf, diesen Ort zu erforschen. Außerdem musste er irgendwo bleiben, und diese Stadt zog ihn magisch an. Er überquerte die Brücke, folgte einem Jäger, der Moorhühner an den Füßen aufgehängt mit sich trug, sowie einem alten Mann mit einer Ladung Feuerholz auf dem Rücken. Unrat säumte das Ufer. Genau unterhalb der Brücke verrottete eine Hecke aus Weißdornzweigen in dem grünen, auf dem seichten Wasser treibenden Schaum.

Als Corban auf die andere Seite gelangte, sprangen zwei Männer auf, die dort gesessen hatten. Mit ausgestreckten Armen bedeuteten sie ihm, stehen zu bleiben. Eine Flut von Worten, die er nicht verstand, prasselte auf ihn ein. Corban stand da, am Ende der Brücke, und sah ratlos von einem zum anderen, einem alten und einem jungen Mann. Unsicher fragte er: »Warum kann ich nicht hinein?«

Der junge Mann runzelte die Stirn und murmelte etwas vor sich hin, wobei er ihn scharf ansah. Der alte Mann jedoch trat vor und sprach plötzlich so, dass Corban ihn verstand.

»Wie ist dein Name? Bist du Ire?«

»Mein Name ist Corban Mac…« Er hielt inne, denn er durfte den Namen seines Vaters nicht benutzen. »Ich heiße Corban und komme von oben, vom Weg.«

Der jüngere Mann hatte offenbar jedes Interesse verloren und schlenderte zurück zu seinem Platz am Flussufer. Der alte Mann jedoch betrachtete Corban wachsam. Sein Kopf war kahl; die Wangen und Kinnbacken hingen in Falten herab. Wie der Schnabel eines Falken stach seine Nase daraus hervor. »Was willst du hier?«

»Ich suche meine Schwester«, erwiderte Corban. »Sie ist gestern Morgen von … Fremden mitgenommen worden. Ich dachte, sie wäre vielleicht hier.«

Die dünnen Brauen des alten Mannes bewegten sich zitternd auf und ab. »Ich glaube nicht. Wir haben seit dem Sommer keine Sklaven mehr hier gehabt. Man hat sie höchstwahrscheinlich nach Jorvik gebracht.«

Dann war der ganze weite Weg umsonst, dachte Corban bedrückt. Verzweiflung überkam ihn. Er blickte an dem alten Mann vorbei zu den Häusern aus Lehmflechtwerk und zu den Menschenmengen und schaute dann wieder in das wachsam blickende alte Gesicht vor ihm.

»Wo liegt Jorvik?«

»Übers Meer. Weit weg von hier.«

»Darf ich hereinkommen?«

»Nach Dubh Linn?« Die weißen Augenbrauen bewegten sich wieder auf und ab. »Hast du etwas zu verkaufen?«

»Nein«, erwiderte Corban erschreckt.

»Also willst du etwas kaufen?«

»Nein.«

»Hast du Waffen?«

Corban legte eine Hand an die Schleuder in seinem Gürtel. »Nur die hier.«

»Pah«, schnaubte der alte Mann. »Eichhörnchenmörder. Los, rein mit dir.«

Erleichtert stieg Corban die letzten Stufen von der Brücke hinunter und betrat die Stadt. Der alte Mann kehrte ans Flussufer zurück; seine Stimme hob sich und wurde wieder unverständlich. Corban erkannte, dass der Mann die Sprache der Fremden benutzte, die jemand einmal als »dänisch« bezeichnet hatte. Seine Haut kribbelte vor Furcht. Doch niemand hielt ihn an oder betrachtete ihn auch nur neugierig. Die Menschen strömten gleichmütig über die Gehwege. Corban trat hinunter. Vorsichtig suchte er sich einen Weg durch den Unrat. Er kam an einer Gruppe von

Männern vorbei, die einander anschrien und wild mit den Armen fuchtelten; dabei trat Corban unachtsamerweise auf eine nasse Stelle und versank bis zum Knöchel im Schlamm. Es gab einen schmatzenden Laut, als er den Schuh wieder herauszog. Ein nacktes Kind rannte fröhlich kreischend an ihm vorbei, gefolgt von der Mutter, die mit ausgestreckten Armen und laut lachend hinterhereilte. Der kahle, verdreckte Erdboden war übersät mit Abdrücken von Hundepfoten und Ziegenhufen.

Er ging flussabwärts am Ufer entlang, an einer Reihe von Gestellen vorbei, an denen Netze zum Trocknen hingen; vor ihnen saß ein alter Mann und flickte eines davon. Das Schiffchen in seiner Hand flog nur so hin und her. Irgendwo weiter oben begann ein Hammer in stetem, metallischem Rhythmus zu klingen. Corban kannte dieses Geräusch; es kam von einer Schmiede. Also gab es hier einen Schmied wie in Dun Maire.

Sicher gab es hier aber auch viele Dinge, die Corban bisher nur vom Hörensagen kannte. Er ließ den Blick schweifen, nahm alle Eindrücke in sich auf. Im ganzen Ort stank es, und nicht nur nach dem nahen Sumpf: In der Luft hingen die Gerüche von Jauchegruben und Misthaufen, altem Bratenfett und schalem Bier. Vorsichtig bahnte Corban sich seinen Weg am Flussufer entlang, durch geknicktes und fauliges Schilf, über Unrat hinweg und zwischen Muschelschalen, alten Knochen und einer verwesenden Katzenleiche hindurch. Schließlich gelangte er zum Markt.

Hier dösten lediglich zwei alte Frauen über ihren Waren. Corban stahl der einen eine Handvoll Nüsse und ging weiter am Fluss entlang, wobei er mit bloßen Händen die Nüsse knackte und die Kerne aß. Er würde jetzt öfters stehlen müssen, um zu überleben.

Kurz hinter dem Pier, vor dem die Schiffe am Ufer lagen, hatte sich ein Dutzend Männer versammelt. Sie redeten und stritten, doch Corban verstand kein Wort. Die Gruppe beobachtete zwei weitere Männer, die mit Spielbrettern auf den Knien daneben saßen und sich konzentriert nach vorn beugten. Ein Hund kläffte; andere Hunde nahmen das Gebell auf.

Corban musste daran denken, was der alte Mann gesagt hatte: Dass die Sklaven vermutlich nach Jorvik gebracht worden seien. Den Namen Jorvik hatte er früher schon gehört; es handelte sich um eine andere große Ansiedlung wie diese hier, die weit übers Meer in Richtung Osten lag. Er ging weiter, vorbei an dem hölzernen Pier, von dem die Menschen Säcke und Bündel auf eines der dickbäuchigen Schiffe verluden. Ein Stück weiter, auf einer hügelartigen Landzunge, erspähte er bei einem Blick flussabwärts das funkelnde Meer.

Das war es also – hier endete sein Weg. Das Meer konnte er nicht überqueren. Corban musste aufgeben.

Lange Zeit stand er da und starrte von der Landzunge aus auf den fernen Streifen funkelnden Wassers. Er konnte sich beim besten Willen nicht vorstellen, wie er das Meer überqueren sollte. Er seufzte tief. Hier hatte die Suche ein Ende, ohne dass er seine Aufgabe erledigt hatte.

Corban wandte sich um und ging zurück zu der Ansiedlung.

Er sah arbeitende Frauen und schaute sie sich genau an; vielleicht war Mav ja gar nicht übers Meer entführt worden, sondern befand sich aus irgendeinem Grund mitten unter diesen Frauen. Doch er konnte Mav nirgends erblicken. Um die Häuser herum gab es kleine Gärten, abgezäunt durch ineinander verwachsene Weißdornzweige. Hinter einer dieser Hecken zog ein Mädchen Steckrüben aus der Erde.

Corban blieb stehen, verharrte eine Zeit lang und beobachtete das Mädchen. Rhythmisch bewegte ihr Arm sich vor und zurück, während sie die Rüben aus dem Boden zog. Den Kopf hielt sie gesenkt; ein weißes Tuch verbarg ihr Haar. Doch unter dem Kopftuch lugten Strähnen hervor, sodass

Corban sehen konnte, dass sie blond war. Nach einer Weile schien sie zu fühlen, dass sie beobachtet wurde, und hob den Kopf. Ihre Blicke begegneten sich.

Corban lächelte schüchtern. Das Mädchen runzelte ein wenig die Stirn und blickte zur Seite, schaute dann jedoch wieder zu Corban hin. Nach einer Weile wich ihre ernste Miene und machte einem zaghaften Lächeln Platz. Sie richtete sich auf.

Bedächtig, um das Mädchen nicht zu verschrecken, trat Corban einen Schritt vor, um sie am Weißdornzaun zu treffen, als hinter ihm unvermittelt die unfreundliche Stimme eines Mannes erklang. Das Mädchen wurde rot wie eine Beere, machte auf dem Absatz kehrt und rannte zurück aufs Rübenfeld, ohne sich noch einmal umzudrehen. Rasch ging Corban weiter.

Ein kleines Stück entfernt blickte er noch einmal zurück und sah, dass das Mädchen ihm über die Schulter hinterherschaute. Als sie merkte, dass er sie betrachtete, drehte sie rasch den Kopf wieder nach vorn.

Corban lachte. Plötzlich fühlte er sich viel besser als zuvor, so als hätte die Sonne soeben finstere Wolken durchbrochen. Hier würde er gut zurechtkommen, wenn die Frauen ihn mochten. Er ging zurück ans Flussufer. Wieder nagte der Hunger in ihm, und er suchte nach einer weiteren Gelegenheit, etwas Essbares zu stehlen.

Die Gruppe der Männer war inzwischen angewachsen. Die beiden Männer mit dem Spielbrett waren aufgestanden und davongegangen. Einer von ihnen stand noch in der Nähe, das Brett in der Hand. Corban beobachtete einen anderen Mann mit einem Hütehund, der in der Mitte der Menge stand und lauthals in der fremden Sprache redete. Ein hinkender Junge kam mit einem schwarzen Hund herbei, der wild kläffend an seiner Leine sprang und zerrte. Es würde einen Hundekampf geben.

Sich lautstark unterhaltend zog sich die Männertraube

zurück. Einer von ihnen, in einem langen, mit Fuchspelz besetzten Mantel, zog einen prall gefüllten Geldbeutel aus der Tasche, steckte die Finger hinein und holte etwas hervor, das in der Sonne glitzerte. Dann warf er den Gegenstand hoch in die Luft.

Alle Köpfe hoben sich, als ihre Blicke dem glitzernden Etwas folgten. Corban mischte sich unter die Menge der Zuschauer. Er sah, wie die anderen den Mann in dem Fuchspelzmantel beobachteten – ihn, den Geldbeutel und das glitzernde Etwas, das er herausgenommen hatte und nun wieder hineinsteckte, nachdem er es aus der Luft gefischt hatte. Den Geldbeutel befestigte er am Gürtel. Dann sprach er mit herrischer, lauter Stimme.

Unvermittelt zog die Menge sich weiter von den Hunden zurück. Das eine Tier, ein Hütehund, knurrte und stellte sich an der gespannten Leine auf die Hinterpfoten. Der Mann bei ihm hockte sich hin und sprach auf das Tier ein, streichelte seine staubigen, gestreiften Schultern. Der hinkende Junge ließ seinen springenden, knurrenden Hund näher heran. Jetzt standen die Tiere sich gegenüber.

Die Männer grölten, schrien, unterhielten sich lautstark und machten den Hunden Platz für den Kampf. Der Mann im Fuchspelzmantel stand daneben, die Hände in die Hüften gestemmt.

Knurrend und geifernd sprangen die Hunde einander an. Einen Moment noch hielten die zwei Besitzer sie zurück. Die Zuschauer kamen wieder näher, schubsten und schoben sich gegenseitig, um eine bessere Sicht zu erhaschen.

Corban, dem dieses Schauspiel gar nicht gefiel, wich ein Stück zurück, bis er neben dem Mann im Fuchspelzmantel stand. All diese Leute machten einen ebenso wilden, kampflustigen Eindruck auf ihn wie die Hunde. Er rief sich ins Gedächtnis, dass auch die Männer, die seine Familie ermordet hatten, Fremde gewesen waren – Dänen, wie diese hier.

Sein Blick wurde von dem prallen Beutel angezogen, der

am Gürtel des Mannes im Fuchspelzmantel hing – wie ein saftiger roter Apfel, der nur darauf wartete, gepflückt zu werden.

Mit einem Aufschrei ließ der hinkende Junge seinen Hund los, der sich mit zwei Sprüngen auf den Gegner stürzte, den Hütehund. Knurrend und jaulend verbissen die beiden Tiere sich ineinander. Schmutz und Erde spritzten um sie herum in die Höhe, von ihren Pfoten aufgewühlt; Fäden dünnen, blutigen Schaums flogen durch die Luft. Mit wild rudernden Armen feuerten die schreienden Zuschauer sie an. Corban zog sich weiter zurück, denn er wollte nicht in ihre Mitte geraten.

Unvermittelt stieß einer der Hunde einen schmerzerfüllten Laut aus.

Neugierig wogte die Menge wieder näher heran. Corban jedoch, der nun hinter allen anderen Zuschauern stand, sah nichts von dem Hundekampf; stattdessen nahm er all seinen Mut zusammen, um sich den prall gefüllten Beutel zu schnappen, der genau vor ihm in Griffweite am Gürtel des großen Mannes hing.

Plötzlich sah er aus den Augenwinkeln, wie eine fremde Hand nach dem Beutel griff. Corban handelte, ohne nachzudenken. Er streckte den Arm aus und packte die ausgestreckte Hand in dem Moment am Gelenk, als die Finger des Fremden sich um den Beutel schlossen. Der Mann riss die Hand zurück und versuchte, sich freizumachen. Es gab ein kurzes Handgemenge, bei dem Corban sich dem Mann schließlich von Angesicht zu Angesicht gegenübersah. Er blickte in schwarze Augen und auf schiefe, gelbe Zähne in einem verzerrten Mund. Wenngleich der Mann schweigend versuchte, sich aus dem Griff zu befreien, ohne den Beutel loszulassen, hielt Corban das Handgelenk des Fremden weiterhin fest umklammert. Plötzlich legte sich von hinten eine schwere Hand auf Corbans Schulter, und eine Stimme brüllte ihm Unverständliches ins Ohr.

Erschreckt ließ Corban den Dieb los und wich zurück. Sofort machte der Halunke auf dem Absatz kehrt und wollte davonlaufen. Doch der große Mann im Fuchspelzmantel, dessen Hand noch auf Corbans Schulter lag, stellte ihm ein Bein. Der Dieb fiel der Länge nach in den Schmutz. Der große Mann setzte ihm einen Fuß auf den Rücken und hielt ihn am Boden.

Auf der anderen Seite der Menge jaulten und knurrten noch immer die Hunde. Die Zuschauer grölten. Der große Mann wandte sich Corban zu. Er hatte ein breites Gesicht, das von einem Dickicht blonder Barthaare überwuchert war. Corban sah den zornigen Blick des Fremden und bekam eine Gänsehaut. Sicher würde der Mann ihn ebenfalls als Dieb betrachten. Woher sollte er wissen, was passiert war? Dann aber sagte der große Mann ein paar Worte auf Dänisch und streckte lächelnd die Hand aus.

Unberührt von den Vorgängen ging hinter ihnen ein plötzlicher Aufschrei durch die Menge. Die Zuschauer warfen die Arme in die Höhe; der Hundekampf war vorüber. Erleichtert streckte auch Corban den Arm aus und ergriff die dargebotene Hand des großen Mannes. Als der Fremde wieder sprach, schüttelte Corban den Kopf und zuckte die Achseln, um ihm zu bedeuten, dass er die Sprache nicht verstand.

»Ich kann nicht…« Wieder schüttelte er den Kopf, ließ die Hand des großen Mannes los und trat einen Schritt zurück. Die Menge wandte sich nun ihnen zu, während der hinkende Junge mit unbeholfenen Schritten davonging. Tränen liefen ihm über die Wangen. Seinen schwarzen Hund trug er auf dem Arm. Der Fremde in dem aufwendig gearbeiteten Mantel rief der neugierig gewordenen Menge etwas zu und schwenkte den Arm. Einige Männer lösten sich aus der Gruppe und stürzten sich auf den Dieb, der noch immer unter dem Fuß des großen Mannes eingeklemmt am Boden lag. Sie packten den Dieb und zerrten ihn auf die Beine.

Die blonden Augenbrauen des Mannes hoben und senkten sich. Immer noch blickte er auf Corban; dann sprach er plötzlich Irisch: »Du hast schnelle Finger.« Er sprach die Worte langsam aus, mit mühsamer Betonung, wie ein Mann aus dem Süden. »Ich muss dir danken. Du hast mir eine Menge Geld gerettet oder mir zumindest die Mühe erspart, es wiederzubeschaffen. Wer bist du?«

»Niemand«, erwiderte Corban mit einem Lächeln. Er wäre der Aufmerksamkeit lieber entgangen, doch jetzt starrten alle ihn an. »Ich bin gerade erst in diesen Ort gekommen.«

»Vielleicht ist das der Grund, dass du alles noch so aufmerksam beobachtest – für dich ist alles hier noch neu«, meinte der große Mann. Er wandte sich um und sagte in seiner eigenen, fremden Sprache ein paar Worte zu den Männern, die den Dieb festhielten. Sie nahmen ihn in die Mitte und führten ihn das leicht ansteigende Flussufer hinauf. Corban trat ängstlich einen Schritt zurück, doch der große Mann hob den Arm.

»Warte.« Er löste den prall gefüllten Beutel vom Gürtel und schüttelte eine Handvoll blitzender Silberstücke heraus. »Solltest du beschließen, hier bei uns im Ort zu bleiben, dann komm zu mir. Ich kann tüchtige Männer immer gebrauchen.« Er hielt ihm das Silber hin. Corban zögerte, von Misstrauen erfüllt. Der große Mann nahm Corbans Hand und legte ihm die Münzen auf die Handfläche. »Ich bin Einar, der Schiffshändler.« Er steckte seinen noch immer prallen Geldbeutel weg und hielt Corban die Hand hin.

Corban wechselte die Silbermünzen in die linke Hand und gab Einar die Rechte. Ein paar Gaffer aus der Menge waren geblieben und schauten ihnen zu. Jetzt brachen sie in Jubel aus.

Fassungslos blickte Corban auf das Silber in seiner Hand. Er erinnerte sich an die Blicke der anderen Männer, wie sie vorhin gebannt beobachtet hatten, wie eines dieser Silberstücke gleich einem himmlischen Botschafter durch die Luft geflogen war. Jetzt gehörten ihm, Corban, einige dieser Silberstücke! Den Gedanken daran, dass er kurz davor gewesen war, den Geldbeutel zu stehlen, schob er rasch beiseite. Vorerst hatte er sich klugerweise mit der Feststellung begnügt, dass ein solcher Diebstahl möglich war, ohne zur Tat zu schreiten. Und was hatte er nun dafür gewonnen! Ja, es schien sogar, als wollte Einar der Schiffshändler ihm noch mehr bieten. Gebannt hielt Corban den Blick auf das Silber in seiner Hand gerichtet; auf der Oberfläche waren Symbole eingraviert, dazu ein Kreuz und Schriftzeichen.

Freude und Stolz erfüllten Corban.

Plötzlich stellte sich ein weiterer Mann vor ihn hin und sprach auf ihn ein.

Es war das alte, kahlköpfige Falkengesicht vom Tor. »Ich hab ein Schiff gefunden, das nach England fährt.«

Corban schrak aus seinen Gedanken auf. »Wie bitte?«

Der Mann starrte so gierig auf das Silber, dass ihm beinahe die Augen aus dem Kopf fielen. »Woher hast du das?«

»Von ...« Freudig deutete Corban mit dem Kopf über die Schulter auf Einar den Schiffshändler, der bereits seinen Hut aufgesetzt hatte und davonging.

Der kahlköpfige Mann zählte das Geld mit dem Finger. »Zehn Pence. Damit kannst du dir die Überfahrt nach England erkaufen.« Er streckte die Hand aus, als wollte er eine der Münzen nehmen, doch Corban schloss die Finger darum. Er fragte sich, was er für Einar würde tun müssen, um mehr Silber zu bekommen.

»Was ist jetzt?« Der Kahlkopf wurde ungeduldig. »Willst du nun nach England oder nicht? Nur von dort kommst du nach Jorvik. Zuerst musst du nach England, einen anderen Weg gibt es nicht.«

Corban blickte ihn an. Mav könnte tatsächlich in Jorvik sein. Und er hatte nach England fahren wollen, bevor er diese Handvoll Silber bekommen hatte, die ihm jetzt größer und verlockender erschien als alles andere. Und wenn er hier bei Einar blieb, konnte er ein reicher Mann werden und ein Leben in Wohlstand führen …

»Wer bist du?«, fragte er den Alten.

»Ich bin Grod. Und wie ich schon sagte, habe ich ein Schiff ausfindig gemacht, das nach England segelt. Du kannst mitfahren, wenn du willst.« Sein Blick huschte zu Corbans Faust. »Meinst du nicht, du solltest mir etwas davon geben, als Lohn für meine Dienste?«

Corban schloss seine Finger fester um die Silbermünzen, drehte sich um und blickte Einar hinterher, der den Abhang hinunter auf den Fluss zustrebte. Dann wandte er sich wieder Grod zu.

»Was soll das heißen, ich könnte nach England fahren?«

»Der Kauffahrer, unten am Pier, legt heute Abend mit der Flut ab. Die brauchen noch Ruderer. Der Kapitän kam zu mir ans Tor und fragte mich, ob ich jemand kenne – da dachte ich an dich. Wenn du für ihn ruderst, kann er dich auf die andere Seite des Meeres bringen.«

Corban überlegte. England war weit. Und Mav war vielleicht nicht einmal dort. Er spürte das kalte Gewicht des Silbers zwischen den Fingern, wie es beruhigend in der Hand lag, und fühlte sich hin und her gerissen. Ein Teil von ihm wollte gar nicht mehr nach England, sondern hier in diesem Ort bleiben; ein anderer Teil jedoch ermahnte ihn streng, wegen des Silbers nicht seine Schwester aufzugeben. Mav war tausend Mal kostbarer als alles Silber der Welt.

Das gab den Ausschlag. Plötzlich widerte es Corban an, dass er sich von dem Silber so sehr in den Bann hatte ziehen lassen. Er nickte Grod zu. »Bring mich zu dem Schiff.«

»Gut.« Der kahlköpfige Mann führte ihn fort. Nach einigen Schritten blickte er über die Schulter auf Corbans Faust. »Wie ist es nun? Krieg ich meine Belohnung?«

Corban schwieg, denn er dachte darüber nach, wo er das

Silber in der Zeit seiner Abwesenheit verstecken könnte. Dann aber riss er seine Gedanken vom Silber los und wandte sie England zu und Mav.

Er dachte an seine Schwester – an das letzte Mal, als er sie gesehen hatte und sie ihm sagte, sie würde dafür sorgen, dass er wieder nach Hause könne. Was würde Mav von ihm halten, wenn sie wüsste, dass er mit dem Gedanken gespielt hatte, des Silbers wegen die Suche nach ihr aufzugeben? Es wäre für sie schlimmer als der Tod …

Grod und Corban näherten sich jetzt dem Pier. Corban hörte laute Stimmen in jener Sprache, von der er kein Wort verstand, und seufzte tief. In England würden alle diese Sprache sprechen! Wenn er Mav finden wollte, würde er Hilfe brauchen.

»Warst du schon mal in England, Grod?«, fragte er kurz entschlossen.

»Ja. Ich bin schon überall gewesen.« Grods Blick richtete sich wieder auf Corbans Hand, die das Silber hielt.

Wieder spürte Corban die Macht, die das Edelmetall auf ihn ausübte, und er wusste, dass es Grod genauso ging. »Ich werde dir das ganze Silber geben …«

»Oh!«

»Wenn du mit mir nach England kommst.«

Grod runzelte die Stirn, riss den Blick von Corbans Faust los und sah ihm ins Gesicht. »Was?«

»Du hast mich schon verstanden. Du musst mit mir nach England kommen. Ich brauche dich. Du musst mir helfen, meine Schwester zu finden.« Er blieb stehen. Sie waren nun fast am Pier angelangt, an dem das Schiff lag, das nach England fuhr. Männer schleppten zusammengelegte Felle, steif wie Bretter, in den hölzernen Leib des Schiffes. Im Laderaum stapelten sich bereits die Waren.

Corban sah Grod ins Gesicht, öffnete die Faust und hielt sie ihm hin.

Röte überzog Grods Gesicht. Er streckte die Hand nach

dem Silber aus. Corbans Faust schloss sich. »Erst wenn wir meine Schwester gefunden haben.«

Grod schnaubte wütend. »Sie könnte tot sein! Vielleicht finden wir sie nie!«

»Du bekommst das Silber trotzdem. Aber nur in England. Sobald wir Jorvik erreicht haben und du mir bei der Suche geholfen hast.«

In Grods Gesicht arbeitete es. Er blickte an Corban vorbei, als sähe er im Geiste jemand anders. Dann nickte er abrupt.

»Also gut. Ich bringe dich nach Jorvik. Dann gibst du mir das Silber.« Er zog sich seinen Mantel straffer um die Schultern und verzog den Mund. »Ich bin lange genug in diesem Ort gewesen. Ich gehe gern nach Jorvik. Vielleicht gehe ich von dort sogar nach Hause, zurück nach Irland. Wer weiß.«

»Gut.« Corban öffnete die Faust, nahm zwei Silberstücke und gab sie ihm. Grod schnappte sie sich und lächelte. Er hatte einen breiten Mund; sein Lächeln glich dem einer Schlange.

»Auf nach Jorvik«, sagte er und steckte das Silber ein.

3

Mav hatte das erschreckende Gefühl, ihr altes Selbst mit jedem Schritt weiter hinter sich zu lassen, bis sie sich schließlich in eine andere, eine Fremde verwandeln würde. Sie waren übers Meer gekommen und wanderten nun auf schier endlosen Wegen durch Felder und ausgedehnte Eichenwälder auf ferne, niedrige Hügel zu.

Mav und die anderen hatten nun schon so lange von einem Ort zum nächsten ziehen müssen, dass sie nicht mehr wusste, wie viele Tage sie unterwegs waren oder durch welche Orte sie gekommen waren. Jetzt schienen sie sich in einem anderen Land zu befinden.

Nur drei Mann bewachten die Frauen, die sie mit einem langen Seil, das von Hals zu Hals lief, aneinandergebunden hatten. Die Männer ritten auf Pferden und peitschten die Frauen mit langen Weidenruten, um sie anzutreiben. Nachts hielten sie neben den ausgefahrenen Pfaden. Die Männer gaben den Frauen Stücke trockenen Brotes und ließen einen Krug Wasser zwischen ihnen kreisen. Die Frauen schliefen auf dem nackten Boden und in qualvoller Enge.

Unterwegs begegneten sie einigen Leuten, die sie erschrocken anstarrten und miteinander flüsterten, als sie vorüberzogen. Mav sah, dass von diesen Leuten, deren Sprache sie ja nicht einmal beherrschte, keine Hilfe zu erwarten war. In der ersten Nacht der langen Wanderschaft, als Mav geglaubt hatte, die Männer würden nicht hinsehen, hatte sie versucht, das Seil um ihren Hals zu lösen, doch der Knoten saß zu fest, und sie bekam die Schlinge nicht über den Kopf. Das Seil scheuerte ihren Hals wund. Auch bei den anderen Frauen sah Mav den roten, blutigen Ring, das Brandmal ihres Sklavendaseins. Ihr Mut sank in den Staub zu ihren Füßen.

Sie kamen durch ein Dorf, eine Reihe von Hütten mit einer gedrungenen Mühle am Ufer eines Flusses. Mit ihren langen Weidenruten trieben die berittenen Männer die gepeinigten Frauen im Laufschritt an den kleinen Häuschen vorbei. In der Tür einer Hütte stand ein Frau, doch sie beobachtete nicht, wie die Gefangenen vorbeizogen, sondern kehrte ihnen den Rücken zu. Mit ihren Weidenruten trieben die Reiter einen alten Mann aus dem Weg, der sich mit einer Ladung Reisig auf dem Rücken abplagte. Ein Kind starrte Mav an, als sie vorbeiging, doch sofort kam die Mutter herbei, packte das Kind und verschwand mit ihm nach drinnen.

Sie passierten die Mühle, deren Hof halb voll mit Säcken stand. Mav hörte das langsame Mahlen des Mühlrads und roch das frische Mehl, und ihr hungriger Magen knurrte. Kurz darauf zogen sie wieder durch die liebliche Landschaft auf die Hügel zu.

Zwei Tage später sah Mav in der Ferne Rauch aufsteigen. Als sie und die anderen näher kamen, beschrieb der Weg einen Bogen. Rechter Hand, in Richtung Süden, sah Mav ein großes Haus hinter einem Zaun. Es war umgeben von anderen Gebäuden und nur ein kleines Stück vom Weg entfernt. Mav erschien es seltsam, dass in dieser Einsamkeit ein solch großes Haus stand, doch bevor sie einen näheren Blick darauf werfen konnte, trieben die Männer sie mit ihren Weidenruten weiter, ohne anzuhalten.

Sie erklommen die Hügel. Das Brot war inzwischen altbacken geworden, sodass sie es in Wasser tauchen mussten, damit es weich genug wurde, um es verzehren zu können. Die Gegend wurde immer einsamer und unwirtlicher; wahrscheinlich war dies der Grund dafür, dass die Männer die gefangenen Frauen nicht mehr aneinanderfesselten.

In dieser Nacht ergriff ein hochgewachsenes, mageres Mädchen die Flucht. Als die drei Männer erwachten und sahen, was geschehen war, fluchten sie lauthals. Sie fesselten die übrigen Frauen wieder aneinander und ließen einen der ihren zur Bewachung zurück, während die beiden anderen die Verfolgung des flüchtigen Mädchens aufnahmen. Schon bald brachten sie die Gefangene zurück, warfen sie vor den anderen Frauen auf den Boden und ergriffen zuerst von ihr Besitz, dann von den anderen Frauen. Die wehrlosen, gefesselten Opfer schluchzten, bedeckten die Gesichter und versuchten, sich von den Vergewaltigern abzuwenden. Mav aber schloss bloß die Augen und ließ alles stumm über sich ergehen.

Sie konnte dem, was geschah, ohnehin nicht entrinnen. In ihrem Inneren trug sie nicht nur den Anblick der gepeinigten Frauen und die Mühsal des beschwerlichen Weges, der noch vor ihnen lag, sondern auch alles, was bereits hinter ihnen lag: die wilden Wälder, die Moore und das tosende Meer. Stimmen klangen in ihren Ohren in einer Sprache, die sie nicht verstand; sie vernahm Gesang, Gelächter und auch Schreie – manche in der Ferne, manche unmittelbar neben ihr. Seit die Männer sie vergewaltigt hatten, hatte Mav das Gefühl, gleichsam aus ihrem Körper geflossen zu sein.

Sie sehnte sich nach ihrem alten Zuhause, doch beim Gedanken an den heimischen Hof sah sie wieder die Flammen und die Toten und wusste, dass sie kein Zuhause mehr hatte. Und vor sich sah sie nichts als kalten, grauen Nebel, in den sie und die anderen hineinliefen, einer ungewissen Zukunft entgegen.

Wieder banden die Männer die Frauen los und trieben sie weiter den ausgetretenen schmalen Pfad entlang. Einer der Männer ritt vor der Gruppe der Frauen, die anderen dahinter. Mit ihren Weidenruten trieben sie jede an, die zu schwach und krank war, um Schritt zu halten. Das hochgewachsene, magere Mädchen, das die Flucht versucht hatte, stolperte nebenher. Blut strömte an ihren Oberschenkeln hinunter. Mav legte ihr einen Arm um die Schultern und stützte sie beim Gehen. Sie spürte, wie das Mädchen bei jedem Schritt erzitterte.

Sie wanderten durch den schier endlosen Wald. Nachts hielten sie, aßen Brot und hockten dicht gedrängt um ein Feuer. Die Männer waren sparsam mit dem Brot. Sie brachen die Laibe in Viertel, ein Stück für jede der Frauen, während sie selber jeder einen ganzen Laib verschlangen.

Den ganzen Tag trotteten sie den Weg entlang. Mav hatte keine Schwierigkeiten, Schritt zu halten; es fiel ihr leicht, dicht hinter dem Anführer zu bleiben. Doch als die anderen zurückblieben, verlangsamte sie ihre Schritte und ließ sich zurückfallen, denn die anderen Frauen waren mit den Kräften am Ende und wurden noch langsamer.

Als der Anführer vor ihnen um eine Wegbiegung verschwand, schlugen seine beiden Kumpane in wilder Wut mit den Ruten auf die Frauen ein, um sie schneller vor sich her zu treiben. Mav blieb trotzig stehen. Einer der beiden Männer galoppierte auf sie zu, schrie sie an, sie solle weitergehen, und schlug mit seiner langen Weidenrute auf ihre Beine, wobei er sich unbeholfen aus dem Sattel beugte. Er war ein junger Bursche, der von den drei Männern jedoch am schlimmsten und lautesten schrie; doch Mav wusste, dass er den niedrigsten Rang von den dreien hatte. Mit gesenktem Kopf stand sie da und ließ stumm alles über sich ergehen.

Nach kurzer Zeit kam der Anführer mit wehendem Mantel um die Biegung zurückgaloppiert. Der Junge hörte zu schreien auf und ließ von Mav ab. Sein Gesicht war gerötet. Er senkte den Blick, drehte sein Pferd und ritt ein Stück zur Seite. Der Anführer hielt sein Pferd vor Mav. Wütend starrte er sie an, blickte den Weg entlang und stieß in seiner fremden Sprache zornig einen Schwall Worte hervor, wobei er mit der Hand unmissverständlich nach vorn wies.

Mav trottete weiter und ging so langsam, wie es ihr eben möglich war. Die anderen Frauen folgten ihr, unbarmherzig angetrieben von den Männern. Bald war das hochgewachsene Mädchen wieder an Mavs Seite. Ihre dünne Hand schlich sich in Mavs Armbeuge.

Beim Gehen fühlte sie sich riesenhaft, schien bis ans Ende der Welt zu reichen, wo sie in ihrem Geist eine kleine Gestalt erblickte, die sich ebenfalls über einsame Wege schleppte. Es war Corban, ihr Bruder. Ein warmes Glücksgefühl durchströmte Mavs gesamten Körper. Sie dehnte sich gleichsam aus bis dorthin, wo Corban jetzt war – wo immer das sein mochte.

Mav sehnte sich nach ihrem Zwillingsbruder. Sie musste daran denken, was ihre Mutter einmal gesagt hatte: Dass im Mutterleib vielleicht ein Teil Corbans in ihr, Mav, gewachsen war – dass sie also mehr von allem besaß und Corban weniger. Das würde erklären, weshalb sie sich so nach ihm sehnte, mehr als nach den anderen, die nun tot waren; es würde auch erklären, warum sich nun alles in Fetzen und Bruchstücken um sie drehte, nichts zusammenpasste, nichts einen Sinn ergab.

Zu Hause bei ihrer Familie hatte Mav stets gewusst, wo ihr Körper und ihr Geist endeten. Jetzt aber floss sie gleichsam überallhin, war grenzenlos geworden. Sie ging auf dem Weg, auf dem auch die anderen Frauen gingen; gleichzeitig aber kroch sie über die Äste der Bäume und spross durch den Moder. Sie wirbelte durch die Luft wie ein Blatt, spülte über Felsen hinweg, lief seitwärts wie eine Krabbe am Rande der sich kräuselnden Brandung des Meeres dahin. Sie summte in den Höhlen, segelte am Himmel.

In ihrem Kopf drehte sich alles. Mav war verloren inmitten der vielen Eindrücke. Es schien so viel mehr zu geschehen. Sie sah ihre Mutter, wie sie zuletzt gewesen war, dann als Greisin und gleichzeitig als junge Ehefrau, den Bauch gerundet mit dem ersten Kind. Sie sah ihren lachenden Vater und ihren Bruder Finn, wie er die Harfe zu spielen versuchte. Sie schienen um sie herum zu sein. Mav rief nach ihnen, doch sie antworteten nicht, bemerkten sie nicht einmal, sondern schwebten von ihr fort in die Wälder und verschwanden.

Kaum waren sie fort, hatte Mav das Gefühl, der dichte Nebel, der keinen Sonnenstrahl durchließ, sei überall um sie her, würde kalt und nass an ihrer Haut kleben. Sie wäre am liebsten zu Boden gesunken und hätte geweint, so lange, bis sich ihr ganzes Selbst in salzige Tränen verwandelt hätte.

Der Weg führte über eine kleine Holzbrücke. Die Pfosten und Planken stöhnten unter dem Gewicht des kleinen Trupps.

Noch zweimal kam der Anführer zu Mav geritten und schlug sie, damit sie schneller ging. Die Männer gaben den Frauen Brot und ab und zu einen Schluck Wasser, wobei sie sich manchmal einen Spaß daraus machten, den Frauen das Brot und die Wasserbecher so lange außer Reichweite zu halten, bis sie darum flehten, sie alle – außer Mav. Als die Männer auch ihr Brot und Wasser hinhielten und dann lachend wieder wegzogen, zuckte sie nur mit den Achseln und setzte sich.

Sie fand andere Dinge zum Essen, Pilze und Nüsse, die sie im Vorübergehen aufsammelte. Als sie durstig war, bog sie vom Pfad ab, dem die Gruppe folgte, und kletterte den steinigen Abhang hinauf, obwohl die Männer versuchten, sie aufzuhalten. Doch die Pferde wurden von den Bäumen behindert, sodass sie Mav, der die anderen Frauen jammernd folgten, nicht aufhalten konnten. In einer schmalen Schlucht entdeckte Mav eine Quelle und trank. Die anderen Frauen taten es ihr gleich.

Die Männer beobachteten sie von den Pferden aus, ließen sie jedoch trinken, bis sie genug hatten. In dieser Nacht zogen sie Mav von den anderen fort hinter die Büsche. Während die Männer ihr erneut Gewalt antaten, ließ sie ihren Geist in den Nebel wandern, wo sie nichts sah, nichts spürte. Als die Männer schließlich von ihr abließen, fühlte sie sich längere Zeit lang so grau und leer wie der Nebel.

Zu anderen Zeiten schritt sie daher, blickte hinauf zum weiten Himmel und über das endlose Moor, das ganz von Heidekraut bedeckt war, und eine seltsame, spontane Freude überkam sie. Ihr Herz schwang sich empor. Sie sang aus voller Kehle und schritt so schnell aus, dass sie einmal unversehens den Anführer überholte. Die Frauen riefen ihr mit müden, krächzenden Stimmen nach, sie solle langsamer gehen, doch Mav beachtete sie gar nicht, sondern sang lauthals und ging mit raumgreifenden Schritten.

Eines Tages – sie wanderten gerade den langen, abschüssigen Hang hinab – spürte sie eine Erschütterung in ihrer riesigen Umhüllung. Es rüttelte und bebte, und sie roch Regen im Wind, der plötzlich stärker wurde. Der zuvor noch blaue Himmel verfärbte sich milchig. Mav spürte eine seltsame Spannung, wie bei einer zusammengedrückten Feder, so, als würde sich in ihrem Innern eine unglaubliche Macht zusammenballen, die jederzeit aus ihr hervorbrechen konnte. Mav drehte sich um, breitete die Arme aus, rief alle zusammen, auch die Reiter, und führte sie ins Flussbett. Sie fand eine Stelle, an der eine nach Süden weisende Uferbank überhing. Die Reiter schrien und tobten; sie wollten nicht hinuntersteigen und gemeinsam mit den Frauen Zuflucht suchen. Die Frauen jedoch folgten Mav. Dann brach der Sturm über sie herein. Donner grollte. Das Gelächter des großen Schmieds und das Heulen seiner Hunde waren zu vernehmen, und der Geruch der Blitze breitete sich aus. Die Pferde stiegen und wieherten schrill vor Entsetzen. Die Reiter schwangen sich aus den Sätteln und suchten Schutz und Zuflucht zwischen den Frauen. Einer klammerte sich ängstlich an den anderen, als sie Zeugen wurden, wie ein Baum ganz in der Nähe in einer blendend weißen Flamme explodierte, als der Blitz einschlug.

Durch den strömenden Regen beobachteten sie, wie der Baum lichterloh brannte. Die Hitze versengte sie beinahe. Mav spürte sie durch und durch, wild und unverfälscht.

Einen Moment später erklang ein weiteres entsetzliches Krachen über ihnen. Die ganze Welt wurde weiß. Mav, die Arme um das magere Mädchen geschlungen, wusste, dass sie sang, denn sie spürte, wie ihre Lungen sich füllten und leerten, doch sie hörte nichts. Der Junge saß neben ihr, und sie legte den Arm auch um ihn. Der Regen prasselte auf sie herunter. Mit lautem Geheul und Donnergetöse erfolgte ein neuerlicher Schlag des großen Hammers, diesmal weiter entfernt: Beim ersten Mal hatte der Schmied den Hammer direkt neben ihnen niedersausen lassen. Nun konnte Mav ihr Singen wieder hören und lachte vor Freude auf. Sie strengte sich an, möglichst laut zu singen, und versuchte, den Wind zu übertönen. Das magere Mädchen umarmte sie freudig.

Schließlich verließen sie die Deckung der Uferböschung und kletterten wieder nach oben. Ein abgeknickter Baum lag quer über dem Pfad. Sie stiegen darüber hinweg und setzten den Weg in Richtung Osten fort.

Den ganzen restlichen Tag suchten die Männer nach ihren Pferden, konnten sie aber nirgends finden.

So gingen sie mit den Frauen zu Fuß und richteten sich wie alle anderen nach Mavs Tempo. Die Männer hatten das Brot verloren – die Pferde hatten es in den Satteltaschen bei sich getragen –, also kauten sie Gras, tranken Wasser und hungerten.

Schließlich kamen sie aus dem Wald heraus, wanderten einen langen Abhang hinunter und kreuzten einen Weg, an dem ein großer Holztisch stand. Auf dem Tisch war ein Festmahl aufgetragen, doch es war heiliges Fleisch, Nahrung für den Himmel und die Raben. Niemand wagte, davon zu essen. So stapften sie weiter, von nagendem Hunger geplagt.

Am nächsten Tag stiegen sie hinunter in weites, ebenes Land, durch das sich ein Fluss schlängelte. Vor sich sahen sie Rauch in der Luft, ein großer Schmutzfleck am Himmel wie von Hunderten Kochfeuern. Den ganzen Tag lang wanderten sie auf die Quelle des Rauchs zu. Am Abend konnten sie hohe Erdwälle vor sich erblicken. Dahinter, das wusste Mav, befand sich eine Gebäudeansammlung, die viel größer war als jeder Bauernhof, den sie bisher gesehen hatten.

Viele Frauen stolperten nur noch kraftlos voran und schwankten bei jedem Schritt. Die Männer ließen sie haltmachen und sich ausruhen. Zwei blieben bei den Frauen, während der dritte weiter den Weg entlangtrottete. Als der Mond aufging, kehrte er mit Pferden und Packtaschen zurück. Obgleich es mitten in der Nacht war, weckten sie die Frauen und gaben ihnen Brot, so viel sie wollten. Das Brot war frisch und gut. Am Morgen machten sie sich wieder auf den Weg und gelangten schließlich zu der großen Siedlung.

Auf einer Holzbrücke überquerten sie einen kleinen Bach und betraten auf der gegenüberliegenden Seite einen Platz voller Menschen, die darauf warteten, durch ein Tor ins Innere der Erdwälle zu gelangen. Die Luft war rauchverhangen, und es roch faulig. Alle starrten die Frauen an. Mav senkte den Kopf, um den Blicken auszuweichen. Nach einer Weile traten sie durch das Tor auf einen Weg, der mit vermoderndem Abfall, altem Laub und Pferdemist übersät war. Ein großes schwarzes Schwein kam herbei, um sie zu beschnüffeln, doch einer der Reiter scheuchte es davon.

Zu beiden Seiten des Weges standen die Häuser so dicht, dass die Gasse dazwischen von den Schatten der mit Pech abgedichteten Dächer so schwarz wie die Nacht wirkte. In einen Schal gewickelt stand eine alte Frau in einem Hauseingang. Als die Frauen vorübergingen, spuckte sie nach ihnen. Kleine Jungen rannten vorbei und schlugen mit Stöcken nach den Beinen der Gefangenen. Sie kreischten vor Vergnügen, wenn die Frauen zurückschreckten oder zur Seite sprangen. Schließlich riefen die Reiter den Jungen etwas zu, worauf diese in einer Seitengasse verschwanden.

Der ständige Lärm erschreckte Mavs Gehör; sie senkte den Kopf, hielt den Blick zu Boden gerichtet und versank in der Flut von Anblicken, Geräuschen und Gerüchen. Im Wirrwarr der Stimmen hörte sie kein einziges Wort in ihrer eigenen Sprache.

Ein Wagen rumpelte auf sie zu. Alle mussten sich an eine Seite des Weges drängen, um das Gefährt vorbeizulassen. Der köstliche Duft von gekochtem Fleisch stieg Mav in die Nase; unmittelbar darauf breitete sich der Gestank von Fäkalien aus. Aus einem Fenster irgendwo über ihr schrie eine Stimme. Kirchenglocken läuteten. Irgendwo hinter einem Fenster stritten sich zwei Frauen. Ein Hahn krähte. Wieder liefen die kleinen Jungen vorbei, und wieder scheuchten die Reiter sie davon.

Mav ging durch eine Gasse und zwischen Marktständen hindurch, vor denen sich Menschen drängten. Sie sah Knoblauch- und Zwiebelstränge von den Wänden hängen und die schlaffen, federlosen Körper geschlachteter Enten. Der Gestank nach verbranntem Haar ließ sie würgen. Vor einem Marktstand voller Meeresfrüchte kämpften zwei Hunde um einen Fischkopf. Am Wegrand waren Tonschüsseln aufgestapelt. Mav stolperte darüber, dass sie kreiselnd und scheppernd davonrollten. Dann senkte der Boden sich unter ihr, und sie folgte dem Weg abwärts, bis sie voraus einen breiten Strom erblickte. Der Boden an seinem Ufer war feucht und schlammig. Reihen langer Drachenboote waren über die zerbrochenen Stängel des Schilfgrases an Land gezogen worden.

Mavs Herz setzte einen Schlag aus: Schiffe wie diese hatten jene Männer gebracht, die das elterliche Haus niedergebrannt und ihre Familie getötet hatten; solch ein Schiff würde sie nun fortbringen. Ihre Beine zitterten. Fast wäre sie mitten auf dem Weg zusammengebrochen. Die anderen Frauen weinten und jammerten. Alle wurden sie in einen Verschlag aus Weißdornzweigen getrieben, dessen Tor sich hinter ihnen schloss.

Mav schob sich abwärts bis dorthin, wo der Verschlag ans

Wasser grenzte. Ein kleines, verschmutztes Rinnsal aus dem Fluss tröpfelte unter dem Zaun hindurch. Sie kniete sich hin und grub eine kleine Pfütze ins Ufer. Als sie sich gefüllt hatte, wusch sie sich Gesicht und Hände. Wieder drehte sich ihr der Magen um. Das Gedränge der Menschen um sie her war wie ein riesiges Gewicht, das von allen Seiten auf ihr lastete. Ihre Ohren schmerzten von dem Lärm. Plötzlich war Mav sogar zum Sitzen zu müde.

Sie wollte nur wieder daheim sein, bei ihrer Familie – doch sie wusste, das würde nie mehr geschehen. Alles, was sie je gekannt hatte, war in Stücke gerissen, und diese Stücke wirbelten jetzt in einem immer heftigeren Sturm um sie herum.

Bald darauf bahnten sich die Männer rufend und um sich schlagend einen Weg durch die eingepferchten Frauen auf Mav zu. Einer packte sie am Arm und zerrte sie nach vorn. Sie wollte sich gerade wieder dem Nebel überlassen, als der Mann sie durchs Tor nach draußen schubste, vor eine Reihe von Menschen, die sie anstarrten und miteinander sprachen. Mav erkannte, dass sie diesmal nicht vergewaltigt werden würde. Benommen hob sie den Kopf. Unmittelbar vor ihr stand ein dicker Mann mit dunkelblondem, von weißen Strähnen durchzogenen Bart. Kalte, hinterhältig blickende Augen funkelten wie zwei blaue Steine zwischen den Wülsten und Runzeln seines Gesichts.

Ein Schock durchfuhr Mav. Sie kannte diesen Mann! Wogen aus Schmerz und Angst durchfluteten sie. Sie erinnerte sich an die Flammen; sah wieder das Schwert, das ihren Vater niedergestreckt hatte; spürte wieder die Hand, die sie fortgezerrt hatte – und dann war er über ihr gewesen, sabbernd und stöhnend, sodass der sternenübersäte Himmel nicht mehr zu sehen war. Wieder spürte sie ihn am ganzen Körper und in sich – eine gnadenlose, ungezähmte Kraft, die sie wie ein lebendiges Schwert durchbohrt hatte.

Die anderen Männer sprachen auf ihn ein. Sein Blick war

starr auf Mav gerichtet, doch sie sah, dass er lauschte, was ihm die Männer, von denen sie hergebracht worden war, erzählten. Obgleich sie in ihrer eigenen Sprache redeten, erkannte Mav an ihren Gesten, dass sie von dem großen Sturm erzählten und wie Mav sie beschützt und für sie gesungen hatte, während das Unwetter tobte. Dann hob einer von ihnen die Hand, sah sie eindringlich an und zog in einer beredten Geste den Finger über seine Kehle.

Ihr Herz setzte einen Schlag aus. Die Männer würden sie töten… Sie blickte in die steinernen Augen des Dicken, während die anderen ihn zu überreden versuchten, Mav umzubringen.

Es lag keine Gnade in seinem Blick, aber auch kein Interesse. Er lachte – ein dumpfes Grollen tief im mächtigen Leib –, zuckte die Achseln und machte einen Scherz. Dann hob er die Hand und bedeutete ihr, zu verschwinden.

Hinter ihm trat jetzt eine Frau vor, die Mav noch nie gesehen hatte. Sie war groß und in einen langen Schal gewickelt. Mav hatte den Eindruck, die Frau auch jetzt nicht richtig sehen zu können; ein Schleier schien sie zu umhüllen. Mav blinzelte und versuchte, einen klaren Blick auf diese verschwommene Gestalt zu werfen.

Die Frau näherte sich ihr. Ihre Augen blickten scharf; ihre Blicke trafen Mav wie Speerspitzen. Sie sagte irgendetwas, worauf die Männer respektvoll verstummten. Der Dicke mit den steinernen Augen wandte sich um und antwortete der Frau mit dem Schal mit zorniger Stimme. Diese antwortete ihm, ohne den Blick von Mav abzuwenden.

Für Mav war die Frau nur ein verschwommener Schemen; sie hatte keine Konturen, keine feste Gestalt. Der dicke Mann fragte etwas, und die Frau antwortete. Sie hob eine Hand und schwenkte sie vor ihm hin und her. Ihre Hand war alt, die Haut runzelig, die Finger knochig. Mav zwang sich, durch den Schleier und das Verschwommene hindurchzusehen, und sie erkannte, dass die Frau tatsächlich sehr alt sein musste, auch wenn es anfangs nicht so ausgesehen hatte.

Mav zog die Schultern ein. Die fremde Frau ließ sie schaudern. Der lange graue Schal war ihr von einer Schulter geglitten. Darunter trug sie ein Gewand, das über und über mit Symbolen von Bäumen, Blumen und Kräutern bestickt war. Vielleicht waren es auch echte Blumen und Kräuter, die man in das Gewand eingewebt hatte. Mav glaubte, Augen und Münder auf dem Stoff zu sehen, die sie ansahen und ihr zuflüsterten. Das Gesicht der Frau war weich und so unbeschwert wie das eines jungen Mädchens. Doch unter dieser Oberfläche, wie der Schatten unter einem Baum, war dieses andere, sehr alte Gesicht. Sie lächelte über eine Bemerkung des dicken Mannes, doch hinter dem Lächeln einer jungen Frau lag das hämische Grinsen einer erfahrenen Alten, der man so schnell nichts mehr vormachte.

Der dicke Mann wandte sich um und rief irgendwelche Befehle; die laute Stimme traf Mav wie ein Schwall kalten Wassers. Sie schüttelte sich. Die Frau in dem Schal nickte und streckte Mav eine Hand entgegen. Dann sagte sie zu Mavs Erschrecken klar und deutlich: »Komm mit, Kind.«

Die Worte in ihrer eigenen Sprache erschienen Mav wie ein Segen, und sie stieß einen leisen, freudigen Schrei aus. Sie konnte nicht anders, als der Frau die eigene Hand hinzustrecken, sodass sie einander berührten. Kalt und fest legten sich die langen Finger der Frau um Mavs Hand.

»Du sprichst die Sprache meiner Heimat?«

»Ich spreche alle Sprachen. Ich bin die Herrin von Hedeby.« Mavs Hand in festem Griff, führte die Frau sie fort.

»Woher ist sie gekommen?«, fragte Gunnhild.

Sie saßen auf dem Thron im Königshaus, König und Königin von Jorvik, doch kein Mensch blickte zu ihnen hin, niemand beachtete sie. Aller Augen waren auf die hochgewachsene Gestalt in der Mitte des Raumes gerichtet, die

Flammen, Edelsteine und Münzen aus der Luft zauberte. Gunnhild wickelte sich eine Locke ihres Haares um den Finger, ohne den Blick von der Herrin von Hedeby zu nehmen. Sie runzelte die Stirn.

»Ihr Schiff ist letzte Nacht aus Hedeby gekommen«, antwortete Erik auf Gunnhilds Frage und stemmte einen Fuß gegen die Tischkante. Seit er von seinem letzten Raubzug zurückgekehrt war, hatte er sich lediglich für das Trinken und für Ablenkungen jeder Art interessiert. In glänzenden, glatten Schlaufen und Knoten wand Gunnhild die Locken durch ihre Finger und kaute auf den Haarspitzen.

Unterhalb des Throns, in der Mitte des Gemachs, drehte sich die Herrin von Hedeby langsam im Licht der Fackeln. Wellen aus Farbe flossen von ihren Fingerspitzen. Die dicht an dicht sitzenden Männer stießen in langen, keuchenden Stößen den Atem aus. Das Licht flackerte und schwebte in Schwaden empor, auf den Rauchfang zu. Alle bis auf Gunnhild folgten dem hellen Schein mit ihren Blicken.

»Was tut sie hier?«

Erik zuckte die Achseln. Ihn interessierten nur sein Ale und die magischen Kunststücke. »Sie hat eine Ladung Sklaven bei mir gekauft«

Gunnhild presste die Lippen zusammen. Die Herrin verführte diese dummen Männer mit billigen Kunststückchen, die jeder Wandermagier vorführen konnte. Sie verstand ihr Geschäft, das musste Gunnhild ihr lassen; es gab einen Goldregen, einen lauten Knall, dann war die Herrin plötzlich verschwunden, direkt vor Gunnhilds Augen.

Gunnhild erhob sich unruhig vom Thron, nahm aber wieder Platz, obwohl sie kaum still sitzen konnte. Die Herrin musste aus einem bestimmten Grund in Jorvik sein. Sie war die reichste Händlerin in Hedeby; sie kaufte und verkaufte Waren von Dubh Linn bis Ladoga. Und sie war Blauzahns Schatten. Eine wie sie kam nicht nur für eine Ladung Sklaven übers Meer gesegelt.

Erik klatschte in die Hände und rief nach den Skalden. Lächelnd wandte er sich zu ihr um und nahm ihren Arm.

»Warum machst du dir ihretwegen Sorgen? Sie hat uns so hübsche Geschenke mitgebracht!«

»Hätten wir ein größeres Königreich, wären es mehr gewesen«, brach es aus Gunnhild hervor.

Sie schob den Haufen hauchdünner roter Seide über die Lehne des Throns, sodass sie lautlos und geschmeidig zu Boden glitt. Wider Willen musste sie zugeben, dass es erstklassiger Stoff war.

»Jorvik reicht mir völlig.« Erik hob seinen Becher. Gunnhild streckte den Arm aus und nahm die Seide vom Boden. Stirnrunzelnd strich sie mit den Fingern darüber.

Am nächsten Morgen stand sie mit Gimle, ihrem ältesten Sohn – einem Bürschchen von elf Jahren – auf der Böschung oberhalb des Flussufers. Sie schauten zu, wie die Herrin von Hedeby ihr vornehmes Schiff losmachen ließ, um flussabwärts zu fahren. Das Schiff war mindestens so groß wie jedes von Eriks Kriegsdrachenbooten; zwanzig Ruderer saßen auf jeder Seite. Gehämmertes Gold schimmerte rechts und links der großen Drachenköpfe auf Bug und Heck und entlang der Dollborde. Über das Vorderdeck spannte sich eine purpurrote Plane, unter der die Herrin saß. Die armseligen Sklaven drängten sich auf Deck um den Mast zusammen.

»Sie kann nicht nur gekommen sein, um Sklaven zu kaufen«, sagte Gunnhild.

Ihr Sohn hakte sich bei ihr unter. »Ihr seid viel schöner als sie, Mutter.«

Gunnhild prustete los; sie drückte Gimles Arm, froh über seine unerschütterliche Treue und Ergebenheit. Sie war die Königin von Jorvik. Warum sollte sie sich Gedanken wegen einer einfachen Handelsfrau machen, und mochte sie noch so reich sein? Dennoch dachte sie zögerlich daran, dass ihr einst jemand, dessen Weisheit sie über alle Maßen respektierte, zugeflüstert hatte, sie solle sich vor der Herrin von Hedeby in Acht nehmen. Dass sie älter sei als sie alle und keine wirkliche Frau, ja, dass sie nicht von dieser Welt sei.

Dass sie die Macht habe, Seelen zu stehlen…

Jetzt aber fuhr sie davon; ihr goldglänzendes Schiff verschwand um die Biegung, die der Fluss unterhalb von Jorvik machte. Der Himmel schien heller zu werden. Erleichtert machte Gunnhild kehrt und stieg mit Gimle an der Seite zurück in ihr Königshaus, auf ihren Thron, zu ihrem Ehemann, zu ihrer Macht.

4

Corbans Hand schmerzte; er konnte das Ruder nicht ergreifen, ohne zusammenzuzucken. Er warf Grod, der hinter ihm in einer Lücke zwischen zwei Stapeln kostbarer Felle saß, einen Blick über die Schulter zu. Grod hatte sich mit seinem Gerede irgendwie einen Weg an Bord erschlichen, ohne selbst rudern zu müssen. Vielleicht hatte er auch seine Silbermünzen dafür hergegeben. Corban biss die Zähne zusammen. Er hätte dem Schiffsmann Geld geben und selbst mitfahren können, ohne rudern zu müssen, nur wäre ihm dann nichts mehr geblieben, wovon er Grod hätte bezahlen können.

Ich brauche diesen Burschen, sagte er sich. In England, auf der anderen Seite des Meeres, musste er jemanden haben, der wusste, wo es langging, der die Sprache beherrschte und der ihn bis nach Jorvik führen konnte. Doch Corbans Hände waren jetzt schon wund und bluteten, und am hohen Heck des Schiffes erstreckte sich noch immer die lange, niedrige Küstenlinie seines Heimatlandes wie ein Streifen dichten Nebels oberhalb der Wasserlinie. Noch näher sogar ragte der buckelige Rücken der nördlichen Landspitze zu seiner Rechten auf. Tag um Tag würde er so rudern müssen wie jetzt.

Er hatte auf den Fischerbooten seines Vaters gearbeitet und wusste, wie man mit dem Ruder umging. Eine große Kunst war es nicht, aber sehr anstrengend. Vor ihm beugten sich fünf weitere Männer nach vorn, also beugte auch Corban sich vor, tauchte gleichzeitig mit den anderen das Ruderblatt ins Wasser. Gemeinsam beugten die Männer sich zurück, die Füße gegen eine der Schiffsrippen gestützt, und zogen mit aller Kraft, holten das Ruder zurück bis an die Brust. Wieder schmerzten Corbans Hände so sehr, dass er einen Schmerzensschrei unterdrücken musste. Dann beugten sich alle wieder vor und wieder zurück und wieder vor – ein unaufhörlicher, gnadenloser Rhythmus.

Auf der anderen Seite im Schiffsinnern saßen sechs weitere Männer, die im selben Rhythmus ruderten. Hinter ihnen allen, noch hinter Grod, saß der Kapitän im Heck, die Hand auf der Ruderpinne, und steuerte. Die Fellbündel, die Säcke und die Fässer, die ihre Fracht ausmachten, nahmen den gesamten restlichen Raum ein.

Corban spürte, wie sich der Schweiß zwischen seinen Schulterblättern sammelte, ihm über den Rücken und an den Seiten hinunterrann. Grod glitt näher an ihn heran und hielt ihm eine Reiseflasche an die Lippen. »Leg dich in die Riemen, so gut du kannst«, sagte er leise. »Noch gibt es keinen Wind, doch bald wird es so weit sein, und dann kannst du dich ausruhen. Bis dahin aber musst du dein Bestes geben. Leg dich in die Riemen!«

Corban biss die Zähne zusammen. Grod hatte es leicht, gute Ratschläge zu erteilen. Zwischen den weichen Fellen sitzend, hatte er es trocken und bequem wie ein König. Das Schiff ächzte, während die Männer es durch die leichten Wellen zogen, welche die Oberfläche des Meeres kräuselten. Corban streckte die Beine aus und legte sie auf die Bank vor sich. Mit jedem Ruderschlag lief ein kleines Rinnsal schmutzigen, übel riechenden Wassers nach vorn und an seinen Schuhen vorbei und sammelte sich am Boden des Schiffes. Jetzt schmerzte ihn auch noch sein Rücken. Mit jedem Schlag wurde es schlimmer.

Übers Dollbord des Schiffes hinweg blickte Corban auf das flache Wasser. Es stieg und fiel in einem langsamen Rhythmus, als würde das Meer ein- und ausatmen. Das Land war nun hinter dem Horizont verschwunden, und auch die Möwen hatten ihr Betteln aufgegeben. Das Schiff und seine Besatzung waren allein auf der sich wölbenden, glatten Oberfläche dieser unendlichen Wassermassen.

Corban überlegte, ob er seinen Mantel um das Ruder wickeln sollte, um seine Hände zu schonen, doch der Mantel lag hinter ihm, an der Stelle, wo Grod saß, und er hätte aufstehen müssen, um ihn zu holen. Aber das ging nicht; er wusste, die anderen Männer würden toben vor Wut. Corban hatte bereits miterlebt, wie sie geschrien und gespuckt hatten, als ein Mann plötzlich aufgestanden war, um sein Wasser über Bord abzuschlagen, sodass sein Ruder untätig hin und her schwang. Alle hatten sie kräftig ziehen müssen, um das Schiff auf Kurs zu halten.

Im Stillen verfluchte Corban Grod, der ihm diese Schinderei eingebrockt hatte. Ein neuer Schmerz setzte ein, diesmal im Oberarm. Corbans Hemd klebte ihm am Körper, das Haar hing ihm wirr ins Gesicht.

Sie ruderten und ruderten über die flache See. Corban war noch nie zuvor außer Sichtweite des Landes gewesen. Er dachte an das tiefe, kalte Wasser unter ihnen, in dem es von Ungeheuern wimmelte, wie jedermann wusste. Rasch riss er sich von diesem Gedanken los und dachte an anderes: an seine Schwester, an sein Silber und daran, was er Grod antun würde, sobald sie wieder trockenen Boden unter den Füßen hatten und er diesen Halunken nicht mehr benötigte.

Die Sonne brannte durch dichten Hochnebel, sodass es schwül und schweißtreibend war. Einmal ließ der Kapitän die Männer halten, damit sie sich ausstrecken, trinken und Wasser lassen konnten. Rasch zog Corban sich das Hemd bis zur Taille herab und steckte die Ärmel in den Gürtel.

Viel zu kurz war die Pause; viel zu schnell rief der Kapitän die Männer wieder zur Arbeit auf. Jetzt fiel es doppelt schwer, das Schiff wieder vorwärts zu bewegen. Die Männer stöhnten und fluchten über die verdammten Ruder; der Kapitän seinerseits schimpfte auf die Männer. Corban fixierte den von der Sonne gebräunten Rücken des Mannes vor ihm auf der Bank.

Am späten Nachmittag legten sie erneut eine Pause ein. Eine steife Brise war aufgekommen, und Corban hatte das Gefühl, dass es bald Regen gab. Er stellte sich vor, im offenen Rumpf im strömenden Regen zu sitzen, das Holz der Ruder schwer von der Nässe … Corban schauderte bei dem Gedanken. Erschöpft ließ er sich gegen das Dollbord fallen, trank Wasser aus Grods Flasche und wartete darauf, wieder zur Arbeit angetrieben zu werden.

Der Kapitän rief etwas, und Grod beugte sich zu Corban vor. »Holt ein die Riemen.«

»Wie bitte?«

»Bringt die Ruder rein.«

Die anderen Männer stellten ihre Ruder erst senkrecht und legten sie dann ins Schiff; Corban tat es ihnen gleich. Der Kapitän entfernte sich vom Heck. Wieder ließ Corban sich gegen das Dollbord sinken. Die blutenden Hände schlaff auf den Knien, beobachtete er, wie der Kapitän mit drei Ruderern einen langen, geschälten Stamm aus dem Kiel holte. Mittschiffs, an einem hölzernen Klotz mit einem Loch in der Mitte, stellten sie ihn lotrecht und versenkten das untere Ende des Baumstamms in dem Loch. Mit Fußtritten trieb der Kapitän einen Holzkeil in den verbliebenen Spalt, um den Stamm festzuklemmen. Von der Spitze dieses Mastes im Schiffsinnern baumelten Seile herab. Der Kapitän befestigte eines am Bug und eines am Heck; dann holte er aus dem Bauch des Schiffes einen weiteren Stak, in gestreiftes Tuch gewickelt. Er hängte ihn quer an den senkrechten Baumstamm, befestigte ein Seil daran und zog. Zwei Ruderer sprangen herbei, um ihm zur Hand zu gehen. Gemeinsam hievten sie das Segel in die Höhe.

Noch bevor sie die Seile festgezurrt hatten, spürte Corban, wie das Schiff sich bewegte, als der Wind sich in dem gestreiften Tuch fing. Erleichterung schwemmte über ihn hinweg. So war es besser voranzukommen – unendlich viel besser. Das ganze Schiff erschien ihm plötzlich wie verändert. Wie ein lebendes Wesen durchpflügte es sanft die Wellen, und fröhlich gurgelnd schlug das Wasser gegen dessen Rumpf. Der Kapitän stolperte zurück ins Heck und nahm die Ruderpinne wieder in die Hand. Sämtliche Ruderer lagen oder saßen jetzt zwischen den Fellbergen, Fässern und Krügen und schliefen.

Corban wachte erst wieder auf, als Grod ihn schüttelte. Er bekam ein Stück Brot und getrockneten Fisch in die Hand gedrückt. Mit drei Bissen hatte er alles verschlungen, woraufhin sein Magen rebellierte. Hurtig glitt das Schiff durch die Wellen. Die Nacht brach herein. Blassrosa schimmerte der ferne Streifen Himmel über der dunklen, vollkommen geraden Wasserlinie. Corban stand auf und reckte sich, um die Steifheit aus Armen und Beinen zu bekommen, als unvermittelt ein rasender Schmerz seinen Rücken hinunterjagte. Er stöhnte auf, wehrte sich gegen Furcht und Schmerz. Er durfte sich kein Versagen erlauben; um ihn herum gab es nichts als Wasser. Corban, dem der Wind ins Gesicht wehte, stemmte sich mit den Beinen gegen das Rollen des Schiffes, während es die Wellenberge hinauf- und hinunterstieg. Der Bug schob sich auf einen langen Wellenkamm und glitt wieder hinunter. Corbans Lippen schmeckten salzig; sein ganzes Gesicht war von einer Kruste aus Schweiß und Salz bedeckt und spannte.

»Setz dich«, forderte Grod ihn auf. »Schlaf noch ein wenig. Wir werden nicht vor Morgengrauen rudern, selbst wenn der Wind nachlassen sollte.«

»Du hast nicht einen Schlag gerudert«, sagte Corban mürrisch. Er tastete in seinem Hemd nach dem Silber, das in einen der Ärmel eingebunden war, und setzte sich wieder. Der Wind fegte über das Schiff hinweg und kündigte Regen an. Eine Welle brach sich am Dollbord und durchnässte Corban vom Arm bis zur Hüfte.

Der Kapitän rief etwas und warf ihm einen Eimer zu. Fragend nahm Corban ihn auf. Grod stupste ihn an.

»Schöpfen.«

Corban verfluchte den närrischen alten Mann. Wieder brach eine Welle über das Dollbord ins Schiffsinnere. Corban spürte, wie das Wasser um seine Knöchel spülte, bückte sich, ließ den Eimer volllaufen und kippte ihn über Bord aus. Vorn am Bug schöpfte ein weiterer Mann. Das Schiff rollte und krängte, die Planken ächzten und knarzten. Corban bückte sich, schaufelte Wasser und schüttete es mit Schwung über Bord, wieder und wieder. Das Salz fraß sich in seine tauben Hände. Grod gab ihm frisches Wasser zu trinken; er leerte den ganzen Krug.

Nach einer Weile begannen auch andere Männer zu schöpfen. Völlig durchnässt und am ganzen Leib zitternd, legte Corban sich nieder. Grod reichte ihm seinen Mantel. Corban wickelte sich hinein und schlief auf der Stelle ein.

Am nächsten Morgen legte sich mit der ersten Morgenröte der Wind. Stöhnend und fluchend kämpften sich die Männer aus dem Schlaf, hoben ihre Riemen übers Dollbord und begannen wieder zu rudern. Corbans Hände waren anfangs taub, doch als die Haut aufriss, spürte er die Schmerzen bis hinauf zu den Ellbogen. Nach wie vor schmerzte sein Rücken, und seine blutigen Handflächen klebten am Ruder. Ihm fiel auf, dass er bei jedem Ruderschlag die Luft anhielt, also zwang er sich, beim Ausholen einzuatmen und beim Zurückziehen den Atem auszustoßen. Er tröstete sich mit dem Gedanken, vielleicht Mav zu finden, und überlegte, Grod nach Erreichen der Insel zu Brei zu schlagen. Grimmig drosch er mit dem Ruderblatt auf die Oberfläche der ruhigen See. Den Rücken des Mannes vor ihm zierte eine lange Narbe; es machte ihn rasend, dass sie sich nicht in der Mitte befand. Plötzlich fing einer der Männer zu pfeifen an. Sofort schrien und fluchten die anderen, er solle aufhören.

»Sie glauben, es bringt Unglück«, erklärte Grod. »Hoffen wir lieber, dass es Wind bringt«, erwiderte Corban. Irgendwo hatte Grod Trinkwasser aufgetrieben und reichte es ihm. Es war rein und kalt und schmeckte köstlich.

Den ganzen Tag ruderten sie bei Windstille, bis sie kurz vor Einbruch der Dunkelheit, als die letzte Brise wieder aufkam, erneut das gestreifte Segel hissen konnten. Das Schiff glitt dahin, als wäre es unter den Rudern beinahe gestorben und erst vom aufkommenden Wind, der es jetzt in seinen Armen davontrug, wieder erweckt worden. Das Brot war mit Salzwasser getränkt, doch die Männer aßen es trotzdem. Am Rande der Welt vermischten sich die verschiedensten Farben – Rot und Rosa, Gelb und Gold – an einem dräuenden Himmel.

In der Nacht regnete es. Corban verkroch sich in seinen Mantel, und Grod kauerte sich dicht neben ihn. Sie schliefen unruhig und erwachten alle paar Minuten aus seltsamen, düsteren Träumen. Grod murmelte und zuckte im Schlaf, doch Corban drückte sich dicht an Grods wärmenden Körper.

Am nächsten Morgen trieb ein frischer Wind sie nach Osten. Bald sahen sie weit voraus eine in schwachem Blau schimmernde Erhebung aus der glatten See ragen. Die Ruderer jubelten, doch der Kapitän grunzte nur, beschattete die Augen, um Genaueres erkennen zu können, und spuckte über Bord. Corban breitete seinen Mantel zum Trocknen aus. Immer noch waren seine Hände wund und steif. Grod verrenkte sich beinahe den Hals, als er sich umsah. Unvermittelt murmelte er vor sich hin: »Ich hasse dieses Schiff.«

Corban wusste, was er meinte: Dieses Schiff war wie ein Sarg, in dem sie alle zusammengepfercht lagen. Man wurde von den Körpern der anderen schier erdrückt und konnte kaum Luft holen, ohne den stinkenden Odem und die Ausdünstungen anderer Männer zu atmen. Corban blickte in die Ferne, über die Bordwand des Schiffes und die sich kräuselnden Wellen hinweg. Der Wind brach die Kämme zu weißem Schaum. Das Schiff pflügte durchs Wasser, wobei es sich leicht auf die Seite neigte. Unter seinen Füßen spürte Corban das Klatschen der Wellen gegen den Rumpf. Er drehte sich auf die andere Seite.

Land!

Mit einem gedämpften Aufschrei sprang er auf. Jemand rief ihm etwas zu, während Grod an seinem Hemd zog, doch Corban ignorierte das eine wie das andere. Angestrengt starrte er in Richtung Land. Dann brüllte der Kapitän Befehle. Auch er hatte entdeckt, was Corban noch nicht gesehen hatte: zwei kleine Schiffe, die durch die Wellen auf sie zugeschossen kamen. Wie die Beine von Käfern, die übers Wasser krabbeln, hoben und senkten sich die Ruder.

Einige Männer heulten wütend auf. Der Kapitän brüllte weiterhin Befehle, zurrte die Pinne fest und stürmte in Richtung Segel und Mast. Im Schiffsinnern griffen die Männer nach ihren Rudern. Auch Corban hob das seine und schwang es übers Dollbord. Mit einem Blick über die Schulter sah er, dass die beiden Schiffe bereits viel näher gekommen waren. Sie huschten förmlich über die weißgekrönten Wellen.

Wieder brüllte der Kapitän. Grod, der sich dicht hinter Corban gekauert hatte, rief ihm ins Ohr: »Zieh, zieh! Wir müssen weg hier! Das sind Piraten, ganz bestimmt!«

Corban kannte das Wort Piraten nicht, sah jedoch die tödliche Zielstrebigkeit der herannahenden Schiffe. Er lehnte sich zurück und stemmte sich gegen sein Ruder. Die Männer um ihn her beugten sich gemeinsam vor, zogen, stemmten sich wieder vor, zogen und nahmen bald den Rhythmus auf. Einer stieß einen Stoßseufzer aus: »Gott hilf uns … Gott hilf uns …« Corbans Herz klopfte heftig. Der Kapitän wendete das Schiff nach Norden, vom Land weg. Corban wandte sich um und sah die beiden Schiffe nun unmittelbar hinter ihnen.

Wieder brüllte der Kapitän, und diesmal musste Grod nichts übersetzen. Corban pflanzte seine Füße auf die Bank vor sich und schwang das Ruder, zerrte es durchs Wasser. Hinter sich hörte er plötzlich ein Pfeifen, ein hohes Kreischen, wie von einem Schwarm bösartiger Vögel. Pfeile prasselten ins Schiff. Einer der Pfeile traf den nackten Rücken des Mannes, der vor Corban saß; weit neben der Narbe drang er bis zu den Federn in den Körper. Als der Mann nach vorn sank und sein Ruder fallen ließ, schwankte das Schiff und kam vom Kurs ab. Corban blickte sich gehetzt um und entdeckte den Kapitän. Zusammengekrümmt lag er vor dem Dollbord. Ein Pfeil steckte in seinem Hals.

Die anderen Männer kreischten und brüllten jetzt und sprangen von den Ruderbänken auf. Einer kauerte sich auf den Boden, die Arme über dem Kopf verschränkt, während die anderen nach vorn stürmten und über die Fracht hinweg zum Bug des Schiffes kletterten.

Corban fluchte vor sich hin. Tief gebückt drehte er sich einmal um sich selbst und hielt dabei nach einer Waffe Ausschau. Grod, halb unter dem Stapel Felle vergraben, hatte die Hand auf den Mund gepresst. Seine Augen waren schreckgeweitet und spiegelten seine nackte Angst wider. Der Kapitän lag quer über dem nächsten Stapel Felle. Die Pfeilspitze ragte neben seinem Ohr aus dem Kopf. Wieder drehte Corban sich um die eigene Achse, wieder blickte er suchend um sich.

Die zwei Schiffe kamen längsseits, eines schneller als das andere. Beide waren voll besetzt mit Männern, die jetzt aufsprangen und Speere und Bogen schwenkten. Von dem ersten Schiff, das sich dem Kauffahrer beängstigend schnell näherte, zischte ein Seil durch die Luft; der eiserne Haken am Ende landete auf dem Handelsschiff. Der Pirat am anderen Ende begann das Seil einzuholen und schrie triumphierend auf, als der Haken am Rumpf abprallte und sich dann am Dollbord verfing.

Corban packte die Ruderbank in dem Moment, als das Seil mit einem Ruck stramm gezogen wurde. Das Schiff unter ihm schaukelte heftig. Im Bug hatten die Ruderer derweil Schwerter und Knüppel aus dem Vorderdeck geholt und waren jetzt dabei, sich dem Angriff entgegenzustellen, indem sie über die Fässer und Fellstapel sprangen. Einer hob das Schwert und schnitt das Seil durch, das sie mit dem Piratenschiff verband.

Zu spät. Schon sprangen die ersten Piraten über den engen Streifen Wasser zwischen ihrem Schiff und dem Kauffahrer. Hinter ihnen näherte sich nun auch das zweite Piratenschiff und hielt entschlossen auf den Kauffahrer zu. Ein halbes Dutzend Männer brüllte und schwenkte die Speere. Corban duckte sich, verbarg sich tief unter der Ladung und versuchte, allem aus dem Weg zu gehen.

Wieder schwankte das Schiff wild, als zwei weitere Piraten über den schmaler werdenden Wasserstreifen hinweg auf den Kauffahrer sprangen und sich auf die kämpfenden Ruderer stürzten. Zwischen die Ladung gekauert, stellte Corban sich tot, als ein Entertrupp dem anderen übers Dollbord folgte.

Das Schiff krängte und rollte. Die Männer schossen an ihm vorbei. Corban lugte aus seiner Deckung hervor. Im Bug kletterten Männer über die gestapelte Fracht, stachen mit ihren Speeren darauf ein, doch Corban sah nur ihre Rücken; niemand achtete auf ihn. Keuchend stand er auf, wohl wissend, dass er schnell sein musste. Dann aber schrak er zusammen und wich zurück. Hinter ihm war etwas.

Eines der nun leeren Piratenschiffe trieb neben ihnen dahin, zog das durchgeschnittene Seil hinter sich her und stieß immer wieder gegen den Rumpf des Kauffahrers. Corban packte die treibende Leine und holte das Schiff nahe heran. Es war leicht wie eine Nussschale und hüpfte beinahe wie ein flacher, geschleuderter Stein auf der Meeresoberfläche. Corban drehte sich halb um, packte Grod, der sich noch immer zwischen der Ladung versteckte, am Kragen, hievte ihn über das Dollbord und ließ ihn in das kleine Piratenschiff fallen. Grod heulte auf. Kopfüber stürzte Corban sich von Bord.

Die kalte See nahm ihn auf. Zügig schwamm er aufwärts, wobei er die Rümpfe der Schiffe auf der lichtdurchfluteten Oberfläche des Meeres über sich schweben sah. Die zerschnittene Leine des Piratenschiffes trieb jetzt an ihm vorbei. Dann durchstieß Corban die Wasseroberfläche, schwamm zu dem kleinen Schiff und schob es von den anderen fort. Wenn er sich streckte, so hoch er konnte, vermochte er über den lederbezogenen Rand des Schiffes dorthin zu sehen, wo Grod saß: Der klammerte sich mit beiden Händen an das abgerundete Dollbord, die Augen vor Entsetzen aufgerissen. Corban stemmte sich mit seinem ganzen Gewicht gegen das Schiff und schob es mit starken Beinschlägen vorwärts.

Salzwasser spülte ihm in den Mund. Corban sah nichts außer dem Rumpf des leichten, schnellen Schiffes aus Leder und Wachs. Er legte seine Handflächen dagegen und trat heftig mit den Füßen und schob es durchs Wasser, immer weiter weg vom Kauffahrer. So tief er konnte blieb er im Wasser, sodass sie dort hinten glauben mussten, das kleine Schiff würde davontreiben. Er schubste und kämpfte das Schiff eine Welle hinauf. Auf der abschüssigen Seite glitt es ihm aus den Fingern und rutschte ins Wellental hinab, während Corban auf dem Kamm der Welle ritt und zurückblickte. Auf dem Kauffahrer wurde noch immer gekämpft. Er hörte Schreie, heulende Stimmen und sah Sonnenlicht auf einer erhobenen Schwertschneide glitzern. Ein Körper fiel ins Meer. Schließlich wandte Corban sich ab, schwamm los und machte sich wieder daran, den Abstand zwischen dem Lederschiff und dem Kauffahrer zu vergrößern.

Allmählich machte die Kälte sich bemerkbar. Keuchend hielt er einen Moment inne, packte das Dollbord des Schiffes mit beiden Händen, stieß es kräftig nach oben und von sich fort, sodass das Schiff ins Schaukeln geriet, bis er sich über die Bordwand schwingen konnte.

Das Schiff tanzte und hüpfte wild. Grod, der noch immer die Bordwand umklammert hielt, jammerte: »Ich kann nicht schwimmen... wirf mich nicht ins Wasser...«

Corban setzte sich aufrecht auf den Boden des Schiffes. »Halt durch, Grod. Es ist alles in Ordnung.« Er sah sich nach einem Paddel um. Er hatte Boote wie dieses benutzt, seit er ein kleiner Junge war; er kannte sich wesentlich besser damit aus als mit dem viel größeren Kauffahrer. In dem wie eine Schüssel geformten Bauch lagen hölzerne Paddel. Corban ergriff eins davon, kniete sich an die Bordwand, stieß das Blatt ins Wasser und paddelte los.

Eine Welle trug sie empor. Corban blickte über die Schulter und sah vom Kamm der Welle aus den Kauffahrer und die Männer, die noch immer verbissen aufeinander einschlugen. Niemand kümmerte sich im Geringsten um Grod und Corban. Dann trug die Welle sie hinab und außer Sicht. Mit aller Kraft paddelte Corban in Richtung Osten. Nach einiger Zeit verstummten das Schreien und Rufen hinter ihnen.

Mit großen Augen sah Grod zu ihm auf. »Du hast es geschafft! Du hast uns gerettet!«

»Vielleicht.« Corban verlangsamte seine Schläge, denn seine Kräfte ließen nach. Zwar war sein Mantel verschwunden, doch er trug noch immer sein Hemd mit dem Geld, das er in einem Ärmel befestigt hatte. Er befühlte seinen Gürtel – auch seine Schleuder war fort. Sein Messer jedoch befand sich immer noch an Ort und Stelle. Und Grod war da. Die Augen vor Angst weit aufgerissen klammerte er sich ans Dollbord. Bei seinem Anblick lachte Corban erleichtert und belustigt zugleich. Dann warf er wieder einen raschen Blick zurück.

Einen Moment lang sah er nur die rollende See; dann hob eine Welle das Boot wieder empor, und Corban entdeckte den Kauffahrer weit hinter ihnen. Der Kampf schien vorüber zu sein. Die Welle trug sie hinab und wieder außer Sicht. Corban wandte sich nach vorn und hielt Ausschau nach dem Land, das er gesehen hatte. Es lag jetzt ein gutes Stück in Richtung Süden, doch dahinter sah er eine dunkle Hügelkette, die einen engen Bogen beschrieb. Keuchend, durchnässt, frierend und mit schmerzenden Muskeln paddelte er weiter nach Osten. Innerlich jubelte er. Sie waren davongekommen, ihre Flucht war geglückt.

»Die Piraten hätten uns getötet«, bemerkte Grod. »Sie haben alle anderen umgebracht.« Vor Schreck waren seine Augen noch immer weit aufgerissen.

Corban nickte bloß. Ihm war jetzt so kalt, dass seine Zähne klapperten. Am Boden des Bootes fanden sie eine durchnässte Decke. Corban wrang sie aus und wickelte sich darin ein. Grod schüttelte sein Entsetzen ab und durchstöberte ebenfalls die Ausrüstung. Er fand einen Krug mit Wasser, aber nichts zu essen.

Corban paddelte unverdrossen weiter. Das Schiff bewegte sich so leicht und schnell – sie waren offenbar in eine Strömung geraten. Corban versuchte in die Richtung zu paddeln, in der diese Strömung verlief, wenngleich sie das Boot von der Landzunge wegtrug, die sich jetzt im Süden erhob.

Grod reichte Corban Wasser. Möwen segelten an ihnen vorbei, die weißen Schwingen vom Wind gekräuselt.

Wieder und wieder ließ Corban sich ihre Flucht durch den Kopf gehen, und die erste Welle des Triumphs verebbte rasch. Eine so große Tat hatte er gar nicht vollbracht... Corban erinnerte sich daran, wie er sich im Laderaum in sein Versteck gekauert hatte, während die anderen sich und ihr Schiff in wildem Kampf verteidigt hatten. Vermutlich hatte Grod recht, wenn er sagte, ihre Tapferkeit habe den anderen den Tod gebracht, ihm und Corban aber das Leben gerettet.

Traurigkeit erfasste Corban. Seiner Meinung nach war er es nicht wert, dass ein Dutzend Männer für ihn starben...

Er paddelte den ganzen Tag. Bei Anbruch der Nacht war er so hungrig, dass er die Decke hätte verspeisen können – oder Grod. Sie trieben an einem Küstenstreifen vorbei. In einiger Entfernung waren umrisshaft Hügel zu erkennen. Corban zeigte darauf.

»Wir sollten an Land gehen. Wir müssen uns etwas zu essen besorgen.« Grod schüttelte den Kopf. »Paddel weiter.«

»Ich verhungere!«

»Denk an die Piraten«, erwiderte Grod. »Willst du uns zu ihnen zurückbringen, jetzt, wo wir gerettet sind? Paddel weiter in Richtung Osten.«

Corban seufzte, dann machte er sich wieder an die Arbeit mit dem Paddel. Als es dunkel wurde, wickelte er sich in die Decke, legte sich nieder und schlief. Grod rollte sich neben ihm zusammen; die Wärme seines Körpers wirkte wie ein kleines Feuer. In der Nacht fing es zu regnen an. An Grod gedrängt, erwachte Corban vor Kälte und Hunger.

Er dachte an seine Schwester, an sein Zuhause, an die warme Feuerstelle und die Menschen dort, die nun für immer von ihm gegangen waren. Tiefer Schmerz überkam ihn, als wäre die Menschheit ausgestorben und er ganz allein auf der Welt, frierend, durchnässt und hungrig in dieser Nussschale. Die Verwünschungen seines Vaters kamen ihm in den Sinn. Er war Corban Tunichtgut, der nur Ärger brachte und nichts richtig machte …

Mit der Verzweiflung eines Ertrinkenden dachte er an Mav, und dieser Gedanke verlieh ihm endlich ein wenig Zuversicht. Er war sicher, dass Mav noch lebte. Warum das so war, wusste er nicht, doch als er darüber nachsann, wuchs dieses Gefühl in ihm, als würde Mav ihm von irgendwo hinter dem Horizont zurufen. Ja, ganz bestimmt lebte sie noch!

Endlich hörte der Regen auf. Corban schmiegte die Wange an Grods Schulter und versuchte zu schlafen.

Im Morgengrauen trieben sie dahin, dem Land wesentlich näher als zuvor. Er erblickte einen langen, hellen Strand, dahinter dunkle Bäume und hinter diesen blau aufragende Berge.

»Lass uns an Land gehen. Wir müssen etwas zu essen finden.«

»Nicht hier«, erwiderte Grod. Er deutete auf mehrere Felsen im Wasser.

»Ich kann dazwischen hindurchsteuern«, erklärte Corban und nahm das Paddel zur Hand.

»Weißt du, wie diese Felsbrocken hierher gekommen sind?«, sagte Grod. »Hier leben Riesen. Sie werfen Felsbrocken auf jedes Schiff, das sich der Küste nähert. Wenn sie eins versenkt haben, waten sie hinaus, holen sich die Leichen der ertrunkenen Menschen und essen sie.«

Erschrocken starrte Corban ihn an. Dann wandte er sich um und blickte längere Zeit zum Strand hinüber. Doch er sah nichts als den langen, hell schimmernden Sandstreifen, die Bäume dahinter und das hoch aufragende Bergmassiv. »Woher weißt du das? Bist du schon mal hier gewesen?«

»Ich bin schon überall gewesen«, erwiderte Grod.

Corban legte sich in die Riemen und hielt Kurs auf die offene See, weg von den Felsen, der Küste und den Riesen. »Wo warst du zuerst?«

»Die Dänen nennen es Gardarik«, antwortete Grod. »Es ist weit im Osten von hier, wo das Meer aufhört.«

Corban paddelte stetig weiter. »Das Meer hört niemals auf. Das Meer ist überall.«

»Ha! Was weißt du denn schon? Östlich von hier endet das Meer, und das Land zieht sich endlos dahin. Ich muss es wissen, denn ich komme von dort.«

»Und warum bist du weggegangen?«

Grod zuckte die Achseln. Bartstoppeln schimmerten auf seinen Wangen, was bei seinem spiegelglatten, kahlen Kopf seltsam anzusehen war. »Ich wollte sehen, was es woanders gibt. Ich wollte wissen, wie weit ich gehen kann.« Er kratzte sich die Wange. »Junge Männer haben seltsame Anwandlungen. Wenn ich gewusst hätte, dass es hier draußen nichts als Felsen, Wasser und Wilde gibt, wäre ich niemals hergekommen.«

Corban lachte. »Dann ist es dort, wo du herkommst... wie hieß es noch?«

»Gardarik.«

»Ist es dort besser?«

»Oh, sicher. Selbst gewöhnliche Leute leben dort in Palästen. Jeder isst, worauf er gerade Appetit hat – frische Eier und süße Sahne und goldgelbes Brot. Alle tragen Pelzmäntel und Stiefel, selbst die Bettler. Im Sommer bleibt die Sonne die ganze Nacht am Himmel, und wir tanzen und singen, um dieses Wunder zu feiern.«

Corban hatte Magenkrämpfe, und sein Rücken schmerzte. Doch unermüdlich paddelte er weiter die Küste entlang, die sich rechts von ihnen hinzog. »Auch über meinem Zuhause bleibt die Sommersonne lange stehen. Hast du eine Familie, zu der du zurückkehren kannst?«

Grod sah ihn einen Moment nur an. Der Ausdruck seines breiten Mundes wurde weich. »Ja. Jedenfalls glaube ich, sie sind alle noch dort... meine Mutter und meine Brüder. Mein Vater starb, als ich noch ein kleiner Junge war.«

Unwillkürlich musste Corban an seine eigene Familie denken, an den brennenden Hof, an die Toten, an den Haufen blutiger Knochen am Strand. Ihm wurde die Kehle eng, und alles verschwamm vor seinen Augen. Er holte tief Atem und verscheuchte die quälenden Erinnerungen.

Grod streckte die Hand aus und berührte seinen Arm.

»Es tut mir leid.«

Corban schüttelte den Kopf. »Ich muss meine Schwester finden.«

»Vielleicht ist sie in Jorvik«, meinte Grod. »Dann kannst

du sie von dort fortholen und mit ihr nach Hause zurückkehren.«

Eine Woge der Zuneigung zu dem alten Mann durchströmte Corban. Er war froh, Grod bei sich zu haben, sonst wäre er ganz allein. Und er hatte Grod gerettet; jetzt gehörten sie zusammen. Ein Hauch von Hoffnung stieg in Corban auf. Es war ein klarer Tag; der Himmel war wolkenlos blau, und die Sonne schien angenehm warm. Corban empfand dies alles auf eine neue, bislang unbekannte Weise, als wäre er aus langem Schlaf erwacht.

Gegen Mittag konnte er voraus Land erkennen. Er hielt mit dem Paddeln inne, streckte sich und gönnte seinen vor Schmerz pochenden Armen eine Pause.

»Sag mir, wo wir dort an Land gehen können«, forderte er Grod auf und deutete nach vorn.

Grod spähte über das Dollbord und beschirmte die Augen mit der Hand. »Da drüben, wo der Fluss mündet. Fahr dorthin.«

Corban paddelte weiter. Vor ihnen beschrieb das Land einen Bogen nach Norden, doch er sah die Stelle, an der eine breite Flussmündung sich öffnete. Als sie näher kamen, erblickte er andere Schiffe und Boote, die den breiten Streifen Wasser sprenkelten. Männer fischten mit Netzen. Sehnsüchtig dachte Corban an gebackenen Fisch und frisches warmes Brot. Seine Arme zitterten vor Erschöpfung, und wieder hielt er inne.

»Mach weiter«, forderte Grod ihn auf. »Was ist los mit dir? Wir sind fast da. Gib jetzt nicht auf!«

Corban biss die Zähne zusammen. Er paddelte an Fischerbooten und Frachtfahrern vorbei, bis überall um sie herum Land aufragte. Die Höhen waren dunkel von Bäumen, und er sah Gebäude: Häuser, Hütten und Hallen. In gleichmäßigen Reihen standen sie oberhalb des Strandes.

Corban paddelte die zunehmend enger werdende Flussmündung hinauf, ließ die hohen Wellen der See immer weiter hinter sich. Er musste die letzten Kräfte zusammennehmen, um gegen die Strömung des Flusses anzukommen und das Boot daran zu hindern, sich in Richtung Meer zu drehen. Am nördlichen Ufer des Flusses lagen weitere Schiffe und Boote; viele waren auf den Strand gezogen. Hinter ihnen, am ansteigenden Ufer, standen Häuser. Grod blickte übers Dollbord. Noch immer hielt er sich mit beiden Händen fest. »Leg hier an«, sagte er.

»Ist das Jorvik?« Corban bewegte das Paddel nun gleichmäßig auf einer Seite des Bootes und bewegte dieses quer durch einen Streifen ruhigen Wassers auf die Küste zu.

Grod lachte. »Nein, nein. Jorvik ist noch immer weit entfernt. Aber hier bekommen wir etwas zu essen, nehme ich an. Außerdem können wir das Boot verkaufen und die Reise an Land fortsetzen.«

Corban paddelte das Boot mit kräftigen Armzügen ins seichte Wasser des Ufers und sprang hinaus. Grod tat es ihm gleich. »Warte hier«, sagte er und rannte davon.

Corban reckte sich. Es war ein herrliches Gefühl, wieder festen Boden unter den Füßen zu haben. Er bückte sich und drückte die schmerzenden, erhitzten Hände in den wohltuend kalten Sand des Strandes. Kurz kam ihm der Gedanke, ein Dankgebet zu sprechen, doch er wusste nicht, zu wem er beten sollte. Er zog das Boot auf den Strand, bis über die Flutmarke, und setzte sich, um auf Grod zu warten.

Bald erschienen ein paar Jungen. Sie schlenderten umher, als hätten sie Corban gar nicht bemerkt, beobachteten ihn jedoch aus den Augenwinkeln. Er beachtete sie nicht, blickte stattdessen über den Fluss. Wenngleich er sich nun auf festem Boden befand, spürte er immer noch das Auf und Ab der Meereswogen. Seine Arme und Hände schmerzten. Mit plötzlicher Verwunderung wurde ihm klar, welch langen Weg er nun schon hinter sich hatte. Noch vor wenigen Tagen hätte er sich so etwas nie zugetraut.

Corban fragte sich, ob es hier den christlichen Glauben

gab, und wenn nicht, welche Götter über dieses Land herrschten und welche Gebete man an sie richtete, denn die Erinnerung an den Kampf gegen die Piraten war noch frisch, und Corban hätte gern für die anderen Männer gebetet, die gestorben waren, während er entkommen konnte. Zumindest ein Gebet war er diesen Männern schuldig.

Einer der Jungen sagte ein paar Worte. Corban verstand ihn nicht; deshalb blickte er weiter über den Fluss und hing seinen Gedanken an Götter und Geister nach. Doch der Junge kam näher, verstellte Corbans Blickfeld und sprach ihn an, Corban aber schüttelte nur den Kopf und zuckte die Achseln.

Dann kam Grod zurück und hielt ihm einen runden Laib Brot hin, der nach Roggen duftete.

Alle anderen Gedanken fielen von Corban ab, als er dieses Rad aus Brot erblickte. Er ergriff es mit beiden Händen, riss Stücke davon ab und verschlang sie voller Heißhunger. Das Brot war noch warm und schmeckte köstlich, und Corban stöhnte wohlig auf. Grod stand neben ihm und sprach zu den Jungen.

»Was wollen sie?«, fragte Corban mit vollem Mund.

Grod holte einen weiteren Laib Brot hervor. »Sie sagen, dass dies ein kymrisches Boot ist, und fragen sich, ob wir Kymren sind.«

»Sag ihnen, sie sollen verschwinden.« Corban verschlang das zweite Brot so schnell wie das erste. »Gib mir Wasser.«

Grod hielt ihm einen Krug hin. »Wir müssen noch dafür bezahlen.«

Corban nickte und nahm einen tiefen Schluck. »Was ist kymrisch?«

»Unser Boot, das Piratenboot«, erwiderte Grod. »Gib mir Geld, Corban. Dann geh ich, bezahle das Brot und besorg uns noch mehr zu essen.«

Corban löste den Knoten am Hemdsärmel; das Salzwasser hatte ihn fester werden lassen, sodass er ihn mit den Zähnen auseinanderziehen musste. Er gab Grod ein Stück Silber, doch der alte Mann schüttelte den Kopf. »Schneide die Hälfte ab, das reicht völlig. Dafür besorg ich dir sogar Fleisch.« Immer noch beobachteten die Jungen die beiden Fremden. Grod redete in ihrer fremden Sprache auf sie ein, während Corban das Silberstück auf einen größeren Stein legte, sein Messer aus dem Gürtel zog und die Münze in zwei Hälften sägte. Die Schnittkante war heller als der angedunkelte Rest.

»Ich habe ihnen erzählt, du seist ein Prinz von jenseits des Meeres«, erklärte Grod. »Wir hätten Piraten dieses Boot abgenommen und dabei viele Gegner getötet.«

Corban reichte ihm die halbe Münze. »Das war unvorsichtig von dir. Vielleicht sind die Jungen mit diesen Halunken verwandt.«

»Nein, nein. Sie hassen die Kymren. Deshalb müssen wir ihnen immer wieder sagen, dass wir keine sind, obwohl wir ein kymrisches Boot haben.« Grod nahm das Silber und ging davon.

Corban fühlte sich nach der Mahlzeit wesentlich besser, hatte aber immer noch Hunger. Er saß da, wartete auf Grod und trank aus dem Krug. Die Jungen beachtete Corban weiterhin nicht, obwohl sie näher kamen und ihn mit nachdenklichen Blicken musterten. Der Mutigste von ihnen, ein halb nackter, schwarzhaariger Bursche, trat schließlich einen Schritt nach vorn, deutete auf das Boot und sagte etwas, das wie eine Frage klang, da seine Stimme sich am Ende des Satzes hob.

Corban zuckte die Achseln, schüttelte den Kopf und breitete die Arme aus, um zu zeigen, dass er nichts verstand. Der schwarzhaarige Junge näherte sich einen weiteren Schritt und hockte sich hin, wobei er Corban beständig im Auge behielt, die Stirn runzelte und sich die Lippen leckte. Corban sah, dass der Junge versuchte, einen Weg zu finden, sich ihm verständlich zu machen. Er musste lächeln. Der Junge lächelte zurück und strich sich das dichte schwarze Haar aus der Stirn.

Grod kam zurück. In der Hand trug er eine Schüssel mit Fleisch und den Resten eines appetitlich aussehenden Auflaufs.

»Was wollen diese Burschen von uns?«, fragte Corban. »Sie gehen mir auf die Nerven. Wir sollten hier verschwinden.«

»Sei nicht so unruhig«, sagte Grod. »Iss erst mal.«

»Willst du nichts?«

»Ich habe schon gegessen. Hier.«

Corban nahm die Schüssel. Die Hände in die Hüften gestützt, stand Grod neben ihm und blickte die Jungen von oben herab an. Dann sprach er ein paar Worte. Mit demütig gesenktem Kopf antwortete der schwarzhaarige Junge ihm. Dabei deutete er auf das Boot und dann auf Corban, wobei ein bestimmtes Wort immer wieder zu hören war. Vielleicht, überlegte Corban, war es das Wort für »Boot«.

Grod sprach lange zu den Jungen; dann wandte er sich an Corban. »Ich habe ihnen erzählt, dass wir die Piraten in einem schrecklichen Kampf auf See besiegt haben, dass jeder getötet wurde außer uns beiden, und dass wir dann hierherkamen.«

»Na gut«, erwiderte Corban. »Erzähl ihnen, was du willst, solange wir unsere Ruhe haben.« Er wischte sich den Mund ab.

Das Gesicht des schwarzhaarigen Jungen war voller Verlangen. Wieder sagte er etwas und versuchte erneut, Corban direkt anzusprechen. Der deutete mit einem Nicken auf Grod. Der Junge warf Grod einen auffordernden Blick zu.

»Ihm gefällt das Boot«, erklärte Grod.

»Dann sag ihm, dass er es haben kann. Wir können es nicht mehr gebrauchen.«

Grod fiel die Kinnlade herab. Mit großen Augen starrte er

Corban an. »Hast du den Verstand verloren? Du willst ihm das Boot einfach geben?«

»Was nützt es mir noch?«, erwiderte Corban, dem der Gedanke gefiel, alles loszuwerden: das Boot, die Erinnerung an den Kampf und die toten Kameraden und damit vielleicht auch das bedrückende Gefühl, dass die anderen für ihn gestorben waren. Corban wandte sich dem Jungen zu und sagte das Wort, von dem er glaubte, dass es »Boot« bedeutete, wobei er auf den Jungen zeigte. In seiner eigenen Sprache fügte er hinzu: »Es gehört dir. Nimm es.«

»Sei kein Narr!«, rief Grod. »Du könntest es für gutes Geld verkaufen!«

Mit glänzenden Augen trat der Junge einen Schritt vor. Wieder zeigte Corban auf das Boot und nickte. Der Junge verstand, denn er stieß einen freudigen Schrei aus. Grod protestierte, schüttelte den Kopf und stritt mit dem Jungen, doch Corban packte ihn am Arm und zog ihn davon.

»Lass den Burschen in Ruhe. Das Boot gehört jetzt ihm. Du hast gesagt, Jorvik ist auf dem Landweg zu erreichen. Was also sollen wir mit einem Boot? Über die Straßen segeln?« Er wandte sich um und ließ den Blick über den Uferstreifen gleiten, auf dem dichtes Unterholz und einige alte, verkrüppelte Bäume wuchsen, die ihre Blätter bereits verloren hatten, denn der Winter rückte immer näher. Dies erinnerte Corban daran, dass die Nacht kalt wurde. »Lass uns sehen, dass wir irgendwo einen Platz zum Schlafen finden.«

Grod stöhnte auf. »Du bist verrückt, Corban. Wir hätten für das Boot einen guten Preis erzielen können.«

Corban schnaubte. »Du versuchst immer, aus allem etwas herauszuschlagen.«

Noch immer stand der Junge da, wippte auf den Zehenspitzen, das Gesicht glühend vor Freude und Eifer. Wieder sagte Corban das Wort für »Boot«, deutete noch einmal auf das Gefährt, dann auf den Jungen und nickte. Endlich fasste der Bursche Mut und eilte zum Boot. Jubelnd folgten ihm die anderen Jungen. Sie umkreisten das Boot, packten es am Dollbord und schleppten es in Windeseile hinunter zum Fluss. Corban lachte.

»Ich weiß gar nicht, warum ich überhaupt bei dir bleibe!«, schimpfte Grod. »Du bist ein Verrückter, dass du alles weggibst, was wir besitzen. Wenn du immer alles verschenkst, wirst du nirgendwohin kommen! Ich hatte dich für klüger gehalten, aber da hab ich mich wohl getäuscht.«

»Du willst wissen, warum du bei mir bleibst? Weil du etwas von mir willst!« Mit diesen Worten hielt Corban ihm den Ärmel voll klingendem Silber unter die Nase. Dann ging er davon, ohne sich darum zu kümmern, ob Grod ihm folgte oder nicht. Er überquerte den Küstenstreifen und näherte sich dem dicht mit Unterholz bewachsenen Hang. Das Essen hatte ihm frische Kraft und neue Zuversicht gegeben. Außerdem wusste er, dass Grod ihn begleiten würde. Tatsächlich tauchte Grod Augenblicke später neben ihm auf.

»Nach Jorvik ist es ein weiter Weg. Wir hätten mehr Silber bekommen können.«

»Die Jungs besitzen kein Silber. Sie besitzen gar nichts. Jetzt besitzen sie etwas, und das ist gut so. Belassen wir es dabei.« Corban erklomm die Uferböschung, ging zum Rand des Unterholzes und sah sich nach Material um, mit dem sie einen Unterstand errichten konnten. Der Wind wurde stärker, raschelte im Unterholz und schlug die trockenen Zweige der Bäume aneinander; bald würde die Dunkelheit hereinbrechen. Je länger Corban darüber nachdachte, das Boot verschenkt zu haben, desto besser fühlte er sich bei diesem Gedanken.

Grod hingegen murrte noch immer. »Du bist ein Dummkopf. Deswegen brauchst du mich.«

Sie sammelten Zweige und bauten sich einen Windschutz; dann zündeten sie ein kleines Feuer an. Bald kam der kalte Wind den Fluss herauf und schlug die Zähne bis auf die Knochen in Corbans Körper. Corban rückte ganz dicht ans

Feuer und dachte daran, Grod nach mehr Essen auszuschicken, denn die Sonne ging unter, und er bekam schon wieder Hunger.

Plötzlich erschien der schwarzhaarige Junge in seinem Blickfeld und näherte sich über den Strand hinweg.

Der junge Bursche strahlte, und seine schwarzen Augen wirkten übergroß. Vor dem kleinen Windschutz blieb er stehen und streckte die Arme aus, in denen er einen Mantel trug. Er sprudelte irgendetwas in seiner Sprache hervor, legte den Mantel auf den Boden, trat einen Schritt zurück und verbeugte sich unbeholfen.

»Na, das ist ja sehr schön«, ließ Grod sich vernehmen.

»Was?«

»Er hat gesagt, er hätte gesehen, dass du einen Mantel brauchst. Er selbst habe ein Boot gebraucht. Deshalb sei es ein fairer Handel, wenn er dir jetzt diesen Mantel gibt.«

Corban stand auf, ging um das Feuer herum und hob den Mantel hoch. »Danke«, sagte er zu dem Jungen. Der Mantel war alt und abgetragen, aber schwer und dick und groß genug, um sich darin einzuwickeln wie in eine Decke. Der Stoff war geschmeidig wie ein Zopf aus Frauenhaar. Roter Faden lief auf der einen Seite, blauer auf der anderen.

»Danke«, wiederholte Corban. Lächelnd nickte der Junge. Corban streckte den Arm aus, und der Junge trat vor und schüttelte ihm die Hand. Dann rannte er davon.

»Manchmal hast du einfach nur Glück, Corban«, erklärte Grod.

Corban faltete den Mantel auseinander und wickelte sich darin ein. »Das hoffe ich«, sagte er und setzte sich wieder ans Feuer. Diesmal fror er nicht.

5

Grod war lange nicht mehr in dieser Richtung unterwegs gewesen – er hatte vergessen, wie viele Jahre es her war –, doch er kannte den Weg nach Jorvik noch immer. Er führte Corban vom Fluss weg ins Landesinnere. Sie folgten dem ausgefahrenen Weg nach Osten. Erst ging es eine von Bäumen beschattete Uferböschung entlang, dann durch ein Dorf; an der Mühle waren mehrere Männer damit beschäftigt, das Rad aus dem Mühlbach zu heben, um es vor den schlimmsten Winterstürmen in Sicherheit zu bringen.

Corban hatte auch für die zweite Hälfte des zerschnittenen Pennys frisches Brot erstanden. In dieser Nacht schliefen sie am Wegesrand, aßen die flachen, runden Laibe und tranken Wasser aus dem Fluss. Kurz nach Mitternacht fegte ein Regenschauer über sie hinweg. Sie suchten unter einem Baum Zuflucht, waren am Morgen aber trotzdem völlig durchnässt.

Grod spürte die feuchte Kälte besonders in den Knien. Er hatte in Dubh Linn ein gutes Leben geführt; nun bezahlte er den Preis dafür. Der brennende Schmerz in den Knien ließ ihn missmutig werden. Er beschimpfte Corban, wie einfältig und dumm er sei zu glauben, sie würden seine Schwester jemals finden. Corban beachtete ihn nicht; er ging einfach weiter, sah sich nicht einmal um. Grod fragte sich, ob Corban ihn überhaupt gehört hatte.

Den ganzen nächsten Tag ging es bergauf, als sie dem stetig ansteigenden Weg in die Hügel folgten. Hier und da begegneten sie anderen Reisenden. Wieder schliefen sie im Freien. Am Tag darauf schließlich erblickten sie kurz vor Sonnenuntergang ein großes Gehöft abseits des Weges. Sie gingen zum Haupthaus, um dort um Essen und Unterkunft zu bitten.

Eine Wand aus Büschen und Erdreich umgab das Gehöft. Das darin eingelassene, zweiflügelige Tor stand offen. Als die Gefährten sich ihm näherten, wehte ihnen der Klang vieler Stimmen entgegen, die gemeinsam sangen – lang gezogene Worte in einer fremden Sprache.

Grod war erleichtert. »Eine Abtei. Hier wird man uns willkommen heißen.«

»Eine Abtei …«, wiederholte Corban nachdenklich. »Es gab eine in der Nähe unseres Hofes, aber die war anders als diese hier.«

Sie schritten durch das Tor und standen unmittelbar vor einer Kirche mit Glockenturm; die langsamen, unheimlichen Klänge des Sprechgesangs drangen aus den offenen Türen. Ein gähnender Wächter erschien. Mit einer Handbewegung bedeutete er den Gefährten zu bleiben, wo sie waren. Dann ging er zum Kirchenportal.

Unsicher standen Grod und Corban im Vorhof, lauschten den klaren Stimmen der Mönche, die aus dem Kircheninnern zu vernehmen waren, und sahen sich um.

»Die Abtei bei uns zu Hause war nur eine Ansammlung kleiner Hütten«, sagte Corban. »Hier ist alles viel größer.«

»Du weißt aber auch gar nichts!« Grod schüttelte den Kopf. »Einst gab es auch in Irland Abteien, die so groß waren wie diese hier. Die Wikinger haben sie zerstört.«

Mit prüfendem, misstrauischem Blick betrachtete Corban alles ganz genau. Dann sagte er mit leiser Stimme: »Vielleicht ist es besser, wir gehen. Ich glaube, wir gehören nicht hierher.«

»Unsinn.« Grod warf einen Blick in die Runde. »Sie beobachten uns, das spüre ich auch. Aber das ist Teil ihrer Pflichten. Sei jetzt bloß kein Narr! Wenn sie dich fragen, ob du Christ bist, sag ja.«

Gleich bei ihrer Ankunft hatten sie hinter der Kirche die

Lagerhäuser entdeckt, die an die Innenseite der Mauer gebaut worden waren, und die Stapel Wolle gesehen, die draußen aufgereiht lagen, als wäre im Innern kein Platz mehr für all diesen Reichtum. Hinter dem Haupthaus gab es ein langes, vorn offenes Gebäude, in dem Ochsen untergebracht waren. Ein Pflug mit einer großen eisernen Pflugschar war in den Schutz des überhängenden Daches gezogen worden.

Die Kirche selbst war groß und gedrungen. Genau wie die anderen Gebäude war sie stabil gebaut und gut in Schuss. Bestimmt gab es in dieser reichen Abtei frisches Brot und einen warmen, trockenen Platz zum Schlafen.

Bald darauf war der Gottesdienst zu Ende. Ein anderer Mönch trat zu ihnen, begrüßte sie höflich und führte sie ins Gästehaus. Er brachte jedem einen Becher voll Bier und lud sie zum Abendessen ins Refektorium ein. Als er die Gefährten dorthin führte, fragte er sie, wer sie seien, woher sie kämen und wohin sie wollten. Wieder musste Corban gezwungenermaßen schweigen, weil er kein Dänisch sprach. Grod ließ durchblicken, dass Corban ein wenig einfältig sei.

Er selbst, so ließ er den Mönch wissen, sei jedoch ganz und gar nicht einfältig, sondern ein weit gereister Mann, wohlhabend und weithin bekannt in seinem Heimatland; er reise deshalb als einfacher Mann, erklärte Grod sein schlichtes Äußeres, um keine Diebe anzulocken.

Als sie ins Refektorium kamen und sich an einen der Tische setzten – zurzeit waren sie offenbar die einzigen Gäste der Abtei –, kam der Abt und setzte sich zu ihnen. Er war jünger, als Grod erwartet hatte. Das dicke, dichte Haar sträubte sich um seine Tonsur, und ein roter Schimmer lag auf seinen Wangenknochen. Als der Abt ihnen gegenübersaß, die Hände vor sich verschränkt, ließ er sie kaum den ersten Bissen Hammelfleisch und Brot essen, als er sie auch schon ausfragte.

»Ihr habt meinem jungen Mitbruder erzählt, dass ihr aus

Gardarik kommt. Von diesem Ort habe ich noch kaum gehört. Wer herrscht dort?«

»Igor Olafson«, antwortete Grod. »Jedenfalls war er der Herrscher, als ich dort weggegangen bin – vor einem Menschenleben.«

»Ist er ein Mann des Königs?«

Mit stolzgeschwellter Brust erklärte Grod: »Mein Prinz beugt sich keinem, nicht einmal Miklagard, dem Mittelpunkt der Welt!«

»Miklagard.« Mit glänzenden Augen hob der Abt den Kopf. »Wir sprechen von verschiedenen Königen. Euer Heimatland ist sogar noch weiter weg, als ich dachte. Seid Ihr ein Mann Christi, unseres Herrn?« Grod räusperte sich und schlug das Kreuzzeichen. »In Gottes heiligem Namen – ja.«

Die Augen des Abts wurden schmal, wenngleich er noch immer lächelte. Er hob die linke Hand, an der ein Siegelring schimmerte, und rieb sich übers rasierte Kinn. »Gottes geheiligter Name sei gepriesen. Aber wieso schlägt man in Gardarik das Kreuz rückwärts?«

»Äh …« Rasch schlug Grod das Kreuz anders herum, doch der Abt hatte sich bereits an Corban gewandt.

»Und Ihr? Seid Ihr auch von weither gekommen, vom anderen Ende der Welt?«

Corban aß mit mahlenden Kiefern, die Ellbogen auf den Tisch gestützt. Er zuckte bloß die Achseln und ließ den Blick hinüber zu Grod schweifen.

»Er ist Ire«, erklärte Grod. »Er beherrscht die dänische Zunge nicht – kein einziges Wort.«

Der Abt blickte weiterhin auf Corban; dann sprach er ihn auf Irisch an. »Gesegnet sei Irland, Land voller Heiliger. Seid auch Ihr ein Mann Christi?«

Grod rammte Corban den Ellbogen in die Seite und hoffte flehentlich, dass der Gefährte sich daran erinnerte, was er sagen sollte. Corban warf ihm einen Blick zu; dann wandte er sich an den Abt. »Christus war der Gott meines

Vaters. Aber mein Vater ist tot, und Christus hat ihn nicht gerettet.«

Grod stieß zischend den Atem aus. Der Bursche würde es nie lernen! Doch wider Erwarten wurde das Lächeln des Abts breiter. »Zumindest nicht, soweit Ihr wisst. Könnt Ihr in die Nachwelt blicken?«

Corban setzte sich aufrecht hin. »Nein, das kann ich nicht. Doch als die Wikinger auf unseren Hof kamen, stand kein Gott zwischen ihren Schwertern und meiner Familie.«

Der Abt nickte. »Der Herr möge ihrer Seelen gnädig sein.«

»Und wann?«, brach es zornig aus Corban heraus. »Wann soll ihnen diese Gnade zuteil werden?«

»Nur Gott sieht genug, um das zu wissen«, erwiderte der Abt, den Corbans Aufsässigkeit zu Grods unendlicher Erleichterung nicht zu stören schien. Für einen Mönch ist er ohnehin ein recht weltlicher Mann, ging es Grod durch den Kopf, als er den feinen wollenen Mantel und die gepflegten Hände des Abts betrachtete.

»Würdet Ihr denn den Göttern der Wikinger folgen?«, wollte der Abt wissen.

Corban stieß einen Fluch aus. »Eher würde ich sterben.«

Der Abt nickte. Er sah erfreut aus. »Dann seid Ihr auf dem Weg zu Christus, mein Sohn. Mögt Ihr die rechte Entscheidung treffen, bevor Ihr Eurem Vater wieder begegnet. Mein junger Mitbruder sagte, dass ihr beide auf dem Weg nach Jorvik seid. Dort werdet ihr Gottes Liebe vielleicht brauchen.«

»Ist Erik Haraldsson, die Blutaxt, immer noch König dort?«, fragte Grod.

»Ja. Es gibt keinen, der ihn stürzen könnte. In Jorvik, müsst ihr wissen, hat man stets einen dänischen König bevorzugt, wenn man einen bekommen konnte.«

»Erik war zuvor schon einmal König dort, konnte sich aber nicht halten.«

»Ja, das stimmt. Wie ich sehe, seid Ihr mit der Lage dort vertraut. Es ist, wie Ihr sagt. Aethelstan hatte Erik zum König von Jorvik berufen, als die Männer in Norwegen ihn abgesetzt hatten, doch als Aethelstan starb und Edmund auf den Thron kam, wurde Erik aus Jorvik vertrieben. Doch nun, da unser guter König Edmund tot ist und wir unseren weniger guten König Edred haben, greift Erik Blutaxt wieder nach Jorviks Krone.«

Grod kratzte sich am Kinn. In Dubh Linn war er immer glatt rasiert gewesen, so wie der Abt, nun aber wucherte sein Bart und juckte. »Was ist mit dem Priester in Jorvik, diesem Erzbischof? Er hat sich stets gegen den König gestellt und in Versammlungen seine Meinung kundgetan. Er war es, der Erik zuerst ausgesucht hat, habe ich gehört.«

Der Abt beugte sich über den Tisch. »Erzbischof Wulfstan sitzt in Jedburh fest, wo er nach König Edreds Ansicht keinen Schaden anrichten kann. Mir scheint, Wulfstan könnte dem König von großem Nutzen sein, wenn er freigelassen würde, um sich Erik entgegenzustellen, doch Edred beachtet die Ratschläge von Kirchenmännern wenig. Er hört mehr auf diejenigen, die ihn gegen Wulfstan eingenommen haben. Was die anderen Herrscher betrifft, die in diesen Machtkampf eingreifen könnten … nun, der König der Schotten ist alt und müde, und der Graf von Orkney ist mit den nördlichen Inseln beschäftigt. Erik geht, wohin es ihm beliebt, und er tut, was ihm gefällt.«

»Sorgt er für Recht und Ordnung?«

Der Abt schnaubte. »Erik Blutaxt ist nicht an Recht und Ordnung interessiert. Er lebt für das Plündern und das lasterhafte Leben. Ich habe viele Geschichten darüber gehört – dort und auf dem Weg dorthin – und von gelegentlichen Morden. Ich weiß, dass es gefährlich sein kann, das Tor von Jorvik zu durchschreiten. Der Weg nach Jorvik ist stets voller Gefahr. Ihr solltet in Gesellschaft reisen. Unglücklicherweise ist zurzeit niemand hier. Vielleicht solltet ihr warten.«

Corban ergriff das Wort. »Wisst Ihr etwas über den dortigen Sklavenmarkt?«

Der Abt bekreuzigte sich. »Gott erbarme sich dieser armen Seelen. Warum interessiert Euch dieser schändliche Markt?«

»Ich bin auf der Suche nach meiner Schwester. Sie wurde verschleppt, als die Wikinger unseren Hof angegriffen haben.«

»Möge Gott Euch helfen, Eure Schwester zu finden.« Der Abt nickte. »Auf den Sklavenmärkten von Jorvik herrscht reger Betrieb. Ich werde für Eure Schwester beten. Und für Euch.«

»Ich brauche keine Gebete«, erwiderte Corban.

Wieder legte sich ein Lächeln auf das Gesicht des Abts, und seine Augen strahlten. Er blickte Corban geradeheraus an. »Ihr werdet sie trotzdem bekommen. Jetzt esst, so viel Ihr mögt, und dann ruht, denn ich sehe, dass Ihr erschöpft seid. Danke für das Gespräch.« Er stand auf und ließ die Gefährten allein.

Grod beugte sich zu Corban hinüber. »Wann lernst du es endlich? Hier musst du ein Christ sein! Das macht die Sache einfacher!«

Corban griff nach einem weiteren Stück Brot. »Du redest zu viel.« Grod öffnete den Mund, um weiterzustreiten, und Corban stopfte ein Stück Brot hinein. »Benutze deinen Mund für das, was er besser kann, Grod. Ich sehe nämlich nicht, dass deine Lügen uns irgendwie weitergebracht hätten.«

Am nächsten Tag zogen sie weiter. Immer noch folgten sie dem Fluss, der mittlerweile schmal und seicht geworden war. Die Mönche hatten ihnen etwas Brot mit auf den Weg gegeben und zwei Handvoll Äpfel, doch Corban wünschte sich vor allem seine Schleuder zurück, um jagen zu können. Er hielt Ausschau nach den Spuren und der Losung von Tieren, erblickte beides aber nur selten. Doch das Essen, das sie bei sich hatten, reichte nur noch ein paar Tage.

Auf einer kleinen Holzbrücke, die unter ihren Schritten ächzte, überquerten sie den Fluss und stiegen weiter hinauf in die Hügel.

Während sie ausschritten, wiederholte Grod seinen wichtigsten Ratschlag. »Du solltest den Menschen hier sagen, dass du Christ bist. Christus hat hier großen Einfluss, und man könnte seine Hilfe vielleicht brauchen. Außerdem werden dich die Menschen hier dann besser behandeln. Natürlich«, fügte er nachdenklich hinzu, »wird das in Jorvik ganz anders sein.«

»Der Abt wusste, dass du lügst. Außerdem glaube ich nicht, dass es viel bringt, zu lügen. Der Gott der Christen wüsste jedes Mal, wenn du schwindelst.«

»Ich bin bloß ein wenig aus der Übung. Das habe ich nun davon, dass ich mit einem solchen Dummkopf zusammen bin, an dem die hohe Kunst des Lügens verschwendet ist!«

Im Stillen pflichtete Corban ihm bei. Er erinnerte sich daran, dass er nie viel auf die Wahrheit gegeben hatte, bevor seine Familie gestorben war. Jetzt hatte er das Gefühl, vorsichtiger damit umgehen zu müssen. Sollte er so zu lügen anfangen wie Grod, vergaß er womöglich, was die eigentliche Wahrheit war.

»Jorvik scheint eine schreckliche Stadt zu sein«, sagte er.

Grod keuchte, denn sie stapften soeben ein steiles Wegstück hinauf. »Alle Städte der Wikinger sind schrecklich. Jorvik ist viel größer als Dubh Linn, und Erik Blutaxt ist ein böser Mann.«

Später an diesem Tag entdeckten sie vor sich auf dem Weg eine Menschenmenge, die ebenfalls in ihre Richtung unterwegs war. Bis Einbruch der Dunkelheit blieben sie dahinter, ohne den Versuch zu machen, die große Gruppe einzuholen. Am Tag darauf aber setzten die Leute sich nur langsam in Bewegung, wodurch Corban und Grod nach ihrem Aufbruch die letzten Nachzügler rasch eingeholt hatten, zwei junge Männer, die Bündel auf dem Rücken trugen. Über eine Meile wanderten die jungen Burschen Seite an Seite mit Corban und Grod, ohne ein Wort zu sagen. Sie warfen ihnen lediglich Seitenblicke zu.

Schließlich aber sprach einer der beiden Grod auf Dänisch an, worauf Grod stehen blieb. Dann ging ein lederner Wassersack zwischen den Männern umher, und jeder nahm einen kräftigen Schluck. Corban holte das letzte Stück Brot hervor und verteilte es. So standen sie eine Zeit lang da, aßen Brot und tranken Wasser. Anschließend wanderten sie zusammen weiter, als hätten sie sich immer schon gekannt, wobei Grod munter drauflos redete.

Corban dachte über die Götter nach. Es störte ihn, dass es so viele davon gab. Wenn die Götter die ganze Welt unter sich aufgeteilt hatten – wie konnte einer allein dann wirkliche Macht besitzen? Und doch gab jeder Gott vor, allmächtig zu sein, auch Christus. Corban wollte Grod nach den Göttern in dessen Heimatland fragen, da Grod offensichtlich kein Christ war, doch dessen unablässiger Redefluss sorgte dafür, dass Corban gar nicht zu Wort kam.

Plötzlich hatte er das Gefühl, als würde er unsichtbar neben den anderen Männern schreiten. Er lauschte den Geräuschen des Waldes. Der Weg führte sie immer höher ins Hügelland. In den Eichen um sie her heulte der Wind und ließ die letzten Blätter in roten und gelben Schauern zu Boden regnen. Hoch am Himmel vernahm Corban den traurigen, heiseren Ruf eines Falken.

Wieder dachte er an Mav. Wenn er doch nur wüsste, zu wem er für sie beten sollte! Falls es überhaupt einen Gott gab, der ihr helfen konnte …

Dann dachte er zurück an den Abt, diesen glatten, lächelnden Mann, der erklärt hatte, es gäbe nur zwei Arten von Göttern: seine und die der Wikinger, gut und böse, wahr und falsch, weiß und schwarz. Doch Corban glaubte nicht, dass irgendetwas auf der Welt so leicht zu unterscheiden war – nicht einmal die Götter.

Sie kamen durch ein Waldstück, das von einem Feuer vernichtet worden war. Die meisten Bäume waren geschwärzt und verkohlt. Sie kletterten über einen großen Stamm, der auf den Weg gestürzt war. Gegen Abend holten sie die restlichen Reisenden ein, eine große Gruppe von Männern und Frauen. Mit ihnen zusammen schlugen sie ihr Lager auf einer Lichtung inmitten eines Buchenwäldchens auf. Der Boden unter den Bäumen war mit faulenden Blättern und stacheligen Kletten übersät. Der größte Teil der Reisenden, offenbar eine einzige Familie, entfachte in der Mitte der Lichtung ein großes Feuer und drängte alle anderen zurück. Im Dickicht schlugen Corban und Grod ihr eigenes kleines Lager auf; der hungrige Grod kehrte die Blätter auf der Suche nach Bucheckern um. Schließlich riefen die beiden jungen Männer, mit denen Corban und Grod gewandert waren, sie ans Feuer und reichten ihnen Brot. So standen sie an den lodernden Flammen, das die Kinder im Lager mit Ästen und Zweigen in Gang hielten, brachen Stücke von den flachen Brotlaiben, tunkten sie in Wasser und schlangen sie hinunter.

Grod unterhielt sich mit den beiden Männern, und Corban schlenderte ein paar Schritte umher. Sämtliche Frauen warfen ihm Blicke zu, doch Corban tat so, als bemerkte er es gar nicht, denn er wusste, dass jede dieser Frauen einen Mann hatte, der eifersüchtig über sie wachte.

Nach einer Weile kehrt er zu Grod zurück. Der tippte ihn auf den Arm. »Diese Frau hier sagt, sie gibt dir drei Brotlaibe, einen Krug Honig und all diese Äpfel dort, wenn du ihr dafür deinen Mantel gibst.«

Corban sah zu der Stelle, auf die Grod zeigte. Eine große, massige Frau saß am Feuer, ein Kind auf den Knien. Als sie merkte, dass Corban zu ihr hinsah, lächelte sie. Corbans Gesicht jedoch blieb unbewegt; irgendwie mochte er das Aussehen der Frau nicht.

»Nein, sie kann ihn nicht bekommen«, sagte er dann zu Grod. Er hatte sich in den Mantel eingewickelt und einen Zipfel über die Schulter geworfen, den er mit der rechten Hand hielt. Mittlerweile war der Mantel Corban lieb und teuer geworden.

Er sah, wie die Frau die Antwort an seinem Gesicht ablas. Ihr Lächeln schwand. Unwirsch schubste sie das Kind von ihrem Schoß und sprach erneut, schärfer diesmal. Grod antwortete und schüttelte den Kopf; er machte sich nicht einmal die Mühe, für Corban zu übersetzen.

Corban hörte zu. Inzwischen kannte er die fremde Sprache gut genug, dass er ein paar Worte auch ohne Grods Hilfe verstand: Die Frau bot ihm mehr Brot und mehr Äpfel für den Mantel an. Um sie her sahen andere Menschen zu. Ein schlaksiger junger Mann trat zu der Frau und hockte sich neben sie, als wäre er bereit, Befehle entgegenzunehmen.

Corban erkannte, dass er dabei war, sich und Grod Ärger einzuhandeln, sodass er sich fragte, ob er der Frau den Mantel nicht doch überlassen sollte, doch dieser Gedanke wurmte ihn. »Sag ihr«, wandte er sich an Grod, »dass ich meinen Mantel niemals eintausche. Sie braucht erst gar nicht mehr zu fragen.«

Als Grod es übersetzt hatte, spuckte die Frau zornig aus. Der Mann, der neben ihr kniete, streckte die Hand aus und berührte ihren Arm. Sie starrte ihn an. Ihre Blicke trafen sich, und die Frau verstummte. Corban betrachtete die Leute um sie herum, die sie neugierig beäugten; dann entfernte er sich vom Feuer und ging zurück in sein eigenes kleines Lager.

Dort wickelte Corban sich in den Mantel und legte sich zur Ruhe. Grod ließ sich neben ihm nieder. Der helle Schein des Feuers warf flackerndes, orangefarbenes Licht ins Dickicht, sodass sämtliche Bäume zu tanzen schienen. Schließlich legten sich auch die anderen nieder, und das Feuer brannte langsam herunter.

Corban schlief nicht. Stattdessen sah er zu, wie die Dunkelheit unter die Bäume kroch, und hörte, wie das Unterholz um ihn her still wurde. Die Nacht wurde kalt. Als er meinte, dass das ganze Lager schlief, stand er auf, weckte Grod und zog sich mit ihm zusammen tiefer in die Dunkelheit zurück. Als Grod stolperte, zog Corban ihn am Arm mit sich.

In der Finsternis legte Grod sich sofort wieder schlafen, doch Corban fand immer noch keine Ruhe. Er blickte zurück zum Feuer und auf die Stelle, an der sie zuvor gelegen hatten. Er sah einen schlaksigen jungen Burschen, der durch die Dunkelheit schlich. Zwei weitere Männer folgten ihm auf den Fersen. Alle drei hielten Knüppel in den Händen.

Corban erhob sich geschmeidig. Er beobachtete, wie die Männer sich zwischen den dunklen Bäume hindurch bis zu der Stelle stahlen, an der Grod und er sich zuerst zum Schlafen hingelegt hatten. Mit schlagbereiten Knüppeln griffen die Männer das vermeintliche Lager an. Corban sprang auf, weckte Grod und zerrte ihn mit sich davon, tiefer in den Wald hinein. Hinter ihnen traten und droschen die Männer wütend auf den Boden ein. Ihre Stimmen überschlugen sich, als wären sie betrogen worden. Eine Hand auf Grods Schulter, steuerte Corban ihn zurück unter die Bäume und einen Abhang hinunter. Dort legten sie sich ein zweites Mal nieder und fielen wieder in unruhigen Schlaf, der bis zur Morgendämmerung währte.

Als sie sich vorsichtig wieder auf den Weg machten, sah Corban, dass die Gruppe der Reisenden vor ihnen war, in Richtung Osten unterwegs. Grod und er warteten längere Zeit, um den anderen einen möglichst großen Vorsprung einzuräumen. In der Zwischenzeit suchte Grod im alten Laub unter den Bäumen und fand ein paar Bucheckern.

Kurz nachdem Corban und Grod sich auf den Weg gemacht hatten, endete der Wald. Sie betraten ein baumloses Moor, das sich über lange, sanfte Hänge hügelabwärts neigte. Weit vor ihnen bummelten die anderen Reisenden über den Weg. Corban war erleichtert; hier im offenen Gelände konnte er besser erkennen, ob jemand ihnen auflauerte.

Weit unten im Moor, ein Stück abseits des Weges, entdeckte er mehrere frei laufende Pferde. Die auseinander gezogene Reisegruppe hatte die Tiere ebenfalls gesehen. Einige Männer pirschten sich durchs Heidekraut heran, doch die Pferde galoppierten davon. Als Corban und Grod näher kamen, bemerkte Corban, dass zwei der Pferde gesattelt waren und Zaumzeug trugen.

Als die Fremden der Jagd auf die Pferde überdrüssig wurden und zu den anderen zurückkehrten, nahm Corban selbst die Verfolgung auf. Die Pferde trotteten davon, doch er blieb ihnen den ganzen Morgen auf der Fährte und folgte den Spuren, die sie im hüfthohen Unterholz hinterließen, bis er schließlich eines der Tiere eingeholt hatte und sich heranschlich. Als er ihm die Hände auflegte, stand das Pferd sofort ruhig und still. Corban nahm ihm Sattel und Zaumzeug ab. Ein Sack verschimmeltes Brot hing am Knauf des Sattels; er warf es den Wintervögeln hin. Sattel und Pferd ließ er, wo sie waren, doch das Zaumzeug nahm er mit zurück zu Grod, den er dösend am Wegesrand vorfand.

»Was bist du für ein Dummkopf!«, rief Grod, als er ihn erblickte. »Warum hast du das Pferd nicht mitgebracht, du Narr?«

»Ich brauche kein Pferd«, erklärte Corban und schnitt das Leder des Zaumzeugs in schmale Streifen. »Oder glaubst du vielleicht, ich würde es essen, so wie ein Däne?«

»Nein! Aber ich hätte reiten können! Die Beine tun mir weh! Ich bin müde! Ich bin alt! Hast du denn gar nicht an mich gedacht?«

Corban lachte. »Nein.« Er flocht das Leder zu einem Strick zusammen. Sie waren jetzt weit hinter der großen Reisegruppe. Die Sonne näherte sich bereits dem westlichen Rand der Welt. Corban hoffte, dass die Leute vor ihnen bald für die Nacht anhielten. Er legte keinen Wert darauf, im Dunkeln auf sie zu treffen.

Kurz darauf war er mit der Arbeit fertig und besaß nun eine lange, elastische Lederschnur. Sorgfältig hatte er sich ein großes Stück Leder für den Mittelteil der Schleuder zurückbehalten. Dieses passte er in die Mitte der Schnur ein, stand auf und sah sich nach Steinen um. Mürrisch sah Grod ihm zu, jammerte aber nicht mehr.

Vor Sonnenuntergang schlug die Reisegruppe ihr Lager mitten auf dem Weg auf. Corban und Grod blieben hinter den Fremden. Corban erprobte seine neue Schleuder und schoss Steine ins Heidekraut, entdeckte aber kein Wild, das er hätte erlegen können. Nach Einbruch der Dunkelheit umrundeten sie vorsichtig das Lager der Reisegruppe, indem sie sich durch das dichte, verfilzte Unterholz kämpften.

Es kostete sie fast die halbe Nacht. Grod stöhnte und bettelte, dass sie endlich rasten und schlafen sollten, doch Corban schleppte ihn weiter mit sich. Schließlich gelangten sie wieder auf den Weg, dem Lager der Reisenden weit voraus. Jetzt ließ er Grod schlafen und schlief bald darauf selbst, die Schleuder und ein paar Steine in der Hand.

Am Morgen, kurz nach Sonnenaufgang, zogen sie weiter, hatten die anderen aber noch immer nicht abgeschüttelt: Als Corban über die Schulter blickte sah er, wie ein paar Männer ihnen nachsetzten.

»Ich muss… anhalten«, sagte Grod stockend. »Ich bin völlig erschöpft… kann nicht mehr weiter.«

Corban legte einen Arm um Grods Hüfte und half ihm weiter. Als sie über die Kuppe eines kleinen Hügels kamen, blickte er den Weg zurück, der sich durchs Moor wand, das von Heidekraut überwuchert war. Der schlaksige Mann und einige andere folgten ihnen noch immer. Doch sie holten nicht auf; Corban hatte im Gegenteil den Eindruck, als gingen sie langsamer und hätten fast schon aufgegeben.

Doch er bezweifelte es stark. »Warte hier, bis ich zurück bin.« Er half Grod, sich auf den Boden zu setzen. »Falls sie dich finden, werden sie dir nichts tun. Sie sind bloß hinter dem Mantel her.«

Den Mantel um sich gewickelt, machte Corban sich auf den Weg durchs Heideland. Er verließ den Pfad und erreichte eine Wiese, auf der eine Quelle sprudelte. Dort wartete er eine Zeit lang still und geduldig, bis einige Vögel ans Wasser kamen. Er erlegte drei von ihnen mit seiner Schleuder.

Als er wieder auf den Weg zurückkehrte, kletterten der schlaksige Mann und seine Freunde soeben den Hügel hinauf und näherten sich Grod. Der hatte sie offenbar schon kommen sehen, denn er war aufgestanden. Irgendwo hatte er ein Stück Holz gefunden, das er nun wie einen Knüppel auf der Schulter trug. Er rief dem schlaksigen Mann zu, sich fernzuhalten. Der schien ihn nicht zu hören und ging weiter. Corban bemerkte der Schlaksige nicht, bis der erste Stein flog und ihn am Arm traf.

Die Männer blieben auf der Stelle stehen. Köpfe ruckten in Corbans Richtung. Corban lief den Weg entlang auf sie zu, wobei er immer wieder stehen blieb, um Steine aufzuheben, von denen er drei oder vier weitere auf die Männer schoss. Einer prallte von der Schulter eines Mannes ab, ein weiterer traf einen anderen über dem Ohr. Die drei Männer wirbelten herum und rannten so schnell sie konnten den Weg zurück, den sie gekommen waren. Hinter ihnen stand Grod und rief ihnen Beleidigungen und höhnische Bemerkungen hinterher.

»Ich hätte sie alle getötet«, brüstete er sich, als Corban bei ihm war. »Ich hab früher mal vier Kerle von dieser Sorte getötet, unten in England. Was für ein Glück für diese Burschen, dass du vorbeigekommen bist.«

Corban lachte und zeigte ihm die drei kleinen Vögel. Grod stieß einen Freudenschrei aus.

»Komm, machen wir Feuer!«

»Warte«, bremste Corban ihn. »Nicht hier.« Ein Stück entfernt war der schlaksige Mann auf dem Weg stehen geblieben, außer Reichweite der Schleuder, und beobachtete sie. »Die Burschen haben noch nicht aufgegeben«, fuhr Corban fort. »Sie werden warten, bis wir unser Lager aufschlagen, und sich dann an uns heranschleichen. Wir müssen einen sicheren Platz suchen.«

Grod jammerte: »Ich bin müde! Und ich habe einen solchen Hunger, dass ich nicht einmal mehr laufen kann. Gib ihnen den Mantel.«

»Das werde ich nicht tun«, erwiderte Corban mit zusammengebissenen Zähnen. Der Mantel gehörte ihm; außerdem war er zu gut für diese niederträchtigen Halunken. Corban half Grod weiterzuhumpeln. Der alte Mann stützte sich auf ihn, und sein Atem ging keuchend und abgehackt. Schließlich nahm Corban ihn auf den Rücken und trug ihn.

Der Schlaksige und seine Freunde folgten ihnen, hielten sich aber aus der Reichweite der Schleuder.

Während er dahinstapfte, gebeugt unter Grods Gewicht, hielt Corban Ausschau nach einer Stelle, an der er sich verschanzen konnte. Doch entlang des Weges gab es offenbar keinen Unterschlupf, keine Bäume, nicht einmal einen steilen Abhang oder einen großen Felsen. Der Weg führte einen langen, niedrigen Hügel entlang. Als die Sonne unterging, kamen sie an einem großen Steinkreuz vorbei. Von Norden her kommend kreuzte dort ein anderer Weg den ihren.

Gegenüber dem Steinkreuz war ein Galgen aufgestellt, an dem drei Tote baumelten. Corban blieb stehen und dachte nach.

Die Leichen waren alt und stanken bestialisch. Kleiderfetzen hingen noch immer an ihnen. Die Vögel hatten das Fleisch gefressen, sodass nur noch Knochen und die Fetzen ihrer Kleidung herunterhingen.

Corban trat direkt unter sie und ließ Grod zu Boden gleiten. Der alte Mann hatte geschlafen; jetzt, im Gras liegend, hob er den Kopf und blickte sich um wie ein erschreckter Vogel. Corban errichtete aus Steinen eine kreisrunde Feuerstelle.

Hinter ihnen auf dem Weg hatte der schlaksige Mann ebenfalls angehalten. Er stritt sich mit seinen Freunden.

»Du kannst doch hier kein Lager aufschlagen!«, rief Grod, rappelte sich auf und starrte zum Galgen hinauf.

Corban entfachte ein Feuer. »Hier wird uns niemand belästigen. Setz dich, du wirst dich schnell genug an die Toten gewöhnen.« Er reckte sich, blickte den Weg zurück und lachte. Verlassen wanderte der schlaksige Mann dahin und folgte seinen Freunden, die vor ihm her davonrannten.

Grod hockte sich hin und hob alle paar Minuten den Kopf, um die Leichen zu betrachten, die vom Querbalken des Galgens hingen.

»Besser, wir verstecken uns im Wald«, meinte er.

»Es gibt keinen Wald.« Corban nahm die Vögel aus und hängte sie zum Rösten übers Feuer. »Und ich muss mich ausruhen. Ich komme kaum noch einen Schritt weiter. Wir sind nahe der Stadt, von der du sagst, dass sie gefährlich ist – der Galgenbaum hier beweist es. Morgen gehen wir dorthin, doch heute Nacht müssen wir schlafen. Sitz still und lass dich nicht stören.«

Grod kam ums Feuer und kauerte sich neben Corban. »Gut möglich, dass ihre Seelen noch immer hier irgendwo sind.«

Tatsächlich kam plötzlich Wind auf, und die drei Leichen regten und bewegten sich, als wollten sie versuchen, in der Luft zu laufen. Corban musste daran denken, wie er daheim die Leichen seiner Lieben zusammengetragen hatte. Kein Toter würde ihn je wieder schrecken können. Wie die weiche Decke der Nacht legte sich die Dunkelheit um sie. Um den Galgen herum jagten Fledermäuse durch die Luft. Grod drängte sich dicht an Corban und nickte wieder ein; Corban musste ihn zum Abendessen wecken.

»Du bist verrückt«, murrte Grod. »Ich spüre die Geister überall hier. Sie werden uns im Schlaf töten.«

»Pah! Sie sind nur einsam, wie sie da die ganze Zeit in der Luft hängen. Außerdem ist ihnen kalt. Ich denke, ich werde sie herunterholen und sie ans Feuer setzen, um sie zu wärmen.«

Grod warf ihm einen Blick zu, der ihn in lautes Lachen ausbrechen ließ.

Corban aß alles Fleisch von seinem Vogel, knackte die Knochen und aß danach Grods Reste. Sein Magen war nicht voll, doch er fühlte sich jetzt kräftiger, aber auch müde. Er wickelte sich in seinen Mantel und schlief ebenfalls.

Die Nacht verging ohne Zwischenfälle. Einmal wachte Corban auf und sah den Mond über sich, wie ein dünnes, weißes Segel, das zwischen den Sternen schwebte. Er schlief wieder ein und träumte, dass eine der Leichen – die mittlere – ihn rief und ihm etwas zu sagen versuchte. Doch er konnte nichts verstehen; der Tote sprach Dänisch.

Kurz vor Sonnenaufgang wurde er von Hufschlägen geweckt.

Er öffnete die Augen. Auf dem Weg trabte ein Trupp Männer aus Richtung Stadt heran. Das wässrige, bleiche Licht der Morgendämmerung schimmerte auf den Nieten ihrer ledernen Brustpanzer und den Schwertern, die von ihren Gürteln hingen. Corban erhob sich nicht. Unter seinem Mantel griff er nach seinem Messer. Neben ihm schlief Grod weiter.

Der Anführer des Trupps rief etwas im Befehlston. Sein Trupp verlangsamte den Schritt und blieb auf der Kreuzung stehen. Der Anführer hatte Corban und Grod dort liegen sehen; nun wendete er sein Pferd und zog das Schwert. Aus der Truppe rief jemand etwas und deutete auf den Galgen.

Vom Rand der Welt erhob sich Wind, und die Gehängten schaukelten; ihre Beinknochen klapperten aneinander, ihre fleischlosen Arme schwangen. Der Anführer der kleinen Armee schreckte vor dem Geräusch zurück. Er schob sein Schwert in die Scheide, warf sein Pferd herum und galoppierte davon. Eilig folgten ihm seine Männer.

Corban lockerte den Griff um das Messer. Im Stillen dankte er den gehenkten Männern. Er schloss die Augen, schlief wieder und wachte erst auf, als die Morgensonne ihm ins Gesicht brannte.

Hedeby.

An die Reise, die sie hierher geführt hatte, konnte Mav sich kaum erinnern: salzige Gischt, raue See, eisiger Wind. Den größten Teil der Reise hatte sie an dem fernen, grauen, kalten Ort verbracht. Jetzt, da sie hier war, spürte sie die Stadt überall um sich herum, ein Gewirr aus hölzernen Wänden und Gehwegen, hin und her, vor und zurück, von Kanälen und Deichen, Morgennebel und Nachmittagsbrise; ein Durcheinander aus Menschen, die alle zugleich redeten. Sie lag in dem Bett, das die Herrin ihr zugewiesen hatte, weggesperrt, von allem und jedem abgeschnitten. Ihr war schlecht.

Die Herrin selbst kam und setzte sich zu ihr, fütterte sie mit Brühe und trockenem Brot. Ihre Hand strich Mav durchs Haar. »Ist schon gut, Kind. Ist schon gut.«

Mav schloss die Augen. Wieder überkam sie eine Woge der Übelkeit. Sie fragte sich, woher sie den Namen des Ortes kannte. Um sie her spürte sie es überall, Kammer um Kammer, hölzerne Kisten, mit Menschen gefüllt; das Meer, das alles umschloss, war wie eine Mauer. Doch nicht einmal diese Mauer konnte Mav aufhalten. Sie fühlte, wie sie sich bis an den Rand der Welt ausstreckte, dünn und schwach und überzogen mit Streifen verblassenden Lichts.

Sie spürte den Blutklumpen in ihrem Leib, kleiner als ein

Fingernagel, der nicht sie war, sondern in ihr, wartend. Wieder wurde ihr übel. Sie übergab sich in eine Schüssel.

Die Herrin ließ die Schüssel von einem ihrer Sklaven wegschaffen. Es gab viele Menschen in diesem Haus, alle zitternd, grau im Gesicht, ängstlich. Sie schrubbten und wischten und putzten, sprachen aber kein Wort. In ihrer Mitte war die Herrin, die alles wusste und als Einzige keine Angst kannte.

Deren Gesicht sah Mav nun inmitten eines Nebels aus vielen Gesichtern. Es schwebte, blickte sie aus ungezählten Augen an. Nicht jedes der Gesichter lächelte. Mav sah sie einige Male gleichzeitig alt und jung, hässlich und schön, glücklich und wütend. Sie fragte sich schaudernd, welches das Gesicht der wahren Frau war, und ob sie überhaupt ein Gesicht besaß.

Doch zumindest Mav gegenüber war die Herrin freundlich. Sie strich ihr übers Haar. »Ist er noch da, Kind?«

Mav hatte einen üblen Geschmack im Mund. Schluckweise gab die Herrin ihr gewürzten Wein zu trinken. Mav legte den Kopf in den Schoß der Herrin und hielt die Augen geschlossen. Zuerst hatte sie aus dem Herzen gesprochen, dankbar für die Güte, für das warme Essen und die sanfte Hand auf ihrem Haar, doch jetzt spürte sie die Angst überall um sie herum und getraute sich nicht, noch mehr zu sagen. Sie hatte bereits zu viel geredet, hatte zu viel preisgegeben.

Sie spürte, wie es begann, ein langer Kampf, dessen Ende sie sich nicht vorzustellen vermochte. Sie war zu schwach, sich zu bewegen, ganz zu schweigen davon, eine Schlacht zu schlagen.

»Ist er da? Oder immer noch unterwegs?«, fragte die Herrin.

Weit weg, am Ende der Welt – ja, das war ihr Bruder, der auf sie zukam. Mav war glücklich, dass es Corban war. Schwach antwortete sie: »Unterwegs.« Die Herrin fütterte sie mit Brühe, während Mav sich mit jeder Faser nach ihrem Bruder sehnte, der über den Horizont zu ihr gekrochen kam. Licht umhüllte ihn, rot und blau. »Corban …«

»Schlaf, Mädchen. Mach dir keine Gedanken wegen des Kindes. Wir werden es schon los, keine Sorge.«

Sie verschränkte die Arme über dem Leib, in dem der kleine fremde Knoten pulsierte. Sie schloss die Augen und sandte ihren Geist zu Corban. Er war nicht allein; andere waren bei ihm. Doch er war in Gefahr.

Wie dornige Ranken spürte Mav die heiße Wut um ihn her. Abgründe taten sich vor seinen Füßen auf, so groß, dass er sich ganz und gar darin verlieren konnte, für immer und alle Zeiten. Warm schien das rote und blaue Licht um ihn herum. Er ging mit langen Schritten, den Kopf erhoben, den Blick nach vorn gerichtet. Es stimmte sie froh, ihn so stark zu sehen.

Später brachte die Herrin ihr einen Kelch mit grünem Wasser. Sie blickte hinein. Würmer schwammen darin und ringelten sich in dem Grün. Sie trank keinen Schluck.

Hedeby. In ihrem warmen Bett, die Decken um sich geschlungen, tauchte sie ein in das Durcheinander, die Stimmen von Männern und Möwen, von Hundegebell, das schwere Poltern von Füßen, die kamen und gingen. Manche Menschen weinten. Frauen und Kinder, die weggebracht, eingepfercht und verkauft wurden wie Vieh. Eine fremde, barsche Stimme erklang ganz in der Nähe, im Haus; die Stimme eines Mannes, eine königliche Stimme. Mav zuckte davor zurück.

Dann war sie draußen. Schreie, Schläge überall. Das Klimpern von Gold und Silber. Der Schnitt einer Klinge in Fleisch. Der Gestank von Rauch, der in die unbewegte kalte Luft aufstieg, von Jauchegruben und Verwesung. Das Getrampel von Füßen auf hölzernen Planken und das Rauschen des Meeres unter den Kielen der schwer beladenen Schiffe.

Sie wusste, dass die Herrin durchs Haus schritt. Ihre Diener verbeugten sich zitternd vor Angst und gaben hastig den Weg frei, als würde sie in einem Sturm daherschreiten, der alles in ihrem Weg davonriss. Die Herrin nickte, und Männer erzitterten.

Doch nicht alle Männer. Wieder erklang die barsche Stimme im Haus. Er saß irgendwo in der Nähe, stank nach Schwertern und nach Blut.

»Ich werde alles haben, ich oder meine Söhne. Dann soll Blondhaar tief schlafen in seinem Hügelgrab! Seine Söhne werden zu mir kommen, um mir Tribut zu zollen.«

Die Stimme ließ sie erzittern. Wie ein Messer aus Eis schnitt sie durch sie hindurch. Ein Name kam ihr in den Sinn, wie aus dem Nichts. Es war nicht einmal wirklich ein Name: Blauzahn.

Ein weiterer Kelch wurde gebracht, diesmal rot gefüllt. Er roch nach Fischblut. Mav trank auch diesmal keinen Schluck.

»Trink das, Mädchen, dann musst du den Bastard in dir nicht austragen. Trink nur, trink.«

Doch sie trank lediglich die heiße Brühe, aß nur das trockene Brot. Beides erbrach sie zum größten Teil wieder. Ihr Kopf schwebte in einem weichen, leeren Nebel über ihrem zerstörten Körper.

Sie starb …

Die Herrin lachte. »Nein, nein. Du stirbst nicht. Du bist hier sicher. Und du bist mir sehr wertvoll! Verstehst du es denn noch immer nicht? Vertrau mir. Ich liebe dich. Ich lasse dich nicht sterben.«

Die Hand, die über ihr Haar strich, besänftigte sie. Wieder ertappte sie sich dabei, wie sie von ihrem Zuhause erzählte, von ihrer Familie, ihrem Bruder.

»Er kommt.«

»Ja. Wo ist er jetzt?«

»Er geht zu Fuß.«

Ein Zittern durchlief ihren Körper. Sie kannte diese Brücke, diese Bäume. Er folgte ihr auf dem Weg, den sie gekommen war.

Genau diesen Weg war auch sie gegangen. Dort hatten die Männer sie in die Sträucher gezerrt, hatten sie niedergeworfen und missbraucht, gierig und brutal.

Überall um Corban her schlichen Männer mit Messern in den Händen und Tod und Verberben im Blick.

Mav begann zu weinen, und die Hand der Herrin besänftigte sie.

»Hier bist du sicher. Trink das hier, und das Kind verschwindet. Oder willst du es behalten? Dummes Mädchen! Diese Kerle haben dich vergewaltigt. Das Kind hat keinen Vater – warum solltest du es austragen wollen? Und so viele Schmerzen sind damit verbunden, selbst wenn das Kind gewollt wäre.«

Sie trank nicht. Die Arme über dem Leib verschränkt, wo das kleine Leben in ihr langsam heranwuchs und das Nichts ausfüllte, biss sie die Zähne gegen die nächste Woge der Übelkeit zusammen.

»Für mich sieht sie halb tot aus.« Das war die kalte, grausame Stimme, jetzt unmittelbar vor ihr. Sie hob den Blick und sah in schmale Augen, blass wie Wasser unter Brauen, die schwarz waren wie Krähenflügel. In den Augen erblickte sie einen bodenlosen Hunger, so unersättlich wie das schwarze Loch in der Mitte der Welt.

Die Herrin sprach: »Sie besitzt große Macht. Ebenso der Bruder. Wenn ich sie beide mein Eigen nenne, kann ich sehen. Ihr wollt doch, dass ein Spion nach Jorvik geht, um zu beobachten, was Erik tut, und um ihn zu beeinflussen? Nun, hier ist die Gelegenheit.«

»Pah! Sie ist doch nur ein geraubtes Kind! Außerdem liegt sie im Sterben.«

»Ihr kennt Euch nicht damit aus. Was Ihr wisst, das wisst Ihr. Hiervon aber versteht Ihr nichts.«

Mav schloss die Augen, um den Hunger nicht mehr sehen zu müssen, doch die Fenster ihrer Seele vermochte sie nicht zu schließen. In ihrem Innern pulsierte das kleine Leben. Sie fragte sich, welcher der vielen Männer ihr den Samen eingepflanzt hatte. Egal. Sie würde es beschützen, dieses Leben, es achten und lieben. Um sie herum lärmte die hölzerne Stadt, tausend donnernde Füße, tausend brüllende Stimmen.

Und irgendwo dort in der Ferne war Corban, der auf sie zukam.

6

Kurz vor Mittag führte der Weg die Gefährten über eine Brücke auf ein großes, steinernes Tor zu, einen Durchgang durch die grasbewachsenen Erdwälle einer Stadtmauer. Hinter dem gezackten oberen Rand der Mauer sah Grod den hölzernen Finger eines Kirchturms aufragen; in der Ferne waren einige hohe Dächer zu sehen. Der Gestank der lärmenden Stadt stieg ihm in die Nase. Auf seinen Armen bildete sich Gänsehaut; er konnte es nicht erwarten, dort hineinzugelangen, zu den Menschenmengen, dem regen Treiben, dem Essen, den Vergnügungen. Er fragte sich, warum er je auf Wanderschaft gegangen war.

Natürlich gab es da Corban. Er packte den jungen Mann am Arm und zog ihn vom Weg in den Schatten eines Baumes, wo sie reden konnten, wobei sich ein steter Strom von Menschen an ihnen vorüber in die Stadt ergoss. Während Grod auf Corban einredete, behielt er das Tor ständig im Auge.

»Ich muss dich daran erinnern, was der Abt dir damals gesagt hat – dass man Schwierigkeiten haben kann, nach Jorvik hineinzugelangen.«

Corban blickte ihm fest ins Gesicht. »Und was sollen wir deiner Meinung nach tun?«

Grod strich sich übers stoppelige Kinn. »Siehst du die Männer da am Tor?«

Corban hob den Kopf. »Ja. Sie halten Leute an.«

»Das habe ich auch gesehen.« Grod verlagerte das Gewicht von einem Fuß auf den anderen. Corban hatte scharfe Augen; Grod hatte die Wachen gar nicht richtig ausmachen können unter all den vielen Menschen am Tor. »Sie suchen nach Feinden des Königs und nach Leuten, die in die Stadt wollen, um zu kaufen und zu verkaufen, und von denen der König einen schönen Batzen Steuern bekommt. Wir sollten getrennt hineingehen.« Er sah an sich hinab. »Wir sehen nach nicht viel aus – nach viel weniger noch, wenn wir einzeln gehen. Gut. Ich gehe zuerst. Beobachte mich und tue genau das, was ich auch tue! Wir treffen uns bei Einbruch der Dunkelheit an der Kirche.«

Corbans Kopf wippte auf und ab. Er nestelte an seinem Ärmel. Zu seinem Erstaunen sah Grod, dass er einen Teil seines Silbergeldes hervorholte. Ihm ging das Herz auf. Auf Corban war tatsächlich Verlass. Grod streckte die Hand aus, und Corban legte vier Pennies hinein.

»Wir treffen uns an der Kirche«, wiederholte Grod. »Ich werde bei Sonnenuntergang dort sein, ganz sicher. Und nicht, dass du mir in Schwierigkeiten kommst.« Er schloss die Faust um die Münzen. »Sei vorsichtig, Corban, hörst du?« Plötzlich konnte er es nicht über sich bringen, den jungen Mann zu verlassen, wenngleich die vorbeiströmenden Menschen, das geöffnete Tor und die Stadt dahinter ihn riefen wie das Paradies den armen Sünder. Er nickte Corban zu. »Sei auf der Hut. Beobachte mich.«

Schließlich wandte Grod sich doch dem Weg zu. Ein Bündel unterm Arm und ein Kleinkind auf dem Rücken, ging eine Frau vorbei. Grod trat gleich nach ihr auf den Weg und folgte ihr, näherte sich ihr bis auf eine Schrittlänge und passte seinen Schritt dem ihren an. Er ging so dicht hinter ihr, dass er die Eier in ihrem Korb zählen konnte. Sie mussten eine Zeit lang zwischen einem Dutzend anderer Leute stehen bleiben, bis ein großer Wagen, der im Tor stand, weitergefahren war. Inmitten der Menschenmenge trat Grod ins Tor.

Kalt und feucht umfing ihn die dunkle Luft im Innern des Steintores. Das Tor war tief, zehn Fuß von außen nach innen, und mit quadratischen Steinen gepflastert. Auf einer

Seite standen zwei Männer in eisenbewehrten Lederhemden und beobachteten die Menschen, die in die Stadt gingen oder sie verließen; ein weiterer Posten, ein Bursche mit roten Haaren, lehnte mit dem Rücken an der inneren Mauer des Tores und döste vor sich hin. König Eriks Männer hielten die Frau mit dem Korb an. Grod ging weiter und war Augenblicke später aus dem Tor hinaus und in dem schmalen Weg verschwunden, der in die Stadt führte.

Mit einem Mal fühlte er sich unbeschwerter. Er kannte diesen Ort ein wenig. Vor Jahren war er schon einmal in Jorvik gewesen; damals hatte er hier mehrere Leute gekannt. Vielleicht hielten sich einige von ihnen noch immer in der Stadt auf. Er betrat einen schmalen Weg aus Holzplanken, der sich zwischen Gebäuden dahinschlängelte, die noch näher aneinanderstanden als die Häuser in Dubh Linn. Mit ein paar Schritten war er eingeschlossen; um ihn herum drängte sich die Stadt. Er wandte sich um und blickte zurück, die Gedanken bei Corban …

Die ganze Zeit hatte er die Absicht gehabt, sich irgendwo heimlich von Corban zu verabschieden, aber das war nun vorbei. Er erinnerte sich nicht mehr, wann genau er seine Meinung geändert hatte. War es gewesen, als Corban ihn in das kymrische Boot geworfen hatte? Als er ihm, der kurz vor dem Verhungern war, die fetten, zarten Vögel brachte? Oder war es gewesen, als Corban die Männer, die ihn angreifen wollten, vom Weg vertrieben hatte? Egal. Irgendwann hatte sich jedenfalls alles verändert.

Grod schlenderte weiter in die Stadt hinein. Sein Freund fehlte ihm.

Die Sonne stand noch hoch am Himmel, und die Geschäfte und Marktstände waren noch immer voller Menschen. Grod bückte sich unter dem herabhängenden, schuhförmigen Schild eines Flickschusterladens hindurch und ging an einem Kerzenmacher vorbei, bei dem es nach Talg stank. Er war hungrig und hielt nach etwas Essbarem Ausschau. Die Silberpennies verstaute er sorgsam unter seiner Kleidung; sie waren zu kostbar, um sie für so schlichte Dinge wie Nahrung zu verschwenden. Grod wartete auf die Gelegenheit, etwas zu stehlen, wobei er versuchte, dabei nicht an Corban zu denken.

Der Weg neigte sich abwärts einen kleinen Abhang hinunter. In der Ferne konnte Grod den Fluss erblicken, der im bleichen Winterlicht ruhig dahinströmte. Eine Glocke läutete irgendwo zu seiner Rechten, ein Stück weiter oben, auf höher gelegenem Gelände. Unrat sammelte sich auf den Wegen, in deren Mitte sich Pfütze an Pfütze reihte. Grod hielt sich am Rand des Weges, doch unvermittelt trat eine Frau direkt vor ihm aus einer Tür und entleerte einen Eimer mit Essensresten. Er sprang zur Seite, und sie lachte ihn aus, harsch und krächzend. Es klang wie der Schrei eines Vogels.

Ein Essenverkäufer kam auf ihn zu und pries seine Waren an. Grod leckte sich die Lippen, sein Magen rumorte. Er erinnerte sich daran, dass die Marktgasse unmittelbar vor ihm lag und bog dort ein. Die ganze Zeit hielt er Ausschau nach einem bekannten Gesicht. Doch alles schien verändert; er erinnerte sich nicht einmal an die Bäckereien – drei waren es insgesamt, alle in einer Reihe –, in denen es vor Menschen nur so wimmelte. Der Duft des Brotes hätte ihn beinahe dazu verführt, etwas von seinem Geld hervorzuholen. Doch es wäre dumm gewesen, das kostbare Silber für Brot auszugeben. Das Brot wäre im Nu gegessen.

Grod eilte weiter, sah sich um. Am Ende der Gasse stand eine große, ausladende Eiche. Ja, an diesen Baum konnte er sich erinnern – ein Marktbaum! Jetzt befanden sich Menschen darunter, die kauften und verkauften. Gegenüber, an einer Ecke, saß eine kleine Frau mit weißem Kopftuch inmitten von Töpfen. Sie hatte sich über irgendetwas gebeugt, woran sie mit den Händen arbeitete. Ein Junge mit einem Stock trieb drei magere Schweine die Gasse hinauf. Grod machte einen Bogen, um dem Jungen und den Tieren aus dem Weg zu gehen. Dann bog er in die nächste Gasse ein.

Dort landete er beinahe in der Tür eines Hauses. Er schnüffelte und nahm den aromatischen Duft von Zwiebeln und Schweinefleisch in sich auf. Ihm lief das Wasser im Mund zusammen. Er sah sich um, entdeckte niemanden, der ihn beobachtete, und ging um das Haus herum, folgte der Fährte des Dufts.

Auf halbem Weg sah er ein kleines, offenes Fenster. Auf dem Sims stand ein Auflauf zum Abkühlen. Dampf stieg von der dicken, braunen Kruste auf.

Er ließ die Hände in die Ärmel gleiten, um die Finger vor der Hitze zu schütztten, hob den Auflauf behutsam von der Fensterbank und huschte am Haus entlang in die Dunkelheit der Bäume, die vor ihm aufragten. Der dampfende Auflauf war noch zu heiß, um ihn essen zu können. Grod gelangte an eine dichte Hecke, stellte die Speise ab, bückte sich und kroch unter der Hecke hindurch. Er gelangte auf eine dunkle Gasse, in der es nach Urin und Unrat stank. Die hohe, steile Böschung des Erdwalls erhob sich unmittelbar dahinter. Grod schob einen Arm unter die Hecke, ergriff den knusprigen Auflauf, zog ihn zu sich heran, setzte sich und verspeiste ihn. Er war mit viel Soße und Zwiebeln angerichtet und schmeckte köstlich.

Anschließend ließ er sich zurück ins Innere der Stadt treiben. Er wünschte, Corban wäre bei ihm; er fühlte sich klein und unsicher. Alles an Jorvik schien sich verändert zu haben, seit er das letzte Mal hier gewesen war. Dann fiel ihm ein, dass es in der Zwischenzeit eine große Feuersbrunst gegeben hatte. Vielleicht hatte auch die Pest in der Stadt gewütet. Jedenfalls erkannte Grod keines der Gebäude wieder. Wo er auch hinsah, erblickte er Eriks Männer, kräftig gebaute Dänen mit Lederhemden und Schwertern an den Gürteln, die keiner Arbeit nachgingen. Untätig schlenderten sie die Wege auf und ab oder standen einfach nur da und beobachteten alles und jeden. Im Vorbeigehen sah Grod in einem Eingang ein Mädchen sitzen, den roten Rock bis über die Knie hochgezogen. Dreist starrte sie ihn an; dann zog sie das Oberteil ihres Kleides herunter und ließ ihn ihre Brüste sehen.

Grod verlangsamte seine Schritte. Eine altbekannte Begierde regte sich in ihm. Dann aber dachte er wieder an das Silber, wandte sich um und ging seufzend weiter. Am Ende der Gasse drehte er sich noch einmal um und blickte zu ihr zurück. Verborgen saß sie in dem Hauseingang, nur der rote Rock lugte hervor. Er eilte weiter, bevor er es sich doch noch anders überlegte.

Er kam in eine noch schmalere Gasse, in der es nach Blut stank. Mitten auf dem Weg verlief eine Rinne, verstopft mit Schmutz, verfilzten Federn und Haarbüscheln. Es wimmelte von Fliegen. Zu beiden Seiten befanden sich Verschläge, deren Böden mit einer dicken Schicht Dung bedeckt waren. Hier und da sah er eine Kuh oder ein Schaf. Zwischen den Verschlägen standen Häuser, deren schwere Strohdächer auf den Weg hinausragten. Alles starrte vor Schmutz. Grod achtete so sehr darauf, seine Füße sauber zu halten, dass er sich an einem eisernen Fleischerhaken, der von einem hervorragenden Dachvorsprung baumelte, beinahe den Schädel eingeschlagen hätte.

Natürlich – hier waren die Schlachter! Plötzlich wusste er wieder, wo in der Stadt er sich befand. Mit neuer Zuversicht schritt er aus, an einer kleinen Herde grunzender Schweine vorbei, die – einem traurigen Schicksal entgegen – die Gasse hinunter zu einem Schlachter getrieben wurden.

Grod gelangte an eine Stelle, wo der Weg sich zu einem Platz weitete, an dem die hohe Fassade der Kirche emporragte. Jetzt war er ganz sicher, wo er sich befand. Er schlenderte um die Ecke des Platzes herum und in eine Gasse hinein, die sich zwischen der Kirche und einem weiteren Haus öffnete; eingeschlossen von den beiden hohen Wänden lag die Gasse selbst jetzt, am helllichten Tag, im Dunkeln. Auf halbem Weg an der Kirche vorbei traf er auf ein paar Männer, die beim Würfelspiel saßen.

In Grods Nacken kribbelte es. Er hatte plötzlich das Gefühl, dass ihm heute das Glück hold war. Er gesellte sich zu den Männern, die dem Spiel zuschauten. Der Schatten der Kirche lag auf ihnen, und Grod musste die Augen anstrengen, um etwas zu erkennen. Einer der Männer nahm die Knochen und schüttelte sie, dass sie in seiner Hand rasselten und klapperten.

»Ich verdopple!«

Neben Grod rief jemand: »Einen Farthing darauf, dass er es schafft!«

»Angenommen!«, rief Grod.

Der Spieler ließ die Würfel los, beugte sich darüber und ließ einen Jammerlaut hören. Mit ausgestrecktem Arm wandte Grod sich an den Mann neben ihm.

»Noch einmal«, erklärte dieser. »Doppelt oder gar nichts.«

Er war groß, mit grau meliertem Bart. In dem trüben Licht blinzelte Grod zu ihm hoch. »Edbert?«

Das breite Gesicht wandte sich ihm zu, und die Kinnlade fiel herab. Jetzt, im helleren Licht, war Grod sicher. »Ich bin's, Grod. Erinnerst du dich? Wir sind aus London hierhergekommen, nachdem König Aethelstan gestorben war. Weißt du noch?«

Edbert blieb der Mund offen stehen. Abrupt wandte er sich wieder dem Würfelspiel zu, wo die Spieler sich jetzt vorbeugten, um die Knochen rollen zu sehen. Dann schrien und jammerten sie.

»Verdammt!«, rief auch Edbert aus.

»Das macht einen halben Penny«, erklärte Grod.

Wieder drehte Edbert sich zu ihm um. »Ja, verflucht noch eins, jetzt erinnere ich mich an dich.« Er machte keine Anstalten, nach seinem Geldbeutel zu greifen. »Was machst du wieder hier in Jorvik?«

»Ich war in Dubh Linn. Ich habe mir überlegt, wieder

nach Hause zurückzukehren.« Grod stieß ihn an. »Du schuldest mir einen halben Penny.«

»Ach was«, erwiderte Edbert. »Setz ihn auf den nächsten Wurf. Landy! Streng dich diesmal an!«

Der Mann mit den Würfeln murmelte etwas vor sich hin; gegenüber rief jemand anders eine Wette aus. Grod stieß Edbert in die Rippen. »Ich suche einen Platz zum Schlafen. Wie wär's, wenn du mich mit zu dir nimmst?«

Edbert reckte den Hals und beobachtete die Würfel.

Dann warf er triumphierend die Arme in die Luft. »Ja! Ja!« Die Menge um ihn her lachte und jubelte; der Mann an den Würfeln sprang auf und tanzte.

Grod wischte sich mit der Hand über den Mund. Er hätte den halben Penny nehmen sollen. Edbert schob sich durch die Menge. Grod folgte ihm.

»Ich schlafe auf dem Boden.«

Edbert knurrte: »Es gibt kein …« Plötzlich ruckte sein Kopf empor, und sein Blick glitt an Grod vorbei. »Verschwindet, Jungs!«, zischte er. »Eriks Männer!«

Die anderen Würfelspieler spritzten auseinander.

Auch Grod wich zurück bis an die Kirchenmauer. Von einem Ende der Gasse hörte er einen heiseren Schrei; dann kamen auch schon zwei Dänen an ihm vorbeigerannt. Er drückte sich flach gegen die Wand und zog die Schultern ein. Weiter unten – dort, wo der Weg auf den Platz mündete – schrie wieder jemand. Grod stieß sich von der Mauer ab und rannte in die entgegengesetzte Richtung, um die Kirche herum, durch die Eingangstür und duckte sich.

Hier war er sicher. Dennoch klopfte sein Herz wie das eines Hasen auf der Flucht. Das Innere der Kirche war nur spärlich beleuchtet und leer. Es roch modrig; der nackte Lehmboden fühlte sich glatt unter seinen Füßen an. An der gegenüberliegenden Wand hing über einem schmalen Tisch ein Bild des Gekreuzigten. Grod ging hinüber an eine der Seitenwände und ließ sich dort nieder, um auf Corban zu warten.

Grod fragte sich, warum er schon wieder unterwegs war. Es war verrückt von ihm zu glauben, er würde an seinen Geburtsort Gardarik zurückkehren. Er konnte sich kaum an den Ort erinnern; er war sein Leben lang unterwegs gewesen. Von seinem Heimatland waren ihm nur noch die hohen Schneewehen in Erinnerung, die sich über die Uferbänke schoben, und das schwarze Wasser, das darunter vorbeischoss. Und er erinnerte sich noch an die Stechmücken im Sommer, an die Knochenarbeit und an die Flüche und Schläge seiner Mutter. Seine Familie bestand aus Fischern und Schiffsleuten, doch seit sein Vater gestorben war, gab es für ihn und seine Brüder nur noch Reste – das, was ihre Onkel und Vettern ihnen übrig ließen. Als irgendwann die Dänen kamen, war er auf einem ihrer Schiffe mitgefahren.

Er war nach Birka gezogen und nach Nid, nach London, nach Hedeby, nach Dubh Linn. Er hatte viel gesehen, doch nie etwas zurückgelassen – nicht einmal einen Freund, auf den er sich verlassen konnte. Sein Mut sank. Es kam ihm so vor, als hätte er sein Leben verbracht wie ein Grashüpfer: dem Pflug immer nur einen Sprung voraus.

Er lehnte sich mit dem Rücken an die Wand und döste vor sich hin. Als er erwachte, sah er Menschen mit Kerzen in den Händen die Kirche betreten. Ängstlich stand er auf. Doch die Menschen schritten vor bis an den kleinen Tisch und entzündeten dort ihre Kerzen, ohne ihm Beachtung zu schenken.

Corban war nicht gekommen. Grod zitterte leicht; die Luft war kalt. Dunkel und zerstörerisch kroch die Nacht herein. Hier konnte er nicht bleiben. Grod ging zur Tür hinaus und zurück in die Stadt.

Der Platz vor der Kirche war leer. Irgendwo bellte ein Hund. Die Luft war kalt und unbewegt; ein Rauchschleier verbarg die Sterne. Unsicher folgte Grod dem langen Weg, der hinunter zum Fluss führte. Zur Rechten stieg steil die Böschung des Deiches empor, auf dem das Anwesen des Königs stand. Er sah dort Lichter und wusste, dass er sich besser von dort fernhielt. Er musste einen Schlafplatz finden. Häuser säumten die Gasse, doch bei allen waren die Läden geschlossen, und sie lagen im Dunkeln; nirgends war Licht zu sehen. Vor dem letzten Haus blieb Grod stehen. Er überlegte, ob er über die Weißdornhecke steigen und sich in den Schuppen schleichen sollte, der an der Hauswand lehnte, als im Innern des Hauses ein Hund losbellte. Rasch ging Grod weiter.

Er war hungrig. Als er an den schmackhaften Auflauf dachte, lief ihm das Wasser im Munde zusammen. Er schlenderte hinunter zum Fluss. Zu seiner Rechten lagen mehrere Boote, die auf den Strand gezogen waren. Zwischen ihnen brannte ein Feuer. Grod überlegte, ob er dorthin gehen und sich durch Betteln und Jammern einen Platz unter den Männern erschleichen sollte, aber das barg Risiken, besonders wenn die Männer betrunken waren. Also wandte er sich wieder stromaufwärts, ging den flachen, ausgetretenen Pfad am Fluss entlang und folgte dem Weg, der den Deich hinauf und zurück ins Herz der Stadt führte. Eine kleine, zierliche Frau, die sich mit einem Handwagen abplagte, mühte sich über den Weg. Grod warf ihr einen abschätzenden Blick zu, fragte sich, ob sie etwas Stehlenswertes mit sich führte, und erkannte dann, dass es die kleine Töpferin war, die ihm zuvor auf dem Marktplatz beim Kupfertor aufgefallen war. Sie hatte sicher nichts dabei, was sich zu stehlen lohnte, und so machte er sich auf, sie zu überholen. Frierend hatte er die Schultern hochgezogen.

Die Frau schob den Handwagen weiter zum Fluss; hinter sich hörte Grod ihr Keuchen, als sie mit der Last kämpfte. Plötzlich stieß sie einen verzweifelten Schrei aus. Der Handwagen kippte um, und mit lautem Gepolter fiel der ganze Inhalt heraus.

Grod blieb stehen und drehte sich um. Einen Moment stand die Frau nur da, ließ die Arme hängen und starrte auf den umgestürzten Wagen. Grod hielt inne. Er musste plötzlich daran denken, wie er Corban kennengelernt hatte. Wenn er der Frau half – oder wenigstens so tat –, besorgte sie ihm vielleicht einen Platz zum Schlafen. Er ging zurück zu der Frau und dem umgekippten Handwagen, mit dem sie sich jetzt abmühte. Sie versuchte, ihn wieder auf die Räder zu stellen.

»Warte, ich helfe dir«, sagte Grod. Erst jetzt bemerkte er, dass er die Frau erschreckt hatte. Entsetzt starrte sie ihn an. Sie war viel jünger, als er gedacht hatte, fast noch ein Mädchen. »Ich will nur helfen«, sagte Grod.

»Danke, ich kann das schon allein«, sagte sie und stellte den Wagen ächzend wieder auf. Dann kniete sie rasch nieder und sammelte die Töpfe ein.

»Lass mich dir wenigstens beim Aufsammeln helfen«, sagte Grod und beeilte sich, irgendetwas aufzuheben, bevor sie alles eingesammelt hatte.

Vom jenseitigen Flussufer ertönte ein lauter Ruf. Die Töpferin stand auf und blickte übers Wasser. Dann antwortete sie: »Ich bin hier!« Sie warf Grod einen Seitenblick zu und legte die letzten Töpfe auf den Wagen. »Danke, ich muss jetzt weiter.«

Grod seufzte und wischte sich den Staub von den Händen, während vom anderen Ufer leichtfüßig ein Mädchen herbeigelaufen kam. Als sie sich näherte, konnte Grod selbst in der Dunkelheit ihr Lächeln erkennen. Sie ging auf die Töpferin zu und legte die Arme um deren Taille. »Wo warst du, Benna? Ich bin bei Sonnenuntergang hier gewesen, aber du warst nicht da.«

»Ich habe gearbeitet. Entschuldige, ich habe nicht darauf geachtet, wie spät es ist.« Wieder warf sie Grod einen Blick zu. »Danke«, wiederholte sie mit Nachdruck.

»Ich … äh …«, stammelte Grod. »Ich brauche einen Platz zum Schlafen …«

»O nein«, entgegnete die Töpferin.

Das andere Mädchen betrachtete Grod interessiert. »Wer ist das?«

»Der Wagen ist mir umgekippt, und da hat er angehalten …«

»Bitte«, unterbrach Grod. »Mir ist kalt.«

Das Mädchen erklärte: »Du kannst bei uns bleiben. Aber wir haben nicht viel.«

Benna, die Töpferin, warf die Arme hoch. »Wir haben nichts. Und was wir haben, Arre, gibst du Fremden!«

»Wir können ihm Unterschlupf gewähren und nichts dabei verlieren.« Arre lächelte ihn an. »Ich heiße Arre, und das ist meine Schwester Benna. Sie ist meist viel freundlicher, als es jetzt den Eindruck macht.«

»Danke«, erwiderte Grod. »Mir ist kalt, ich hätte nicht gefragt …«

»Schon gut«, unterbrach ihn Benna. »Komm einfach mit.« Sie packte die Griffe des Handwagens.

»Lass mich das machen.« Grod war froh. Er spürte, dass Benna ihn durch die Dunkelheit anfunkelte, doch er achtete nicht weiter darauf. Er nahm einen Griff des Wagens, sie den anderen, und sie schoben ihn voran. Der Wind war nun beißend kalt, doch Grod unterdrückte sein Stöhnen und mühte sich, den Handwagen über den Fluss zu bugsieren.

Nachdem Grod durchs Tor verschwunden war, wartete Corban eine Weile; dann schloss er sich dem Strom der Menschen an und ließ sich darin treiben, wie auch Grod es getan hatte. Während er sich dem Tor näherte, rief er sich die paar Brocken Dänisch, die er aufgelesen hatte, ins Gedächtnis. Bald darauf ging er hinein in den Schatten des Tores, wobei er einem mit Feuerholz beladenen Karren folgte. Ungehindert rollte der Karren an drei Männern in ihren eisenbewehrten Jacken vorbei, die an einer Seite Wache standen.

Corban wurde heiß. Er versuchte, sie nicht anzusehen,

hatte jedoch das bestimmte Gefühl, beobachtet zu werden. Plötzlich rief einer der Männer etwas, trat vor und deutete auf ihn.

Corban blieb stehen. Seine Handflächen waren plötzlich feucht. Die drei Männer kamen auf ihn zu.

Der Erste – derjenige, der gerufen hatte – trug eine Lederkappe, unter der sein rotes Haar hervorlugte.

Er sagte etwas auf Dänisch. Seine Vorderzähne fehlten, und als er sprach, schlabberten seine Lippen um diese Lücke in seinem Gebiss. Corban verstand kein Wort.

»Ich spreche nur Irisch«, sagte er. »Ich bin Ire.«

»Irisch?« Der rothaarige Mann wischte sich mit dem Handrücken über den Mund. »Irisch kann ich auch. Wer bist du?«

»Corban Mac…« Nein, diesen Namen würde er nicht aussprechen. »Corban Tunichtgut. Ich komme aus…«

»Warum trägst du Kenneths Farben?« Der Wikinger streckte den Arm aus und griff nach Corbans Mantel.

»Ich trage niemandes Farben«, erwiderte Corban verwundert und blickte sich um. Die beiden anderen Dänen standen jetzt hinter ihm und beobachteten jede seiner Bewegungen. Er war eingekeilt. Corban wandte sich wieder an den Kerl mit dem lückenhaften Gebiss. »Ich kenne keinen Kenneth.« Doch er hatte den Namen schon gehört, in der Abtei: Kenneth war König der Schotten. »Ich bin kein Schotte.«

Der rothaarige Mann starrte Corban an und öffnete dessen Mantel, damit er sehen konnte, was Corban am Gürtel trug. »Wie kommt es, dass du Schottland kennst aber nicht Kenneth? Hast du keine Waffe?«

»Meine Schleuder und mein Gürtelmesser.«

»Geld?«

Verwirrt starrte Corban ihn an und fragte sich, ob dies bedeutete, dass er bezahlen musste, um in die Stadt zu gelangen. Der Rothaarige rieb die Finger aneinander. »Geld, Geld, Geld!«

Corban gab dem rothaarigen Mann seine vier Pennies. Der Wikinger nahm die vier Münzen und ging aus dem Tor hinaus ans Licht, um sie sich genauer anzusehen. Wieder warf Corban den beiden anderen Männern einen Blick zu. Sie sahen inzwischen gelangweilt aus. Corban schöpfte Hoffnung, bald an den Männern vorbei und aus der gefährlichen Situation heraus zu sein.

»Ha!« Der Rotschopf kam zurück und marschierte auf ihn zu. »Jedburh!« Er hielt Corban eine Münze unter die Nase. »Jedburh! Wie erklärst du uns das, ha?« Er packte Corbans Arm und hielt ihn fest. »Wir nehmen dich mit zum König.«

Corban wollte einen der Männer anspringen, zu Boden werfen und davonstürmen, doch es war unmöglich. Blitzschnell war er überwältigt. Zwei Männer nahmen ihn in die Mitte; der Dritte ging hinter ihnen. Sie ließen Corban nicht aus den Augen und hielten die Hände an den Griffen ihrer Schwerter.

Sie folgten einer schmalen, dicht bevölkerten Gasse, schritten an einem großen hölzernen Schuh vorbei, der von einem Dachvorsprung hing, durch den köstlichen Duft von frisch gebackenem Brot, der über die Gasse trieb. Corban hatte die Wahrheit gesagt – und das hatte es ihm nun eingebracht! Neugierig drehten die Leute sich nach ihm um. Ihm wurde heiß.

Hinter einer Reihe strohgedeckter Dächer erblickte er den hölzernen Kirchturm. Vielleicht wartete Grod dort schon auf ihn. Corbans Magen verkrampfe sich. Sie gingen jetzt über einen breiten, leicht abwärts geneigten Weg, der mit Kuhmist übersät war. Der Fluss kam in Sicht; grün schimmernd und gemächlich strömte er zwischen seinen hohen Ufern dahin. Von ihrem Weg ging ein breiter Pfad ab und führte die letzte Steigung des Deiches zur Kuppe hinauf, auf der drei große, strohgedeckte Holzbauten standen.

Die Männer führten Corban zu dem mittleren und größten Gebäude. Der Boden des Hofes bestand aus festgestampftem Lehm. Die Vordertür des Hauses stand weit offen; ein Hund lag auf der Schwelle. Sie betraten das offenbar leere Gebäude. Es war ein schönes Haus, breit und lang, mit Bänken zu beiden Seiten und zwei großen Feuerstellen. Ein breiter, mit Schnitzereien verzierter Thron stand an einer Wand des Saales.

Die Dänen bedeuteten Corban, sich auf eine der Bänke zu setzen. Dann holten sie eine Kette, fesselten ihn mit einem Bein an die Bank, verschwanden aus dem Saal und ließen ihn allein.

Corban versuchte, die Kette mit den Händen zu lösen, vermochte sie aber nicht einmal zu bewegen. Er konnte zwar aufstehen, aber keinen Schritt tun. So saß er eine Zeit lang da und sah sich um. Eine Frau kam mit Feuerholz, ging jedoch sofort wieder. Zwei kleine blonde Jungen kamen in den Saal gestürmt und rannten sofort wieder hinaus. Niemand kam bis ans Ende des Saales, wo Corban saß. Ein Bärenfell lag auf der Bank. Er zog es zu sich heran, legte sich darauf und schlief bald ein.

Im Halbdunkel erwachte Corban von lautem Stimmengewirr. Vorsichtig hob er den Kopf. In der Mitte des Saales, im Schein mehrerer Fackeln, zogen Männer Tische vor die Bänke; dabei redeten sie unablässig miteinander. Immer mehr Leute kamen zur Tür herein und hoben ihre Stimmen, um sich über den Lärm hinweg verständigen zu können; sie lachten, riefen einander zu und schlenderten umher. Es roch nach gebratenem Fleisch und warmem Brot.

Corban setzte sich auf und rutschte in den Schatten, so weit die Kette es erlaubte. Am anderen Ende des Saales drängten die Leute nun an die Tische und setzten sich. Corban sah einen Mann in einem langen, blauen Mantel in den Saal kommen, von finster blickenden Kriegern umgeben, die ihn nicht aus den Augen ließen.

»Der König!«, dachte Corban bei sich. Ihm war kalt, und sein leerer Magen schmerzte.

Zwei Männer rollten ein großes Fass durch die Tür. Als die anderen sie kommen sahen, erhob sich freudiges Gebrüll und Händeklatschen. Die beiden Männer hoben das Fass auf den nächsten Tisch, und die anderen kamen eilig herbei.

Plötzlich sah Corban, wie der rothaarige Mann mit der Zahnlücke sich durch die Menge schob. Quer durch den Saal kam er auf ihn zu. Nervös leckte Corban sich die Lippen. Der rothaarige Mann hockte sich vor ihn hin und löste die Ketten. In seiner Begleitung war ein magerer, gelbhaariger Junge, der jetzt danebenstand und zuschaute. Schließlich stand der rothaarige Wikinger auf.

»Komm mit, Ire.«

Corban folgte ihm durch den Saal bis in den Schein der Fackeln, zu den köstlichen Düften des gebratenen Fleisches und den neugierigen Blicken der Männer, die zu beiden Seiten die Tische säumten – Reihen von Männern in Lederwämsern, die ihr Haar zu Zöpfen geflochten hatten, die von Goldspangen gehalten wurden. Sie hielten Fleischstücke in den Händen oder reichten sich gegenseitig Becher mit Ale. Zwischen den Tischen hindurch schritt Corban geradewegs auf den Thron zu, auf dem der König saß.

Es war gar nicht der Mann im blauen Mantel. Der saß zwar mit am vordersten Tisch, jedoch zur Rechten des Königs. Auf dem Thron selbst saß ein großer, dicker Mann. Sein lohfarbener Bart hing über sein rotes Hemd herab, das mit schimmerndem Gold bestickt war. Vor ihm auf dem Tisch lag ein Durcheinander abgenagter Knochen; frischer Bratensaft hatte Flecken auf seinem feinen roten Hemd hinterlassen, das sich über seinem gewaltigen Bauch spannte. Schlaff saß er auf dem Thron, einen Fuß auf der Tischkante. Ein Arm hing über die Lehne des Thrones herab; man hatte den Eindruck, als wäre für diesen Mann dies alles unter seiner Würde – auch die Tatsache, dass er König von Jorvik war.

Der Rothaarige sprach nun auf den König ein und gestikulierte dabei mit beiden Händen. Er sprach so schnell und undeutlich, dass Corban kein Wort von dem verstehen konnte, was er sagte. Auf dem Thron neben dem König drehte sich eine Frau herum, um zu sehen, was los war. Ihr Blick fiel auf Corban.

Als Corban in ihre Augen sah, durchfuhr es ihn wie ein Schock. Ihr Blick war hart und direkt, wie der eines Mannes, mehr noch: Corban hatte das Gefühl, als würde die Frau in ihn hineinblicken. Sie war schön, jünger als der König, und ihr Haar leuchtete heller als Gold. Um ihren Hals hing ein Collier aus eingefassten, blasslila Steinen. Während sie Corban ansah, berührte sie die Steine mit den Fingern. Ihr Blick hielt den seinen fest. Weder lächelte sie dabei, noch sagte sie etwas. Sie betrachtete ihn nur stumm und forschend. Schließlich wandte sie den Blick ab, als hätte sie genug gesehen und ließe ihn uninteressiert fallen.

»Der König will wissen, wer du bist«, erklärte der Rothaarige.

Wieder nannte Corban seinen Namen. Er fühlte sich, als würde er einen steilen, schlüpfrigen Hügel hinaufklettern. »Ich komme aus Irland«, fügte er hinzu. »Ich kenne keinen Kenneth. Ich bin kein Schotte.«

Der König knurrte, wandte sich an den Wikinger und sagte etwas von Geld. Corban verstand ihn wesentlich besser als den Rothaarigen. Dieser beugte sich jetzt über den Tisch und reichte dem König zwei silberne Pennies. Abrupt beugte die Frau sich vor, zeigte auf Corban und verlangte, seinen Mantel zu sehen.

Gehorsam packte der Rothaarige den Mantel, doch Corban umklammerte den Stoff mit der Faust; er wollte sein wertvolles Kleidungsstück nicht auch noch verlieren.

Der Wikinger lächelte schmal. »Lass los«, sagte er. Seine

Hand wanderte zum Schwert, das ihm von der Hüfte baumelte. Langsam ließ Corban die Hände sinken und zog den Mantel aus. Der Rothaarige reichte ihn der Frau über den Tisch hinweg. Der dicke König drehte den Kopf, um sie anzusehen. Sie raffte den Stoff mit den Händen zusammen und drückte ihn sich ans Gesicht. Dann warf sie den Mantel auf den Tisch.

Ihre Stimme klang hoch und klar. »Er ist Nichts. Ein Niemand«, verkündete sie gelangweilt und ließ sich zurück in den Thron sinken, die Augen halb geschlossen.

Corban griff nach dem Mantel, doch der rothaarige Mann packte seine Hand und drückte sie auf den Tisch nieder, hielt sie dort wie festgenagelt.

Der König sagte etwas.

Corban verstand, noch bevor der Rothaarige übersetzt hatte. Königin Gunnhild spricht dich von Schuld frei, doch der König sagt, dass du vielleicht trotzdem hängst.

Corbans Magen hob sich. Seine Hand war noch immer unter der des Wikingers gefangen. »Warum?«, fragte er ängstlich.

Mit einem Glitzern in den blassen Augen betrachtete der dicke König ihn. Corban sah, dass er die Situation genoss. Sie würden ihn töten, um sich die Zeit zwischen einem Gang des Festmahls und dem nächsten zu vertreiben. Die Königin blickte in eine andere Richtung, das Kinn auf eine Faust gestützt; sie schien nicht weiter interessiert, ob Corban unschuldig war oder nicht.

Der rothaarige Mann sagte: »Du bist zu arm, um Geld zu besitzen. Wo hast du es gestohlen?«

»Ich habe es nicht gestohlen!«, erwiderte Corban.

»Er ist ein Dieb«, erklärte der rothaarige Mann dennoch. »Also muss er gehängt werden.«

Der König lächelte erfreut.

»Nein!«, wiederholte Corban. »Ich habe das Geld in Irland bekommen! Es gehört mir! Ich habe es ehrlich erworben!« Ein Name kam ihm in den Sinn. »Ich habe es von Einar dem Schiffshändler.«

Der Wikinger nahm die Hand weg und trat zurück. Der König machte große Augen, und sein Lächeln schwand. Nachdenklich spitzte er die Lippen; dann ruckte sein Kopf herum, und er blickte nach rechts. Dort hatte auch der Mann in dem blauen Mantel sich ihm zugewandt. Sein Blick war durchdringend. Das erste Mal schenkte er dem Geschehen im Saal seine volle Aufmerksamkeit. Er warf dem König einen durchdringenden Blick zu und lehnte sich dann wieder zurück, die Hände vor sich auf dem Tisch, den Blick nun auf Corban gerichtet.

Corban raffte hastig seinen Mantel zusammen. Der Rothaarige fragte: »Du gehörst zu Einars Männern? Warum sagst du das erst jetzt?«

»Ich gehöre zu niemandem. Ich habe in Dubh Linn etwas für Einar erledigt, und er gab mir das Geld.«

Mit einer wedelnden Handbewegung erklärte der König: »Sag ihm, er kann gehen. Als Gefallen für meinen Freund Arinbjorn hier, der Einars Freund ist.« Er griff nach seinem Becher. Der Rothaarige übersetzte: »Der König sagt, du kannst gehen. Weil du Einars Mann bist.«

Der Mann mit dem blauen Mantel schnaubte und sah weg. Corban trat zurück. Der Wunsch, diesen Ort zu verlassen, war wie das unstillbare Verlangen, eine juckende Stelle auf der Haut zu kratzen. »Kann ich dann mein Geld wiederhaben?«

Der Rothaarige brüllte vor Lachen, und der König fiel ein, ohne auf die Übersetzung ins Dänische zu warten: Er sprach also Irisch, wie Corban es bereits vermutet hatte. Der Rothaarige sagte: »Von dem Geld bezahlst du eine neue Steuer – die Nicht-gehängt-werden-Steuer.« Er lachte grölend und warf dem König einen Beifall heischenden Blick zu.

»Nun, dann werde ich wohl zwei Mal nicht gehängt, weil ich Euch vier Pennies gab.« Corban verbeugte sich vor dem

König und der Frau, die mit ihm auf dem Thron saß, wandte sich um und durchquerte mit schnellen Schritten den Saal.

Hinter ihm erhob sich die Stimme des Königs zu einem Schrei. »*Vier* Pennies? Sweyn! Wo ist der Rest von meinem Geld?«

Corban machte, dass er zur Tür hinauskam.

Mittlerweile war es tiefe Nacht geworden. Er ging den Weg am Rand des Deiches entlang, oberhalb des Flusses, und wandte sich bergan. Schwach und dunkel zeichnete der Kirchturm sich gegen den Nachthimmel ab. Er war müde und hatte den ganzen Tag nichts gegessen, und seine Beine waren schwer. Grod war nirgends zu finden, nicht in der näheren Umgebung der Kirche und nicht im Innern, wo einige Menschen im hinteren Teil auf dem Boden schliefen, während andere im vorderen Teil im Kerzenlicht beteten. Corban trank aus einem Brunnen, den er ein kurzes Stück die Gasse hinunter entdeckt hatte, und kehrte in die Kirche zurück.

Er war zu müde, um weiterzusuchen. Wenngleich er dem Erhängen entkommen war, fühlte er sich halb tot, und in der Kirche war es wenigstens wärmer als draußen; deshalb wickelte Corban sich in seinen Mantel und legte sich im hinteren Teil des Gotteshauses auf den Boden. Begleitet von den gemurmelten Gebeten fremder Menschen, versank er in unruhigen Schlaf.

7

Als Grod erwachte, warf er einen raschen Blick in die Runde. Er lag an der rückwärtigen Wand einer Hütte. Schwaches Licht schien durch den Rauchfang im Dach ins Innere; der neue Tag brach an. Warm und wohlig in eine zerschlissene Decke gehüllt, lag Grod da und verspürte keinerlei Verlangen aufzustehen. Irgendwo hinter seinem Kopf gackerte ein Huhn. Das Sonnenlicht wurde heller und ließ das Innere der Hütte nach und nach deutlicher erkennbar werden: ein Stapel Krüge an der Feuerstelle; die Innenseite des strohgedeckten Daches; von der Decke herabhängende Spinnweben. Grod knurrte der Magen.

Dann sah er das Mädchen. Es hatte wild gelocktes blondes Haar, saß mitten in der Hütte auf dem Boden und stopfte ihre Schuhe mit Stroh aus.

»Ich muss heute weit gehen mit den Ziegen, Benna«, sagte sie. »Von hier bis Highcross gibt es nichts mehr zu fressen für sie.«

Vom anderen Ende der Hütte her kam die kleine, zierliche Töpferin Benna herbei. Sie führte einen alten Mann am Arm. »Wenn es nach Schnee aussieht, Gifu, dann bleib in der Nähe.« Der alte Mann ging gebeugt und schlurfte. Eine Hand hatte er vor sich ausgestreckt, die andere lag in der des Mädchens. Grod erkannte, dass der Mann blind war.

»Ich muss Futter für meine Ziegen finden«, erklärte Gifu, das wild gelockte Mädchen, zog den Schuh an und schnürte ihn.

Dann kam Arre durch die Tür, Feuerholz in den Armen. Grod hatte sie zuvor nicht im Hellen gesehen; er erkannte sie erst an ihrem Lächeln. Das rotbraune Haar flog ihr lose um die Schultern, und sie war größer als Benna. Ihre lange Schürze war an den Stellen verschmutzt, auf denen sie im Dreck gekniet hatte. »Wir können Rinde abschälen für die Ziegen. Es gibt Schnee.« Sie ließ das Holz fallen und kniete sich hin, um das Feuer zu schüren.

Irgendwo in der Ferne läutete eine Glocke. Sofort richteten die beiden knienden Mädchen sich auf und falteten die Hände im Gebet. Grod blickte von einer zur anderen. Arre hatte die Augen geschlossen und war tief im Gebet versunken. Gifu spähte zwischen den Finger hindurch auf sie. Als sie sah, dass ihre Schwester sie nicht beachtete, zog sie sich weiter die Schuhe an.

Benna führte den alten Mann zum Feuer und half ihm, sich zu setzen. Doch die Decke, die sie ihm anschließend um die Schultern legte, schüttelte er unwillig ab.

Arre bekreuzigte sich und wandte sich wieder dem Feuer zu. »Lass die Ziegen einen Tag hungern, wenn es Schnee gibt«, sagte sie zu Gifu.

»Ich kann helfen.« Eilfertig setzte Grod sich auf, noch immer in seine Decken gewickelt.

Gifu warf ihm einen kurzen, verwunderten Blick zu.

»Wer ist das?«, fragte sie, an Arre gewandt.

»Er hat Benna letzte Nacht mit den Tontöpfen geholfen. Wir haben ihm erlaubt, hier zu schlafen.«

»Ich kann auch helfen, Futter für die Ziegen zu suchen«, wiederholte Grod.

Benna hob den Kopf und funkelte ihn wütend an. Mit dem Rocksaum umwickelte sie ihre Hände, nahm einen kleinen Tontopf vom Feuer, schlug ihn in ein Tuch ein und stellte ihn dem alten Mann in den Schoß. »Grütze, Papa! Iss!«, rief sie ihm ins Ohr, als säße er meilenweit entfernt.

Arre griff in eine Tasche ihrer Schürze und holte ein Stück Käse hervor, das in ein Tuch gewickelt war. Der Geruch des Käses stieg Grod in die Nase. Wie ein scharfes Messer schnitt der Hunger durch seine Eingeweide, doch sie riefen ihn nicht zu sich, um mit ihnen zu essen. Arre brach das Stück Käse in zwei Teile und reichte Gifu die eine Hälfte.

»Ich wünschte, wir hätten Brot.« Gifu biss ein großes Stück Käse ab.

Grod wollte sich am liebsten hinlegen und weiterschlafen. Zorn stieg in ihm auf. Da fütterten sie einen nutzlosen alten Mann, doch ihn, der arbeiten konnte und am Verhungern war, beachteten sie nicht! Mürrisch beobachtete Grod, wie der alte Mann die Grütze schlürfte, die dicken Hände um den Topf gewölbt, die toten, feuchten Augen blicklos.

Grod seufzte tief. Mehr noch als nach Essen sehnte er sich danach, einer von ihnen zu sein, in ihre Gemeinschaft aufgenommen zu werden. Doch sie schlossen ihn aus, kehrten ihm den Rücken zu, blickten anderswohin, sprachen nicht in seine Richtung.

Nein, er musste sich wieder auf den Weg machen. Mit diesem Vorsatz warf Grod die alten Lumpen von sich, in die er sich gewickelt hatte, und stolperte aus der Tür.

Eisiger Wind wehte ihm ins Gesicht. Er zitterte vor Kälte. In der Nacht hatte es ein wenig geschneit. Der Boden war mit einer dünnen, weißen Schicht bedeckt. Dunkel und gezackt hoben sich die blattlosen Bäume vor dem Hintergrund des Schnees ab. Die runde Hütte stand nur ein paar Schritte von der Böschung entfernt. Um sie her waren Zweige aufgeschichtet, um die Wärme des Feuers drinnen zu halten, sodass die Hütte wie ein übergroßes Nest aussah. An einer Seite befand sich ein grob gezimmerter Anbau aus Pfählen und miteinander verwobenen Weißdornzweigen; daneben erblickte Grod einen geschwärzten Ziegelofen – der Arbeitsplatz der Töpferin.

Ein halbes Dutzend brauner und weißer Ziegen schnoberte unter den Bäumen umher. Totes Laub knirschte unter ihren Hufen. Während Grod noch dastand und über alles nachsann, trat das Mädchen Gifu aus der Tür und ging davon, wobei sie einen hohen Ruf ertönen ließ. Die Ziegen sammelten sich und sprangen ihr mit hoch erhobenen Schwänzen hinterher. Grod stellte sich hinter einen Baum und schlug sein Wasser ab.

Dann, unsicher, ging er doch wieder zur Hütte zurück. Mit einer Handvoll Zweigen fegte Arre den Boden; dazu sang sie mit heller, klarer Stimme. Der alte Mann schlief am Feuer. Benna schob sich an Grod vorbei aus der Tür und hinaus ins wässrige Sonnenlicht.

»Ich werde euch helfen. Ich hole Holz.«

Benna schüttelte den Kopf und wischte sich die Hände an der Schürze ab. Mit zusammengebissenen Zähnen zischte sie ihn an: »Du verstehst anscheinend nicht. Wir haben nichts. Es ist egal, was du für uns tun kannst – wir können nichts für *dich* tun.« Sie kehrte ihm den Rücken zu und ging hinüber an ihren Arbeitsplatz.

Grod blieb an der Türschwelle stehen. Im Innern der Hütte richtete Arre sich auf, hängte den Reisigbesen an die schräge Wand und nahm einen dicken Mantel vom Haken. »Ich gehe mit dir zum Fluss, Grod.«

Die Sonne stieg höher am Himmel; ihre Strahlen ließen den Schnee glitzern. Wie Schattenbänder zogen sich die Fährten der Ziegen über die weiße Wiese, auf der bereits die dünne Schneeschicht schmolz. Mit einem Lächeln, den Mantel eng um sich geschlungen, schritt Arre neben Grod dahin. Ihr langes, rotbraunes Haar schimmerte rötlich im Sonnenlicht. Ein Stück flussauf standen weitere Hütten, größer und stabiler gebaut als die Arres; flach und zerfasert breitete sich der Rauch aus den Kaminen über dem Fluss aus.

»Du darfst Benna nicht falsch verstehen. Sie hat ein großes Herz, aber sie ist nun mal die Älteste. Sie trägt für uns alle jetzt die Verantwortung.«

Sie waren nun an der Böschung angelangt; ein gekerbter Pfahl war dagegengelehnt, an dem man zum Flussufer hinuntersteigen konnte. Grod erinnerte sich, wie sie am Abend zuvor die Töpfe dort hinaufgetragen hatten, und fragte sich, wie die Mädchen diese schwere Arbeit alleine schafften. Der Handwagen stand noch unten am Strand, wo sie ihn hatten stehen lassen. Über den Fluss hinweg blickte Grod auf die Stadt, die in Schichten aus Holz und Stroh über die jenseitige Böschung ragte, überragt vom Kirchturm.

»Euan!«, rief Arre plötzlich aus. Sie warf die Arme hoch und winkte.

Am anderen Ufer ging ein großer dünner Junge über den Kies auf ein paar Trittsteine zu, die über den Fluss hinwegführten. Er hob eine Hand zum Zeichen, dass er sie gehört hatte. »Euan ist mein Freund«, erklärte Arre.

Euan kam auf den Trittsteinen trockenen Fußes über den Fluss. Arre nahm das restliche Stück Käse aus ihrer Schürze, wickelte es aus und brach es noch einmal in zwei Teile. Eines hielt sie Grod hin.

»Danke.« Das Wasser lief ihm im Mund zusammen, und er verschlang es gierig. »Du bist ein guter Mensch, Arre.«

Sie lachte nur, dann drehte sie sich um und sah dem hoch aufgeschossenen, schlaksigen Euan zu, wie er die Böschung erklomm. Oben angekommen, warf er Grod einen misstrauischen Blick zu, nahm Arre beim Arm und zog sie mit sich fort. Grod hörte ihr helles Gelächter.

Er stieg den Pfahl hinunter ans Ufer, überquerte den Fluss und machte sich auf den Weg in die Stadt.

Im Morgengrauen wachte Corban auf und stellte fest, dass Grod nicht erschienen war. Mehr noch als die Kälte riss ihn diese Feststellung aus der Schläfrigkeit.

Er verließ die Kirche, begab sich wieder zum Brunnen und wusch sich Gesicht und Hände in dem eisigen Wasser. Über ihm begannen die Kirchenglocken zu läuten. Er stand da, ließ das bronzene Dröhnen der Glocken über sich ergehen und fragte sich, was er als Nächstes tun sollte. Schließlich ging er den abwärts führenden Weg hinunter, der zum Fluss führte.

Klar und kalt brach der Tag an. Einige Läden, an denen Corban vorbeikam, wurden bereits geöffnet. Ein Kerzenmacher, schon in seiner wachsigen Schürze, öffnete den Fensterladen seines Verkaufsstandes; zwei alte Frauen hängten Kräuterzweige auf, die zusammengebunden waren. Es roch nach frisch gebackenem Brot; der Duft überlagerte sogar den allgegenwärtigen Gestank des Ortes. Corbans Magen knurrte.

Zu seiner Rechten ragte der lange, strohgedeckte Giebel des Königshauses empor. Corban hielt sich davon fern. In der kalten, klaren Luft dröhnten seine Schritte auf den Holzplanken des Weges. Vor ihm, mitten auf der Gasse, stritten sich mehrere Hunde knurrend und kläffend um irgendetwas Fressbares. Auch um die Tiere machte Corban wohlweislich einen großen Bogen. Er hörte die hohe, weinerliche Stimme eines fliegenden Händlers.

Im ersten Morgenlicht schien die Stadt wie im Halbschlaf, als ob sie gerade erst erwachte. Auf dem Strohdach eines großen Hauses, an dem er vorbeiging, hob ein Hahn mit rostroten Schwanzfedern den Kopf und begrüßte mit lautem Krähen den neuen Tag. Vor Corban fiel der Weg weiter ab und führte hinunter zum Fluss, der breit und braun dahinströmte. Diesseits lagen Schiffe auf einem breiten Kiesstreifen.

Sein Herz pochte heftig. Diese Schiffe … Corban blieb stehen, ballte die Hände zu Fäusten, öffnete sie, ballte sie erneut. Seine Kehle war wie ausgedörrt. Er hatte diese Schiffe schon einmal gesehen, auf dem Strand vor dem brennenden Hof seiner Familie.

Er schüttelte sich und blinzelte, um die Augen vom Nebel der Erinnerung zu befreien. Es waren ja nicht dieselben Schiffe; sie sahen nur genauso aus. Corban ging den Weg hinunter und zwang sein Herz, ruhiger zu schlagen. Es gab ohnehin nichts, das er tun konnte. Er verschloss sich vor allen quälenden Gedanken und betrat den kiesigen Uferstreifen, ging an den hoch aufragenden, breiten Bugen der Schiffe vorbei, auf denen ineinanderverschlungene, geschnitzte Schlangen zu sehen waren.

Vor ihm tauchte eine Reihe großer Verschläge aus Weißdornzweigen auf. Corban beschleunigte seine Schritte. Die Verschläge schienen leer zu sein; stumm und schwarz hoben sie sich vor dem Hintergrund des Flusses ab. Corban trat ganz nahe an die Verschläge heran und spähte hinein. Sie waren leer. Doch trotz dieser Leere und der lastenden Stille spürte er die Menschen, konnte sie beinahe sehen, wie sie sich frierend und mitleiderregend im eisigen Wind zusammendrängten. Corban schluckte. Die ganze Welt schien aus den Fugen zu geraten ...

Er trat an den nächsten Verschlag heran, legte eine Hand auf die Umrandung und zerbrach sich den Kopf darüber, wie seine weiteren Schritte aussehen sollten. Es musste einen Weg geben, der von hier aus weiterführte, doch er sah ihn nicht.

»Corban.«

Er wirbelte herum. Unten am Strand rannte Grod auf ihn zu, ein breites Grinsen auf seinem Gesicht, wie Corban es nie zuvor bei ihm gesehen hatte.

»Grod!«, erwiderte Corban erleichtert. »Da bist du ja endlich.«

Der alte Mann verlangsamte seine Schritte. »Hast dich wohl verlaufen, Corban, wie? Ärger bekommen, was? Na, immerhin hab ich's geschafft, dich wiederzufinden.« Er streckte die Hand aus und zupfte an Corbans Mantel. »An dem hier hab ich dich erkannt.«

Corban legte dem alten Mann einen Arm um die Schultern. »Ich bin froh, dass du wieder bei mir bist. Hast du etwas zu essen?«

Grod schüttelte den Kopf. »Nein, aber ...«, er holte die Münzen aus der Tasche, »aber ich habe noch immer das Geld.«

»Meines hat der König genommen«, berichtete Corban, drehte sich um und blickte zurück auf die Sklavenverschläge. »Sie war hier. Sie muss hier gewesen sein …«

Grod runzelte die Stirn. Sie standen am Flussufer, unterhalb der hohen Böschung, auf der das Anwesen des Königs stand; der Weg führte zurück in die Stadt, doch Grod wandte sich in eine andere Richtung. »Komm mit.« Er ging den Strand hinauf und an den Schiffen vorbei bis zum Fuß der Böschung, wo ein kleines Feuer brannte. Ein paar Männer saßen dort zusammen und brieten Fisch.

Corban verlangsamte seine Schritte, als er sah, dass die Männer zu Erik gehörten. Grod jedoch ging geradewegs auf sie zu und sprach eine Zeit lang Dänisch mit ihnen. Er fragte nach den letzten Gefangenen in den Sklavenverschlägen.

Corban wandte den Blick ab. Er hatte das Gefühl, als würde Mav neben ihm stehen, ganz nahe, doch unsichtbar wie die kühle Luft an seiner Wange.

Grod kam zu ihm zurück. »Sie sagen, dass die Leute nach Hedeby geschafft wurden.«

»Hedeby? Wo ist das?«

»Am anderen Ende des Meeres. Im Sumpfland der Dänen.«

Corban erstarrte. Er war wie betäubt. Wenn er bisher das Gefühl gehabt hatte, Mav näher gekommen zu sein, hatte sich stets herausgestellt, dass sie weiter weg war als zuvor. Nun war es schon wieder so. Es war wie ein Fluch, wie ein Teil der Verwünschungen seines Vaters.

Es machte keinen Sinn, auch nur zu versuchen, Mav zu finden …

»Komm«, forderte Grod ihn auf. »Um deinetwillen bin ich bereit, mit meinen Gewohnheiten zu brechen und Brot zu kaufen.«

In plötzlicher Wut dachte Corban daran, wie er sein Geld verloren hatte. »Ich könnte mir selbst welches kaufen, wenn der verfluchte König nicht gewesen wäre!«

»Du kannst von Glück sagen, dass du noch den Kopf auf den Schultern trägst.« Mahnend hob Grod den Zeigefinger. Er legte eine Hand auf Corbans Arm, schob ihn herum und führte ihn in die Stadt zurück. »Hast du getan, was ich dir gesagt hatte? Du musst einen Fehler gemacht haben, du Dummkopf! Ohne mich kommst du wohl gar nicht zurecht, was?«

»Ob mit oder ohne dich – ich komme *überhaupt* nicht zurecht«, erwiderte Corban. Mit gesenktem Blick trottete er neben Grod den Weg entlang. Der alte Mann führte ihn durch die Menschenmengen, doch er achtete gar nicht darauf. Er hatte das Gefühl, als wäre der Weg vor ihm plötzlich verschwunden, als stünde er allein am Ende der Welt. Er dachte an Mav und daran, was ihr passiert sein musste, was im Moment mit ihr geschah, und konnte nur mit Mühe einen verzweifelten Aufschrei zurückhalten.

Er konnte Mav nicht retten. Er konnte nur einen Fuß vor den anderen setzen, auf dem Weg nach nirgendwo.

Corban blieb im Strom der Passanten stehen, während Grod Geld hervorholte, um Brot zu kaufen. Plötzlich spürte er, dass jemand ihn anstarrte, und hob den Blick. Nur ein paar Schritte entfernt stand der rotbärtige Wikinger mit der Zahnlücke und musterte ihn.

»Du siehst erbärmlich aus, Ire.« Der Wikinger versetzte ihm einen Stoß.

Corban erwachte wie aus tiefem Schlaf. Die schreckliche Düsternis und Kälte schwanden, wichen greller, heißer Wut. Als der Wikinger ihn stieß, schlug Corban ihm die Faust an die Wange. Überrascht zog der Rothaarige die Hand zurück und holte aus, um den Schlag zu erwidern. Doch Corban packte sein Handgelenk und hielt es fest.

Außer sich vor Wut starrte der Wikinger ihn an. Er versuchte, sich loszureißen, doch Corban verstärkte seinen Griff. Er legte alle Kraft hinein, die er beim Rudern erlangt hatte, und hielt den Arm des Wikingers in eisernem Griff.

Ihre Blicke trafen sich. Der Wikinger lächelte und entspannte seinen Arm in Corbans Griff. Corban ließ ihn los.

»Wie war noch mal dein Name?«, fragte der Rotbart.

»Corban. Corban Tunichtgut.«

Grod war inzwischen zurückgekehrt. Mit großen Augen beobachtete er, wie der Wikinger seine Hand ausstreckte und Corban sie ergriff. »Ich heiße Sweyn…« Es folgten ein paar gemurmelte Laute, die Corban nicht verstand. Dann machte der Wikinger auf dem Absatz kehrt und verschwand in der Menge.

Grod trug drei Brotlaibe unter dem Arm, flache Räder, gespickt mit Zwiebeln und mit Käse bestreut. Corban nahm eins, brach ein Stück davon ab und schob es sich in den Mund. Der Geschmack war überwältigend.

»Was hat er gesagt? Wie heißt er?«, fragte Grod.

»Sweyn Aalmund.«

»Woher kennst du ihn?« Sie gingen hügelab zu einem Weg, an dem ein Brunnen stand, wie Corban wusste.

»Er hat mich gestern vor den König gebracht. Als er und seine Gefährten mich am Tor angehalten hatten.«

»Vertraue ihm nicht. Alle diese…« Grod streckte sich und blickte nach vorn. »Ah, da ist sie. Komm.«

»Da ist wer?«, fragte Corban und folgte ihm. Sie bogen in eine steile Gasse ab, die zu einer großen Eiche führte. Dort weitete sich die Gasse. Dem Baum gegenüber an einer Ecke saß eine Frau inmitten von Tontöpfen. Grod ging auf sie zu. Langsam schlenderte Corban hinter ihm her. Die Frau saß mit gesenktem Kopf da und bearbeitete irgendetwas zwischen den Fingern. Als Grod so plötzlich vor ihr erschien, erschreckte sie, lächelte dann aber, als sie ihn erkannte.

Wie ein Gockel stolzierte Grod vor ihr auf und ab. Eigentlich war sie noch ein Mädchen; sie sah nur älter aus durch das weiße Kopftuch, unter dem sie ihr Haar verbarg. Hastig versteckte sie etwas unter ihrer Schürze, während Grod ihr erklärte, dass er ihr mit einem bescheidenen Geschenk gutmachen könne, was sie für ihn getan habe, und wie froh er sei, dass sie ihm geholfen habe. Mit einer ausladenden Handbewegung hielt er ihr den zweiten Laib Brot hin, als würde er ihr die Krone einer Königin überreichen. Corban verstand fast alles, was Grod sagte, sowohl Worte wie auch Gesten.

Doch das Mädchen sah nicht so dankbar oder beeindruckt aus, wie Grod es offenbar als angemessen betrachtet hätte. Sie lächelte ihn nur an und nahm mit einem gemurmelten Dankeschön das Brot. Anscheinend war sie tatsächlich der Meinung, Grod würde ihr nur geben, was er ihr schuldete.

Als sie Corban erblickte, schwand ihr Lächeln. »Was ist denn das? Seid ihr jetzt zu zweit? Ich wusste gleich, dass es so kommt!«

Corban wich zurück und hob die Arme. »Es ist nicht so, wie du glaubst!« Sie sah ihn weiter scharf und abweisend an; dann wandte sie sich einem Kunden zu, der ihre Töpfe begutachtete.

Corban ging den Weg zurück, den sie gekommen waren. Grod trottete neben ihm her.

»Die Schwester würde dir viel besser gefallen«, sagte er. »Sie hat zwei Schwestern, aber die eine ist ein wahrer Engel!«

»Das dürfte wohl keine Rolle spielen. Schließlich mag sie keinen von uns.«

Grod schwieg betrübt. Seine Stimmung hob sich erst, als sie zur Kirche kamen und Grod sich im Schatten der Kirchenmauer an einem Glücksspiel beteiligte. Corban ließ müßig den Blick über den Platz schweifen und lauschte den Menschen um ihn herum. Er verstand ihre Sprache immer besser. Später am Tag rollte ein Wagen vorbei. Der Mann auf dem Bock sah sich um, erblickte Corban und winkte ihn zu sich.

Corban ging hin und erhielt den Auftrag, den Wagen abzuladen und die Waren in ein Haus in der Nähe zu schaffen. Für diese Arbeit erhielt er ein Stück eines Silberpennies.

Von dem Geld kaufte er weiteres Brot, das er und Grod verzehrten. Die Nacht verbrachte er wieder in der Kirche, diesmal zusammen mit Grod. In der Nacht schneite es wieder, und es war schneidend kalt.

Als sie aufwachten, hatten sie keinen Bissen zu essen und auch kein Geld, um sich etwas zu kaufen. Corban vermutete, dass Grod die letzten Pennies im Spiel verloren hatte. Während Grod wieder zu dem Spieler schlurfte, ging Corban zum Brunnen, um sich den Magen wenigstens mit Wasser zu füllen.

Während Corban dort stand und sich fragte, wie er Arbeit finden konnte, tippte ihm jemand auf die Schulter. Er fuhr herum. Vor ihm stand Sweyn Aalmund und hielt ihm einen Krug hin.

»Hier, Ire. Nur die Armen trinken Wasser.«

Corban nahm den Krug und setzte ihn an; es war Ale, so dickflüssig, dass es Schaum auf seiner Oberlippe hinterließ. Er stöhnte wohlig und spürte, wie der Alkohol ihm zu Kopf stieg. Schließlich reichte er dem rothaarigen Wikinger den leeren Krug zurück und spazierte mit ihm und dessen Leuten an der Kirche vorbei. Aalmund wandte sich ihm zu.

»Du schuldest mir Geld. Zwei Pence.«

»Was?«, fragte Corban erschrocken. Das Ale umnebelte noch immer seinen Verstand. Er war zu betrunken für Aalmunds Irisch.

»Du schuldest mir Geld. Zwei Pence«, wiederholte Aalmund und sprach so deutlich er konnte. Bei jedem Wort spritzte Spucke aus der klaffenden Lücke in seinem Gebiss. »Geld, das der König mir genommen hat, wie du dich sicher erinnern kannst, denn du warst ja so freundlich, ihm von den vier Pence zu erzählen.«

In holperigem Dänisch entgegnete Corban: »Ich habe kein Geld.«

Der Wikinger musterte ihn schweigend und bog in eine Gasse ein, in der es köstlich nach Brot duftete. Er führte Corban und seine Leute in die erstbeste Bäckerei. Der Bäcker kam herbei und beschimpfte Aalmund mit gerötetem Gesicht, als der Wikinger ihn beiseite schob und sich einen Laib Brot vom Regal nahm. Dann verließen sie den Laden, ohne einen Penny zu bezahlen, und ließen den zornbebenden Bäcker hinter sich. Aalmund riss Stücke vom Brot und gab jedem etwas.

Corban lief das Wasser im Munde zusammen, und sein Magen knurrte. Aalmund drückte ihm ein großes Stück Brot in die Hand; es war noch warm, und Corban verschlang es gierig, während sie weiter durch die Gasse zogen. Als sie den Weg zum Fluss eingeschlagen hatten, drehte Aalmund sich um sagte zu Corban: »Du schuldest mir zwei Pence! Was soll das heißen, du hast kein Geld? Und wieso sprichst du auf einmal Dänisch?«

Corban hüllte sich in Schweigen.

»Du sagtest, Einar der Schiffshändler habe dir Geld gegeben. Was sollst du hier in Jorvik dafür tun?«

Corban war überrascht. »Nichts.«

»Ach ja?«, sagte Aalmund und betrat eine weitere Bäckerei. Diesmal blieb Corban draußen, während die anderen ihrem Anführer folgten und mit weiteren Broten wieder zum Vorschein kamen. Corban sah die Gasse entlang; an einer Ecke, gegenüber der großen Eiche, saß die Frau mit den Töpfen. Sie war über irgendetwas gebeugt, das sie in den Händen hielt. Corban runzelte die Stirn. Er hatte das zuvor schon beobachtet und fragte sich nun, was die Frau da eigentlich tat.

Aalmund schob sich an Corban vorbei die Gasse hinauf und riss ihn aus seinen Gedanken. »Du sagst, du bist nicht Einars Mann – warum kommst du dann nicht hinauf zu Eriks Königshaus? Dort gibt's jeden Abend Fleisch und gutes Ale.«

Corban konnte sich an das Anwesen des Königs erinnern, in dem die Wikinger ein Festgelage veranstaltet hatten, während er hungrig geblieben war, doch er erinnerte Aalmund nicht daran.

»Bist du Christ?«, fragte Aalmund.

»Nein«, erwiderte Corban.

Aalmund lächelte in seinen Bart. »Das hatte ich mir gleich gedacht. Auch ich bin ein Mann des Gottes Thor. Das war schon der Glaube meines Vaters, und der ist auch gut genug für mich.«

Wieder machte die Gruppe halt, und Aalmund verschwand in einem Brauhaus. Diesmal blieben die anderen Männer mit Corban zusammen draußen. Einer von ihnen blickte blinzelnd zum Himmel.

»Es gibt Schnee. Heute Nacht werden wir froh sein, ein Feuer zu haben.«

»Nimm du das Feuer«, sagte der andere. »Ich nehme Hilda.«

Beide lachten und warfen Corban einen Blick zu. Auch er lachte pflichtschuldigst.

»Sie ist eine gute Frau«, sagte der eine und stieß dem anderen den Ellbogen in die Rippen. »Gut für das, wofür die Weiber nun mal da sind. Stimmt's, Gorm?«

Aalmund trat aus der Tür, einen hölzernen Krug in der Hand, randvoll mit Ale. Die Männer ließen ihn kreisen. Auch Corban nahm einen tiefen Schluck. Als der Krug leer war, verschwand Aalmund noch einmal im Brauhaus und kam ein zweites Mal mit dem Krug heraus, wieder voll bis obenhin.

Weich und warm breitete das Ale sich in Corbans Innerm aus; er verspürte Aalmund gegenüber tiefe Dankbarkeit, dass der so gut für ihn sorgte. Zugleich fühlte er einen Stich der Angst, dass dies alles plötzlich enden könnte. Als alle getrunken hatten und der Krug wieder leer war, schickte Aalmund die anderen zwei Männer los, die Spieler vor der Kirche auszuplündern. Corban wurde unruhig; er dachte an

Grod. Doch Aalmund riss ihn von diesen Gedanken los; er legte Corban eine Hand auf die Schulter und führte ihn über den Platz und an der Kirche vorbei.

»Wir sind also Dummköpfe, denkst du? Wir sollen glauben, dass Einar dir Geld gegeben hat, obwohl du nicht zu seinen Männern gehörst?«

»Es ist die Wahrheit. Ich habe sowieso kein Geld mehr.«

»Nun, trotzdem schuldest du mir noch die zwei Pennies, die mir gehört hätten, hättest du nicht dem König gepetzt.«

Sie hatten die Kirche nun hinter sich gelassen. Zu ihrer Linken öffnete sich der Weg zum Fluss; zur Rechten befand sich eine verwinkelte Gasse, die von überhängenden Eichen überdacht wurde, sodass selbst jetzt der Weg im Dunkeln lag, obwohl die Sonne hoch am Himmel stand. Ansammlungen niedriger Gebäude mit Weißdornhecken standen zu beiden Seiten. Aalmund warf einen Blick in die Gasse und wandte sich dann dem Weg zum Fluss zu.

Vor ihnen stand ein großer Wagen auf dem Weg. Er hatte vor demselben Haus gehalten, in das Corban zwei Tage zuvor einen Wagen entladen hatte. In der Tür sah er etwas Blaues. Er schaute genauer hin und sah, dass es der Mann in dem blauen Mantel war, den er zur Rechten des Königs gesehen hatte.

»Wer ist dieser Mann?«, fragte Corban und streckte den Arm aus.

Aalmund blickte in die gewiesene Richtung. »Oh, das ist Graf Arinbjorn.« Stirnrunzelnd blickte er Corban an. »Noch ein Freund von Einar.«

»Was tut er?«

»Er ist Käufer und Verkäufer. Er nimmt, was Erik nimmt, und macht es zu Gold. Deshalb ist er die meiste Zeit der beste Freund des Königs.«

Ein Händler, dämmerte es Corban. Ein Schiffshändler.

»Er ist Händler zur See. Woher kennst du Einar überhaupt? Ein Ire wie du …«

Hinter ihnen ertönte ein Schrei, und Aalmund fuhr herum. Wieder erklang der Schrei – ein Kreischen, das durch die schattige Gasse schallte, die hügelauf von ihnen lag. Mit großen Schritten eilte Aalmund in diese Richtung. Eine Hand hielt das Schwert in der Scheide fest, damit es ihm nicht zwischen die Beine geriet.

Corban folgte ihm. Voraus riefen und brüllten jetzt mehrere Leute. Ein Pferd wieherte und stieß ein verzweifeltes, zu Tode erschrecktes Schnauben aus. Aalmund lief jetzt quer über die Gasse auf ein geschlossenes Tor zu und zog es auf.

Corban folgte ihm in einen Hof. In dem Moment, als er eintrat, galoppierte ein durchgegangenes Pferd zum geöffneten Tor. Geistesgegenwärtig wirbelte Corban herum und schlug es zu. Als er sich wieder umdrehte, scheute das Pferd und wieherte. An der wehenden Mähne und dem aufgestellten Schweif vorbei sah Corban einen Mann im Hof stehen, der wild mit einem Stab um sich schlug. Ein halbes Dutzend weiterer Männer wich an die Zäune zu beiden Seiten zurück, um dem Stab und dem wütenden Pferd aus dem Weg zu gehen. Vor einer Wand des Hofes kam das Pferd zum Stehen, warf sich aber sofort wieder herum und galoppierte schrill wiehernd quer über den Hof zurück. Der Mann mit dem Stab sprang aus dem Weg; ein weiterer, am Boden liegender Mann rollte sich herum und kam auf die Knie. Die wirbelnden Hufe des heranpreschenden Pferdes ließen Sand und Steinchen auf ihn niederregnen. Der Mann mit dem Stab holte aus und stürmte auf den am Boden knienden Mann zu, den langen Stecken in beiden Händen.

Mit einem Aufschrei stürmte Aalmund voran und warf sich zwischen den Mann mit dem Stecken und den Burschen am Boden. Er packte den herabsausenden Stab, wobei er ihn dem Mann fast aus den Händen riss. Die beiden Männer kämpften um den Stab. Corban wusste sofort, was zu tun war. Er lief um den fremden Mann herum, sprang ihm auf den Rücken und schlang die Arme um seinen Hals, während

Aalmund ihn von vorn bedrängte. Schnell hatten sie den Burschen am Boden.

Corban rappelte sich auf. Sein Hemd war voller Schmutz und Staub, und sein Mantel schlotterte ihm um die Knie. Auch Aalmund richtete sich auf, den Stab in der Hand.

»Um was geht es hier? Wer hat angefangen?« Aalmund drehte sich um die eigene Achse und blickte den Mann an, den er verteidigt hatte. Benommen kam der Bursche auf die Beine. Das Pferd hatte jemand inzwischen eingefangen.

»Er…« Der benommene Mann taumelte. Blut lief ihm übers Kinn. Mit ausgestrecktem Arm zeigte er auf den anderen, der zu Aalmunds Füßen im Staub saß. »Er hat mir ein lahmes Pferd verkauft.«

»Sie war gesund, als sie hier wegging«, erwiderte der Mann zu Aalmunds Füßen. Er keuchte. »Du bist der Betrüger, nicht ich.«

Aalmund hob den Kopf und blickte forschend über den Hof; weitere Männer standen herum und schauten zu, doch als der Blick des Wikingers auf sie fiel, wandte sich einer nach dem anderen kopfschüttelnd ab. Corban sah, dass diese Männer keine ehrlichen Antworten geben würden. Aalmund blickte von dem Mann zu seinen Füßen zu dem anderen, der schwankend dastand und die Arme hängen ließ. Blut tropfte ihm aus der Nase.

»Nimm das Pferd und verschwinde«, befahl Aalmund.

Der Mann mit dem blutigen Gesicht zuckte am ganzen Körper. Sein Mund verzog sich voller Bitterkeit. Er warf einen Blick auf den Pferdehändler, der sich mühsam aufrappelte. »Der Kerl hat mich betrogen!«

»Willst du, dass ich dich vor den König bringe? Ich sagte, du sollst deinen Gaul nehmen und von hier verschwinden!«

Er sah zu dem störrischen Pferd hinüber. »Ich finde, der sieht ziemlich feurig aus.«

»Offenbar zu feurig für den Burschen«, ertönte es aus den Reihen der Zuschauer, und alle lachten. Der blutüberströmte Mann senkte den Blick. Seine Hände zitterten. Unsicher ging er zu dem Pferd, während der Händler, der noch immer vor Aalmund im Staub saß, sich mit der Hand übers Gesicht wischte. Schweigend beobachteten alle, wie der blutende Mann das Pferd an der Zügelleine nahm und es zum Tor hinausführte. Wie es schien, schonte das Tier dabei eine Vorhand.

Corban runzelte die Stirn. Er fragte sich, woher Aalmund eigentlich wusste, wer hier wen betrogen hatte.

Als das Tor sich schloss, wandte Aalmund sich an den Pferdehändler und streckte die Hand aus. »Zwei Pence.«

Der Pferdehändler stieß die Luft aus, als hätte ihm jemand die Faust in den Leib gerammt. Er starrte auf Aalmunds Hand. »Wofür?«

»Soll ich dich vor den König bringen?«

Der Händler hob leicht den Kopf und ließ seinen Blick umherschweifen, als würde er einem Fluchtweg suchen. Dann aber bewegte seine Hand sich langsam zum Gürtel und löste den Geldbeutel, der daran hing. Augenblicke später hielt Aalmund zwei Silberpennies in der Hand.

Er und Corban gingen zum Hauptweg, der hinunter zum Fluss führte. Nach einer Weile fragte Corban: »Woher hast du gewusst, dass der eine Mann der Betrüger war?«

Aalmund prustete los. »Das wusste ich gar nicht. Ich wusste nur, dass er bestimmt kein Geld hat. Alfric dagegen ist Pferdehändler – der hatte ganz sicher zwei Pence.« Grinsend tätschelte er Corbans Arm. »Hier stiehlt keiner außer uns! Einer für dich, einer für mich. Das war gute Arbeit, die du eben geleistet hast.« Er warf die Silberpennies in die Luft und fing sie wieder auf. Grinsend beobachtete er Corban, machte aber keine Anstalten, ihm eine Münze zu geben. »Jetzt schuldest du mir nur noch einen Pence, klar?«

Corban nickte. Die Benommenheit, die das Ale verursacht hatte, war verflogen. »Klar.«

»Gut.« Aalmund ging weiter den Weg zum Fluss.

In eine Decke gewickelt saß Mav in dem Bett, das an der vorderen Wand des Herrenhauses stand, und sang. Wenn sie sang, stiegen solch lebhafte Farben und Geräusche um sie auf, dass ihr davon ganz schwindelig wurde und sie kaum mehr wusste, wo sie sich befand. Sie sah Corban über einen Weg gehen; sie sah ihn mit blauroten Flügeln; sie sah ihn, wie er vor einem blendenden, violetten Licht stand. Stimmen erklangen in Mavs Ohren, und sie sang mit ihnen, klar und rein, wie funkelnde Adern aus Quarz in unscheinbarem, dunklem Gestein; wie glitzernde Flüsse aus Musik, die in eine triste Ebene strömten.

Vor ihr im Raum murmelten die Sklaven bei ihren täglichen Aufgaben und Pflichten vor sich hin. Ihre Webstühle klapperten, ihre Krüge und Töpfe klirrten aneinander, hell wie Glocken. Alle diese Laute nahm Mav mit auf in ihren Gesang.

Die Herrin saß bei ihr, lauschte und hielt ihre Hand.

Manchmal jedoch sang Mav nicht. Still saß sie da und versuchte, einen Sinn in all dem auszumachen und zu verstehen, wobei ihr Geist überquoll von dem Wissen, das sich dort ansammelte. In solchen Augenblicken konnte Mav sich nicht bewegen; dann hatte sie das Gefühl, in alle Richtungen gezogen zu werden.

Jeden Tag saß die Herrin morgens bei ihr. Sie aßen Brot und tranken Met, die Herrin gab ihr Kleidung, strich ihr übers Haar, küsste sie auf die Stirn. Zuerst hätte Mav sich der Frau am liebsten an die Brust geworfen, doch in ihr wuchs das Kind, das die Herrin hatte töten wollen. Sie legte die Arme um ihren Leib, setzte sich aufrecht hin und versuchte, die Teile ihres zersplitterten Geistes wieder zusammenzufügen.

Die Herrin war da, wirklich, wahrhaftig und beständig. Die Herrin, die immer lächelte, die ihr zu essen gab, sie kleidete, sie beschützte, vor allem Unheil bewahrte. Die aber auch etwas verlangte für ihre Freundlichkeit – etwas, das Mav nicht verstand.

Einmal beugte die Herrin sich über sie und versuchte, sie auf den Mund zu küssen, doch Mav wandte das Gesicht ab.

»Habt Ihr keinen Namen?«, fragte sie leise.

Die Herrin kicherte und schenkte ihr vom schaumigen Met ein. »Ich habe unzählige Namen, denn wir sind viele. Warum liebst du dieses Kind, das aus so viel Leid entstanden ist?«

»So viel Leid«, wiederholte Mav. Unter ihren verschränkten Armen bewegte sich das geliebte Kind.

Sie sah das Kind. Sah ihren Leib, gleichsam um das Kind herum. Sah das Haus um sich herum. Sah die Stadt Hedeby um das Haus herum. Sah das Meer um die Stadt herum. Sah das Meer im Mittelpunkt der Welt. Lichtstrahlen flackerten an den Rändern ihrer Erinnerung; Musik stieg in ihr auf und strömte aus ihrem Mund in wilder Lust.

Nun saß König Blauzahn bei Mav und der Herrin. Er trug einen goldenen Stirnreif, und seine Arme wurden von goldenen Ringen geschmückt.

»Harald Blondhaar hat sich Norwegen untertan gemacht. Das kann ich hinnehmen, weil es leichter ist, einen einzigen König zu überwältigen als viele. Doch der falsche Sohn trägt die Krone, und das hat uns all diesen Ärger eingebracht.«

»Harald hatte zu viele Söhne«, erwiderte die Herrin. »Was Euch eine Warnung sein sollte. Erik Blutaxt hat Pech, außerdem ist er ein Dummkopf. Ich habe nie verstanden, warum Harald ihn allen anderen vorgezogen hat, wenngleich die anderen ein ziemlich jämmerlicher Haufen waren. Alle außer Hakon – und nun hat er den Beweis geliefert.«

Sie kicherte. Der König aber schüttelte den Kopf.

»Die Söhne eines Mannes sind üblicherweise sein Untergang. Hakon hat Glück. Außerdem ist er kein Dummkopf.«

»Das ist wahr. Das alles wird sich letzten Endes als günstig für Euch erweisen, wenn Ihr abwartet. Merkt Euch meine Worte! Selbst Hakon kann Norwegen nicht halten. Die Männer von Trond werden ihn beim Streit um den weißen Christus zu Fall bringen. Nun, besser ihn als Euch. Wenn sie sich erst gegenseitig ausgeblutet haben, werdet Ihr zur Stelle sein, um die Krone zu nehmen!«

»Ja, ja, das erzählt Ihr mir ständig. Ich aber finde es besser, die Krone zu nehmen, wenn nicht Hakon, sondern Erik der König von Norwegen ist.«

»Pah! Erik ist da, wo er ist, sehr nützlich, sofern wir ihn auf die richtige Weise beeinflussen.«

»Ihr und Eure Einflussnahme! Dieses Mädchen hier – sie ist einer Eurer magischen Kniffe, nicht wahr? Wie weit seid Ihr gediehen mit ihr?«

»Sie sieht, wo der Bruder ist. Durch sie habe ich Erik auf dem Thron gesehen – zusammen mit Gunnhild, die ihn beherrscht, wie immer.«

Blauzahn ließ ein humorloses, bellendes Lachen hören. »Soll mich das etwa beeindrucken? Das weiß doch jeder.«

»Ihr seht nur, was vor Euch liegt!«

»Was gibt es denn noch zu sehen?«

»Gebt mir erst, was Ihr mir versprochen habt, als Ihr mich gebeten hattet, das hier zu tun.«

»Gebeten! Ich habe Euch nie um etwas gebeten, alte Hexe.« Der König beugte sich vor in den Schein der Lampe. Seine Stimme klang verzerrt. »Um was habe ich Euch denn gebeten?«

Die Herrin tat überrascht. »Na, einen Spion zu finden, der für Euch darauf achtet, was Erik tut!«

»Ich sehe keinen Spion. Ich werde Euch nichts bezahlen. Ihr seid eine Betrügerin, wie sie es überall in meinem Königreich verbreiten. Ich bin ein Dummkopf, dass ich überhaupt hergekommen bin. Ich gehe jetzt.« Unvermittelt zog er sich aus dem Lampenschein zurück und stapfte davon.

Die Herrin lächelte, beugte sich über ihre Lampe und wölbte die Hände darüber. »Und doch ist Gunnhild schlimmer als du. Wenn du wiederkommst, König, wird der Preis gestiegen sein.«

Mav wusste dies, wie sie um alle Dinge wusste. In sämtlichen Richtungen glitt das Wissen durch ihren Geist, durchsetzt mit Farben und Tönen. Die Herrin sah, was sie sah. Manchmal vermeinte Mav, das Wissen der Herrin gleichsam übergestülpt zu bekommen; dann wieder sah sie alles glasklar – einen Augenblick in der Zeit, so deutlich, dass sie ihn hätte beim Namen nennen können. Dann wieder waren Ereignis und Namen verschwunden in die verflochtenen Ströme aus Lichtern und Gestalten um sie her.

Manchmal jedoch geschah dies alles nicht. Manchmal war um sie herum nichts als gestaltlose, graue Leere, in der sie wanderte, alleine, frierend und voller Trauer.

Und immer sah sie in einem Winkel ihres Geistes ihren Bruder, der sie suchte und ihr näher kam.

Jetzt aber suchte er sie nicht mehr, sondern saß tatenlos herum.

8

Den ganzen Tag, während er Aalmund folgte, sammelte Corban Nahrung und verbarg sie in den Falten seines Mantels, damit er für Grod etwas zu essen hatte, wenn er den alten Mann traf. Doch als er schließlich zur Kirche gelangte, war Grod nicht dort und ließ sich auch nicht mehr blicken, sodass Corban schließlich alles allein verzehrte. Dann setzte er sich in den hinteren Teil der Kirche.

Er hatte das Warten aufgegeben. Er war allein wie ein Stern in der Nacht. Niemand kannte ihn, niemand wollte ihn. Er hatte Mav verloren, und selbst Grod schien ihn nun verlassen zu haben.

Er nickte ein und schlief unruhig bis zum Morgen. Dann verließ er die Kirche, wusch sich an dem Brunnen und ging durch die Stadt, die kleine steile Gasse entlang und auf die Eiche zu.

Auf der gegenüberliegenden Seite stellte die Töpferin gerade ihre Ware auf; sie lud sie von einem alten Handkarren ab. Neben dem Karren stand ein weiteres Mädchen – zusammen mit Grod!

Verärgert blieb Corban stehen. Grod sah ihn.

Der alte Mann rief nach ihm, winkte so fröhlich wie eine alte Kupplerin und kam auf ihn zu. Corban blieb, wo er war. Grod blickte ihn an. »Ich habe dir doch gesagt, dass du hierherkommen sollst. Hast du wieder in der Kirche geschlafen?«

»Ich habe auf dich gewartet!«, zischte Corban zornig. »Und diese Leute dort sind arm! Warum nimmst du von ihnen etwas an?«

Grod blickte empört. »Ich helfe ihnen! Ihr Vater ist alt

und schwach. Sie haben keinen Mann, der die schwere Arbeit tut.« Er wandte sich um, ging zurück zum Töpferstand. »Komm«, sagte er über die Schulter, »ich stelle dir Arre vor, du wirst sie mögen.«

Corban sah Arre herzlich über irgendeine Bemerkung lachen und mochte sie schon jetzt, wo noch die Breite der Gasse zwischen ihnen lag. Dennoch folgte er Grod nur widerwillig in die Gesellschaft dieser anderen Leute. Die schwarzhaarige Frau, Benna, saß mürrisch zwischen ihren Töpfen. Grod stellte Arre und Corban einander vor, und das Mädchen lächelte ihn an; sie war sehr hübsch und so frisch wie ein Gebirgsbach.

Doch zu Corbans Enttäuschung konnte sie nicht bleiben. »Ich muss zu Papa«, sagte sie und fügte an Benna gewandt hinzu: »Ich komme wieder, wenn die Glocken zur Non läuten.« Sie winkte Grod zum Abschied und zog mit dem leeren Wagen los. Ihr langes, rostrotes Haar hing ihr zerzaust über die Schultern. Mit erstaunlich starken Armen schob sie den Karren.

»Tja, ich gehe zur Kirche«, verkündete Grod und warf Corban einen fröhlichen Blick zu. »Kommst du mit?«

Corban schnaubte. Er hatte keine Lust, von Aalmund bei den Spielern erwischt zu werden, und beschloss, bei der schwarzhaarigen Frau zu bleiben, Benna, die zwischen ihren Töpfen saß und stur zur Seite schaute, auch wenn ihm bewusst war, dass sie es lieber gesehen hätte, wenn auch er gegangen wäre.

»Wir sehen uns später«, verabschiedete sich Grod und marschierte beschwingt den Weg hinauf; sicher fütterten diese armen Mädchen ihn auch noch durch.

»Ich muss mich für ihn entschuldigen«, sagte Corban zu Benna.

»Er ist ein alter Bettler und ein Dieb noch dazu. Das habe ich auf den ersten Blick gesehen!« Sie sah zu ihm hoch, den Kopf zur Seite geneigt, ein Blick so schief wie ihr Lächeln.

»Gott sei Dank hast du nicht versucht, mit ihm mitzukommen. Du siehst aus, als würdest du zu viel essen.«

Er kauerte sich neben sie auf die Fersen. »Ich kann mich selbst ernähren. Ich hätte auch Grod letzte Nacht versorgen können, aber er ist nicht gekommen.«

»Arre schleppt alles an, was hilflos ist. Sie bringt Vogeljunge mit, Nester mit verwaisten Feldmäusen und alte hungrige Diebe.« Benna stand auf. Eine Bauersfrau mit einem zerlumpten Schal durchstöberte die erste Reihe der Töpfe, und sie ging hin, um mit der Kundin zu sprechen. Corban blieb, wo er war. Er wollte nicht mehr allein sein. Er nahm einen der Töpfe vom Boden; glatt und schwer lag er in seiner Hand. Er fragte sich, ob sie ihn selbst hergestellt hatte. Vielleicht war es das, was Benna mit den Händen tat, wenn sie glaubte, unbeobachtet zu sein. Corban setzte den Topf ab. Unter der Strohmatte, auf der die Frau saß, lag die Scherbe eines zerbrochenen Topfes. Da war etwas auf der Innenseite. Corban hob die Scherbe auf und drehte sie um. Ein Baum war darauf zu sehen.

Erstaunt saß er da und starrte darauf. Der Baum bestand nur aus ein paar feinen Linien auf der Tonoberfläche, und doch war es irgendwie der ganze Baum – selbst das, was die Linien ausließen, war vorhanden. Er hob den Blick und sah zu Benna hinüber, die mit der Bauersfrau sprach. Sorgfältig legte er das Tonstück dorthin zurück, wo er es gefunden hatte.

Benna kam wieder, eine Schüssel mit getrockneten Bohnen im Arm, die sie in einem Ledersack verstaute. Corbans Blick fiel auf ihre Hände, ihre schlanken, starken Finger, auf denen dunkle Farbflecken zu sehen waren. Er fühlte sich plötzlich, als stünde er Haut an Haut mit ihr, als hätte er in ihre Seele geblickt.

»Wohin starrst du so?«

»Nichts…« Corban stand auf; er spürte allzu deutlich, dass sie wünschte, er möge sie allein lassen. »Darf ich irgendwann wiederkommen?«, fragte er.

Sie stieß ein kleines, erschrecktes Lachen aus, blinzelte und sah weg. »Ich glaub schon. Ja.« Unvermittelt sah sie ihm fest ins Gesicht. »Irgendwann.«

»Gut.« Corban ging, um Aalmund zu suchen und ihn auf seinem nächsten Raubzug zu begleiten.

Doch in der Stadt konnte Corban den Wikinger nicht finden. Bald wurde er es müde, nach ihm zu suchen, packte seine Schleuder und spazierte aus dem Tor. Er wandte sich nordwärts ins Tal am Fluss.

Der Pfad folgte dem westlichen Ufer des Flusses und führte an Feldern vorbei, auf denen Flecken schmelzenden Schnees und die durchnässten Hügel toten Unkrauts lagen, die der Pflug zu langen Reihen zerdrückt hatte. Durch den Schnee und das modernde alte Gewächs hindurch spross bereits neues Gras aus dem Boden, erstaunliche kleine grüne Lanzen hier und da. Der Weg war viel begangen. Eine ganze Weile setzte Corban seine Füße in die Abdrücke anderer Wanderer. Einmal trat er zur Seite, um einen Wagen vorbeizulassen; langsamere Reisende, die dann und wann vor ihm auftauchten, überholte er. Er sah Männer, die zwischen den Bäumen am Ufer des gewundenen Flusslaufs standen und Holz aus dem Wasser fischten. Auf der steilen Böschung am anderen Ufer saß ein Mann gebeugt vor einem Stab, der über das langsam fließende Wasser hinausragte. Der braun gefleckte Hund eines Jägers kam auf Corban zu, beschnüffelte ihn und folgte ihm eine Weile, bis ein Ruf erklang, worauf der Hund davonrannte.

Als er Jorvik verlassen hatte, war der Himmel blau gewesen; jetzt färbte er sich zunehmend grau. Doch Corban bezweifelte, dass es vor Einbruch der Nacht zu schneien anfing. Er stieg einen ausgedehnten, verschneiten Hang hinauf, den vor ihm niemand gegangen war, denn es waren keine Spuren zu erblicken. In einiger Entfernung sah Corban mehrere Vögel. Er nahm seine Schleuder in die Hand, dazu fünf oder sechs Steine, die er gesammelt hatte, und schlich vorsichtig auf das Schneefeld hinaus.

Der Wind frischte auf und wechselte die Richtung, bis er direkt von vorn wehte. Corbans Wangen wurden steif vor Kälte. Der Himmel sah aus wie gehämmertes Metall. Die Luft in seinen Lungen fühlte sich rein und schwer an, wie kaltes Wasser; es war eine angenehme Empfindung. Corban fühlte sich wohl in der frischen Kälte, der reinen Luft und dem Wind, fühlte sich wie ein Teil des Winters.

Er folgte dem langen, sanft abfallenden Gelände. Frische Wildfährten kreuzten seinen Weg. Seine Finger schlossen sich um einen Stein, der bereits in der Schleuder lag. Was immer diese verschneite Landschaft ihm präsentieren würde – er war bereit dafür. Corban genoss die Stille und den Segen, nicht grübeln und denken zu müssen. Federnd und lautlos gab das schneebedeckte Gras unter seinen Füßen nach.

Plötzlich explodierte vor ihm ein Grasbüschel, und ein Teil davon jagte los wie ein weißer Blitz am grauen Himmel. Jeder lange Sprung des Hasen war ein schier unmöglicher Haken über den verschneiten Boden. Corban riss den Arm hoch, wirbelte die Schleuder herum – einmal, zweimal – und ließ den Stein fliegen. Hals über Kopf kugelte der getroffene Hase in den Schnee. An seinem Kopf bildete sich eine blutige Blüte, und roter Sprühnebel färbte das Weiß um ihn herum. Corban rannte auf die Beute zu. Die Beine des Tieres zuckten noch. Es versuchte, auf die Füße zu kommen, zu fliehen, doch der Stein hatte ihm den Schädel gespalten; ein Auge lag auf dem Schnee, ein perfektes Rund. Corban vergrub die Hände in dem langen, dichten Fell, das cremeweiß und gelb war, mit ein paar braunen Haaren darunter. Endlich erschlaffte der Körper in seiner Hand.

Zu Hause hätte er Mav das Fell geschenkt. Zu Hause … Sein Verstand schwankte am Rande eines anderen, größeren Gedankens, den zuzulassen er nicht die Kraft hatte.

Er nahm den Hasen aus, holte Herz und Leber heraus und aß beides sofort, zart selbst in rohem Zustand und noch warm auf der Zunge. Trotz des Winters gab es gelbe Fettklümpchen unter der Haut; auch die aß Corban. Den Rest der Innereien warf er in den Schnee. Er verband die beiden langen Hinterläufe miteinander, nahm den Hasen auf und wanderte weiter über den Schnee, wobei er ständig auf Zeichen von Enten oder Gänsen achtete. Er merkte sich die Wildwechsel der Hirsche und betrachtete die seltsamen Spuren von Vögeln, die sich von denen in Irland unterschieden. Die Kälte biss ihm in Zehen und Fingerspitzen. Dennoch fühlte er sich gut, bis auf den noch immer nagenden Hunger. Hier draußen zählten nur die Fährten im Schnee, das Gefühl für den Wind und das Geschick im Umgang mit der Schleuder – Dinge, von denen Corban etwas verstand. Die Welt schrumpfte, bis nur noch Corban selbst, die Kälte und Schnee blieben, durch den er stapfte, Schritt für Schritt. Langsam ging er auf einen in der Ferne schimmernden Fluss zu, wobei er auf einem Abhang einen zweiten Hasen überraschte, mit braunem und weißem Fell, der sich in einen pfeilschnellen Flecken verwandelte, als er die Flucht ergriff. Dieses Mal benötigte Corban zwei Steine, um das Tier zur Strecke zu bringen. Von der Kälte waren seine Hände steif wie Eisklumpen; es kostete ihn große Mühe, genau zu zielen und die nötige Kraft für einen Schuss aufzubringen. Auch diesen Hasen nahm er aus, aß davon, band die Hinterläufe zusammen und hängte sich ihn um.

Bei Sonnenuntergang hatte er sich den Weg durchs Tal und zurück gekämpft, hinunter auf die andere Seite des Flusses von Jorvik. Er wusste, dass die Töpferin und ihre Schwestern an diesem Ufer lebten, gegenüber der Stadt. Mehrere kleine Hütten drängten sich hier oberhalb der Wasserlinie aneinander. Corban wanderte durch ein armseliges kleines Wäldchen; totes Laub bedeckte den Boden, und die dürren Bäume waren kahl gefressen.

Ein Gewirr aus Ästen und Zweigen versperrte ihm den Weg zum Flussufer. Anfangs hielt Corban es für Gestrüpp, bis er die dünne Rauchfahne daraus aufsteigen und aus einer Ecke der Behausung das Mädchen Arre hervortreten sah.

Die Kinnlade fiel Corban herab, und er blieb stehen. Dies war also ihr Heim – diese armselige Hütte, in dem sein Vater nicht einmal Kühe gehalten hätte.

Arre winkte ihm und lachte über seinen verwunderten Gesichtsausdruck. Froh, etwas Unverfängliches sagen zu können, hielt Corban ihr die Hasen hin und erklärte: »Ich habe etwas mitgebracht. Für Grod.«

»Fleisch!« Ihre Augen strahlten, und sie blickte ihn bewundernd an. »Dich schickt der Himmel! Wir hatten heute nichts außer ein paar Nüssen. Komm doch herein.« Mit einem Schwenk des rechten Arms, als würde sie ihn in den Thronsaal eines Königs bitten, bedeutete sie ihm, in die Hütte zu treten.

Corban musste sich bücken, um durch die Tür zu kommen. Vor ihm richtete Arre sich im Halbdunkeln auf, hielt die Hasen in die Höhe und rief: »Seht nur! Wir haben Fleisch, Gott sei es gedankt. Und Grods Freund hier – wie ist dein Name?«

»Corban.« Halb blind nach der Helligkeit draußen blinzelte er in die Düsternis und nickte dümmlich lächelnd Menschen zu, die er gar nicht sehen konnte. Der Gestank von Ziegen, von Rauch und die Ausdünstungen vieler Menschen auf engstem Raum stiegen ihm in die Nase.

»Corban!«, rief Grod aus. Er trat aus dem Innern der dunstigen Dämmerung hervor und streckte den rechten Arm aus, um Corbans Hand zu ergreifen. »Du bist gekommen! Ich wusste es!«

Corban sah sich um; seine Augen hatten sich nun an das schummrige Licht gewöhnt. Die Hütte bestand aus einer runden Kuppel, die in der Mitte hoch genug war, dass er den Kopf nicht einziehen musste. Die Unterseite dieser Kuppel bestand aus ineinander verflochtenen Weidenruten, die über und über mit Spinnweben bedeckt waren. Eine Feuerstelle verbreitete Wärme und rote Glut. Arre legte die Hasen auf einen breiten, flachen Stein, kniete nieder und machte sich daran, die Tiere zu zerteilen.

Rechts von Corban, an der Wand, befand sich ein Verschlag aus Weißdornzweigen, in dem Ziegen gehalten wurden. Ein alter Mann saß zwischen ihnen und dem Feuer, eine Decke um die Schultern. Still im Hintergrund des Raumes saß Benna. Mit den Händen bedeckte sie irgendetwas, das in ihrem Schoß lag.

Sie beobachtete ihn, und ihre Blicke begegneten sich. Schnell sahen beide weg. Corban senkte den Kopf; seine Wangen glühten.

»Du hast die Hasen erlegt?« Ein weiteres Mädchen, ein junges Ding mit krausem Haar, so blass wie das Wintersonnenlicht, erschien plötzlich neben Corban. »Wie hast du das gemacht?«

»Mit seiner Schleuder, Gifu«, erklärte Grod, die Hände in die Hüften gestützt. »Ich hab dir doch erzählt, dass Corban ein großer Jäger ist.«

Corban knurrte: »Ja, ein großer Eichhörnchen- und Hasenmörder.«

Das lockige Mädchen sah ihn nur groß an.

»Du scheinst dich ja gut aufs Jagen zu verstehen.«

»Ja, aber das ist auch schon alles, worauf ich mich verstehe.« Corban konnte ihr nicht in die Augen sehen; er sah Arre zu, wie sie die Hasen säuberlich zerteilte.

»Ist das die Schleuder?« Gifu deutete auf seinen Gürtel. Corban musste lächeln. Gifu war wie ein Junge; auch äußerlich sah sie Benna oder Arre überhaupt nicht ähnlich.

»Ja.« Er zog die Schleuder unter dem Gürtel hervor. »Möchtest du es einmal versuchen?«

Die blauen Augen des Mädchens leuchteten auf. »Darf ich? O ja!«

»Komm mit nach draußen.«

Corban führte sie hinaus aus der verräucherten Hütte an die herrlich frische Abendluft und zeigte ihr, wie man die

Steine einlegte, wie man schleuderte, wie man das Handgelenk drehen und wann man loslassen musste, damit jeder Stein möglichst weit durch die Luft wirbelte. Der kühle, klare Abend senkte sich um sie herum nieder.

Gifu schleuderte mehrere Steine, dann rannte sie auf die Wiese, um neue zu sammeln. Zuerst schoss sie wild in die Gegend, doch bald schon hatte sie den Bogen heraus.

Schließlich erschien Arre im Eingang der Hütte.

»Das Fleisch ist auf dem Feuer!«, rief sie.

»Ich komme gleich.« Gifu legte einen weiteren Stein in die Schleuder.

»Bring sie mit hinein, wenn du genug geübt hast, Gifu.« Mit diesen Worten drehte Corban sich um und ging zurück in die muffige Wärme der Hütte.

Benna spießte gerade Teile der Hasen auf, legte sie aufs Feuer und wendete sie beständig. Corbans Magen knurrte. Er ging um das Feuer herum und setzte sich zu ihr.

»Ich kann dir helfen.«

»Glaubst du, das kann ich nicht alleine?« Fein säuberlich fädelte sie den Spieß durch die Sehnen am Hinterlauf des Hasen.

»Ich weiß, du kannst das besser als ich, aber ich würde dir trotzdem gern helfen.« Er wendete die Fleischstücke, die bereits über den Kohlen brieten. Die langen, schlanken Finger, fleckig und geschickt, zogen seine Blicke an.

»Danke, dass du uns das Fleisch gebracht hast«, sagte sie leise.

»Ich schulde es euch. Für Grod.«

Sie warf ihm einen Seitenblick zu und zeigte ihr leichtes, schiefes Lächeln. Arre kam herbei, und Benna gab ihr etwas vom garen Fleisch. Grod stand hinter ihr, die Hand ausgestreckt, wie immer. Als alle sich etwas zu essen genommen hatten, fragte Benna: »Isst du nicht auch, Corban? Schließlich hast du uns das Fleisch gebracht.« Ihr Blick folgte ihren eigenen Händen, die den blutigen Stein säuberten.

Corban griff nach einem Stück vom Hasen. Die anderen Menschen, die so dicht um ihn herum waren, machten ihn unruhig; er wollte mit Benna sprechen, wollte sie nach der erstaunlichen Zeichnung von dem Baum fragen, die er auf der Tonscherbe entdeckt hatte. Sie nahm etwas von dem Fleisch, schnitt es klein und ging zu dem alten Mann hinüber. Sanft legte sie ihm die freie Hand auf die Schulter, weckte ihn und setzte sich, um ihn zu füttern. Aus den Augenwinkeln beobachtete Corban sie. Es machte ihn wütend, dass Benna und die anderen unter solch erbärmlichen Bedingungen leben mussten. Er fragte sich, warum niemand aus der Stadt kam, um ihnen zu helfen. Dann aber dachte er daran, wessen Mündel sie würde, in der Stadt, oben im Königshaus, und sah die Kehrseite der Medaille. Vielleicht blieb Benna deshalb in diesem Verschlag; vielleicht mühte sie sich deshalb so ab, ihre jüngeren Schwestern hierzubehalten.

Er aß einen weiteren Bissen Fleisch, als eine sichtlich bedrückte Gifu mit der Schleuder in die Hütte kam.

»Ich kann das nicht«, sagte sie zu Corban.

»Du musst es nur üben«, erwiderte er und rückte zur Seite, um ihr Platz zu machen. »Iss etwas.« Er rutschte noch ein wenig mehr nach hinten, fast bis zur Rückwand der Hütte, und stützte sich mit der Hand auf einer Tonscherbe ab.

»Autsch.« Corban hob die Scherbe auf.

Die Augen vor Schreck geweitet, fuhr Benna zu ihm herum. »Nicht hinsehen …«

Corban senkte den Blick auf das Stück Ton in seiner Hand und sah, dass Benna Arres Gesicht darauf gezeichnet hatte. Er stieß einen leisen, verblüfften Laut aus. Mit einem Sprung war Benna bei ihm, riss ihm die Scherbe aus den Fingern und warf ihm einen wütenden Blick zu. Dann wirbelte sie herum und schlug die Scherbe gegen einen Stein am Feuer.

»Warum hast du das getan?« Corban stolperte zum Feuer

und versuchte, die Stücke einzusammeln. »Es war wunderschön!«

Doch Benna wandte sich ab und murmelte etwas vor sich hin; mit hängenden Schultern ging sie zurück zu ihrem Vater. Corban fand ein Stück Ton, dann ein weiteres, doch das meiste war zu Staub zerfallen. Fragend blickte er Gifu und Arre an. »Warum hat sie das getan?«, wollte er wissen.

Arre zuckte die Schultern. »Sie zerbricht sie fast alle.«

»Es nützt uns nichts«, fügte Gifu hinzu. »Schließlich können wir's nicht essen.«

Benna, die bei ihrem schlummernden Vater stand, sagte barsch: »Es ist Sünde. Ich sollte das nicht tun. Ich versuche ständig, es nicht zu tun, aber ich tue es trotzdem.« Zu seinem Erstaunen sah Corban, dass sie weinte. Mit dem Handrücken wischte sie sich über die Augen. »Es tut mir leid.«

»Mir auch«, sagte Corban. »Es war sehr schön.«

Aus den Schatten meldete sich Grod zu Wort. »Wovon sprecht ihr eigentlich?«

Über die Schulter warf Corban ihm einen Blick zu, legte die zwei Stücke der zerbrochenen Tonscherbe zu Boden und richtete sich auf. »Ich muss jetzt gehen. Danke, dass ihr mir das Abendessen gekocht habt.«

Grod sprang auf. »Nein, bleib! Du kannst hier schlafen. Warum willst du in die Kirche zurück?«

»Ich wohne nicht hier. Und du auch nicht, Grod.« Die Wahrheit war, dass er es nicht ertragen konnte, die drei Mädchen in einem solchen Verschlag hausen zu sehen. Da war die kalte Kirche immer noch besser. »Auf Wiedersehen. Danke.«

Benna hatte ihre Fassung wiedergewonnen. Sie stand auf und ging mit Corban zur Tür. »Wir müssen dir danken, das du uns das Fleisch gebracht hast«, sagte sie. Ihre Augen waren gerötet, und sie mied seinen Blick, als sie ihm nach draußen folgte, wo er tief die kühle, klare Nachtluft atmete. Schneeflocken schwebten aus dem schwarzen Himmel zu Boden.

»Kennst du den Weg über den Fluss?«, fragte sie ihn. »Ich werde ihn schon finden.«, entgegnete er.

»Es gibt Trittsteine. Ich zeig sie dir.«

Seite an Seite gingen sie bis ans Flussufer. Keiner von beiden sprach. Vom hohen Uferstreifen aus blickte Corban hinunter durch die Schneeverwehungen und sah die breiten, flachen Steine, die quer durch den Fluss gelegt worden waren.

»Warum hast du das Tonstück zerbrochen?«, fragte er schließlich.

»Ach«, sagte sie abfällig, »es war eine jämmerliche Arbeit. Nie werden sie so, wie ich es will...« Sie ließ ein zittriges kleines Lachen hören, drehte sich um und machte sich auf den Rückweg. »Danke, Corban.«

Er sah ihr nach, als sie davonging, zurück zu dem verfilzten Gestrüpp, das ihr Zuhause war; dann drehte er sich um und stieg die Uferböschung hinunter. Er überquerte den Fluss, stapfte den Deich hinauf und ging in Richtung der Kirche.

Er konnte kaum noch die Beine heben. Kalt und leer lag die Stadt um ihn herum. Die Fensterläden der Häuser waren geschlossen. Hier und da bellte ein Hund, als er vorüberging. Der Untergrund war schlüpfrig vom Schnee, und Corban musste kleine, vorsichtige Schritte machen. Er dachte an die Kirche, so einsam und kalt. Einen Moment wünschte er sich, er wäre in der Hütte am anderen Ufer des Flusses geblieben.

Am Brunnen blieb er kurz stehen und blickte die Gasse hinunter. Der dunkle Kirchturm ragte vor ihm auf; vereinzelt, aber stetig tanzten die Schneeflocken um ihn herum. Er beneidete Grod, der sich in der armseligen Hütte der Mädchen verkroch, doch er selbst wollte das nicht. Aber in der Kirche würde er es auch keine weitere Nacht mehr aushalten...

Corban erinnerte sich an das, was Aalmund gesagt hatte, und ging an der Kirche vorbei. Er folgte dem langen, breiten

Weg zum Fluss hinunter, der jenen Hügel flankierte, auf dem das Anwesen des Königs stand. Dort oben erstrahlte alles im Licht der Fackeln. Corban hörte laute Stimmen und Salven von Gelächter. Das Licht und das Leben dort oben zogen ihn an wie die Wärme einer Feuerstelle. Er stapfte den steilen Hügel hinauf; seine Füße rutschten und schlitterten auf dem schlammigen, mit Schneematsch bedeckten Weg. Aalmund hatte gesagt, er könne zum Anwesen des Königs kommen, wo es jede Nacht Fleisch gäbe. Nun hoffte Corban, sich mit Aalmunds Fürsprache dort einen Platz zu sichern. So ging er weiter den steilen Weg hinauf, näherte sich dem lauten, von Lichtern strahlenden Haus auf dem Hügel und musste daran denken, was sein Vater von Anfang an von ihm gewollt hatte: dass er einem König diente. Nun sah es so aus, als sollte der Wunsch seines Vaters tatsächlich in Erfüllung gehen.

Schließlich verhielt Corban seine Schritte. Er war jetzt nahe genug, um durch die geöffnete Tür einen Blick auf das ausgelassene Treiben der vielen Menschen im Innern werfen zu können. Der Duft von gebratenem Fleisch stieg ihm in die Nase. Er hörte den kreischenden Schrei einer Frau – gespielt, unecht – und das trunkene Grölen von Männern.

In diesem Moment wusste Corban, dass er niemals dort hineingehen konnte, um einer von König Eriks Männern zu werden. Und hinter ihm, am anderen Flussufer, stand die armselige Hütte, die er ebenfalls nicht betreten konnte. Er schwebte gleichsam dazwischen, hing über einem unendlichen Nichts und drohte zu fallen.

Schließlich drehte Corban sich um, stieg rutschend und stolpernd den steilen Weg hinunter, ging den Hügel hinab und zurück in die kalte, leere Dunkelheit der Kirche.

Benna kaute ihrem Vater, der keine Zähne mehr hatte, das Fleisch vor. Mit wippendem Kopf saß der alte Mann da. Es sah aus, als würde er einer lautlosen Musik lauschen, die nur er vernehmen konnte. Er fragte nicht, woher Benna das Fleisch hatte, und dankte ihr nicht dafür, dass sie ihn fütterte.

Als der alte Mann gegessen hatte, suchte Benna nach seinem Schuhwerk und den Wickeln, die er ausgezogen hatte, und zog sie ihm wieder an. Seine Füße waren verhornt und knotig und schwarz vor Dreck; die Zehennägel waren lang und zu kleinen Klauen gebogen. Benna zog die Beinkleider hoch, um ihn warm zu halten.

»Sag Gifu, sie soll herkommen«, befahl der alte Mann. »Ich will Gifu sehen!«

Er liebte Gifu am meisten, obwohl sie ihm kaum einen Blick gönnte.

Benna seufzte und dachte wehmütig an vergangene Zeiten. Nur ein paar Jahre zuvor hatten sie in einem Haus in der Stadt gewohnt, und ihr Vater war im ganzen Land für seine Töpferkunst berühmt gewesen. Dann war ihre Mutter gestorben, und ihr Vater hatte erst das Augenlicht verloren und dann den Verstand. Schließlich hatte der König ihnen Haus und Hof genommen. Jetzt klebten sie am Rande von Jorvik wie Unkraut, das in den Ritzen einer Wand wuchs.

Benna fütterte ihren Vater mit einer weiteren Portion vorgekauten Fleisches. Seine Augen waren milchig und tränten; sie wischte mit einem Lappen darüber. Eigentlich sollte Gifu das tun, dachte sie mit einem Anflug von Verbitterung. Gifu, die er so sehr liebte. Die jetzt zusammen mit ihrer Schwester am Feuer saß; kichernd steckten die beiden die Köpfe zusammen. Ein heller Schopf krausen Haares, der andere rötlich braun.

Für Benna waren die beiden noch Kinder: Arre, die lachte und sang, selbst an Tagen, an denen sie nichts zu essen hatten; und Gifu, die ohne Mutter und Vater fast wie ein wildes Tier aufwuchs.

Ich sollte heiraten, dachte Benna. Doch wer würde mich denn schon nehmen? Wer würde eine von uns dreien nehmen? Wir haben nichts – keine Mitgift, keine Familie, nicht einmal anständige Kleidung. Es gab zwar Männer in der Gegend, die ein Auge auf sie warfen, doch keiner von ihnen meinte es ehrlich. Nicht einmal Euan, Arres Freund. Die verwitwete Mutter Euans, eine Apothekerin, hatte ihm verboten, Arre zu sehen. Er mochte zwar über den Fluss schleichen, wann immer er konnte, doch er würde Arre niemals heiraten.

Benna fütterte ihren Vater mit dem letzten Bissen Fleisch. Über den Fluss hinweg erklangen die Kirchenglocken. Sie neigte den Kopf, bekreuzigte sich und sprach leise ein Gebet. Es brachte nichts Gutes, sich beständig Sorgen zu machen. Wieder hatten sie einen Tag überstanden. Vielleicht war es das, worauf es wirklich ankam: einfach nur zu überleben, von einem Tag zum nächsten.

Bennas Vater war inzwischen eingeschlafen und schnarchte. Zusammengesunken saß er da, das Kinn auf der Brust. Benna weckte ihn, half ihm in seine Schlafstatt und zog die Decke über ihn. Auch Grod schlief bereits; er hatte sich an der Wand zusammengerollt und schnarchte ebenfalls. Bennas Schwestern gingen ebenfalls zu Bett. Selbst die Ziegen waren ruhig.

Leise schlich Benna sich ans Feuer. In ihrer Schürze kramte sie nach einem Stück zerbrochenem Ton und ihrem Pinsel.

»Sie stirbt«, wiederholte Blauzahn. »Ich habe hier einen ganzen Winter verschwendet, um Euch Zeit zu geben, etwas aus ihr zu machen. Und was habt Ihr aus ihr gemacht? Eine Leiche!«

Wütend biss die Herrin die Zähne zusammen – wütend auf Blauzahn und wütend auf Mav. Die Herrin stand mit dem Rücken zum Saal, von wo ihr, wie sie wusste, ihre Leute zuschauten und flüsterten. Und vor ihr, in dem kleinen Schrankbett, lag das irische Mädchen leblos wie ein Stein, die Augen geschlossen, die Arme um den schwellenden Leib geschlungen.

Blauzahn hatte recht: Das Mädchen war ausgemergelt, siechte dahin. Und sie sang nicht. Sie gab der Herrin nichts preis, kein Wort, kein Bild. Etwas Schreckliches musste geschehen sein. Vielleicht war der Bruder gestorben.

»Wie lange geht es ihr schon so?«, fragte Blauzahn.

»Fast einen Monat«, sagte die Herrin und setzte sich auf die Bettkante. Sie streckte die Hand aus, um die Wange des Mädchens zu streicheln, doch Mavs Haut war eiskalt, und hastig zog die Herrin die Hand zuruck. Ein Schauder lief ihr über den Rücken. Auf Mavs Wangen schienen die Tränen gefroren zu sein. Selbst ihr Haar war kalt. Und doch atmete sie, und ihre Augenlider flatterten.

Blauzahn knurrte: »Hakon wird mit jedem Tag mächtiger. Bald schon wird er ganz Norwegen beherrschen. Und dann wird er mich angreifen! Ich brauche jemanden, der ihn ablenkt und schwächt. Und wer käme besser dafür infrage als Erik? Ihr sagtet, Ihr würdet mir helfen. Stattdessen habt Ihr mich auf diesen Pfad nach nirgendwo gelockt, zu diesem sterbenden Mädchen! Ihr seid mir etwas schuldig!«

Die Herrin schwieg. Sie hatte den bitteren Geschmack des Versagens auf der Zunge und fragte sich, ob sie selbst schwächer wurde. Mittlerweile hätte sie dieses Mädchen ganz in ihrer Macht haben müssen. Doch Mav leistete noch immer Widerstand. Vielleicht war es dieses verdammte Kind, an das sie sich klammerte. Wieder wünschte die Herrin, dieses Balg wäre fort. Das Kind bereitete ihr Kopfzerbrechen; wie etwas Unbekanntes, Unfassbares und Unermessliches war es in Mavs Leib verborgen und hielt sie davon ab, sich ihr, der Herrin, zu unterwerfen.

»Tötet sie«, schlug Blauzahn vor und lächelte voller lüsterner Grausamkeit. »Es wäre eine Gnade.«

Die Herrin stand auf. »Vielleicht.« Sie schloss die Schranktür vor dem Bett des Mädchens. Insgeheim kochte sie vor Wut auf die Könige und ihre Gelüste, vor Wut auf dieses Mädchen, das sie mit Hoffnung erfüllt und sie dann zunichte gemacht hatte, und vor Wut auf sich selbst. Die Herrin dachte an die kleine Flasche, die versteckt in ihrem eigenen Schrankbett lag, ein langes, schlankes Röhrchen aus byzantinischem Glas, gefüllt mit grünem Gift. Ein Tropfen davon, und am nächsten Morgen läge das Mädchen zusammen mit dem Kind in ihrem Leib auf dem Müllhaufen …

Blauzahn bedachte die Herrin mit hämischen Blicken. Er genoss ihr Versagen. Er *wollte*, dass sie versagte. Das würde ihm Macht über sie verleihen. Die Herrin las seine Gedanken, bezwang jedoch die aufsteigende, lähmende Panik und fasste sich wieder, kämpfte sich zurück in die unerschütterliche Mitte ihres Selbst.

»Ich werde nach Euch schicken, wenn ich etwas mehr für Euch habe. Geht jetzt.« Ihre Stimme klang schrill und unsicher.

Blauzahn blieb noch einen Moment stehen, beobachtete die Herrin, grinste und ließ sie spüren, was er von ihren Befehlen hielt. Dann aber gehorchte er; groß und schwerfällig stapfte er zur Tür.

Die Herrin ging zurück zu dem Schrankbett, in dem Mav lag. Das Mädchen war stark, selbst jetzt noch; als sie neben dem Bett stand, spürte die Herrin ihre noch schlummernden Kräfte. Sie durfte Mav nicht verlieren; sie brauchte sie und sehnte sich nach der Macht, die in ihr schlummerte, so nah und doch so völlig außer Reichweite. Sollte Blauzahn doch von seinen Aufgaben und Plänen sprechen, dieser Dummkopf! Er ahnte ja nichts von der Aufgabe, die ihrer *hier* harrte.

Die Herrin zog den Schrank auf. Barsch rief sie nach einem ihrer Sklaven und schickte ihn, eine Tasse Milch mit Honig zu holen. Dann setzte sie sich auf Mavs Bett, um ihr wieder Nahrung einzuflößen und sie am Leben zu erhalten.

Mit dem Vorsatz, wieder jagen zu gehen, trat Corban am nächsten Morgen aus der Kirche. Der Tag war dunkel und stürmisch, wenngleich es nicht mehr schneite. Die Menschen eilten durch die Gassen, in ihre dickste und wärmste Kleidung gehüllt. Corban ging zum Brunnen und brach das Eis auf der Wasseroberfläche. Während er sein Gesicht wusch, legte ihm wie Tags zuvor jemand eine Hand auf die Schulter. Er wandte sich um. Vor ihm stand Aalmund.

Wortlos hielt der Wikinger ihm einen Krug Ale hin. Corban nahm ihn und leerte ihn gierig. Kurz darauf zog er an Aalmunds Seite durch die Gassen. Sie plünderten Laden um Laden. Den Gedanken an die Jagd hatte Corban längst vergessen.

Sie aßen Brot und Äpfel und Würste. In ihrem Kielwasser hinterließen sie eine Spur zorniger, von hilfloser Verzweiflung erfüllter Ladenbesitzer. Corban ging ein Stück hinter Aalmund an dessen rechter Seite als einer der Männer in seinem Gefolge. Es waren mehr als üblich, denn im Vorbeigehen nahm Aalmund weitere Männer mit, bis es ein Dutzend oder mehr waren. Corban sah, dass der rothaarige Wikinger mit seinem Tun irgendeinen Zweck verfolgte, und trank weniger Ale als sonst.

Vom Ufer aus marschierten sie auf dem hügelan führenden Weg an Haus und Thronsaal des Königs vorbei und auf die Kirche zu. Schwere Wolken verdunkelten die Sonne, ein scharfer Wind heulte um den Kirchturm. Die Glocken begannen zu läuten. Auf dem Platz vor dem Gotteshaus drehte Aalmund sich um und sprach zu den Männern, die hinter ihm aufschlossen: »Bleibt stets in meiner Nähe. Geht nirgendwo alleine hin. Und achtet auf mein Zeichen, falls etwas passiert.«

Corban stellten sich die Nackenhaare auf. Er fragte sich, was geschehen mochte, was er jetzt würde tun müssen. Mit Aalmund und den anderen Männern begab er sich zum Rand des Platzes. Unablässig läuteten die Glocken über ihnen. Schließlich traten die Menschen in einer langen Reihe aus der Kirche.

Ein junger Mann in schwarzer Robe führte sie an, ein

Priester. In beiden Händen trug er eine kunstvoll gearbeitete hölzerne Kiste. Langsam schritt er dahin und intonierte dabei Kirchengesänge und Gebete.

»Doooominuuus...« Der Priester dehnte die Vokale, summte sie beinahe. »Vooobiscuuum...«

Nach ihm entließen die breiten Kirchentüren einen stetigen Strom von Menschen, die zu zweit oder zu dritt ins Freie traten. Die Männer trugen Wämse und Umhänge und waren barhäuptig; die Frauen trugen lange Gewänder und hatten sich das Haar elegant in weißes Tuch gebunden.

»Et cum spiritum sanctum«, beteten sie laut.

»Das ist doch bloß eine von diesen christlichen Veranstaltungen. Warum willst du das sehen?«, fragte Corban.

Mit scharfem Blick beobachtete Aalmund die anwachsende Menschenmenge. »Ich halte jedes Mal ein Auge darauf, wenn viele Leute zusammen sind. Sie hassen uns, und sie sind mehr als wir. Darum müssen wir auf der Hut sein.«

»Hm«, machte Corban nachdenklich. »Ist Erik denn kein Christ?«

Aalmund grinste ihn an. Mit der Hand wischte er sich Speichel vom Bart. »Er wurde getauft, als er König wurde. Doch sein Vater liegt in einem Hügelgrab in Norwegen, und daran kann auch Weihwasser nichts ändern.«

Immer noch kamen Menschen aus der Kirche und folgten dem Priester mit seiner Reliquie. Viele warfen den Wikingern neugierige oder wütende Blicke zu, doch die meisten waren ins Gebet vertieft und schenkten Aalmund und seinen Männern keine Beachtung.

Corban fragte sich, für was die Leute beteten. Für gutes Wetter zur Frühjahrsaussaat? Für kräftige, gesunde Lämmer? Dafür, dass die Wikinger sie in Ruhe ließen?

Das Fleisch, das Brot und auch das Ale, das Corban an diesem Tag bereits zu sich genommen hatte, lagen ihm schwer im Magen. Er zog sich zwischen die anderen zurück und verschränkte die Arme vor der Brust.

Noch während die Prozession weiter aus der Kirche strömte, verfinsterte sich der Himmel. Nasser Schnee fiel, der sich rasch in Hagel verwandelte. Frierend zog Corban seinen Mantel fester um sich.

»Kommt«, befahl Aalmund. »Gorm, Ketil – ihr geht auf der anderen Seite herum. Ihr anderen kommt mit mir.« Corban dicht hinter sich, schritt Aalmund los, als wollte er die Prozession beschatten.

In einem langen, langsamen Kreis führte der Priester die Gläubigen um die Stadt herum. Corban betrachtete die Menschen in seiner Nähe. Viele von ihnen kannte er, besonders die Ladenbesitzer, die mit ihren Frauen weiter vorn gingen. Nach ihnen kamen die Bauern aus dem Umland, wuchtige Männer mit starken Händen, breiten Schultern und muskelbepackten Armen.

Aalmund ging am Wegrand neben ihnen, die Hand am Schwertgriff. Corban fuhr sich unruhig mit der Zunge über die Lippen, als er Benna und ihre Schwestern entdeckte, die fast am Schluss der Prozession gingen. Er blieb stehen und wartete auf sie.

Arre betete, Benna hielt den Kopf gesenkt. Mit suchendem Blick, das Haar zerzaust, schlenderte Gifu neben ihnen her. Ihnen folgte Grod; er machte einen gelangweilten Eindruck.

Der Regen fiel jetzt stärker, eisige Pfützen breiteten sich auf dem Weg aus. Benna ging an Corban vorbei, ohne ihn zu sehen. In der Dämmerung wirkte ihr Gesicht blass. Die Hände mit den schlanken Fingern hielt sie vor sich gefaltet; Regen lief ihr über die Wangen.

Corban mischte sich unter die Gläubigen und bahnte sich seinen Weg zu ihr. Als er sie erreicht hatte, fing die Menge wieder laut zu beten an.

»Benna.« Sein Mund war trocken. Mit großen Augen wandte sie sich zu ihm um. Corban hielt seinen Mantel auf. »Ist dir kalt? Du kannst mit unter meinen Mantel.«

»Danke«, sagte Benna nach kurzem Zögern. Von ihrer lächelnden Schwester Arre beobachtet, kam sie unter seinen Mantel. Steif und unbeholfen hielt Corban den Arm über ihr ausgestreckt; sein Mantel bildete ein Dach über ihr, ohne dass er sie berührte. So ging er neben ihr, schützte sie vor dem Regen und musste gegen das plötzliche Verlangen ankämpfen, sie in die Arme zu schließen und davonzutragen, aus der Menge heraus, irgendwohin, wo es trocken und still war.

Sein ausgestreckter Arm begann zu schmerzen. Sie wanderten jetzt am Ufer entlang. Der Regen fiel in wahren Sturzbächen. Er sah auf Benna hinunter, die ihr Haar unter die feuchten Ränder ihres Kopftuches gesteckt hatte, und blickte in ihr schönes Gesicht. Sie sah zu ihm auf und lächelte.

Corban senkte den Arm, legte ihn um Bennas Schultern; der Mantel umschloss sie jetzt von allen Seiten. Sie trat näher an ihn heran, sodass ihre Schulter seine Brust streifte. Corban hatte das plötzliche Gefühl, keine Luft mehr zu bekommen. Sie war so warm und lebendig! Er schloss die Augen. Er würde ihr ein neues Haus bauen. Er würde für sie und ihre Schwestern sorgen …

Sie näherten sich wieder der Kirche, wo die Prozession endete. Auf dem Platz standen die Menschen und unterhielten sich trotz des stetig fallenden, eisigen Regens. Corban hatte das plötzliche Gefühl, von allen beobachtet zu werden – schließlich war er einer von Aalmunds Plünderern. Er erkannte, das er fort musste. Er nickte Benna zu und verschwand aus der Menge. Schließlich blieb er stehen und suchte den Platz mit Blicken ab. Aalmund stand an der gegenüberliegenden Seite unter dem Dachvorsprung eines Gebäudes.

Corban wandte sich um und nahm einen anderen Weg.

9

Am Tag, nachdem der Regen aufgehört hatte, begab sich Benna mit einer Fuhre ihrer besten Töpfe hinauf zum Anwesen des Königs. Dort verkaufte sie die Ware für drei Silberpennies an den Koch. Anschließend ging sie hinunter in ihre gewohnte Marktecke und breitete ihre restlichen Töpfe um sich aus.

Die Prozession am Tag der Heiligen Hillary hatte viele Menschen aus dem Umland angelockt, die ebenfalls Dinge zum Verkauf mitgebracht hatten oder ihre Dienste anboten: eine Frau mit einem Schwarm kleiner Kinder, die Nüsse und Pilze feilbot; Männer mit Holzlasten und gebündelten Weißdornzweigen, die sie als Brennmaterial verkauften; ein Kesselflicker mit einem Schleifstein, der sich Benna gegenüber niedergelassen hatte und Messer und Werkzeuge schärfte. Benna saß mitten zwischen ihren Tontöpfen, die Silberpennies sorgsam in ihrer Tasche verstaut, und zog eine Tonscherbe und ihre Zeichenutensilien hervor.

Diesmal hatte sie sich ein gutes, großes Stück ausgewählt. Sie bewahrte es bereits seit einer Weile auf, denn sie wollte es nicht für etwas verschwenden, das die Sache nicht wert war. Die Tinte war aus Rotdornbeeren gewonnen, und als Pinsel benutzte sie Zweige, von denen sie die Enden zerkaut hatte. Jetzt, das Stück gebrannten Ton auf den Knien, tauchte Benna den Pinsel in die Tinte und zeichnete Corbans Gesicht.

Seinen Bart ließ sie weg. Sie zeichnete nicht einfach das Gesicht, so wie man es sah, sondern das, was sie unter der Oberfläche erblickte. Sie konzentrierte sich auf die kräftigen, kantigen Linien seiner Augenbrauen, die Augen, den

Schnitt der Nase. Leute schlenderten vorbei, sprachen Benna an und besahen sich ihre Töpfe. Ein Stück die Gasse hinauf trug die Bäckersfrau ihre Semmeln und Brotlaibe auf einem Tablett vor sich her und rief ihre Waren aus. Sie winkte Benna, und diese winkte zurück. Ein Hund kam aus der Gasse der Schlachter zu ihr getrottet und schnüffelte an ihren Töpfen. Benna sah sich nach einem Stein um, um den Hund zu vertreiben, aber der machte sich aus dem Staub, bevor sie ein Wurfgeschoss finden konnte. In einiger Entfernung sah sie Corban auf sich zukommen.

Ihre Wangen wurden heiß. Rasch verbarg sie die Scherbe unter der Sitzmatte.

Ohne zu lächeln, den Mantel über dem Arm, kam Corban heran. Er warf ihr einen raschen, beinahe flüchtigen Blick zu; dann senkte er den Kopf. »Darf ich mich hierher setzen?«, fragte er.

»Natürlich.« Benna rutschte auf der Matte ein wenig zur Seite, um Corban mehr Platz zu machen, und er kauerte sich neben sie auf die Fersen. Noch immer blickte er sie nicht an. Eine ganze Weile sprach keiner von beiden ein Wort. Benna erinnerte sich daran, wie Corban am Tag zuvor plötzlich neben ihr erschienen war und seinen Mantel über sie geworfen hatte, wärmend und schützend.

»Tut mir leid, dass ich nicht mehr Fleisch mitgebracht habe«, sagte er plötzlich.

»Oh, wir haben genug. Ich habe im Anwesen des Königs ein paar Töpfe verkauft.« Benna holte die Pennies hervor und zeigte sie ihm. »Jetzt haben wir mehrere Tage gut zu essen. Und die Ziegen werden bald Zicklein bekommen, dann haben wir auch Milch und Käse.«

»Gut.« Corban warf ihr einen raschen Seitenblick zu. »Dann braucht ihr mich ja nicht mehr.«

»Du bist bei uns immer willkommen«, erwiderte sie erschrocken. »Besonders bei mir …«

Bei diesen Worten schaute Benna ihn verstohlen an und

bemerkte, dass er lächelte. Doch er hielt noch immer den Kopf gesenkt und zeichnete mit einem Finger Kreise in den Staub. Eine kleine Pause entstand.

Schließlich fragte Benna: »Gehst du denn noch einmal auf die Jagd?«

»Vielleicht«, antwortete er. »Und du? Hast du neue Bilder gemalt?«

Sie sah, wie sein Blick auf die Ecke der Matte fiel; offenbar hatte er gesehen, wie sie die Scherbe versteckt hatte. Trotzdem sagte sie: »Nein.«

Lachend wandte Corban ihr sein Gesicht zu. »Warum lügst du? Lass es mich sehen, ja?« Er griff nach der Ecke der Matte und wollte sie anheben, doch Benna hielt seine Hand fest.

»Corban, bitte ...«

»Warum darf ich es nicht sehen?« Er blickte ihr jetzt fest ins Gesicht; seine Augen funkelten fröhlich. Unwillkürlich beugte sie sich zu ihm, in seine Nähe, in die Wärme seiner Fürsorglichkeit. »Mir gefällt sehr, was du tust«, sagte Corban. »Bitte, lass es mich sehen.«

»Also gut. Schau es dir an.«

»Danke!« Er lächelte sie an, hob die Matte hoch und holte die Scherbe hervor. »Ich verstehe nicht, warum du ...«

Er drehte die Scherbe um, blickte darauf – und die Worte erstarben ihm in der Kehle. Er wurde aschfahl, und seine Kinnlade fiel herab.

»Mav ...« Er hob den Kopf und blickte Benna entgeistert an. »Woher wusstest du ... hast du sie gesehen?«

»Wen?«, fragte Benna verständnislos.

»Meine Schwester. Du hast sie gezeichnet ...« Er hielt ihr die Scherbe hin. Benna sah, das seine Hand heftig zitterte.

»Nein ...« Sie ergriff seine Hand, hielt sie ganz fest. »Das bist du, Corban. Es ist dein Gesicht.«

Ein Schauder durchlief ihn, und Benna zog die Hand weg. Wieder schaute Corban die Scherbe an. Dann starrte er blicklos ins Leere.

Benna saß fassungslos da, die Hände im Schoß, und fühlte sich wie ausgeschlossen. Auf einen Schlag hatte sich alles zwischen ihnen verändert. Zwei Frauen betrachteten die Töpfe am Rand der Stellfläche, Benna stand auf und ging zu ihnen. Ihre Augen brannten; nur mit Mühe hielt sie die Tränen zurück.

Corban saß weiterhin stumm da, das Stück Ton in den Händen. Von der gebogenen, blassen Oberfläche blickte seine Schwester ihn mit großen Augen an.

Er hatte sie vergessen. Er war einen weiten Weg gekommen, und dann hatte er sie irgendwie vergessen.

Nein, er hatte sie nicht vergessen. Er hatte *aufgegeben.*

Corban hob den Kopf, blind gegenüber den Menschen, dem regen Treiben und dem Lärm um ihn herum. Er wusste, dass er an einem Scheideweg angelangt war.

Er konnte Mav weiterhin vergessen und hier bleiben, bei Benna, ihren Schwestern und Grod, und das Haus bauen, das er vor dem geistigen Auge bereits sehen konnte: mit geraden, festen Wänden aus Lehmflechtwerk, einem Stall für die Ziegen und einem Strohdach. Ein warmer, gemütlicher Ort im Winter, ein Platz für eine Familie.

Oder er konnte weitermachen, einsam und allein, und nach Mav suchen.

Doch Mav war weit fort, übers Meer hinweg. Er konnte sie nicht finden; es würde sie nicht finden. Niemals. Er würde seinen langen, einsamen Weg auf der Suche nach ihr für den Rest seines Lebens gehen, ohne Hoffnung auf Erfolg.

Oder er ließ seine Schwester im Stich und blieb hier.

Corban hatte das Gefühl, in der Mitte geteilt zu sein wie ein gespaltenes Stück Holz. Er wünschte sich sehnlichst zu bleiben. Er wollte Benna, wollte das, was er hier aufbauen konnte. Dann aber würde ihn auf ewig der Gedanke plagen, dass er Mav im Stich gelassen hatte …

Ratlos, hilflos biss er die Zähne zusammen. Benna kam

von den beiden Frauen zu ihm zurück, die Hände voll verschrumpelter Äpfel und alter Nüsse. Sie blickte Corban tief in die Augen, doch er konnte nicht sprechen, konnte sie nicht einmal ansehen.

Sie setzte sich neben ihn und seufzte tief. Nur eine Handbreit trennte sie beide, und doch waren sie so weit voneinander entfernt wie die Erde von den Sternen.

Corban blickte auf die Scherbe in seiner Hand.

»Du bist eine wahre Künstlerin, Benna. Das Bild sieht genauso aus wie Mav.«

»Das ist nicht Mav, das bist du«, erwiderte sie leise. Dann änderte sich ihr Tonfall, wurde angespannt und rau. »Da kommen die Männer des Königs. Zumindest kann ich denen etwas geben.«

Corban sah die Gasse hinauf. Eine Horde Wikinger marschierte vom Hügel herunter auf sie zu; an jedem Laden, jedem Stand blieben sie stehen. Aalmund ging voran. Wie ein Hahnenkamm stand sein wirres rotes Haar ihm vom Kopf ab. Ihm auf dem Fuß folgte Gorm, sein kräftig gebauter Mitstreiter. Sie trafen auf eine Bäckersfrau und nahmen ihr das letzte ihrer Brote weg. Überall vor ihnen eilten die Ladenbesitzer verängstigt umher und ließen rasch ihre besten Waren verschwinden.

»Was will er denn von dir?«, fragte Corban. »Ton kann er nicht essen.«

»Er nimmt Geld von mir.«

In Corban stieg heiße, unbezähmbare Wut auf. Benna sagte irgendetwas, doch er hörte gar nicht hin. Er beobachtete Aalmund, wie er den schlammigen Weg herunterschlenderte. Mit gebeugten Schultern stapfte Gorm in seinem Kielwasser.

Aalmund bemerkte Corban, kniff die Augen zusammen und kam geradewegs auf ihn zu.

»Da bist du ja, Ire. Ich habe heute Morgen nach dir gesucht. Was tust du hier?«

»Zieh weiter, Sweyn. Sie hat nichts für dich.« – »Ach, wirklich?« Aalmund wischte sich mit dem Handrücken über die Lippen. Seine Augen funkelten. Er warf einen Blick auf Benna. »Und wer sagt das?«

»Ich.«

»Ich erinnere mich nicht, dich vor dem König stehen gesehen zu haben, um seine Befehle entgegenzunehmen.« Aalmund streckte den Arm aus und stieß Corban heftig vor die Brust.

Corban stürzte auf ihn los. Sie rangen miteinander, bis es Corban gelang, die Arme um Aalmunds Brustkorb zu schlingen und den Gegner zu Boden zu reißen. Um sie herum riefen die Menschen ihnen zu, peitschten sie auf. Corban packte Aalmund an einem Handgelenk und klemmte den Arm des Rotschopfs unter einem Knie fest. Gerade versuchte er, auch den anderen Arm zu ergreifen, als grobe Hände ihn von hinten an Haaren und Schulter packten und von Aalmund wegzerrten.

Corban wand sich in dem Griff, doch Gorm hielt ihn von hinten fest; sein heißer Atem streifte Corbans Ohr. Aalmund spuckte Blut, sprang auf, machte zwei lange Schritte auf Corban zu und schlug ihm hart mit dem Handrücken ins Gesicht.

Corban wurde schwarz vor Augen; er taumelte. Jetzt packte eine Faust ihn bei den Haaren und riss seinen Kopf zurück. Er rang keuchend nach Atem.

Aalmund starrte ihn an. »Tu das nie wieder!«, zischte er ihm ins Gesicht.

Benna sprang zwischen die beiden Männer. In den Fingern hielt sie das Silber und schwenkte es vor Aalmunds Augen. »Ich habe Geld! Ich werde Euch bezahlen!«

Corban holte tief Luft, als Gorm knurrte: »Wir könnten ihn töten, dann ist endlich Ruhe.«

Über die Schulter warf Benna ihm einen verzweifelten Blick zu. Schluchzend hielt sie Aalmund das Silber hin. »Nein, ich bezahle ... ich bezahle ...«

Aalmund trat einen Schritt zurück, fuhr sich mit der Zunge über die Lippen und starrte Corban durchdringend an. »Also gut!«, stieß er hervor und riss Benna das Geld aus den Fingern. »Versuche das nie wieder, Ire, oder ich werde dich töten.« Er machte auf dem Absatz kehrt, überquerte die Gasse und marschierte zu dem Mann mit dem Schleifstein.

Gorm ließ Corban los und schlenderte seinem Anführer hinterdrein. Corban knickten die Knie ein, und er rieb sich mit einer Hand übers Gesicht. Die Wikinger gingen den Weg zurück, den sie gekommen waren.

»Tut mir leid«, sagte Corban zu Benna.

»Ist dir etwas geschehen?« Sie hatte sich wieder in der Gewalt, doch ihr Gesicht war blass. Sie steckte einen einzigen Silberpenny in ihre Schürze zurück.

»Nein.« Er setzte sich hin und blickte Aalmund und seinen Männern hinterher. Sein Kinn und ein Auge taten ihm weh. Unbändige Wut brannte in seinem Innern. Er spürte die Blicke der Leute und senkte beschämt den Blick.

»Ich habe dich einiges gekostet.«

»Ja, hast du.«

Er schlug sich mit der Faust auf den Oberschenkel. Bei allem, was er tat, kam das Falsche heraus. Er ordnete seine Gedanken und überlegte, was er als Nächstes tun musste.

»Ich muss dir etwas sagen«, murmelte er schließlich.

Grod sagte: »Aber du kannst nicht gehen! Nicht jetzt! Alles läuft so gut!«

»Ich muss«, beharrte Corban.

Das Gesicht des alten Mannes wurde traurig, und seine Augen verdunkelten sich. Hilfesuchend blickte er sich in der Hütte um, doch die Mädchen saßen nur da und sahen zu, eine Reihe ernster, anklagender Gesichter. Arre hatte den Arm um Benna gelegt.

»Tja, damit hat das Fleisch ein Ende«, entfuhr es Gifu plötzlich.

Benna setzte sich aufrecht hin. Ihr Gesicht war angespannt. »Sei nicht so selbstsüchtig! Corban hat keine andere Wahl, als uns zu verlassen. Ihr müsst das einsehen. Er muss seine Schwester finden. Wenn eine von uns vermisst würde, würden die anderen sie auch suchen, wenn es sein muss, bis ans Ende der Welt.«

»Ich gehe nicht mit dir«, erklärte Grod.

»Nein, ich weiß.« Corban streckte die Hand aus und packte den Arm des alten Mannes. »Das habe ich auch nicht erwartet. Du hast mich hierher gebracht, und so war unsere Abmachung.«

»Wenigstens du kannst bei uns bleiben, Grod«, bot Arre an. »Es ist beinahe Frühling. Du kannst mir im Garten helfen.«

Mit forschender Miene beugte Grod sich zu Corban vor. »Wie willst du ohne mich denn irgendwohin kommen? Du wirst dich selbst in die größten Schwierigkeiten bringen. Ohne meine Hilfe schaffst du es nicht einmal aus Jorvik hinaus.«

»Ich verlasse Jorvik morgen«, erwiderte Corban.

»Ich bin hinunter zum Fluss gegangen, nachdem ich mit Benna gesprochen hatte. Ein Schiff legt ab, das einen Ruderer braucht. Zuerst fährt es zwar nach Orkneyjar, dann nach Hedeby.«

»Morgen also«, murmelte Grod. In seinem Gesicht zuckte es. Tränen schimmerten in seinen Augen.

»Ich würde heute Nacht gern hierbleiben«, bat Corban und sah Benna an. »Darf ich?«

»Natürlich.«

»Kommst du zurück?«, fragte Arre, deren gewohntes Lächeln verschwunden war.

»Das weiß ich nicht. Wenn ich kann, komme ich zurück. Doch bisher war es jedes Mal so, dass Mav weiter fort war als zuvor, wenn ich gedacht habe, jetzt finde ich sie.«

»Ich werde für dich beten«, versprach Arre. Sie bekreuzigte sich. Neben ihr senkte Benna den Kopf und schaute weg. Gifu schlang die Arme um die Knie und funkelte ihn böse an.

»Also, dann«, sagte Corban. Er hatte einen Kloß im Hals. Er versuchte nicht, noch mehr zu erklären, sondern machte sich reisefertig. Seine Schuhe waren an den Seiten aufgeplatzt, und er borgte sich Arres Ahle und nähte sie zusammen. Als diese Arbeit getan war, schüttelte er seinen Mantel aus und betrachtete ihn; die Risse darin waren verschwunden. Vermutlich hatte eines der Mädchen sie bereits ausgebessert.

In der Abenddämmerung ging er hinaus und half Gifu und Arre dabei, Feuerholz zu sammeln. Sie sprachen kaum mit ihm, sahen ihn nicht einmal an. Corban wusste, dass sie wütend waren, trotz seiner Proteste und Entschuldigungen. Es schmerzte ihn sehr. Ich hätte besser in der Kirche schlafen sollen, dachte er. Er sah seinen weiteren Weg vor sich, dunkel, kalt und gefahrvoll, und er sah sich selbst: ein Mann, der zu klein und zu schwach war, um durchzuhalten. Corban betrat die Hütte, setzte sich und schloss die Augen. Er dachte an Mav. Er würde sie niemals finden. Vielleicht war sie längst tot, und er war auf der Suche nach einem Geist. Er könnte einfach aufgeben …

Doch tief in seinem Innern rief leise seine Schwester.

Er schlief schlecht in dieser Nacht und wurde von Träumen geplagt. Noch vor Morgengrauen wachte er auf und packte seine Sachen. Die Mädchen regten sich gerade erst in ihren Schlafstätten. Ihr alter Vater schnarchte selig in seinem Bett. Auch Grod lag noch friedlich schlafend in seine Decke gewickelt, eine Hand unter der Wange. Corban weckte ihn nicht; er trat hinaus in die kalte, blaue Morgenluft.

In den Wipfeln der Bäume entlang des Flusses krächzte und kreischte mit heiseren Stimmen ein Schwarm Vögel. Der wolkenlose Himmel hellte sich mit dem beginnenden Tag auf. Corban stand einen Moment lang da und atmete die kühle Luft ein. Hinter ihm kam Benna aus der Hütte und stellte sich neben ihn.

»Hier.« Sie reichte ihm die Tonscherbe mit seinem Gesicht darauf.

Dankbar nahm Corban die Scherbe entgegen; er wusste, sie hatte ihm verziehen. »Ich wünschte, es wäre dein Gesicht«, sagte er.

»Ach, ich weiß doch gar nicht, wie ich aussehe. Ich kann Gifu und Arre zeichnen, mich selbst aber nicht.«

Er hielt ihr die Scherbe wieder hin. »Behalte sie bitte, damit du dich an mich erinnern kannst.« Er nahm ihre Hand, legte die Scherbe hinein und hielt ihre Finger fest. »Zerbrich es nicht. Ich komme zurück, Benna, irgendwann. Ich verspreche es.« Das Gesicht, das Benna ihm entgegenhob, war blass im Licht der Morgendämmerung, und ihre Augen schimmerten dunkel. Unvermittelt streckte er die Arme aus und zog sie an sich.

Benna hob den Kopf, und sie küssten sich. Corban hielt sie so fest, dass sie keuchend Atem holte. Sie war so schlank, so unbändig, so voller Leben … Corban stimmte der Gedanke unendlich traurig, dass er dieses wundervolle Wesen, das er jetzt in den Armen hielt, schon so bald zurücklassen musste. Er wollte sich nicht von ihr lösen, doch es musste sein. Er öffnete die Arme, gab Benna frei und trat zurück.

Tränen liefen ihr übers Gesicht. »Tu, was du tun musst, Corban. Lebwohl.«

»Lebwohl.« Steifbeinig ging er davon, weg von der Hütte und über die schlammige Wiese.

Benna blickte ihm nach. Vielleicht drehte er sich am Ufer noch einmal um und schaute zurück. Doch er tat es nicht. Er stieg auf den Pfahl und verschwand hinter dem Uferrand.

Benna senkte den Blick auf die Scherbe in ihrer Hand. Alles tat ihr weh. Sie hatte das Gefühl, ihr Körper hätte Feuer gefangen. Sie sagte sich, dass es falsch gewesen sei, sich glücklich zu fühlen, denn jetzt bezahlte sie dafür. Selbst mit dem Bild auf der Tonscherbe hatte sie etwas falsch gemacht: Sie hatte Corban nicht gut genug getroffen, lediglich die Linie seiner Wangen und die Kontur seiner Nase, nicht aber das Aufblitzen in seinen Augen, wenn er lachte, nicht den freudigen Klang seiner Stimme und nicht den Genuss seiner Berührung. Sie schloss die Augen, um nicht sehen zu müssen, was sie geschaffen hatte, denn es war alles, das ihr von Corban blieb. Leise weinend stand sie im hellen Morgenlicht.

Mav kletterte hinauf von dem kalten Ort, dem grauen Ort, und hinein in ein helles Licht aus Rot und Blau. Sie erwachte mitten in der Nacht.

Corban kam! Sie sah, wie er sich endlich wieder voranbewegte, wie er vom anderen Ende der Welt auf sie zukam. Er hob und senkte sich wie das Meer, ging über das Wasser wie Christus, tauchte ins Wasser wie ein Delfin.

Mav stieß die Schranktür auf und schwang die Beine vom Bett. Sie dachte an das Gespräch zwischen Blauzahn und der Herrin. Die beiden hatten gedacht, sie würde schlafen und sie nicht hören, doch Mav hatte sie gehört. »Töte sie«, hatte Blauzahn gesagt, und die Herrin hätte es beinahe getan.

Sie erhob sich, stand auf wackeligen Beinen da. Zu beiden Seiten der Halle schliefen die Sklaven der Herrin auf breiten Bänken, jeder von einem beängstigenden Traum geplagt. Der eiserne Wille der Herrin hielt sie gefangen. Auch für Mav hatte die Herrin ein solches Schicksal vorgesehen. Und sie benutzte sie, um Corban herzubringen und ihm dasselbe anzutun.

Mav sehnte sich nach ihrem Bruder; es war ein Schmerz, der ihr durch und durch ging. Und doch lockte sie Corban in eine Falle.

Dabei wollte sie doch nur ihr Kind in Armen halten. Die finsteren Pläne der Herrin interessierten sie nicht, ebenso wenig die Pläne Blauzahns oder die des norwegischen Königshauses oder des nordischen Reiches und wie immer sie es nennen mochten. Welche Macht die Herrin auch zu besitzen glaubte, Mav bedeutete sie nichts; für sie war es gar keine Macht.

Es gab lediglich die große, zerfließende, brodelnde Welt um sie herum und sie selbst in ihrer Mitte, allwissend. Sie herrschte nicht, sie erduldete es nur.

Und nun holte sie ihren geliebten Bruder ins Netz der Herrin.

Sie erreichte die Tür und schob sie auf. Bleiches Mondlicht überzog ihr Gesicht und übergoss den Garten vor ihr mit Silber. Die große Stadt schlief bis auf wenige Ausnahmen – ein Betrunkener, eine lauernde Ehefrau, eine alte, einäugige Katze, steif in jedem Gelenk, die nach einem sicheren Schlafplatz suchte.

Mav konnte den Ort nicht verlassen, selbst wenn sie viel weiter als nur bis zum Tor hätte gehen können; schon jetzt gaben die Knie unter ihr nach. Und wenn sie ginge, würde Corban sie niemals finden. Mit brennenden Augen ließ sie sich gegen den Türrahmen fallen.

Sie wollte nichts von alledem. Sie wollte nichts als das Kind, das in ihrem Schoß heranwuchs.

Mav erhob sich. Sie war aus einem Grund hier: wegen ihres Gesangs. Vielleicht sollte sie ihn jetzt lernen. Falls sie sich und Corban nicht retten konnte, sollte wenigstens der Herrin versagt bleiben, wonach ihr verlangte. Mav wusste nur nicht, wie sie das anstellen sollte.

Corban kam. Sie musste lernen.

Mav zog die Tür zu und ging zurück durch die Halle. Wie eine Katze in der Nacht hielt sie Ausschau nach Nahrung, nach einem Stück Brot, einem angebissenen Apfel oder einem Stück Käse; im Vorbeigehen rührte sie mit den Fingern durch die Träume der Sklaven, sodass sie sich regten und laut stöhnten. Als sie am Schrankbett der Herrin vorbeikam, das über und über mit Bannsprüchen belegt war, wie Schichten aus Rauch in der Luft, wandte Mav den Blick ab und wagte kaum zu atmen. Als sie schließlich in ihr eigenes Bett zurückgekehrt war, zog sie erschöpft die Tür hinter sich zu. Dann überlegte sie, wie sie weiter vorgehen sollte.

Am nächsten Morgen sang sie wieder, hilflos, und ließ alles aus sich sprudeln. Mit einem Lächeln blickte die Herrin sie an, tätschelte ihre Wange und brachte ihr Milch und Honig.

Sie triumphierte.

10

Wie sich herausstellte, war das Schiff ein kleiner Kauffahrer, halb so groß wie die Drachenboote, die zu beiden Seiten am Strand lagen. Es war runder im Bauch, die Reling höher gezogen. Es besaß kein Deck, nur den offenen Laderaum, der jetzt mit Ballen aus Schaffell und wollenem Tuch sowie mehreren Fässern Whiskey gefüllt war; alles war verzurrt und mit einem Tuch aus Leinen bedeckt. Die Ruderer auf ihren Bänken hatten gerade genug Platz, die Beine auszustrecken.

Der Kapitän hieß Ulf, und außer Corban gab es fünf weitere Ruderer, drei auf jeder Seite.

Die Sonne stand hoch über Jorvik, als sie bereits den Fluss hinunterruderten, in Richtung Meer.

Corban hatte vergessen gehabt, wie hart diese Arbeit war. Er legte sich in die Riemen, bemüht, den Rhythmus der anderen Männer einzuhalten. Doch Rücken und Schultern schmerzten schon, bevor sie die erste Biegung des Flusses hinter sich gebracht hatten. Die steile Böschung des Flusses glitt vorüber; sie war mit Weiden bewachsen, die ihre ersten neuen Knospen trugen. Bald kam der Frühling, doch Corban würde ihn hier vielleicht nie zu Gesicht bekommen, denn es war fraglich, ob er je zurückkehrte. Verbissen lehnte er sich vor, tauchte das Ruder ein und zog kraftvoll daran. Nach einer Weile verschwanden die Schmerzen.

Jorviks Fluss wand sich ein gutes Stück in Richtung Süden, durch Sumpfland und Moore, auf einen größeren Fluss zu, der breit war wie eine Bucht. Der Wind wurde stärker, und auf dem ausgedehnten Streifen Wasser tanzten Schaumkronen. Vor ihnen waren weitere Schiffe an der Küste unterwegs. Kapitän Ulf befahl, die Ruder einzuholen und den

Mast aufzustellen. Corban half, das Segel anzuschlagen. Das Schiff neigte sich vor dem Wind.

Vor ihnen traf das gähnende Maul des Flusses mit dem Meer zusammen. Ulf brachte sie fast ans nördliche Ufer, um durch die Mündung zu gelangen. Corban wickelte sich zum Schutz gegen die beißende, salzhaltige Brise in seinen Mantel. Er beobachtete, wie sich die rauen, in den Fluss drängenden Wogen des Meeres mitten im Strom weiß schäumend brachen und konnte sich denken, warum Ulf diese Stelle hatte meiden wollen.

Eine Hand am Steuer, die Augen zusammengekniffen, lenkte Ulf sie geschickt durch das Wasser des Kanals. Dann drehte er nach Norden ab, um der Küstenlinie zu folgen.

»Wie viele Tage sind es bis Hedeby?«, fragte Corban.

Ulf zuckte mit den Achseln. Er war wesentlich älter als Corban, ein kleiner, breitschultriger Mann mit zottigem, dunklem Haar auf Kopf, Brust und Armen und einem rauen, derben Lachen. »Wir haben noch eine hübsche Strecke vor uns, bis wir in Hedeby sind. Das hab ich dir doch gesagt.« Er griff neben sich und nahm einen hölzernen Eimer hoch. »Schöpfen!«

Corban schöpfte. Schwer beladen schaukelte das kleine Schiff, wurde von den Wellen hin und her geworfen. Corban spürte, wie auch sein Magen zu schaukeln begann: ein Schwanken und Wogen im Innern seines Leibes. Zu ihrer Linken glitt die dunkle Küste vorbei – trostloses, windzerzaustes Sumpfland ohne Zeichen menschlicher Ansiedlungen.

Den ganzen Tag segelten sie die Küste entlang. Am späten Nachmittag spähte Ulf zur Küste hinüber und steuerte das Schiff langsam aufs Land zu.

Ehe die Sonne unterging, hatte er sie gekonnt durch die Felsen vor der Küste in eine kleine, bewaldete Bucht manövriert, in der sie für die Nacht Unterschlupf finden konnten. Sie holten den Mast nieder und verzurrten die über die Ladung gespannte Plane über dem Mittschiff, aßen kaltes

Brot und verdorbenes Fleisch und tranken Bier. Zum Schlafen legten sie sich zwischen die Fässer mit Whiskey und die Ballen Schaffelle und Tuch.

So verging Tag um Tag. Corban war die meiste Zeit dermaßen seekrank, dass ihm alles egal war. Einmal ankerten sie an einer Flussmündung, an der einst ein Dorf gestanden hatte. Jetzt waren dort nur noch die ausgebrannten Hüllen der Häuser zu sehen. Zornig stieß Ulf hervor: »Verdammter Erik.«

»Was hast du gesagt?«, wollte Corban wissen.

Ulf wedelte mit den Händen vor dem Gesicht und wandte sich ab. »Nichts, nichts.«

Am Morgen regnete es, und es war warm und böig. Ulf stöhnte und fluchte, stapfte am Strand auf und ab, starrte zum Himmel und befahl schließlich alle an die Ruder. »Es gibt noch eine andere Stelle, wo wir anlegen können. Ein Stück weiter die Küste hinauf. Vielleicht gibt's dort Menschen. Schlimmer als hier kann's jedenfalls nicht sein.«

Ulf stand im Bug und rief Richtungsanweisungen. Durch die felsige Flussmündung hindurch ruderten sie zurück und aufs offene Meer hinaus. Dort befahl er, erneut Mast und Segel zu setzen. Dann ging er zum Heck, um das Ruderblatt ins Wasser zu lassen. Die Küste entlang segelten sie weiter Richtung Norden.

Corban suchte etwas zum Schöpfen. Es war stürmisch und warm, und er schwitzte unter seinem Mantel. Im Heck, auf den langen Arm der Ruderpinne gestützt, stand Ulf und brummte etwas vor sich hin. Er blickte zum Himmel. Corban sah, wie er die Stirn runzelte und die Lippen schürzte. Corban saß genau vor ihm und schöpfte stetig; wann immer er aufhörte, drehte sich ihm der Magen um, also hielt er sich ans Arbeiten. Die anderen Männer drängten sich mittschiffs auf der kleinen freien Fläche zusammen, auf der keine Ladung verstaut war, spielten Würfel oder dösten. Der Regen trommelte auf sie nieder, der Wind wurde stärker.

Einer der Männer hinter Corban drehte sich um und

blickte über seine sonnenverbrannte Schulter zurück. »Ulf, bring uns rein! Da braut sich was zusammen!«

Ulf knurrte etwas in seinen Bart und blickte landeinwärts. Weiße Brecher schlugen gegen die Küste. Er merkte, dass Corban ihn beobachtete, und meinte: »Wir hätten gestern Abend bleiben sollen, wo wir waren.« Plötzlich flatterte das Segel. Der Wind hatte sich gedreht. Ulf stemmte sich gegen die Pinne; das Schiff knarzte und legte sich auf die Seite. Dann blähte sich das Segel wieder, doch jetzt steuerten sie geradewegs aufs offene Meer hinaus und vom Land weg.

Corban gab es auf, gegen die Übelkeit anzukämpfen. Er lehnte sich über die Reling und erbrach sich.

Der Mann hinter ihm war groß und kräftig. Seine Schultern waren so muskelbepackt, dass sein Kopf zu klein wirkte. »Bring uns rein!«, rief er Ulf zu. »Du bist ein verdammter Narr! Bring uns rein!«

»Wir können nicht anlegen«, knurrte Ulf. Wieder warf er einen Blick zum Himmel.

Der Regen hämmerte jetzt auf sie ein. Obwohl es erst kurz vor Mittag war, verfinsterte sich der Himmel. Der Wind wurde stärker und sang schrill in der Takelage des Schiffes. Das Schiff wälzte weiter, von den Wellen gepeitscht. Dunkel und schaumbedeckt stiegen die Wogen immer höher, brachen über dem Bug aufs Deck und ergossen sich in den Rumpf. Corban und die anderen Männer schöpften unermüdlich Wasser, während Ulf sich ans Ruder klammerte. Er hielt das Schiff vor dem Wind und den Bug in die Wellen. Niemand sprach ein Wort. Das Land war jetzt außer Sicht, lag weit hinter ihnen.

Der Wind wurde immer stärker. Das Schiff wurde hin und her geworfen, kämpfte sich die steilen Flanken der Wellen empor, schlingerte und sauste die andere Seite wieder hinunter. Corban wurde wieder schlecht. Das Schiff lief schneller voll Wasser, als er und die anderen schöpfen konnten. Wieder brüllte der kräftig gebaute Mann Ulf an.

»Du Trampel! Du bist gar kein Kapitän, Ulf! Du hast uns das eingebrockt!«

Ulf biss sich auf die Lippen. Seine Augen verengten sich zu Schlitzen, doch er sagte nichts. Corban, erschöpft und seekrank, kroch in den Bug, legte sich auf einem Ballen Schaffelle und versank trotz der unruhigen See in Schlaf.

Er erwachte im Dunkeln. Das Schiff unter ihm schwankte dermaßen, dass er kaum auf die Beine kam. An der Leeseite kämpfte er sich nach achtern. Kaum war er aus dem Schutz des Bugs heraus, trafen ihn der eisige Sturm und das gischtende Salzwasser. Schwerfällig fuhr das Schiff vor dem Wind, das Segel straff gespannt, die Takelage singend. Wie einen schneebedeckten Berg sah er den nächsten Wellenkamm vor ihnen aufsteigen. Ihm stockte der Atem. Er klammerte sich ans Dollbord und sank zu Boden. Das Schiff stieg und stieg, kletterte die steile Fläche der Welle empor, bis es auf dem Heck zu stehen schien. Corban hörte jemanden schreien. An das Dollbord geklammert, presste er sich gegen den gebogenen Rumpf und suchte verzweifelt nach dem bisschen Schutz, das dieser ihm bieten konnte. Über ihnen erreichte die Welle ihren höchsten Punkt und brach. Dunkles Wasser donnerte ins Schiffsinnere. Die Strömung zerrte und zog an ihm; er barg das Gesicht in der Armbeuge und hielt sich krampfhaft fest. Seine Fingernägel gruben sich ins Holz der Reling, seine Arme schmerzten.

Plötzlich fiel das Schiff ab, neigte sich vor, erzitterte über die gesamte Länge. Corban verlor den Halt. Mit den Füßen zuerst schlitterte er zurück in den Bug.

Schluchzend kämpfte er sich hoch. Er zitterte am ganzen Leib. Das Segel über seinem Kopf schwoll zu einem großen, gespannten Trommelfell voller Wind an; knietief schwappte das Wasser im Rumpf. Am anderen Ende des Schiffes sah er gerade noch Ulf, dem das Wasser aus Haaren und Bart lief; er hielt sich an der Pinne fest.

Die restlichen Männer saßen zusammengekauert um den

Mast. Seitwärts schlitterte das Schiff jetzt in das nächste Wellental. Ein Eimer trieb auf Corban zu. Er begann wieder zu schöpfen, schaufelte das Wasser mit dem Eimer auf und schüttete es an Lee über Bord.

Erneut arbeiteten sie sich eine riesige Welle empor. Das Schiff tauchte mit dem Bug in die Wassermassen. Wieder hielt Corban den Atem an; er spürte, wie das Meer auf sie einschlug, sich auf sie stürzte, bereit, sie wie einen Pfeil auf den Grund des Meeres zu schleudern. Doch das Schiff riss sich los. Zu beiden Seiten lief das dunkle Wasser ab. Der Bug hing frei in der Luft, und das Schiff kämpfte sich weiter.

Kalte Angst bemächtigte sich Corbans. Er würde sterben, und niemand würde je davon hören. Benna würde es nie erfahren, und Mav würde nie wissen, wie verzweifelt er nach ihr gesucht hatte. Der Wind kreischte wie schreckliches Gelächter in seinen Ohren. Seine Finger wurden taub. So schnell er auch schöpfte, immer noch stand er bis zu den Knien im eisigen Wasser. Das Schiff machte einen Satz und warf ihn heftig gegen die Bordwand, sodass er beinahe über Bord gegangen wäre. Er hörte jemanden beten, vielleicht war es auch ein Fluch. Wieder brach eine Welle über ihnen, und er fiel. Wasser schlug über seinem Kopf zusammen. Nach Atem ringend rappelte er sich auf. Hilflos schaukelte das Schiff mit der Breitseite zu den Wellen; über ihnen hing das Segel in Fetzen von der Rahe.

Im Heck brüllte Ulf, rief Befehle und schwenkte die Arme. Corban klammerte sich ans Dollbord. Hand über Hand kroch er auf den Mast zu. Er fand ein Ruder, das an den Bodenplanken des Schiffes befestigt war. Es schienen weniger Männer im Schiff zu sein als zuvor. Zwei mühten sich ab, an ihre Ruder zu gelangen. Von dem kräftig gebauten Mann war nichts zu sehen, und auch von einigen anderen fehlte jede Spur. Das gemeinsame Gebrüll von Wind und Meer war ohrenbetäubend laut. Unter Corbans Füßen gierte und schwankte das Schiff. Immer noch lagen sie quer zu den Wellen; als die nächste mächtige Woge kam, rollte sie das Schiff auf die Steuerbordseite. Gegen die Ruderbank gestemmt, brachte Corban sein Ruder aus, tauchte das Blatt ins Wasser und legte sich mit seinem gesamten Gewicht dagegen. Er versuchte, das Schiff in die Welle zu drehen; er bot seine ganze Kraft, sein ganzes Gewicht gegen die Gewalt des Meeres auf, um das Schiff zu wenden. Wasser donnerte auf ihn nieder, schlug ihm mit der Wucht eines Hammers auf Kopf und Rücken. Die zwei anderen Männer hatten ihre Ruder ebenfalls draußen. Das Schiff reagierte. Erst krängte es leicht, dann arbeitete es sich mit dem Bug voran den nächsten Wellenberg empor. Die Kraft des Wassers war so groß, dass Corban fast das Ruder aus den Händen gerissen wurde.

Die Nacht brach herein, und es wurde so dunkel, dass er nichts mehr sehen konnte. Aus einem schwarzen Himmel strömte der Regen auf ihn hinab, und das Ruder ruckte und zerrte in seinen Händen. Eine Woge gischtete ihm ins Gesicht. Er bekam den Mund voll Wasser, keuchte und hustete. Seine Augen brannten schmerzhaft, beinahe unerträglich von dem Salz. Corban schien es die Hölle zu sein. Neben ihm stöhnte ein Mann und schwenkte sein Ruder. Sonst sah er niemanden. Eisiges Wasser wirbelte ihm um die Knöchel, und seine Zähne schlugen so heftig aufeinander, dass sein Kiefer schmerzte.

Die ganze Nacht kämpften sie mit dem brüllenden Sturm. Benommen und völlig erschöpft hatte Corban den Eindruck, Stimmen im Heulen des Windes zu hören, Dämonen oder Götter, die einander zuriefen. Er nahm alle verbliebene Kraft zusammen und zog am Ruder, immer wieder. Wenn er zu rudern aufhörte, würden sie alle sterben. Das Salz bildete eine Kruste auf seinem Gesicht, die Lippen rissen auf und bluteten, die Augen schmerzten. Er konnte nicht mehr deutlich sehen, wenngleich es jetzt Licht gab; so viel erkannte er. Seine Muskeln verkrampften sich, die Beine waren wie aus Stein.

»Hör auf«, sagte eine Stimme in sein Ohr. »Du kannst jetzt aufhören.«

»Nein«, erwiderte er. »Nein!« Und wieder legte er sich in den Riemen, tauchte das Ruderblatt ins Meer.

»Doch«, sagte Ulf und lachte rau. »Hör auf. Wir sind draußen, im Moment jedenfalls. Du musst dich ausruhen.«

Corban schauerte; blinzelnd hob er den Kopf. Er sah nichts. Doch das Schiff unter ihm lag ruhig. Der Sturm hatte aufgehört. Er nahm eine Hand vom Ruder und rieb sich die Augen. Die Berührung verursachte einen stechenden Schmerz. Seine Augäpfel brannten. Er ließ die Hand sinken und schloss einen Moment fest die Augen, dann zwang er sich, sie wieder zu öffnen.

Der Tag war angebrochen. Über ihm zeigte der Himmel ein verhangenes Blau. Ruhig lagen sie auf dem Wasser und ritten auf langen, langsamen Wellen.

Auf das Ruder gestützt, ruhte Corban sich aus, zu müde, um sich zu bewegen. Ulf reichte ihm ein mit Salzwasser vollgesogenes Stück Brot.

»Iss.«

»Wo sind wir?«, fragte Corban.

»Ich weiß es nicht. Viel weiter westlich jedenfalls, als wir sein sollten.« Ulf hielt ihm einen hölzernen Becher mit Bier entgegen.

»Wasser«, bat Corban.

»Es gibt kein Wasser«, erwiderte Ulf. »Iss das Brot auf, Corban, und trink das Bier. Ich glaube, es kommt ein neuer Sturm auf.«

Corban aß das durchweichte Brot und nahm den Becher Bier. Ulf deutete mit dem Kopf in Richtung Osten. Corban drehte sich um und sah, dass sich dort Wolken am Himmel zusammenballten, riesige graue Türme. Mit einiger Anstrengung schluckte er das Brot hinunter.

»Er könnte uns zumindest nach Hedeby blasen«, sagte er.

Ulf lachte. »Stürme bringen einen nie dorthin, wohin man will.«

Corban zitterte vor Erschöpfung. Ein großer Teil der Ladung war verloren; er vermutete, dass alles von den Wellen über Bord gespült worden war. Am Mast lagen zusammengerollt und schlafend zwei Männer, die Köpfe auf den Armen. Erschrocken ließ er den Blick über Deck schweifen.

»Wo sind die anderen?«

Ulf schüttelte den Kopf und hob eine seiner breiten Schultern. »Ich hätte gestern Morgen in Küstennähe bleiben sollen.«

Corban schluckte durch seine trockene, geschwollene Kehle und blickte aufs Meer hinaus, als könne er die Köpfe der über Bord Gegangenen auf den Wellen tanzen sehen.

»Ich brauche deine Hilfe«, meinte Ulf.

»Ich bin todmüde.«

»Ja, keiner hat so lange gerudert wie du. Du hast uns gerettet, weißt du das? Doch jetzt brauche ich deine Hilfe.«

Corban musste erst verdauen, was Ulf ihm gesagt hatte. Was den Sturm betraf, konnte er sich nur an die Wellen erinnern, die das Schiff umhergeschleudert hatten, und an den brüllenden Wind und den Anblick einer gewaltigen Welle, die höher und höher stieg, hoch über das Schiff hinaus. Seine Arme schmerzten.

Er hievte sich von der Bank hoch und folgte Ulf über die Reste der Ladung hinweg zum Vorderdeck. Dort holte der Kapitän ein neues Segel hervor.

Im Osten war der Himmel jetzt schwarz. Als sie das Segel zum Mast trugen, trafen die ersten Tropfen Corbans Rücken. Die aufsteigende Dünung des Meeres war übersät mit Spritzern.

»Regen«, konstatierte er.

»Ay«, rief Ulf aus. »Du bist ganz schön gerissen, Corban.«

Sie rissen ab, was vom alten Segel übrig war. Ulf stimmte

dafür, es über Bord zu werfen, doch Corban rollte die Reste ein und verstaute sie unter einer der Ruderbänke. Sie passten das neue Segel an die Rahe. Der Wind wehte übers Meer auf sie zu. Die lange Dünung zerfiel in kürzere, höhere Wellen, die an den Spitzen weiß gekräuselt waren. Unter der großen schwarzen Wolke im Osten zeigte sich ein flackernder Blitz.

Sie setzten das Segel, zogen es an der Rahe den Mast hinauf. Ulf sprang zurück an die Pinne und brachte sie vor den Wind. Corban holte das alte Segel hervor, riss ein großes Stück ab und hing es wie einen Beutel über die nach vorn zulaufenden Dollborde des Vorderdecks, um den Regen aufzufangen.

Das Schiff sprang und hüpfte durch die Brecher. Hinter ihnen schlich sich der Sturm an sie heran, ertränkte den Himmel, verscheuchte die Sonne. Der Regen fiel immer stärker, füllte den Hohlraum des über den Bug gespannten Segels. Corban schaufelte ihn mit den Händen auf, trank davon und wusch sich das Gesieht ab. Er stöhnte vor Wonne über das frische Wasser in seiner Kehle. Die anderen Männer sahen ihn und sprangen auf ihn zu. Sie zogen ihn weg – und jammerten laut auf, als sie sahen, dass das Wasser verschwunden war. Corban bahnte sich seinen Weg zurück zum Heck, zu Ulf, damit sie den Regen nutzen konnten, der sich im Segel sammelte.

Vom Salz war Ulfs Bart zu einem steifen Dreieck geworden; seine Augen waren blutunterlaufen, die Lippen schälten sich. »Was hast du da hinten getan?«, fragte er.

»Es gibt Wasser«, erwiderte Corban.

Ulf warf einen kurzen Blick nach vorn, wo die anderen Männer mit dem Regenwasser umherspritzten, und stieß Corban die Pinne in die Hand.

»Gib auf das Segel acht. Halt uns gerade nach vorn. Wenn das Segel allerdings einfällt, bring sie herum, damit sie wieder vorm Wind zu liegen kommt.« Ulf gab ihm einen Klaps auf den Rücken und stapfte durchs Schiff nach vorn zum Bug.

Corban setzte sich und packte die hölzerne Pinne; das Schiff zerrte an seinen Händen, als wollte es sich losreißen und zurück in den Sturm stürzen. Er umklammerte die Pinne mit beiden Fäusten. Wie ein Reh hüpfte das Schiff in ruckartigen Sprüngen übers Meer. Selbst in dem immer lauteren Geheul des Sturms konnte er das Wasser am Rumpf entlang singen hören. Über ihnen brauste der brüllende Orkan, doch fern am Horizont konnte man es blau schimmern sehen; das Blau war durchsetzt mit Streifen aus Sonnenlicht. Das Schiff hielt darauf zu. Corban duckte sich und zog den durchnässten Mantel um sich, bis Ulf zurückkam und das Steuer wieder übernahm. Corban kletterte zurück an seinen Platz mittschiffs, legte sich hin und war sofort eingeschlafen.

Unregelmäßig und mit wilder Kraft blies der Wind aus Südosten. Sie waren jetzt gefangen in einer Strömung, die sie unablässig weiter nach Norden trieb. Mit so wenig Ruderern konnten sie das Schiff nicht gegen Wind und Strömung steuern. Sparsam teilte Ulf ihnen Brot aus. Wasser sammelten sie in Corbans Auffangbeutel. Während die Männer auf den Wind warteten, der sie wieder nach Osten bringen würde, angelten sie.

Die beiden übrigen Ruderer jammerten und nörgelten und zankten, wann immer sie nicht ruderten. Der größere von ihnen hieß Floki. Seine Augen blickten in verschiedene Richtungen; mit dem einen konnte er sehen, das andere rollte nur wild herum. Der kleinere, drahtig und mit blondem Haar, hieß Gisur. Auch er hatte eine Angel ausgeworfen.

Er fing einen großen Dorsch mit riesigem Maul, den sie untereinander aufteilten. Vorsichtig kaute Corban den rohen Fisch, pickte sich die Gräten aus den Zähnen und versuchte, so lange wie möglich etwas von dem Geschmack zu haben. Floki fraß seinen Anteil in sich hinein und erklärte: »Ich hab weniger gehabt als ihr.«

Gisur knabberte an einem Fischkopf. Ulf, der neben ihm

saß, erwiderte: »Du hast dasselbe bekommen, was die anderen auch hatten.«

Floki bleckte die Zähne und zog den Kopf zwischen die Schultern. Sein ungezähmtes Auge starrte hinaus aufs Meer, während das gesunde Auge auf Ulf gerichtet war. »Du lügst. Außerdem solltest du gar nichts essen. Schließlich bist du schuld daran, dass wir verschollen sind. Wir sollten dich essen.«

Corban sah weg. Seine Nerven lagen blank; sein Mund war trocken. Seit mehr als einem Tag hatten sie bereits kein Wasser mehr auffangen können. Prüfend suchte er den Horizont nach Anzeichen für Regenwolken ab. Ulf beachtete Flokis Sticheleien gar nicht. Er starrte über die Wellen. Sein Mund zuckte. Gisur sammelte die Reste seines Fangs ein, den abgenagten Fischkopf, die Innereien und die Gräten und warf alles übers Dollbord. Dann bestückte er seinen Haken mit einem zurückbehaltenen Stück Innereien. Immer noch starrte Floki Ulf böse an.

»Du hast meinen Bruder ertränkt, Ulf, das werde ich nicht vergessen. Eines schönen Tages werde ich …«

Er erstarrte. Die Augen traten ihm aus dem Kopf; ein gurgelnder Laut drang aus seiner Kehle. Corban wirbelte herum, um zu sehen, was Floki sah. Er blickte an Ulf vorbei und zog dann ruckartig die Hand vom Dollbord. Gisur flüsterte: »Heilige Mutter …«

Höher als Corbans Kopf glitt eine dunkle Rückenflosse am Schiff vorbei, so nah, dass er die Hand ausstrecken und sie hätte berühren können. Er saß stocksteif da, ohne zu atmen, den Magen vor Furcht verkrampft. Langsam bewegte die hohe Finne sich am Schiff entlang, verschwand dann lautlos unter der Oberfläche. Einen Moment lang konnte Corban, dem noch immer der Atem stockte, einen riesigen Schatten im Wasser ausmachen, größer als das Schiff. Mit einem Schwenk seiner gegabelten Schwanzflosse tauchte er weg.

Gisur flüsterte: »Gott erbarme dich …«

Floki stieß ihm einen Ellenbogen in die Seite. »Halt das Maul!«

Tränen liefen ihm über die Wangen; er wandte sich ab und ließ die Schultern hängen. Eine ganze Weile sprach niemand ein Wort.

Ein weiterer Sturm überholte sie. Spät am nächsten Tag legte Corban sich schlafen, während die Wolken sich schwarz am gesamten Himmel auftürmten. Kurze Zeit später wachte er völlig durchnässt im Dunkeln auf. Regen prasselte auf ihn nieder.

Dicht an dicht lagen die beiden anderen Ruderer schlafend neben ihm, ohne wach zu werden. Corban kniete sich hin. Er sah nichts; er spürte nur, wie das Schiff nach vorn geneigt in ein Wellental hinunterglitt, sich wieder fing und emporgehoben wurde. Regen strömte ihm übers Gesicht. Er zitterte. Ihm ging der Gedanke nicht aus dem Kopf, dass es entweder zu wenig oder zu viel Wasser gab. Das Schiff schüttelte sie eine weitere wütende Welle hinunter und krängte. Corban packte das Dollbord. Als etwas seine Schulter berührte, zuckte er vor Schreck zusammen.

Es war der triefnasse Ulf. »Übernimm das Steuer!«, rief er. »Ich muss schlafen.«

Corban tastete sich seinen Weg zurück zum Heck; Ulf zurrte die Ruderpinne fest. Das Schiff fiel ab. Corban quetschte sich in den Schutz des hochgezogenen Hecks und brachte das Schiff wieder auf Kurs. Voraus sah er lediglich die Schwellung des Segels, steif wie ein Brett im Ansturm des Windes, sowie den Bug des Schiffes, der erst aufstieg in den undurchdringlich schwarzen Himmel und sich dann hinabsenkte in die hochsteigenden Wellen. Am Mast hatte Ulf Floki mit Tritten und Schubsern geweckt und zum Schöpfen befohlen. Jetzt saß Floki auf einer Ruderbank und schaufelte gelangweilt Wasser über Bord.

Corban zitterte noch immer. Mit tauben Fingern umklammerte er die Pinne; seine Zähne klapperten jetzt. Er wickelte die Hände in einen Zipfel seines Mantels und zog sich einen Teil über den Kopf. Dann rutschte er so weit wie möglich in den Schutz des hochgezogenen Hecks.

Beständig wurde das Schiff vom Sturm vor sich her getrieben. Zweimal wachte Ulf auf und ließ die anderen Männer schöpfen, doch jedes Mal, wenn er sich wieder schlafen legte, hörten sie sofort auf und legten sich ebenfalls wieder an den Mastfuß. Corban hörte, wie Floki schluchzte und schrie. Der Wind kam in Böen – mal mit einem leisen Jaulen, dann wieder brach er in Brüllen aus. Manchmal traf er das Schiff wie ein Faustschlag und legte es bis zum Baum auf die Seite.

Bei einem solchen Manöver schlug Corban mit dem Kopf aufs Heck und hätte beinahe die Pinne verloren; benommen fing er sich ab, bevor er davonschlittern konnte, stemmte die Füße in den Rumpf und zog an der Pinne. Das Schiff antwortete nicht. Mit schwerer Schlagseite schaukelte es wie tot auf dem Wasser. Eine riesige Welle trug sie immer weiter empor, dass das Schiff ächzte. Auf dem Wellenkamm sah Corban gegen den Himmel, dass das Segel verschwunden war.

Er hörte Geschrei. Der Mast war gebrochen und hatte lediglich einen hüfthohen, geborstenen Stumpf hinterlassen; das Segel trieb neben dem Schiff auf dem Meer: ein Gewirr aus zerrissenem Tuch, das das Schiff auf die Seite zog. Corban ließ die nutzlos gewordene Pinne los und stolperte nach mittschiffs.

Floki und Gisur zerrten an dem Segel, das halb auf dem Dollbord und halb im Meer hing wie ein großer Anker, der sie hinunterzog. Abrupt gab Floki auf und sank auf die Knie. Mit einer Axt in der Hand holte Ulf aus und hackte auf die Takelage ein, die den gebrochenen Mast und das Segel am Schiff festhielt. Corban schob seine eiskalten Hände unter die Ränder dieser Masse eisigen Tuches.

»Warte … warte …« Unter Ulfs Axthieben riss die Takelage auseinander; Corban, Gisur und Ulf schoben gemeinsam, und das Segel glitt davon. Das Schiff richtete sich wieder auf.

»Bringt die Ruder aus!«, brüllte Ulf.

Corban und die anderen Männer taten, wie geheißen, setzten sich Seite an Seite und ruderten. Der Wind war wie ein eisiger Atem, und die Wellen stiegen berghoch, doch der Regen hatte nachgelassen. Um sie herum brach der Tag an; der Himmel war durchsetzt mit neuem Licht. Das Schiff kämpfte sich eine weitere Welle empor und die andere Seite wieder hinab. Corban begann, das Schiff mit langen, gleichmäßigen Ruderschlägen durchs Wasser zu bewegen. Es hörte auf zu regnen.

Sie fuhren gen Westen. Hinter ihnen ging die Sonne auf. Sie entfernten sich von Hedeby. Zwischen ihnen und Hedeby lag der Sturm.

Diesen ganzen Tag und den größten Teil des nächsten ruderten sie stetig gen Westen, um dem schlechten Wetter zu entkommen. Der Himmel klarte vollständig auf, und der Wind legte sich. Nachts leuchteten die Sterne. Sie aßen den Rest des aufgeweichten Brotes; Wasser hatten sie wieder keins mehr. Sie drängten sich dicht zusammen, um warm zu werden.

»Das alles ist Ulfs Fehler«, murmelte Floki, an Corban gewandt. Sein schiefes Auge blickte über Corbans Schulter hinweg, während er sprach.

Corban warf einen Blick zum Bug. Ulf besaß einen gekerbten Stab, mit dem er schätzte, wo auf See sie sich befanden. Jetzt stand er im Bug, hielt den Stab auf Armeslänge von sich und versuchte, die Position des Nordsterns zu bestimmen.

»Das ist alles Ulfs Fehler«, wiederholte Floki. Gisur neben ihm nickte ernst.

Corban wirbelte zu ihm herum. »Kommt es denn darauf an? Bringt uns das hier raus?«

Erschreckt blinzelten die zwei Männer ihn an. Vom Bug kam Ulf auf sie zu gestampft. »Ich bekomme keine gute Messung. Das Meer ist zu rau.« Er kniff die Augen zusammen. Corban sah, dass er ihre Worte gehört hatte. Er sprach Corban an, beobachtete jedoch aus den Augenwinkeln die beiden Männer. »Ich bin mir allerdings sicher, dass wir zu weit nördlich sind. Morgen fahren wir nach Süden. Vielleicht kommen wir bis Island, bevor uns das Essen ausgeht.«

»Island«, wiederholten Floki und Gisur gleichzeitig.

»Nach Osten«, schlug Corban vor. Seine Zunge schmerzte beim Sprechen. »Wir sollten nach Osten fahren.«

»Zuerst nach Süden.« Ulf schob sich an ihm vorbei zum Heck.

Sie drehten die Leeseite des Schiffes in Richtung aufgehende Sonne und ruderten. Einmal ließ sich Gisur, nachdem er sich gestreckt hatte, neben Corban niedersinken und flüsterte: »Ulf ist ein schlechter Mensch. Er würde dich nicht retten, weißt du.« Seine Augen waren blutunterlaufen und geschwollen. »Wir sollten alle zusammenhalten, du und ich und Floki.«

»Halt das Maul«, erwiderte Corban.

Er dachte an Benna. Sie würde sich fragen, was aus ihm geworden war – ja, bestimmt würde sie an ihn denken, eine Weile zumindest. Corban fragte sich, ob sie für ihn betete. Er wusste, dass sie nie mit viel Hingabe betete, hoffte jedoch, dass sie es diesmal tat. Er hoffte auch, dass sie sich sein Bild ansah. Es erleichterte ihn, an sie zu denken, also rief er sich jedes Mal in Erinnerung, als er sie gesehen hatte, jedes Wort, das sie miteinander gesprochen hatten, wieder und wieder, wie ein Kind, das sein Lieblingsspielzeug aus dem Regal nimmt und es wieder zurücklegt.

An Mav zu denken zermürbte ihn jedoch. Er hatte sie im Stich gelassen; er war nicht gut genug gewesen. Sie entfernte sich immer mehr von ihm, wie sehr er sich auch abmühte, sie einzuholen. Er musste Ulf dazu bringen, zurück nach

Osten zu fahren. Und doch fuhr das Schiff stetig nach Süden. Dann, als anderthalb Tage später Land erschien, lag es im Westen.

Ulf entdeckte es zuerst und stieß einen Schrei aus. Corban stellte sich auf die Ruderbank und beschattete die Augen gegen die Sonne. Dort, am westlichen Rand des Meeres, zeigte sich eine lange dunkle Linie; am Himmel trieben Wolken, die sich wie luftige Berge erhoben.

»Island?«, fragte Corban unsicher.

»Glaube ich nicht«, erwiderte Ulf. »Island besteht nur aus Klippen.« Er steuerte sie darauf zu. Eifrig setzte Corban sich und nahm sein Ruder in die Hand. Die anderen beiden hingen zusammengesunken über den Rudern, mit hängendem Kinn und glasigem Blick. Die Lippen des Kleineren bluteten. Das Blut tropfte in seinen blonden Bart.

»Zieht«, forderte Corban sie auf. »Wir haben Land in Sicht.«

Sie legten sich in die Riemen. Corban war hungrig und so steif, dass er sich nicht mehr gerade aufrichten konnte; er hatte das Gefühl, sonst in zwei Teile zu zerbrechen. Seine Wimpern waren salzverkrustet und glitzerten in der Sonne.

Den ganzen Rest des Tages ruderten sie auf den Streifen Land zu. Eine Möwe segelte an ihnen vorbei und betrachtete sie durch eines ihrer kalten, roten Augen. Die Sonne beschrieb einen Bogen über ihnen, stieg dann vor ihnen hinab und versank schließlich hinter dem langen, dunklen Horizont. Als die Luft kühler wurde und die Nacht hereinbrach, sahen sie vor sich einen felsigen Strand und die niedrigen, baumbestandenen Anhöhen des Landes dahinter.

»Bring uns rein«, rief Floki. »Bring uns rein …« Er sprang von seiner Bank auf und streckte Ulf flehentlich die Arme entgegen.

»Nein. Seht doch …« Ulf zeigte auf etwas. »Meeresungeheuer! Und wer weiß, was sonst noch! Wir fahren nach Süden!«

Corban blickte in die Richtung, in die Ulf deutete, und sah die schwarzen Lefzen der gewaltigen Bestien, wie sie kurz vor dem Strand die Wellen brachen. Ihm sträubten sich die Haare. Erschöpft stützte er sich auf sein Ruder. Das Meer war wild und sturmgepeitscht, doch dieses unbekannte Land konnte Schlimmeres bergen. Kreaturen, grässlicher als aus den schrecklichsten Albträumen konnten in diesen Untiefen und zwischen den dunklen Bäumen lauern. Und doch vermochte er den Blick nicht davon loszureißen; noch lange, nachdem die Nacht das Land verschluckt hatte, starrte er in die Richtung und versuchte, den Strand und die Bäume zu erkennen.

Sie ruderten die ganze Nacht. Der eine schlief, während die anderen beiden an den Rudern saßen. Ulf blieb im Heck; fluchend und schreiend trieb er die Männer an. Als die Morgendämmerung anbrach, war Corban zum Rudern zu müde. Seine Arme waren kraftlos und zitterten, sein Magen schmerzte, und seiner trockenen Kehle wegen konnte er kaum schlucken. Sie trieben in eine weite Bucht, im Westen von flachem Marschland begrenzt, im Osten von einer Sandbank. Ulf steuerte sie auf einen langen, flachen hellen Streifen Strand unter grasigen Dünen zu. Zumindest gab es hier keinerlei Anzeichen von Meeresungeheuern. Ungebrochen rollten die Wellen an und kräuselten sich sanft auf den Strand. Ulf ließ sie in die Brandung treiben. Der Kiel des Schiffes knirschte auf Sand, und die nächste Welle hob sie empor und trug sie hoch auf den abschüssigen Uferstreifen. Mit einem Schrei warf der schiefäugige Floki, der neben Corban gerudert hatte, seinen Riemen hin, sprang übers Dollbord und lief an Land. Nach ein paar taumelnden Schritten fiel er schluchzend auf die Knie. Corban holte sein Ruder ein und stand auf. Dann ging auch er auf den Strand und bemerkte, wie dieser unter ihm schwankte und sich aufbäumte wie ein Ozean aus Sand.

11

Der kürzlich niedergegangene Regen hatte Wasserpfützen auf dem abschüssigen Boden oberhalb des Strandes hinterlassen. Corban ergriff seine Schleuder. Als er den Magen mit Wasser gefüllt und sich das Salz aus den Augen gewaschen hatte, machte er sich auf ins Inland, um nach Nahrung Ausschau zu halten.

Zuerst marschierte er durch tropfnassen, schwarzen Sumpf. Bei jedem Schritt quatschte der Boden unter seinen Füßen. Wie Haare eines Riesen staken die abgebrochenen Hülsen des vorjährigen Schilfgrases aus dem Schlamm hervor. Auf der anderen Seite des Sumpfes traf er auf einen kleinen Bach. Dahinter stieg das Gelände an, felsig und dicht mit Bäumen bestanden. Die meisten dieser Bäume waren struppige Zedern, doch über ihre niedrigen Wipfel hinweg konnte er Gruppen blattloser Eichen erkennen, die wie Inseln daraus hervorragten. Er schritt an den Bäumen vorbei, hielt Ausschau nach Fährten und hörte auf die Geräusche von Vögeln. Im Vorbeigehen sammelte er geeignete Steine für die Schleuder auf.

Er war noch immer müde bis auf die Knochen, schüttelte seine Erschöpfung jedoch ab. Er war jetzt an Land, hatte festen Boden unter den Füßen, wodurch er sich stärker und sicherer fühlte. Das seltsam fremde Land nahm ihn gefangen. Nach dem Regen war der Wald schwarz und tropfte, und doch fühlte Corban die Frische in der Luft und auf den Wangen und wusste, dass der Frühling Einzug hielt, hier genau wie in Jorvik. Er kämpfte sich einen Weg durchs Gewirr aus Unterholz, an dem neue Knospen aus den Ästen sprossen und winzige, grüne Spitzen durch das durchnässte, triefende Durcheinander aus verrottendem Laub aus der Erde stachen. Eine ganze Weile stand er still und lauschte dem Gesang eines Vogels irgendwo voraus; einen solchen Gesang hatte er nie zuvor gehört. Den Vogel selbst sah er nicht.

Er bahnte sich seinen Weg ein schmales Bachbett empor, wo das Moos dicht wie Fell auf den mächtigen Stämmen der Bäume wuchs. Schleimiger Froschlaich trieb in Klumpen in den stehenden Kehrwässern des Baches. An einem schlammigen Uferstreifen traf Corban auf seltsame Pfotenabdrücke; sie sahen aus wie die eines langfingrigen Hundes. In den nackten Bäumen über sich erkannte er die dunklen Umrisse alter Vogelnester, die wie in den Ästen gefangene Hüte wirkten. Von überallher hörte er jetzt Vogelgesang – ein wilder Lärm hoch über seinem Kopf.

Irgendwo oben vor ihm hallten die Wälder plötzlich von einem wilden Schrei wider, einem heiseren, lang gezogenen Bellen. Er blieb stocksteif stehen, und seine Nackenhaare sträubten sich. Das Geräusch verklang, und Corban zwang sich, sich weiter aufwärts zu schieben, weg von dem Bach, auf das Geräusch zu, was immer es auch gewesen sein mochte, das er gehört hatte. Das Bellen jedoch erklang nicht wieder.

Auf der Hügelkuppe wuchs eine einzelne, riesenhafte Eiche. Die Spitze des Baumes war geborsten, wohl bei einem Unwetter vor urlanger Zeit. Der mächtige Stamm summte vor Bienen, die noch benommen waren von der kürzlichen Kälte. Der riesige, verrottende Baumstumpf war auf halber Höhe entzwei und aufgerissen – ein Bär, dachte Corban bei sich, und fragte sich, ob dies Honigbienen waren. In der Höhlung konnte er nichts erkennen außer dem langsamen Wälzen hunderter krabbelnder Insekten.

Der Wind frischte auf, raschelte in den Bäumen über seinem Kopf. Gott ist hier, dachte er und fühlte sich getröstet; er hatte das Gefühl, dieser Ort sei mehr eins mit dem, was er kannte. Er ging zurück, wieder hinunter an den Bach, folgte der Neigung des Geländes. Es bestand nicht aus Erde, sondern aus großen, gezackten grauen Felsen mit ein wenig Erde dazwischen; alles war begraben unter herabgefallenem, totem Laub.

Als er zum Bach zurückkehrte, sah er, wie sich in einer Gruppe struppiger Bäume irgendetwas Großes durch das hier weniger dichte Unterholz bewegte. Vorsichtig schlich er sich an, mit dem Vorsatz, dieses Etwas herauszuscheuchen – durchs Unterholz sah er eine große, braune, pelzige Kreatur, die jedoch keine Anstalten machte, vor ihm zu fliehen. Er erreichte das Unterholz, senkte den Blick und sah eine riesige Kreatur mit langen, steifen Borsten. Es war der größte Igel, den er je zu Gesicht bekommen hatte. Das Tier zeigte keine Reaktion, es schnaubte bloß und schnüffelte über den Boden, wobei es die neuen, grünen Schößlinge des Unterholzes vertilgte.

Das Tier beachtete ihn kein bisschen, was Corban alarmierte: Das Wesen schien harmlos, und doch hatte es keine Angst. Er zog sein Messer und streckte vorsichtig die linke Hand aus, um das Tier zu berühren.

Es schnaubte, ein grunzendes Geräusch wie bei einem Schwein, und die steifen, stacheligen Haare auf seinem Rücken stellten sich auf. Noch immer lief es nicht davon. Corban berührte das Fell, und Schmerz schoss durch seine Finger.

Mit einem Aufschrei riss er die Hand zurück. Aus drei Fingern ragten drei oder vier der stacheligen Borsten dieser seltsamen Kreatur. Corban stolperte zurück, keuchte und fiel auf die Knie. Vor Schmerzen standen ihm die Tränen in den Augen. Er zog ein paar Stacheln heraus, doch einige saßen so tief und fest, dass er sie mit der Spitze seines Messers heraushebeln musste. Der Schmerz pochte in seinen Fingerspitzen. Er rappelte sich auf, schlich los und untersuchte das Unterholz noch einmal.

Das Tier fraß noch immer. Wieder zeigte es Corban die

Stacheln. Er trat ein paar Schritte zurück und machte einen Bogen um die Kreatur.

Sie war groß genug, dass Corban sich satt essen konnte, sollte sie aus Fleisch sein. Erschöpfung machte sich in ihm breit; er hatte nicht die Kraft, etwas anderes zu jagen. Er musste dieses Tier töten.

In dem Unterholz war es schwierig, die Schleuder zu benutzen. Suchend lief er durch den Wald und fand einen dicken Stock, so lang wie sein Arm. Er ging zurück und schlug dem Tier auf den Schädel.

Es quiekte, knurrte, zu Tode erschreckt jetzt, und schlurfte tiefer ins Unterholz. Corban verfolgte es, schlug wieder und wieder auf Kopf und Körper. Das dichte Gestrüpp kratzte und zerrte an ihm; eine Ranke verfing sich um sein Bein. Er stolperte und wäre beinahe in die Stacheln der Kreatur gefallen. Unter seinen Schlägen erzitterte das Tier, die Stacheln schossen hoch; schließlich sank es nieder und lag still. Corban keuchte heftig, zitterte am ganzen Körper vor Anstrengung.

Die Kreatur war mit Sicherheit tot. Vorsichtig stupste er sie mit dem Stock an. Der Stock wurde mit Stacheln gespickt. Das Problem war jetzt: Wie sollte er dieses Wesen abziehen?

Einen Moment saß er erschöpft da. Nach einer Weile benutzte er den Stock, um die Kreatur aus dem Unterholz zu schieben, und bugsierte sie auf eine Lichtung unter einen Baum. Das Tier war nicht so groß, wie er anfangs gedacht hatte. Die Klauen an den Vorderpfoten waren vom Herausgraben der Schößlinge mit frischer Erde bedeckt. Der kleine, stachelige Kopf war blutig.

Mit drehenden Bewegungen schob Corban den Stock unter das Wesen und versuchte, es umzuwenden, was ihn mehrere Versuche kostete. Der Geruch nach Blut ließ seinen Magen knurren. Schließlich schaffte er es, die Kreatur auf den Rücken zu drehen.

Der Unterbauch des Tieres war weich und haarlos. Er legte den Stock über die Hinterläufe und setzte einen Fuß darauf, um das Hinterteil des Tieres unten zu halten.

Schmerzen wie von einem Dolchstoß schossen durch seinen Fuß; er schrie auf und sprang rückwärts in die Luft. Ein Stachel hatte die Sohle seines Schuhs durchbohrt. Er setzte sich und riss ihn heraus, blieb dann einen Moment länger sitzen und betrachtete den stacheligen Körper vor sich. Vor Erschöpfung verschwamm ihm alles vor den Augen.

Der Geruch des Blutes brachte ihn wieder auf die Beine. Er musste an das Fleisch dieser Kreatur kommen. Er suchte sich weitere Stöcke und schaffte es damit, den Körper still zu halten. Dann schlug er Kopf und Pfoten ab, breitete das Tier auf dem Rücken aus und schlitzte die Unterseite auf.

Das Innere sah aus wie bei jedem anderen Tier, das er zuvor getötet hatte. Das Herz ähnelte dem eines Kaninchens, und Corban aß es. Er zog dem Tier das Fell ab und schälte das Fleisch aus den Rippen. Auf dem Fleisch saßen gelbe Fettklümpchen und er aß auch die, obgleich sich ihm dabei der Magen umdrehte.

Er überlegte, an Ort und Stelle ein Feuer zu machen und das Tier allein zu verzehren, doch er brauchte die anderen Männer. Ohne sie würde er es niemals bis nach Hause schaffen. So warf er sich das Fleisch über die Schulter und machte sich auf den Rückweg.

Bevor er den Bach erneut überquerte, hielt er an, um sich die Hände zu waschen. Am Ufer hockend, blickte er über das kleine Rinnsal hinweg und entdeckte im Schlamm am anderen Ufer den tiefen Abdruck eines Vorderhufs. Er musste von einem riesigen Hirsch stammen, größer als alle Hirsche, die er je gesehen hatte. Die Spur war keinen Tag alt.

Der Kadaver der Kreatur wurde mit jedem Schritt schwerer. Als Corban am Strand ankam, saßen die zwei Männer dort im Sand. Sie hatten Holz gesammelt und ein Feuer entzündet; Gisur legte gerade ein Stück Treibholz nach, Floki starrte über den Strand zu Ulf, der im Sand auf und ab stapfte. Corban trat näher und warf das tote Tier auf den Strand.

»Was ist das?« Gisur stach auf das tote Ding ein.

»Was immer es ist, wir werden es essen«, erwiderte Corban.

Sie vierteilen Corbans Beute und legten sie zum Garen aufs Feuer. Hungrig starrte Floki auf das Fleisch, seine Lippen bewegten sich.

Ulf kam zurück. Sein Blick schweifte sofort zum Feuer, zu dem Ding, was da garte. Ohne aufzublicken erklärte er, »Dort drüben gibt es Bäume. Wir könnten einen neuen Mast hauen.«

Corban drehte eines der Teile der Kreatur auf dem Feuer. Er hatte nicht die Absicht, es noch viel länger garen zu lassen, denn der Geruch des bratenden Fleisches machte ihn schier verrückt. »Wo sind wir?«, fragte er.

Ulf zuckte die Achseln. »Irgendwo in Irland, schätze ich.«

Corban blickte ihn lange überrascht an. Er hatte keinerlei Ahnung, wo sie wirklich waren, doch er war sicher, dass sie nicht in Irland waren. Er zog ein Stück des Tieres vom Feuer, teilte es und gab jedem davon.

Mit dem Fleisch in den Händen saßen die Männer da und starrten ihn an. Ihm wurde klar, dass sie nicht zuerst essen würden, so hungrig sie auch waren. Außerdem befürchteten sie, wie Corban wusste, das Fleisch könnte giftig sein. Kurz fragte er sich, ob dem so war, doch das rohe Herz hatte ihn nicht getötet; außerdem wäre er sowieso lieber tot als todhungrig. Er versenkte die Zähne in dem Fleischstück in seinen Händen.

Saft spritzte auf seine Zunge, es war köstlich. Ein leiser Stoßseufzer entfuhr ihm, eine Mischung aus Dankbarkeit und gierigem Hunger. Sofort stopften auch die anderen sich die Münder voll. Gemeinsam saßen sie um das kleine, vom Wind zerzauste Feuer und seufzten laut und wohlig beim

Essen. Floki weinte sogar; große Tränen rollten ihm übers Gesicht während er das halb rohe Fleisch verzehrte. Ulf wischte sich den Mund.

»Mehr«, sagte er nur.

Corban nahm das Nächste der zischenden Viertel vom Feuer. »Gibt es noch irgendetwas auf dem Schiff? Im Laderaum? Etwas, das wir brauchen können?«

»Der Whiskey«, erwiderte Gisur atemlos. Er packte Ulf am Arm. »Gib uns den Whiskey.«

Zusammengesunken saß Ulf da, die langen Arme jetzt um die Knie geschlungen. »In Ordnung.« Er nickte. »Geht und holt eines der Fässer.«

Die zwei Ruderer sprangen auf und rannten zum Schiff. Corban und Ulf blieben sitzen. Corban kaute auf den kleinen Knochen der Kreatur; er war immer noch hungrig.

»Ich kann unsere Position besser aus den Sternen bestimmen, wenn die Sonne untergegangen ist.«

Corban nickte. Er war müde und wollte schlafen. Die zwei Männer schafften ein Fass Whiskey zum Feuer. Mit der Messerspitze öffnete einer der beiden den Deckel. Gierig tauchte Floki die Arme hinein, schaufelte den Alkohol heraus und trank ihn aus den gewölbten Händen.

Sofort spie er ihn wieder aus. Die Tropfen ließen das Feuer zischen. »Salz«, rief er. »Hier ist Meerwasser eingedrungen.« Wütend trat er gegen das Fass, dann stolperte er mit Gisur zusammen noch einmal zum Schiff. Corban steckte seine schmerzende linke Hand in das Fass mit dem salzigen Whiskey und ließ sie dort, bis die vielen Wunden zu brennen aufhörten.

Er erwachte im Dunkeln. Im kalten, aus Richtung Meer wehenden Wind flackerte und prasselte das Feuer. Die sechs Whiskeyfässer lagen kreuz und quer neben ihnen im Sand verstreut, alle geöffnet und alle leer: Sie waren allesamt verdorben gewesen. Über ihm funkelte der Himmel mit Sternen, die in dem eindimensionalen Kohlschwarz der Nacht wie verstreute weiße Ascheflocken aussahen.

Ulf stand ein Stück entfernt, sein Kerbholz ausgestreckt in der Hand, und bestimmte ihre Position. Corban stand auf, streckte sich und ging zum Meer hinunter, um Wasser zu lassen. Im Dunkeln drehte er sich herum und betrachtete das Feuer, diese kleine Hülle gelben Lichtes, und die Männer, die zusammengerollt darum herum lagen; einen Moment lang hatte er den Gedanken, davonzugehen, sie zu verlassen, in den dunklen Wald zu verschwinden und dort sein Leben zu fristen... Corban schüttelte den Gedanken ab. Irgendwie würde er wieder auf die heimische Seite des Meeres zurückkehren und nach Hedeby gelangen.

Er machte sich auf den Weg zurück zum Feuer. Während er noch auf die Männer zuging, hörte er sie plötzlich rufen, laute Stimmen in der windigen Dunkelheit.

»Das hast du uns eingebrockt, Ulf! Wegen dir sind wir verschollen...«

Ulf stritt mit ihnen, die Hände erhoben. Unvermittelt griffen die beiden Männer ihn an, einer von jeder Seite. Im Feuerschein sah Corban eine Messerklinge blitzen.

Er rannte los. Noch bevor er die Widersacher erreichte, gingen die drei Männer in einem Gewirr wild um sich schlagender Gliedmaßen zu Boden. Corban sprang auf sie, packte den ausgestreckten Arm mit der Hand, die das Messer hielt, und verdrehte ihn. Gleichzeitig trat er auf die beiden Männer ein, die sich knurrend und fauchend am Boden wälzten.

»Aufhören!« Corban warf den schiefäugigen Floki mit dem Gesicht nach unten in den Sand und entriss ihm das Messer. Ineinander verkeilt wälzten sich Ulf und Gisur weiter am Boden. Sie knurrten und brüllten sich an. Corban stellte sich zwischen die beiden und trat nach ihnen, bis sie aufheulend auseinanderrollten. Er packte Ulf bei der Schulter und zerrte ihn auf die Beine; dann hielt er dem anderen Mann das Messer unter die Nase.

»Verletzt ihr ihn, töte ich euch! Ulf weiß als Einziger von uns, wie wir wieder nach Hause kommen.«

Der kleine blonde Mann keuchte. Eine Seite seines Gesichts war mit Sand verklebt. Er fletschte seine braun gefleckten Zähne und stieß hervor: »Nach Hause? Wir kommen nie mehr nach Hause! Es ist alles sein Fehler. Sag's ihm, Ulf.«

Corban hielt Ulf noch immer an der Schulter fest. Lammfromm stand der Kapitän in seinem Griff, den Kopf gesenkt.

»Was ist?«, fragte Corban.

»Wir sind viel zu weit südlich.«

»Du sagtest, wir seien nördlich.«

»Ich hab mich vertan.« Ulfs Augen funkelten. »Das Meer war rau, als ich die andere Messung vorgenommen habe. Es war nicht mein Fehler, niemand hätte das richtig lesen können.«

»Bring ihn um«, knurrte Gisur. »Er hat uns alle zum Tod verdammt. Wir kommen nie wieder nach Hause. Wir werden alle hier sterben...« Wie Klauen hob er die Hände. »Bring ihn um!«

»Du hast ja den Verstand verloren!« Corban steckte sich das Messer in den Gürtel. »Ulf, du hast gesagt, wir könnten uns einen neuen Mast schlagen. Was ist mit einem Segel?«

»Die Abdeckplane für die Ladung«, erwiderte Ulf.

»Haben wir genug Seil?«

»Wir haben Seil.«

Corban drehte sich zu den anderen Männern herum. »Hört auf, euch wie Narren aufzuführen. Wir fahren nach Hause. Wir alle. Alle zusammen. Verstanden?«

Mit finsteren Mienen starrten sie ihn an. Aufbrausend drehte Floki sich zu Ulf um. Gisur meinte: »Wir werden hier sterben. Es ist mir egal, was du sagst.«

Corban stieß wütend hervor: »Wenn ihr recht habt, könnt ihr mir das in der Hölle erzählen.« Er stellte sich neben Ulf, sodass der schiefäugige Mann ihn ebenfalls anstarrte.

»Morgen schlagen wir den Mast.« Er legte Ulf eine Hand auf die Schulter. »Schaffen wir das an einem Tag?«

Ulf nickte. Corban wandte sich wieder an die anderen zwei. »Wir werden in diesen Fässern Wasser mitnehmen...«

»Die sind alle leck«, erklärte Floki.

»Dann flicken wir sie. Es gibt Moos, und wir haben Harz. Ich gehe wieder jagen – es gibt viel Wild hier. Wir nehmen Fleisch mit und können angeln.« Er blickte den beiden einzeln in die Gesichter; sie nickten ihm zu. »Wir fahren, sobald wir ein wenig Nahrung verstauen können.«

Das brachte sie zwar zum Schweigen, änderte jedoch nichts an ihrer Meinung. Sie setzten sich wieder ans Feuer, ohne zu sprechen, ohne sich gegenseitig anzusehen. Zumindest hatten sie zu kämpfen aufgehört. Corban ging noch einmal zum Wasser hinunter; er musste weg von ihnen, um sich sammeln zu können. Jetzt, da er wieder festen Boden unter den Füßen hatte, wurde ihm übel bei dem Gedanken, wieder aufs Meer hinauszusegeln, den weiten Ozean zu überqueren... Ein Gefühl der Panik überfiel ihn, doch langsam beruhigte er sich wieder. Wenn die anderen sahen, dass er Angst hatte, würden sie aufgeben. Er wünschte, er könnte Benna sehen, und er sehnte sich nach seiner Schwester.

Corban kehrte zurück zum Feuer, in die armselige Gesellschaft der anderen Männer.

Am nächsten Morgen machten Corban und Ulf sich mit Äxten an die Arbeit. Corban ging noch einmal in den Wald. Er folgte demselben Bachlauf wie beim ersten Mal und nahm seine Spur an der Stelle auf, wo der Bach sich am Fuße des von dort ansteigenden Geländes in den schwarzen, schmutzigen Sumpf hineinschlängelte. Der Tag war hell und kühl; Corban pflückte die Halme von Schilfgräsern und kaute sie im Gehen. Sie schmeckten nach nichts, doch er schluckte einige hinunter, und ihm wurde nicht schlecht davon. Er besah sich die Bäume, hielt Ausschau nach Spuren jener Kreatur, die er am Tag zuvor gesehen hatte, jedoch erfolglos. Zweimal sah er Eulen hoch in den Bäumen; sie waren zu weit weg, als dass er sie mit seiner Schleuder hätte erlegen können.

Auf einer Lichtung entdeckte er eine seltsame Losung. Sie sah aus wie die eines Vogels, doch eine Fährte fand er nicht. Er drehte im Bach Steine um, auf der Suche nach Eidechsen oder Fröschen, fand aber nichts. Der Bach wand sich um einen schmalen, felsigen Vorsprung. Corban hielt Ausschau nach Vögeln und Nestern, nach Fährten von Wild – in der Erinnerung an den riesigen Abdruck des Vorderhufs und den seltsamen, bellenden Ruf. Er dachte daran, dass dies ein riesenhaftes Wild sein musste, dessen Fleisch für sie alle auf dem ganzen Weg bis Hedeby reichen würde. Er fragte sich, wie man diese Riesenkreatur wohl töten konnte, überlegte sich Fallen und fragte sich, ob man ein solches Tier mit einem Knüppel überhaupt erlegen konnte. Er drehte einen verrotteten Baumstamm um, fand eine Schar weißer Larven und aß sie, ohne groß darüber nachzudenken.

Der Tag wurde älter. Um ihn herum hallte der Wald vom Lärm der Vögel wider. Er gelangte an eine Wiese, umkreiste sie und traf auf die gegabelten Abdrücke von Wild – von kleineren Tieren, wie das Wild, das er kannte. Auf der Suche nach weiteren Spuren ging er kreuz und quer über die Wiese. Fast direkt zu seinen Füßen schoss eine Maus davon und huschte ins Gras. Kurz darauf sah er den Schwanz einer Schlange verschwinden.

Von irgendwo flussabwärts erhob sich ein Schwarm Vögel und stieg über jener Stelle auf, an der er gerade stand. Es waren so viele, dass ihr Vorbeiflug die ganze Wiese in Schatten tauchte.

Corban ging weiter und bewegte sich, wie er hoffte, auf den Bach zu. In dem tiefen Schatten unterhalb eines Felsens standen große rote Pilze, doch die Farbe schreckte ihn ab. Unter einer Gruppe mächtiger Eichen, deren Stämme so dick waren wie Fässer, traf er unvermittelt auf einen riesenhaften Vogel, der wie ein Huhn im Boden scharrte und pickte. Er sah jedoch keinem Huhn ähnlich, das Corban je gesehen hatte.

Der Vogel bemerkte ihn. Mit einem haarsträubenden, trillernden Kreischen rannte er davon; Corban wirbelte die Schleuder herum und schoss. Gerade als er seinen Stein losließ, erhob sich der Vogel, taumelte in die Luft, und der Stein verfehlte sein Ziel um Längen. Corban lief dem Vogel ein kurzes Stück hinterher, um zu sehen, wohin er flog, doch das Tier verschwand sofort im Wald.

Er ging wieder hinunter zum Bach und folgte einem schmalen Wildwechsel. Als er um eine Biegung kam, traf er auf eine ausgewachsene Hirschkuh, die mit den Beinen nach oben in der Luft hing.

Vor Schreck machte Corban einen Satz. Eiskalt lief es ihm den Rücken hinunter. Am Körper der Hirschkuh entlang folgte sein Blick dem Seil bis hinauf in die Baumspitze. Eine Falle! Corban schwirrte der Kopf, als er sich der vollen Bedeutung seiner Entdeckung bewusst wurde. Seine Nerven waren bis zum Zerreißen gespannt, als würde jemand ihn beobachten.

Er musste von hier verschwinden.

Doch so viel Fleisch konnte Corban nicht unangetastet zurücklassen. Er packte die Hirschkuh, schnitt sie vom Seil und zerhackte sie schnell in vier Teile. Das Gefühl, beobachtet zu werden, wollte nicht schwinden. Am Tag zuvor und auch heute hatte er Spuren hinterlassen – Unmengen an Spuren –, überall in diesen Wäldern.

Bis jetzt war ihm nicht in den Sinn gekommen, dass es hier auch noch andere Menschen geben könnte.

Wer immer diese Falle gestellt hatte, wusste mit Sicherheit, dass Corban in dieses Land eingedrungen war. Er sammelte das Fleisch ein und lief rasch zum Strand hinunter.

Ulf hatte einen guten Baum für den Mast gefällt, Floki und Gisur hatten Muscheln und Herzmuscheln aus dem Sand gegraben. Corban erzählte ihnen nichts von der Falle, doch am nächsten Morgen trieb er sie zur Arbeit an und bewegte sich schneller als alle anderen, damit sie mithalten mussten. Sie erhitzten Kiefernstämme über dem Feuer, um das Harz auszutreiben, und versiegelten damit die Whiskeyfässer. Corban schickte Gisur los, um den Großteil der Fässer im Bach zu füllen. Das Wild zerlegte er in kleinere Stücke und stopfte sie in eines der Fässer. Die Zwischenräume füllte er mit Meerwasser und Seegras aus.

Als Ulf den Stamm fertig bearbeitet hatte, verkeilten sie ihn im Schiff. Die Abdeckplane bestand aus zwei Teilen, sodass sie zusammengenäht werden musste. Während sie mit dieser Arbeit beschäftigt waren, fertigte Gisur aus Knochen einen Haken an und angelte in der Bucht. Er fing zwei riesenhafte Plattfische.

Wieder und wieder blickte Corban zu den Bäumen; er sah, dass es Ulf auffiel, doch der Kapitän sagte nichts. Corban wusste, dass irgendjemand dort war und sie beobachtete …

Für die Rahe nahmen sie ein überzähliges Ruder und machten das Segel daran fest. Am Spätnachmittag waren die Wasserfässer geflickt und gefüllt, und die Männer beluden das Schiff.

»Sollen wir morgen früh fahren?«, fragte Ulf.

Corban richtete sich auf; alle beobachteten ihn. Zuvor hatten sie zu Ulf aufgeblickt, doch Ulfs Fehler hatte sie hierher gebracht. Corban wandte sich um und blickte ins Landesinnere, auf den dunklen Wald. Was mochte nachts leise aus diesen Bäumen hervorgeschlichen kommen, um sie zu überfallen? Schließlich wandte er sich wieder den anderen Männern zu.

»Wir warten nicht bis morgen«, sagte Corban. »Wir fahren jetzt.«

Ohne Widerrede gehorchten die anderen. Sie schoben das Schiff durch die Brandung ins Wasser, stiegen an Bord und ruderten aufs Meer hinaus. Um die Bucht durchsegeln zu können, stand der Wind schlecht, doch die Flut ging zurück, und alle ruderten, selbst Ulf, der die Ruderpinne festgezurrt hatte. Niemand sprach. Bei Sonnenuntergang hatten sie das offene Meer erreicht. Der Streifen weißen Strandes hinter ihnen lag bereits außer Sichtweite. Nur der Wald war noch zu sehen – eine gezackte dunkle Linie vor dem Hintergrund des Himmels. Sie hissten das Segel und legten sich in den Wind.

Der Wind kam jetzt aus Westen. Sie befanden sich noch weit südlich von der Stelle, an der sie Ulf zufolge sein müssten, also ruderten sie nach Norden. Das Essen wurde schlecht; bald waren die letzten genießbaren Vorräte aufgebraucht. Corban probierte das Seegras; geduldig kaute er. Gisur angelte, fing jedoch nichts. Eines Nachts nahm Ulf eine Messung vor und erklärte, dass sie weit genug nördlich seien. Sie drehten nach Osten ab und hissten das Segel.

Das Segeln war noch schlimmer als das Rudern, denn es gab so nicht allzu viel zu tun. Gisur döste vor sich hin, hielt die Angelschnur zwischen den Fingern und ließ sie hinter dem Schiff hertreiben. Floki stöhnte; gelegentlich schluchzte er auf. Ulf saß im Heck, die Pinne in der Hand, den Blick nach Osten gerichtet, als könne er sie mit reiner Willenskraft nach Hause bringen. Corban dachte an seine Schwester; er erinnerte sich an eine Begebenheit, die er jahrelang vergessen hatte: Sie waren kleine Kinder gewesen und hatten einen Tag im Kuhstall versteckt zugebracht, Nüsse geknackt und sich gegenseitig Geheimnisse verraten. Wie sehr er sich nach Mav sehnte! Corban erinnerte sich an den Geruch des Kuhstalls, an das frisch gemähte Heu, an das Vieh, an das Geräusch eines stampfenden Hufes. Mav hatte sich zu ihm gebeugt und gesagt: »Versprich mir, dass du es keinem erzählst.«

Er hatte gelacht, erschrocken darüber, dass sie solch ein Versprechen brauchte, wenn er doch mit niemandem sprach als mit ihr. Die Erinnerung war so klar, als wäre dies alles erst gestern gewesen. Corban schloss die Augen. Er war erschöpft und verbittert: ein Mann, der versagt hatte…

Inzwischen hatte er vergessen, wie viele Tage sie bereits auf See waren. Der Wind blies von Westen, beständig und gleichmäßig, und das Schiff fuhr vor ihm dahin, arbeitete sich über die lange Dünung. Nachts brannten die Sterne in kalter Pracht vom Himmel. Corban kaute auf einem Zipfel seines Mantels und beobachtete, wie Ulf mithilfe seines Kerbholzes erneut die Sterne las.

Plötzlich sprach der Kapitän ihn leise an. »Siehst du diese Einkerbungen? Man legt diese Kerbe hier am Nordstern an…« Er hielt das Holz auf Armeslänge von sich gestreckt, in Richtung Norden; dann kniff er ein Auge zu und bewegte den Kopf ein wenig. Schließlich streckte er den anderen Arm aus, packte das Holz, senkte es ein kleines Stück und zeigte Corban das Ergebnis.

»Hier, diese Kerbe brauchen wir.« Er drückte mit dem Daumen in die entsprechende Einkerbung am Holz. »Segle in diese Richtung, bis wir Land erreichen, dann folge der Küste nach Südosten. Siehst du?«

Corban wurde plötzlich klar, dass Ulf davon ausging, dass er sterben würde und jemand anders die Sterne würde lesen müssen. Er blickte Ulf scharf ins Gesicht. Der Kapitän sah erschöpft aus; seine Lippen waren blutverkrustet. Corban schluckte; auch er schmeckte Blut im Mund. Er nickte Ulf zu.

»Ich sehe es. Danke.«

Der Kapitän nickte bloß. Sie sprachen nicht, saßen einfach nur im Heck und sahen zu, wie das dunkle Wasser sich vor ihnen hob und unter dem Schiff hindurch wieder davonglitt. Ulfs Kopf fiel herab. Sein Körper sackte ein wenig in sich zusammen. Er schlief. Der Wind trieb das Schiff nach

Osten. Schließlich nahm Corban den Eimer zur Hand und begann zu schöpfen.

Sie segelten tagelang – Corban hatte keine Ahnung, wie lange. Die Männer lagen im Schiff, zu erschöpft, um sich zu unterhalten. Sie zogen weiterhin Gisurs Angelschnur hinter sich her, doch auch Gisur schlief jetzt die meiste Zeit. Dann, eines Morgens, fing er einen Fisch.

Er hatte mittlerweile die Schnur ums Handgelenk gewickelt, sodass der Ruck, als der Haken sich verfing, ihn weckte. Floki musste ihm helfen, den Fisch einzuholen. Es war ein weiterer Dorsch. Mit ihren Messern bearbeiteten sie ihn, schnitten die Schuppen samt Haut ab und verzehrten das Fleisch roh. Corban kratzte mit seinem Messer winzige Fleischstücke von der Haut und kostete jedes bisschen Geschmack voll aus. Bald darauf glitt eine Möwe an ihnen vorbei und beäugte sie.

Gegen Nachmittag entdeckten sie Land.

Ulf ließ einen Schrei hören und streckte einen Arm aus, um es den anderen zu zeigen. Die anderen blickten in die gewiesene Richtung, lachten und weinten und kamen stolpernd auf die Beine. Sie segelten auf eine niedrige, sandige Insel zu. Als das Schiff auf den Strand zufuhr, drehte sich ein Junge um, der dort gestanden hatte, und rannte davon, eilte einen niedrigen, grasbewachsenen Hügel hinauf, auf dem ein paar Schafe weideten.

Floki und Gisur lachten noch immer und umarmten sich gegenseitig. Ulf krächzte Corban etwas zu; der Kiel des Schiffes knirschte über den sandigen Grund. Der Kapitän sprang über Bord und platschte durch die seichten Wellen, stolperte auf Hände und Knie. Er stand wieder auf und taumelte auf den Strand, hinter dem fliehenden Jungen her. Auch Corban stieg aus dem Schiff. Er packte das Dollbord. Einen Moment hielt er inne, zu müde und zu schwach, um überhaupt einen Versuch zu wagen. Gisur und Floki sahen ihn auffordernd an. Eine Welle rollte heran. »Jetzt!« Die Welle hob das Schiff und trug es an Land. Die Männer gingen bloß nebenher; das Schiff war leicht wie ein Windhauch, bis die Welle es sanft absetzte.

Floki ging den abschüssigen Strand hinauf, ließ sich auf die Knie sinken und kippte vornüber, die Stirn auf dem Sand, die Hände hinter dem Kopf.

Ulf erschien mit einem Jungen und einem Mann, die beide hinter dem Hügel auf einem Gehöft lebten. Sie gingen dorthin und aßen so viel Kohlsuppe und Hammel, bis ihre Bäuche sich wie Trommelfelle spannten. Am nächsten Morgen ließ Ulf sie alles aus dem Schiff holen, was von der Ladung übrig geblieben war, um es zu überprüfen. Das meiste Tuch war durchnässt und verfilzt und nicht mehr zu gebrauchen, doch ein paar Längen waren trocken geblieben; die Schaffelle waren brauchbar, wenn auch ein wenig salzig. Ulf tauschte das verbliebene gute Tuch bei dem Bauern gegen zwei Ballen Schaffelle und Käse ein. Dazu packten sie Hammelfleisch und etwas Brot ein sowie einen großen Krug von der Suppe. Dann segelten sie in Richtung Süden. Sie hielten sich links von der Insel – auch von der nächsten, als diese südöstlich durch den Dunst am Horizont auftauchte.

Ulf wusste jetzt, wo er war. Glücklich saß er im Heck und steuerte, dabei trank er Kohlsuppe aus einer hölzernen Schüssel. Nachts legten sie in kleinen Buchten oder Meeresarmen an und schliefen auf dem Trockenen, mit Feuer und gebratenem Essen. Eines Tages glaubte Corban, die Küstenlinie wieder zu erkennen. Vermutlich segelten sie gerade an Jorvik vorbei.

Er dachte an Benna, als sein Blick der vertrauten Küstenlinie folgte. In Gedanken war er bei ihr und bei Grod und bei ihren Schwestern. Die kleine Familie in der Hütte.

Dann wieder ruderten sie gegen den Wind nach Süden. Schließlich nahm Ulf eine weitere Messung vor und änderte ihren Kurs genau nach Osten. Das Land verschwand außer Sicht. Floki begann wieder zu fluchen und zu schluchzen, doch noch vor Sonnenuntergang erschien im Südosten eine niedrige Küstenlinie. Die nächsten Tage segelten sie an weißen, sanft ansteigenden Stränden vorbei, die allmählich in Sümpfe und Sumpfland übergingen. Schließlich machte das Land eine abrupte Kehrtwendung nach Norden.

Ulf stand auf, beschattete die Augen mit der Hand und blickte zur Küste hinüber. Unvermittelt schob er die Pinne auf die andere Seite und steuerte sie aufs Land zu. Die Küste war flach und nicht genau bestimmbar; Schilfgras lugte aus dem Wasser hervor, das in Pfützen zwischen Flecken sandigen Bodens stand. Das Land war flach; es gab nur eine einzige Erhebung, die eben und grasbewachsen war und sich geradewegs nach Süden erstreckte. Sie holten das Segel ein und die Ruder heraus. Ulf kam vom Heck, um in der zweiten Bank zu rudern.

»Seht ihr?« Er wies mit dem Kopf nach vorn. »Die Erdwälle? Denen folgen wir bis Hedeby.« Er legte sich in die Riemen, und Corban lenkte sie wieder vorwärts. Sie ruderten in einen Sumpf aus miteinander verwobenen Wasserwegen. Im Süden ging der Hügel in einen steilen, grasbewachsenen Vorsprung über, eine große Mauer, die genau nach Osten verlief.

Die ganze Zeit, während sie durch den Sumpf fuhren, rief Ulf Steuerbefehle aus. Sie folgten der Strömung ins Landesinnere; dann wendeten sie, sodass sie in die Mündung eines langsam dahinströmenden Flusses fuhren. Bald ruderten sie gegen die Strömung hinter einer Kette kleinerer und größerer Schiffe her, die langsam den Fluss hinaufgerudert wurden.

Über den grasbewachsenen Damm hinweg sah Corban ausgedehnte Felder, Vieh und Bauersleute bei der Arbeit. Am Abend schließlich gelangten sie an den Pier eines kleinen Städtchens.

Es lagen bereits Schiffe am Pier; keuchend und stöhnend steuerte Ulf sie ins ruhige Wasser zwischen dem Pier und den vorspringenden Wülsten der Erdwälle, die man im Süden erkennen konnte.

Hier fischte er eine im Wasser treibende Leine auf und machte sie fest. Sofort legte ein kleines Schiff vom Ufer ab und ruderte eilig auf sie zu.

»Das war's dann, Corban«, bemerkte Ulf.

Corban stand auf und besah sich die kleine Stadt mit ihren Holzhäusern. »Ist das Hedeby?« Er war erstaunt, denn der Ort sah noch kleiner aus als Dubh Linn.

»Nein, nein, das hier ist Hollandstadt.« Beiläufig streckte Ulf den Arm aus, griff mit der Hand hinter sich ins Heck und förderte einen klingelnden Lederbeutel zutage. Die anderen beiden Männer näherten sich. Gisur leckte sich die Lippen. Ulf meinte: »Hedeby liegt am Ende des Weges da vorn. Folgt den Erdwällen. Wenn euch jemand anhält, ruft ihr: ›Hoch lebe König Blauzahn.‹« Er steckte die Hand in den Beutel und holte Geld heraus.

Floki drängelte sich vor. »Ich müsste auch Odds Anteil bekommen.«

»Oh, du Abschaum. Hier, ich habe die Bezahlung für die gesamte Mannschaft. Teilt sie gleichmäßig unter euch auf.« Er zählte jedem die englischen Pennies in die Hand.

Mittlerweile hatte das kleine Schiff neben dem ihren beigedreht; im Heck saß eine dicke alte Frau, die sie erwartungsvoll beobachtete.

Gisur erhielt vierzig Pennies, Floki ebenfalls, und Ulf zählte vierzig Pennies auch in Corbans Hand. Als er damit fertig war, hob er den Kopf und meinte: »Du hast es geschafft, uns da durchzubringen, Corban. Die anderen beiden werden wahrscheinlich in die Wirtshäuser gehen und prahlen, wie tapfer und stark sie gewesen sind, aber ich werde niemals vergessen, was du geleistet hast.«

Corban stammelte irgendetwas; er wusste nicht, was er

sagen sollte. Unter den Blicken der anderen war ihm unbehaglich. Gisur klopfte ihm auf die Schulter.

»Mit dir würde ich überallhin segeln.«

Corban spürte, dass seine Wangen glühten, als hätte er sich in der Sonne verbrannt. Er schüttelte Gisur die Hand, dann Floki und schließlich Ulf. Der Kapitän beugte sich zu ihm und senkte die Stimme.

»Sie hätten mich getötet. Ich meine es ernst, Corban. Das werde ich dir nicht vergessen.«

Corban lachte. »Du bist viel zu zäh, Ulf. Du stirbst nicht so leicht.«

»Fahrt ihr nun mit oder nicht?«, keifte die dicke Frau aus ihrem Schiff heraus. Die Männer stiegen in das kippelige, flachbödige Fahrzeug, und die Dicke ruderte sie hinüber ans Ufer. Ulf und die anderen Männer marschierten schnurstracks in die Schänke. Corban schlief in dieser Nacht im hohen Gras am Fuße des Erdwalls.

Am nächsten Morgen machte er sich auf, dem Weg zu folgen, der nach Osten aus dem kleinen Ort hinausführte. Das Gehen fühlte sich seltsam an. Immer noch schaukelte der Boden sanft unter seinen Schritten. Um ihn herum waren weitere Leute unterwegs. Nachdem er so lange nur mit Ulf, Floki und Gisur zusammen gewesen war, konnte er den Blick nicht von den Gesichtern der Fremden abwenden. Er überholte einen großen Wagen, hoch beladen mit Fässern und Ballen, der von einem Zweiergespann stämmiger Pferde gezogen wurde und ebenfalls nach Osten unterwegs war. Andere Wagen rumpelten in der entgegengesetzten Richtung an ihm vorbei und wirbelten Staubwolken auf. Er hielt sich an den Rand des breiten Weges, wo die Luft besser war. Der hohe, gleichmäßig geformte Erdwall verlief parallel zu dem Weg; im Wind wogte das darauf wachsende, lange Gras.

Wie brauner Dreck hing jetzt Rauch in dichten Schwaden in der Luft. Das Rattern und Quietschen der Wagen dröhnte in seinen Ohren. Er schritt inmitten eines großen Gedränges von Hufen und hölzernen Reifen, unter den Rufen von Männern, Geschrei und Gebrüll und hie und da dem Knallen einer Peitsche. Der Weg führte ihn geradewegs in den braunen Dreck hinein.

Voraus traf der Erdwall abrupt auf einen weiteren hohen, mit Gras bewachsenen Wall, durch den ein Tor hindurchführte.

Als er an das Tor von Jorvik und den Ärger dachte, den er sich dort eingehandelt hatte, verhielt Corban kurz seine Schritte. Er fühlte sich wie ein Hase auf der Flucht. Das Geld, das Ulf ihm gegeben hatte, war in einem Zipfel seines Mantels versteckt; er schlang sich die rotblaue Wolle um und schnallte den Gürtel enger. Mit langen Schritten ging er schließlich weiter. Er erinnerte sich daran, was Ulf gesagt hatte – dass sie »Hoch lebe König Blauzahn« rufen sollten.

Niemand hielt ihn auf. Er ging geradewegs durch das Tor, an einem Trupp Wachmänner sowie an einer Reihe Wagen vorbei, die angehalten worden waren, und hinein in die Stadt.

Der Lärm und der Gestank trafen Corban unvermittelt. Er trat aus dem Tor heraus auf einen hölzernen Gehweg zwischen Häuserreihen aus dick mit Lehm verschmiertem Flechtwerk. Kamine spuckten Rauch in die hohe schmutzige Luftschicht darüber. Alle paar Meter kreuzten weitere Gehwege den hölzernen Pfad, dem Corban folgte. Auf diesen Wegen wimmelte es von Menschen.

Ein großer Mann mit einer Pelzmütze brüllte etwas in einer Sprache, die Corban nie zuvor gehört hatte. Überall um ihn her brachen die Menschen in Gelächter aus. Corban roch Abfall und Fäkalien und den nach fauligem Seegras stinkenden Strand. Er machte einen weiten Bogen um zwei Frauen, die sich Nase an Nase gegenseitig anschrien. Ihre langen blonden Zöpfe sträubten sich. Die Menschenmassen um ihn her nahmen ihm beinahe die Luft zum Atmen. Mit großen Augen ging er weiter und sah sich staunend um. Auf einem ausgedehnten Platz führte ein Mann in einer roten Jacke einen Bären an der Leine; als Corban vorbeiging, erhob der Bär sich, schwenkte die Vorderbeine und hob abwechselnd die Tatzen, wie bei einem Tanz. Die gaffende Menge kreischte vor Vergnügen. Der Bär klappte die Kiefer auseinander und ließ die Zunge heraushängen.

Corban kam an einem Marktstand vorbei, an dem Kohlköpfe und Zwiebeln berghoch aufgestapelt feilgeboten wurden; reihenweise hingen Enten an ihren gelben Füßen herab. In den großen Gebäuden, die sich zu beiden Seiten dicht an dicht aneinanderreihten, schrien und lachten die Menschen. Corban brachte es nicht fertig, stehen zu bleiben. Die Stadt war riesig. Er war bereits einen halben Tag im Innern des Tores, so kam es ihm vor, und hatte noch keine Stelle zweimal gesehen.

Schließlich trat er zwischen den Gebäuden hervor und stand am Wasser, an einer Bucht vielleicht, einem Meeresarm oder einem breiten Fluss, gesäumt von Piers und Schiffen. An den Piers stapelten sich die Waren, ähnlich der Fracht, die Ulf hierher gebracht hatte: Schaffelle und Tuch, stapelweise Häute, kleine Fässer, Truhen und Säcke. Manche wurden auf die Schiffe getragen, manche auf Wagen verladen, die in einer Reihe auf den Piers standen.

Corban ging weiter und weiter, den unter seinen Schritten hallenden, hölzernen Gehweg entlang, an Bergen verschiedenster Waren vorbei. Auf einem der langen, hölzernen Piers entluden Reihen von Sklaven ein Schiff. Säcke mit Gütern flogen von Hand zu Hand, bis sie auf einem wachsenden Haufen neben dem Gehweg landeten; einer der Säcke hatte einen Riss, sodass ein Rinnsal gelben Korns herausrieselte. Daneben stand ein Mädchen in einem langen, blauen Gewand. Ein schwarz glänzender Vogel saß auf ihrer Schulter und kreischte Corban an.

Allmählich nahm er noch etwas wahr, zusätzlich zum Gebrüll und Getöse der Stadt. Er strengte sein Gehör an, um es genauer auszumachen, wobei er schneller ausschritt. Corban glaubte, eine einzelne Stimme zu hören, die etwas sang, und hatte den Eindruck, die Stimme seiner Schwester zu vernehmen.

Eine Welle der Erregung durchströmte ihn. Er drehte den Kopf hierhin und dorthin, versuchte, die singende Frau besser zu hören. Im Eiltempo trugen seine Füße ihn voran, erst in eine Seitengasse, dann einen anderen Weg entlang. Der Gesang wurde immer lauter. Corbans Herz raste. Er rannte jetzt. Diese Stimme elektrisierte ihn. Mav!, dachte er. Mav! Der Stadt gegenüber blind, und taub gegenüber dem Lärm, hörte Corban nichts als diese Folge von Tönen. Sie führten ihn vom Hafen weg über einen schmalen Weg bis an ein hohes Tor, das nicht aus Weißdornzweigen gearbeitet war; hier waren Pfähle in den Schlamm getrieben worden. Hinter diesem Tor erklang die Musik … die Stimme seiner Schwester.

»Mav!«, rief Corban, trat zurück, lief auf das Tor zu und sprang. Er bekam die Oberkante mit den Händen zu fassen und zog sich empor. Sein Herz schlug so heftig, dass es ihm in den Ohren dröhnte. »Mav!« Er ließ sich in einen Innenhof fallen. Die Menschen dort drehten sich um, ließen ihre Arbeit stehen und liegen und starrten ihn an. Corban stürzte über den Hof auf das Herrenhaus zu, dessen doppelflügelige Türen offen standen.

Tränen strömten ihm übers Gesicht. Er eilte in das Haus, in die plötzliche Düsterkeit, und wandte sich den geschlossenen Türen eines Schrankbettes an der Wand zu; er wusste zwar, dass die Leute um ihn herum sich versammelten, dass sie ihn beobachteten und flüsterten, doch er bemerkte sie kaum; in dem großen, alles verwirbelnden Chaos um ihn her war nur Mavs Stimme von Bedeutung. Er zog die Türen des Schrankbettes auf. Durch die so geschaffene Öffnung warf sie sich nach vorn und in seine Arme.

12

Sie war so dünn und leicht wie Rauch. In dem eingefallenen Gesicht wirkten ihre Augen riesig, als würden sie überquellen. Sie hielt ihn ganz fest, ließ ihn nicht los. Die Arme um ihn geschlungen, drückte sie sich an ihn, als könne er sie in sich aufnehmen, sie gleichsam in seinem Innern verbergen. Ihre Arme waren dünn wie Stöcke, die Handgelenke erschreckend knochig und zerbrechlich.

Das Kind in Mavs Leib strahlte Hitze ab wie Feuer in einem Kessel.

Sie weinte und weinte, und Corban hielt sie, wiegte sie, sagte ihren Namen und streichelte ihr Haar. Irgendwann wurde er sich der Gegenwart der Frau bewusst, die neben ihnen beiden stand und sie beobachtete.

Er hob den Blick, um sie anzusehen. Im Dämmerlicht hatte er Schwierigkeiten, sie deutlich auszumachen; er konnte nicht erkennen, ob sie alt oder jung, hübsch oder nichtssagend war. Wie eine Maske schien ihr Gesicht vor ihm zu schweben.

»Willkommen, Corban.«

»Woher kennt Ihr mich?«, entfuhr es ihm.

»Sie singt seit Monaten von dir.« Die Frau ließ ihn nicht aus den Augen, setzte sich auf einen Hocker ihm gegenüber. »Ich kenne dich sogar sehr gut.«

Ein Angstschauer überlief ihn. Er klammerte sich an seine Schwester, so wie sie sich an ihn klammerte. »Was fehlt ihr?«

»Ihr Geist ist gebrochen«, erklärte die Frau. Sie erschien jetzt älter, als er sie noch einen Augenblick zuvor eingeschätzt hatte. »War sie immer schon seltsam?«

»Sie hat tiefe Gefühle…« Er hielt sie; unvermittelt überwältigte ihn erneut der Gedanke, dass er Mav endlich gefunden hatte. Er schloss die Augen, legte seine Wange an ihr Haar und spürte ihren Körper an seinem; ihr Gewicht, ihre Wärme, ihre Berührung – alles war wieder da, was ihm entrissen worden war. Er gab sich dem Gefühl hin, wieder eins zu sein mit Mav.

Die Stimme der Frau brachte ihn in die Wirklichkeit zurück. »Sie weiß viel. Bestimmt hat sie immer schon mehr gewusst, als sie euch Narren hat wissen lassen. Doch jetzt ist ihr Geist gebrochen, und was sie weiß, fließt hinein und hinaus wie die Brandung des Meeres.«

Sie streckte die Hand aus, um Mavs Wange zu berühren. Mav schauderte vor ihr zurück und stieß im Zurückweichen gegen Corbans Schulter. Die Frau kicherte.

»Sie weiß es, siehst du? Sie weiß zu viel.« Die Frau stand auf und raffte ihre Röcke aus hauchdünnem Tuch, das schimmerte, wenngleich kein Licht schien. »Wir werden reden, du und ich, Corban.«

»Nein«, brachte Mav heraus. »Ihr könnt ihn nicht haben.« Sie brach in Tränen aus.

»Na gut, dann du eben auch«, erklärte die Frau und lächelte. Sie ging davon, an das entfernte Ende des Hauses. Mav auf dem Arm, stand Corban auf und folgte ihr.

»Ich habe versucht, ihr zu helfen.« Mit diesen Worten setzte die Frau sich auf einen Hocker, der mit gefärbtem Leder bezogen war. Sie saßen am anderen Ende des Hauses im Halbschatten; dort hatte die Frau einen Platz für sich, neben ihrem eigenen Schrankbett. Obgleich es keine Wände gab, erschien diese Stelle wie abgeschnitten vom Rest des Raumes. Mit den Fingern berührte die Frau die Dochte der Lampen um sie herum, worauf die Flämmchen aufloderten. Es machte nicht den Eindruck, als wäre es wirkliches Licht; man sah nur ein schwaches Leuchten, das die Oberflächen schimmernd glänzen ließ. Die Frau schien jetzt sehr jung zu sein, nicht älter als Mav, und sehr schön.

Der Boden war mit einem fantastisch bedruckten Tuch bedeckt. Corban setzte sich darauf, seine Schwester auf dem Schoß. »Wer seid Ihr?«, fragte er.

»Ich bin die Herrin von Hedeby. Mehr brauchst du nicht zu wissen.«

»Es… gibt einen… König.« Mavs Stimme klang heiser, und stoßweise brachen die Worte aus ihr hervor, wobei sie das Gesicht verzerrte. Sie schlang die Arme um Corbans Hals.

»Es gibt immer einen König.« Die Herrin nahm einen runden Reif vom Arm und warf ihn zwischen ihnen auf den Boden.

Corban beugte sich vor, um sich den Armreif genauer anzusehen, der auf dem bunten Tuch größer wurde. Er schimmerte in dem schwachen Licht. Im Innern des Reifs sah man Wasser plätschern und die schroffen, dunklen Konturen von Landstrichen.

»Dies ist der Weltenring«, erklärte die Herrin. »In seiner Mitte liegt das Meer, über das wir von Ort zu Ort segeln können. Alle Plätze dieser Welt liegen darum herum. Hedeby ist hier. Dort ist Jorvik.« Sie zeigte darauf. Corban hatte den Eindruck, nur einen Augenblick die ganze Stadt, winzig und doch deutlich, unter ihren Fingern entstehen zu sehen: winzige Häuser, eine Miniaturkirche und selbst Eriks königliches Anwesen, klein wie eine Ameise auf dem Deich. »Hier ist Island, und hier…«, ihre Hand bewegte sich nach Nordosten, und Corban erkannte darunter eine Küstenlinie mit unzähligen Inseln und Fjorden, »… ist Norwegen.«

Einen Augenblick wünschte er sich, sie würde ihre Hand über den westlichen Rand halten, damit er sehen konnte, was dort war. In ihrem Ring lag hinter Island nichts als das Meer.

Er hob den Blick und sah sie an. »Warum zeigt Ihr mir das?«

Auch die Herrin sah auf. Einen Moment war sie verhutzelt und alt, dann plötzlich wieder schön. »Glaubst du, ich lasse dich hier heraus, mit ihr auf dem Arm, ohne etwas dafür zu verlangen?«

»Ich gebe dir alles. Ich habe Geld.«

»Ich besitze mehr Geld, als du dir jemals vorstellen könntest. Ich will, dass du für mich eine Aufgabe erledigst.«

»Nein.« Das war Mav.

Corban warf ihr einen langen Blick zu. Sie war erschreckend dünn geworden. Ihr Gesicht war bleich wie der Mond. Der dicke, sich rundende Bauch schien das Einzige an ihr zu sein, das heil war. Sie legte den Kopf an seine Schulter und schloss die Augen.

Er blickte wieder zur Herrin. »Ich werde alles tun.«

Die Frau vor ihm nickte lächelnd, als hätte sie schon immer gewusst, dass es so geschehen würde. Der Hals wurde ihm eng. Er hatte Angst. Corban selbst besaß keinerlei Macht; seine Schwester war diejenige von ihnen, die Macht besaß – und seine Schwester starb in seinen Armen.

Er hatte sie zu spät gefunden. Er hatte sie nicht gerettet. Vor Mitleid und Angst brach ihm beinahe das Herz. Sie war bereits nur noch ein Schatten ihrer selbst; sie konnte nicht zu ihm sprechen, gab nur unverständliche Laute von sich, mit zuckenden Händen und großen Augen, in denen das stumme Flehen lag, von ihm verstanden zu werden. In ihrem Leib wuchs das Kind eines Wikingers heran – einer jener Männer, die ihrer beider Familie ermordet hatten.

»Du siehst hier den Weltenring. Hör mir jetzt gut zu, ich muss dir einige Dinge deutlich machen. Du hast vor Blutaxt gestanden und kennst ihn ein wenig.«

Mav zitterte in Corbans Armen. Sie schien eingeschlafen zu sein. »Ja.«

»Blutaxt war einst König von Norwegen. Er war der Lieblingssohn seines Vaters, Harald mit den schrecklichen Haaren, der alle norwegischen Fürsten und Grafen und Adelsleute unter seine Herrschaft gebracht hat, ob sie wollten oder nicht. Das war vor ein paar Jahren. Von allen seinen Söhnen – und er hatte viele – liebte Harald Blutaxt am meisten und ernannte ihn zu seinem Nachfolger. Doch er wusste nicht, dass er einen tüchtigeren Sohn hatte, ein Kind der Liebe, das er nach England geschickt hatte, damit es dort bei Pflegeeltern aufwuchs. Dieser Sohn war Hakon Aethelstansfostri. Als Harald starb und Erik Blutaxt König von Norwegen wurde, erschien Hakon und vertrieb ihn. Jetzt ist Hakon der Herrscher.«

Corban dachte zurück an den dicken, habgierigen König in Jorvik. »Erik Blutaxt scheint mir kein geeigneter Herrscher zu sein. Vielleicht hatte er es nicht besser verdient.«

»Nun ja«, meinte die Herrin mit blitzenden Augen. »Wie immer du es sehen magst – ich will, dass du zu ihm gehst und ihn davon überzeugst, dass er wieder König von Norwegen sein sollte. Sorg dafür, dass er Schritte in diese Richtung unternimmt.«

»Ich?« Corban schreckte auf. »Wie soll ich das anstellen?«

Die Herrin lächelte ihn an. Ihre Augen strahlten. Sie erinnerten ihn plötzlich an die violetten Juwelen an der Brust von König Erik Blutaxts Ehefrau. »Du wirst als mein Unterhändler auftreten, wirst für mich kaufen und verkaufen. Das wird dir einen Platz bei Hofe sichern. Ich gebe dir Waren mit und Geld. Ich besitze ein Haus in Jorvik, das kannst du benutzen.« Ruckartig beugte sie sich vor; mit einer fließenden Handbewegung nahm sie den Armreif wieder auf. Als sie ihn über ihre Hand schob, schrumpfte der Reif auf den Umfang ihres Armes zurück.

»Das kann ich nicht«, erklärte er. »Ich wüsste nicht, wie.«

»Du hast das fährtenlose Meer überquert, um deine Schwester zu finden. Ich bezweifle, dass du dabei vorher gewusst hast, was zu tun war. Um deine Schwester jetzt zu retten, wirst du einen Weg finden, wie du mir gehorchen kannst.« Sie nickte. Er konnte sie in der Dunkelheit kaum erkennen. Eines nach dem anderen verlöschten die kleinen Lichter »Ich werde sie hier behalten. Durch sie erfahre ich alles, was du tust. Wenn du zurückkehrst und getan hast, was ich dir aufgetragen habe, darfst du sie mitnehmen.«

Mav wimmerte im Schlaf. Corban lehnte den Kopf gegen ihr Haar, hielt sie liebevoll im Arm. Er konnte den Gedanken nicht ertragen, sie wieder verlassen zu müssen.

»Ich werde es tun.«

»Sehr gut. Komm jetzt, du musst hungrig sein. Vielleicht wird sie ebenfalls etwas essen, jetzt, da du hier bist.«

Er ist gewöhnlich, dachte sie bei sich, ein Mann wie jeder andere – gut gebaut zwar, breitschultrig und stark, mit lockigem braunem Haar und offenem Gesicht –, aber dennoch gewöhnlich. Und doch besaß er eine Eigenschaft, die sie nicht einordnen konnte. Er schien so klar wie reines Wasser zu sein; genau das war der Grund dafür, dass er Gunnhild entkommen war.

Er würde Gunnhild nicht wieder entgehen. Wenn er nach Jorvik zurückkehrte, würde Gunnhild ihn sofort in Verdacht haben.

Die Herrin beobachtete die beiden, wie sie im Hof im Sonnenlicht zusammensaßen. Mav saß weiterhin auf seinem Schoß, die Arme um seinen Hals. Corban brach Stücke von dem Brot ab, tunkte sie in Honig und fütterte seine Schwester damit. Sie sang jetzt nicht. Was sie wusste, war weggeschlossen, über und um ihren Bruder gefaltet – diesen unwissenden, schlichten, gewöhnlichen Mann.

Die Herrin schüttelte ein plötzliches Unbehagen ab. Er hatte nichts, woran sie sich halten konnte, keinen Ehrgeiz, keinen Stolz, keine Gier – nur diese fremdartige Klarheit.

Sie würde ihn so formen, dass er ein Werkzeug in ihrer Hand war. Sie beobachtete ihn, wie er seine Schwester mit einem winzigen Stück Brot fütterte. Das Mädchen lachte;

einen Augenblick lang ging es ihr wieder gut. Sogar ihre Augen funkelten in der wächsernen Blässe ihres Gesichts.

Sein Erscheinen hatte alles verändert: Durch die Schwester hatte die Herrin den Bruder vereinnahmt. Und wenn er ihr erst gehorchte, wenn er tat, wie sie ihm aufgetragen hatte, würde sie durch ihn endlich Mav einnehmen, die ihr auf so unerklärliche Weise widerstanden hatte und die der viel größere Gewinn von beiden Geschwistern war. Entzückt strich die Herrin sich das Kinn.

Die Herrin gab ihm einen roten Mantel, der ihm bis an die Knie reichte – ein sehr schönes Kleidungsstück mit schmuckvoller Goldstickerei und Pelzbesatz. Sie sprach zu ihm über das Kaufen und Verkaufen, gab ihm Schlüssel, die Kerbhölzer und ein Gestell voller Perlen, das sie Abakus nannte.

»Schau, ob du etwas damit anfangen kannst. Es kommt aus dem Osten, weit aus dem Osten. Ich habe kein Interesse daran, doch es gibt manche, die es nützlich finden.«

Sie gab ihm eine gefüllte Geldbörse. »Ich bezweifle, dass du mehr brauchen wirst als das hier. Und was ein Schiff angeht…«

»Ich besitze ein Schiff«, sagte er.

Sie blinzelte ihn an. Er sah, dass er sie überrascht hatte. »Doch um es benutzen zu können, werde ich danach schicken müssen. Es liegt am westlichen Ende des Weges, in Hollandstadt.«

»Tu das«, erwiderte sie. »Hollandstadt, natürlich – dort bist du durchgekommen. Dann brauchst du Wagen, um die Ladung zu transportieren. Ich gebe dir Eisen mit. Erik benötigt immer Eisen. Und einige andere Dinge.«

Damit nahm sie ihn mit in ein Zimmer, das von den anderen abgegrenzt war. Es besaß eine große Tür und ein festes Schloss. Mit einer Berührung öffnete die Herrin das Schloss, und sie gingen hinein. Die Herrin entzündete ein

Licht zwischen ihren Händen und hängte es an einen Dachsparren.

»Zuerst musst du dich Erik vorstellen. Tue das bei Tageslicht. Dann suche einen Mann mit Namen Arinbjorn auf.«

»Ich habe ihn getroffen, als…« Er unterbrach sich. Mit gerunzelter Stirn hatte die Herrin sich ihm zugewandt; sie schien wieder überrascht.

»Als ich Erik gesehen habe«, versuchte Corban zu erklären, »war er dort. Vielleicht hat Mav es nicht gewusst.«

»Nein«, stimmte sie nachdenklich zu. »Da ging es nur um Gunnhild.«

»Was ist mit ihr?«

Die Herrin nahm eine Schachtel von einem Regal und stellte sie unters Licht. »Sie ist eine dänische Prinzessin aus einem sehr alten, edlen und mächtigen Herrscherhaus. Als sie noch sehr jung war, haben sie die Macht in ihr gesehen und sie zu den Finnen geschickt, damit sie Zauberei lernt. Die Finnen kennen alte Zaubereien, die wir anderen längst vergessen haben… falls wir diese Fähigkeiten überhaupt je besaßen.« Sie klappte den Deckel der Schachtel auf. Das Licht brach sich und tanzte auf funkelnden Juwelen. »Dann hat sie Blutaxt geheiratet, den sie beherrscht.«

Ein Schauer durchrieselte Corban. Er erinnerte sich an Gunnhild und daran, wie sie ihn gemustert hatte. Er betrachtete die Frau vor sich und dachte an seine Schwester – er fragte sich, ob es ein Netz solcher Frauen gab, über die ganze Welt gespannt, ein weiblicher Quell des Wissens über alles, was die Menschheit tat. Er hob den Blick und merkte, dass die Herrin ihn lächelnd ansah.

»Gib das hier Gunnhild. Es wird ihren Zorn auf dich mildern. Sie hat eine Vorliebe für solche Dinge.« Sie nahm ein Dutzend Stücke bunten Lichts und ließ sie in Corbans gewölbte Hände fließen. Er spürte sie kühl und zugleich feurig an den Fingern, wie Tausende eisiger Nadelstiche.

»Wie soll ich mit ihr umgehen?«

»Du wirst schon einen Weg finden. Sie ist durchtrieben, aber noch jung und sehr eitel.«

Er hatte Angst; es lag ihm auf der Zunge, ihr zu sagen, dass er keine Macht besaß, doch wieder betrachtete sie ihn amüsiert, und so sagte er nichts, sondern wandte den Kopf in Richtung Saal, in dem Mav lag und schlief.

»Schick nach deinem Schiff in Hollandstadt. Ich besorge einen Wagen für das Eisen und die anderen Güter.« Wieder saß er bei seiner Schwester. Bei ihr fühlte er sich geborgen. Manchmal reichte es ihm schon, sie einfach gefunden zu haben.

Mav schlief. Sie schien es leichter zu haben jetzt; sie stürzte sich nicht mehr in wilde Verzweiflung, wenn sie erwachte und er nicht bei ihr war. Während sie schlief, probierte er seinen neuen Mantel an. Der Mantel war schwer und warm. Er legte ihn wieder ab, verstaute ihn bei den anderen Dingen, die die Herrin ihm gegeben hatte, und hängte sich seinen alten Mantel wieder um. Dann trat er hinaus auf die hölzernen Gehwege von Hedeby.

Es dauerte nicht lange, und er hatte sich verlaufen.

Er ging einen Gehweg zwischen zwei Häuserreihen entlang, deren mit Pech verschmierte Dächer sich fast bis hinunter auf seinen Kopf neigten. Auf dem First eines Hauses saßen Bussarde. Sie streckten die Flügel mit den weißen Spitzen aus, um die Sonnenwärme aufzunehmen. Die nächste Gasse gehörte den Schlachtern. Sie war voll von blökendem Rindvieh und dem Gestank nach warmem Blut. Die Menschenmengen verunsicherten ihn. Stimmen tönten in seinen Ohren – in Sprachen, die er nie zuvor gehört hatte. Doch mit der Zeit fühlte er sich sicherer inmitten der Menschenmassen. Wenn sie alle Fremde waren, war er lediglich ebenso fremd; hier würde ihn niemand beachten, egal was er tat.

Er sah drei Akrobaten in hell leuchtender Kleidung zu, die mit schwindelerregender Schnelligkeit Bälle in die Höhe warfen. Dann sprangen sie selbst hoch in die Luft, wirbelten umher und liefen auf den Händen. Die Menge jubelte und lachte und warf ihnen Geld zu. Auch Corban warf einen seiner silbernen Pennies und kam sich dabei sehr nobel vor.

Im Hafen sah er Schiffe, die durch das ruhige Wasser zu den Anlegestellen gerudert wurden, und beobachtete die Sklaven beim Löschen der Ladung. Faules Obst trieb auf dem schmutzigen Wasser im Hafenbecken; Corban sah, wie sich ein paar Hunde am Rand des Wassers um irgendetwas balgten. Als er sah, was es war, wich er schaudernd zurück, und ihm drehte sich der Magen um: Es war ein Neugeborenes.

Mit heftig klopfendem Herzen ging er davon. Das ist ein schlechtes Zeichen, dachte er, und seine Gedanken schweiften zu Mavs Kind – gezeugt von den Männern, die seine Familie gemordet hatten. Ihm kam die Galle hoch. Er fragte sich, warum Mav das Kind überhaupt liebte. Er hätte es ins Hafenbecken geworfen, wie den armen Säugling, den er vorhin dort gesehen hatte.

Doch Mav liebte das Kind tatsächlich. So schnell, wie Corbans Wut gekommen war, verrauchte sie auch wieder. Er konnte ohnehin nichts dagegen tun. Er würde das Kind ebenfalls lieben.

In der nächsten Gasse trat eine Frau auf ihn zu und versperrte ihm den Weg. Sie trug ein rotes Gewand und hatte ein falsches Gesicht über ihr wahres Antlitz gemalt. Den Kopf schräg gelegt, lächelte sie Corban an. »Hallo, schöner Mann, kommst du mit mir?«, fragte sie und fügte etwas hinzu, bei dem ihm beinahe die Augen übergingen.

Sie prustete vor Lachen, als sie ihn bis zum Haaransatz erröten sah, streckte den Arm aus und packte ihn an den Genitalien. Er sprang zurück und starrte die Frau entsetzt an. Wieder lachte sie und zeigte mit dem Finger auf ihn. Einen Moment überlegte er, mit ihr zu gehen, was der Frau nicht entging, denn in ihren dunklen Augen leuchtete es auf. Doch unvermittelt kam Benna ihm in den Sinn, und er wandte sich ab.

Höhnisch lachte die Frau ihm hinterher. Im Weggehen blickte Corban über die Schulter auf sie. Unter seinem Mantel ließ er die Hand über seine Männlichkeit gleiten, die noch von ihrem Griff schmerzte. Er fragte sich, wie es wohl sein würde, bei einer Frau zu liegen, die er nicht kannte und nie wiedersah; eine Frau, mit der er machen konnte, was er wollte. Unter seiner Hand pulsierte es hungrig.

Er hätte mit ihr gehen sollen. Er war froh, es nicht getan zu haben.

Mit diesen Überlegungen ging er in die nächste Schänke. Der Bursche, der ihn bediente, hatte einen winzigen Mann auf der Schulter sitzen, ganz mit Haaren bedeckt und mit einem langen, sich ringelnden Schwanz. Corban fiel bei diesem Anblick die Kinnlade herab. Der Wirt lachte. Er hob den Arm und tätschelte den winzigen haarigen Burschen, der in einer fremden Sprache plapperte. Corban leerte den Krug Ale auf einen Zug.

Die Welt ist seltsam, ging es ihm durch den Kopf, und ich weiß kaum etwas über sie.

Das Ale bewirkte, dass er sich besser fühlte, als er seinen Weg fortsetzte, und hob seine Laune. Er sah sich nach weiteren interessanten Sehenswürdigkeiten um.

Er ließ sich über die Märkte treiben, an Tuchballen vorbei, an wollenem Zeug, dick und grob gewebt wie sein Mantel, und an so feinem Stoff, dass er den Eindruck hatte, er würde ihm unter der Hand zerreißen. Unter Planen, die im Wind flatterten, lagen Nüsse aufgehäuft, dazu Honigwaben und Tausende verschiedene Brotsorten. Corban kaufte sich einen runden, mit Fruchtstückchen gespickten Laib. Der Geschmack begeisterte ihn. In der nächsten Gasse verkaufte eine Frau unter einer großen grünen Plane Spielzeuge, Puppen und Bälle, Halsketten aus durchsichtigen und bernsteinfarbenen Steinen, geschnitzte Knochen und Hörner und ein Schachbrett mit Figuren aus glattem Stein, eine Seite schwarz, die andere weiß. Corban wagte nicht zu fragen, was diese Dinge kosteten, doch ihr Glanz zog ihn an.

Dann dachte er an Benna und ihre Schwestern, die solche Dinge nie besessen hatten. Hier konnte er sein Geld nützlich einsetzen. Er fand eine Halskette für Gifu, die aus leuchtenden, farbigen Perlen bestand, und einen hölzernen Kamm für Arre. Ein Geschenk für Benna zu finden war schwieriger. Nichts erschien ihm gut genug. Dann entdeckte er ein Tablett mit Scheiben aus schimmerndem Silber, eingefasst mit bemalten Metallblumen. Als er eine aufhob, um sie sich genauer anzusehen, erschien sein eigenes Gesicht als Spiegelbild in dem silbernen Kreis.

Er erkannte sich von Bennas Zeichnung wieder: Mavs Gesicht.

Der alte Mann hinter der Auslage sagte: »Diese Spiegel wurden in Miklagard der Großen gefertigt.«

Ja, ein Spiegel, dachte er erfreut. Benna soll einen Spiegel bekommen! Er kostete ihn beinahe alles, was er noch übrig hatte, doch er bezahlte es frohen Herzens.

»Sei vorsichtig damit«, legte der alte Mann ihm ans Herz. »Dein Spiegel bringt Glück, doch wenn du ihn zerbrichst, wird das Glück verschwinden.«

Corban wickelte den Spiegel in eine Falte seines Mantels und ging zurück zum Haus der Herrin von Hedeby.

Er war ihr Bruder, und er war nicht ihr Bruder. Sie saß da und sah zu, wie er seine Sachen packte, die Kleidung, die die Herrin ihm gegeben hatte, und die kleinen glitzernden Mitbringsel, die er für die anderen Leute gekauft hatte. Ihr Bruder von früher war wie ein Grashalm gewesen, der sich im Wind gebogen und sich stets auf sie gestützt hatte, seit sie Kleinkinder waren.

Dieser neue Bruder jedoch war stark. Nichts konnte ihn beugen. Mav hatte sich auf ihn gestützt, hatte einen Teil seiner Kraft in sich aufgenommen – genug Kraft, dass sie ihn jetzt davongehen lassen konnte, ohne zu verzweifeln. Dennoch fiel es ihr schwer. Es gab so viel, das sie ihm zu sagen hatte. Doch irgendwie konnte sie sich ihm nicht begreiflich machen.

Und ihr Kind wurde mit jedem Tag größer, freute sich an seinem Wachstum und konnte es kaum erwarten, das Licht der Welt zu erblicken, so unruhig bewegte es sich in Mavs Leib.

Schützend legte sie die Hände auf die Wölbung ihres Körpers. Die Herrin hatte in letzter Zeit zwar nichts davon gesagt, doch Mav wusste, dass die Herrin das Kind töten würde, wenn sie Gelegenheit hätte. Mav musste sie beide beschützen: den Mann, der hinauszog in die Welt, und das Kind in ihrem Leib. Dabei hatte sie kaum genug Kraft, auf den Beinen zu stehen.

Corban kam zu ihr und setzte sich neben sie. Er nahm ihre Hände. »Ich gehe jetzt.«

»Oh.« Sie zog eine Hand aus den seinen und klammerte sich an den Mantel. Eine Flut von Eindrücken überschwemmte ihren Kopf. Es waren zu viele, um allen eine Stimme zu verleihen, also sagte sie nichts weiter, hob nur den Mantel und barg das Gesicht darin.

Corban legte den Arm um sie und hielt sie an sich gedrückt. »Du musst dich schonen. Iss und trink und schlaf …«

Sie fing an zu weinen. Gib auf dich acht, Corban, dachte sie und sah tausend Feinde um ihn her, tödliche Blicke. Geh geradewegs auf dein Ziel zu. Doch ihre Zunge war wie gelähmt; sie brachte keinen Ton heraus.

»Ich komme zurück.« Er ließ sie los und nahm ihr Gesicht in beide Hände. »Ich komme zurück.«

Sei vorsichtig, dachte sie. In ihren Augen standen Tränen. Du bist gekommen, dachte sie. Du bist gekommen, um mich zu holen.

Dann war er fort, und sein Bündel war verschwunden,

ebenso der Mantel. Das Haus war leer, riesig, kalt. Sie saß auf dem Bett und spürte, wie der Raum um sie herum sich dehnte, sich bis ins Nichts verdünnte, als würde die Welt von ihr abfallen und sie in der Schwebe zurücklassen.

Sie schloss die Augen. Ihr war schwindelig. Durch Corbans Weggehen dehnte ihr Geist sich aus, bis er ihn erreicht hatte, und folgte ihm wie ein Schatten. Er war ins Königreich ihres Erzfeindes unterwegs, und sie war machtlos, konnte ihm nicht helfen – sie würde ihn sogar verraten, wenn sie sang und alles preisgab, was er tat und sagte. Benommenheit überkam sie. Sie schüttelte sich, schlug die Augen auf und sah das Haus um sich herum, die aufrechten Säulen, die horizontalen Balken … alles fest und gleichmäßig und massiv.

Und vor ihr stand, mit einem Lächeln, die Herrin von Hedeby.

13

Er träumte von dem dunklen Forst weit im Westen. Er träumte, dass er wieder dem Bachlauf in den Wald folgte, mit seinem alles übertönenden Vogelgesang und den fantastischen Kreaturen. Er ging den Bach entlang zwischen den Bäumen hindurch und suchte nach jemandem.

Jemand war vor ihm, lauerte auf ihn zwischen den dunklen Bäumen …

»Corban.«

Er regte sich und erwachte aus dem Traum; seine Glieder fühlten sich schwer wie wassergetränktes Holz an.

»Wir sind fast da«, erklärte Ulf. »Wir sind kurz vor Jorvik.« Corban gähnte und richtete sich im Bug des Schiffes auf, in dem er geschlafen hatte. Dieses Mal ruderte er nicht; Ulf hatte zum Rudern andere Männer angeheuert. Corban war lediglich Teil der Ladung; deshalb war er zu gelangweilt gewesen, als dass er hätte wach bleiben können. Er stand auf, kam vom Bug an Deck, streckte die Arme und blickte den Fluss hinauf.

Sie glitten zügig stromaufwärts, vorbei an Weidendickichten, aus denen die Zweige wie langes grünes Haar in dem braunen Wasser trieben. Der Frühling war gekommen und wieder gegangen; drückend lag der Sommer auf dem Land. Die Kronen der Bäume waren schwer von Blättern und Früchten, die Felder überwuchert mit Dornengestrüpp. Voraus beschrieb der Fluss eine Rechtsbiegung; Ulf war ins Heck zurückgekehrt, um das Schiff an der Wurzel eines großen Baumes vorbeizusteuern, der die halbe Fahrrinne versperrte. Eine Wasserschildkröte, die sich auf dem waagerecht liegenden Stamm in der Sonne aalte, ließ sich beim

Nahen des Schiffes ins Wasser gleiten. Vom Strand hinter der Wurzel erhob sich ein langbeiniger Vogel in die Luft.

Dann, als das Schiff um die breite Biegung des Flusses schwenkte, kamen der Kirchturm und die Dächer Jorviks in Sicht, am Ufer aufgereiht wie eine überdimensionale Rinde aus Dächern. Der Ort war rauchverhangen.

Corban fragte sich erneut, was die Herrin dort von ihm erwartete. Er hatte keine Ahnung vom Kaufen und Verkaufen; sein Auftrag sollte ihn lediglich nah an Erik heranbringen – so viel zumindest wusste er. Er erinnerte sich daran, wie die bloße Erwähnung eines weiteren Schiffshändlers ihn bei seinem ersten Eintreffen in Jorvik davor bewahrt hatte, gehenkt zu werden. Die Händler besaßen Macht; den Grund dafür wusste Corban nicht.

Sie näherten sich dem Flussufer von Jorvik. Corban ging zurück zum Bug und zog den vornehmen, roten Mantel aus seinem Bündel. Er faltete ihn auseinander, schüttelte ihn kräftig aus, um den Stoff zu glätten, und streifte ihn über. Seinen alten, rot-blauen Mantel knüllte er zusammen und stopfte ihn ins Bündel zu all den anderen Sachen.

Die Ruderer riefen irgendetwas und lehnten sich hinaus, um zu sehen, wie es vor ihnen aussah. Bei ihren ungleichmäßigen Schlägen begann das Schiff zu schaukeln. Ulf brüllte die Männer an, und sie machten sich wieder an die Arbeit, doch immer noch war ihr Geplapper zu vernehmen. Corban nahm den kleinen Lederbeutel mit den Juwelen aus dem Bündel. Er hatte eine Zeit lang überlegt, wie er sie der Königin präsentieren sollte, um ihre Gunst zu erkaufen, und ihm war eine Lösung eingefallen. Bevor er Hedeby verließ, hatte er ein Stück schwarzes Lammfell entdeckt, das er nun ebenfalls aus dem Bündel zog. Rasch schüttete er die Juwelen auf das ausgebreitete Fell und rollte sie darin ein.

Mit dem Bug voran näherte das Schiff sich der westlichen Uferseite des Flusses. Corban hoffte, dass sie Platz zwischen den anderen Schiffen fanden, und erhob sich. Erstaunt stellte er fest, dass keine anderen Schiffe am Ufer lagen, nicht einmal die Drachenboote des Königs.

Ulf rief ihm etwas zu. Corban setzte sich wieder und umklammerte das Dollbord. Die Ruderer sprangen über die Seiten und schoben das Schiff den Kiesstrand hinauf bis unter die steile, hohe Böschung des Deiches, auf der das Anwesen des Königs stand. Corban richtete sich auf.

Der Strand war fast leer, die Sklavenverschläge verfallen. Unter der steilen Böschung des Flussufers – dort, wo die Mannschaften der Besucherschiffe die Krüge hatten kreisen lassen und sich um ihre Feuerstellen herum warm gehalten hatten – war der Boden kalt und feucht. Ein paar Männer lungerten am Ende des Weges herum, der hinauf in die Stadt führte. Corban warf einen raschen Blick hinüber ans östliche Ufer, sah aber nichts als wild wachsende Bäume.

Ulf trat zu ihm. »Sieht aus, als wären wir die Einzigen hier. Das sollte deinen Handel erleichtern.«

»Warum sind sie weggefahren? Hier haben immer Schiffe gelegen.«

Ulf zuckte die Achseln. »Ich weiß es nicht. Das ist deine Sache. Soll ich das alles hier abladen lassen?«

»Weißt du, wo das Hedebyhaus ist?«

»Da oben, auf der rechten Seite der Gasse. Das lang gezogene Haus dort in der Mitte.«

Corban blickte in die Richtung, in die Ulf zeigte. Der Weg führte den Deich hinauf und weiter in die Stadt; auf dem erhöhten Grund gleich oberhalb des Flusses standen drei Häuser in einer Reihe; das Mittlere war größer als die anderen und sein Dach höher. »Ja, ich sehe es.« Er nahm den Schlüsselbund vom Gürtel und reichte ihn Ulf. »Schließ es auf, verstaue dort alles und warte auf mich.«

Wieder warf Corban einen raschen Blick aufs Ostufer, das dunstig unter einem Gewirr aus Weiden lag, die in sommerliches Dunkelgrün gewandet waren; dann ging er den Weg hinauf zum Anwesen des Königs.

Der rote Mantel war schwer und warm, doch er musste ihn jetzt tragen, wenn er dem König und Gunnhild begegnete. Die Herrin hatte ihm kaum etwas über Gunnhild erzählt – nur dass sie mächtig und eitel war. Corban dachte an ihre kalten Augen, den scharfen Blick, ihre brüchige Stimme. Die Füße wurden ihm schwer, als er mit dem Fell unter dem Arm den Weg hinaufstapfte. Erst der Gedanke an Mav brachte wieder Schwung in seine Beine, und er schritt schneller aus. Bring es hinter dich, sagte er sich. Schließlich hob Corban den Kopf. Vor ihm ragten der lange Giebel und das grüne Strohdach des Königshauses von Erik Blutaxt auf.

Ragnar stieß ein Heulen aus, packte den kleineren Leif an den Schultern und hob ihn vom Boden hoch. Am Tisch erklang wildes Gebrüll. Die meisten Männer waren mit Sweyn Aalmund unterwegs, daher hatte man die überzähligen Stühle beiseitegeschoben, um Platz für die Ringer zu schaffen.

»Beiß ihn, Leif!«

»Tritt ihn zwischen die Beine!«

Der blonde Leif wand sich in Ragnars riesigen Pranken, dann riss er ganz plötzlich die Beine hoch und trat Ragnar mit den Sohlen so heftig gegen die Brust, dass der große Mann ins Schwanken geriet. Leif tänzelte zurück.

»Schnapp ihn dir, Ragnar! Schnapp dir den kleinen Bastard!«

Erik griff nach seinem Becher. Neben ihm auf dem Thron hatte Gunnhild sich von den Kämpfen abgewandt. Mit einer Hand drehte sie unablässig eine Locke ihres langen, weizenfarbenen Haares. Erik streckte die Hand aus und streichelte ihre Hüfte.

Sie warf ihm einen Blick zu – einen dieser Seitenblicke, der ihn stets an eine Schlange erinnerte; er hatte jedes Mal das Gefühl, als würde sie mit ihren Augen zustoßen. Sie war wütend auf ihn, seit Tagen schon, wegen des Streits um England. Erik lächelte sie an, in der Hoffnung, sie wieder in bessere Stimmung zu versetzen, und strich ihr erneut über die Hüfte. Sie aber fletschte die Zähne, rückte von ihm ab und wandte ihm den Hinterkopf zu.

Erik schnaubte. Er würde sie später kriegen, im Dunkeln. Stattdessen wandte er sich Arinbjorn zu, der rechts von ihm saß.

»Ich habe Aalmund auf Raubzug geschickt. Wenn er zurückkommt, gibt's für dich hoffentlich einiges zu verkaufen.«

Arinbjorn lehnte sich zurück. Er blickte Erik nicht an, sondern tat so, als würde er sich für den Kampf interessieren. »Ich werde alles außer Landes anbieten müssen, um einen guten Preis zu erzielen.«

»Egal. Hauptsache, es bringt etwas ein«, meinte Erik. Ein Sklave trat auf ihn zu, verbeugte sich und trat unruhig von einem Fuß auf den anderen.

»Mein König …«

»Ja?«

»Corban Tunichtgut ist am Tor.«

»Wer?«, fragte Erik verdutzt.

Der Sklave duckte sich, als müsste er Schwerthieben ausweichen. »Er sagt, er kommt von der Herrin von Hedeby.«

Gunnhild wandte sich um. »Sag mir den Namen noch einmal.«

Der Sklave ließ den Kopf hängen, um sie nicht ansehen zu müssen. »Er sagt, sein Name ist Corban Tunichtgut, Königin.«

Erik warf Arinbjorn einen Blick zu und sah, dass auch dessen Interesse geweckt war. Erik fragte sich, was er verpasst hatte, und versuchte, sich an den Namen zu erinnern. Plötzlich schlug Gunnhild mit der flachen Hand auf den Tisch. »Dann ist er also wiedergekommen.

»Du kennst diesen Mann?«, fragte Erik. In der Mitte des Raumes warf Ragnar Leif mit einem Krachen zu Boden. Alle Männer brüllten und jubelten. Leif war allseits unbeliebt.

Gunnhild blickte Erik an und runzelte die Stirn. »Er war im Winter hier. Damals war er ein einfacher Mann vom Lande, auf der Durchreise, in einem Mantel, der nicht die Farben von König Kenneth trug und mit Geld von Jedburh, das nicht vom Erzbischof stammte.«

Erik knurrte. »Ich erinnere mich nicht.«

»Wirklich nicht?«

»Warum sollte ich mich an jeden Trampel erinnern, der vor mich hin tritt?«

»Er ist wieder hier – in ihrem Namen. Also ist er kein Trampel und war es auch nie.« Ihre Finger trommelten auf die Lehne des Thrones. Sie starrte Erik durchdringend an. Er mochte es nicht, wenn sie ihn so ansah, als würde sie jemand anderen lieber an seiner Stelle sehen. Sie wandte sich an den Sklaven. »Schick ihn herein.«

Ragnar schleifte derweil Leif durch den Saal. Die Männer zu beiden Seiten brüllten, stampften mit den Füßen und bewarfen die Kämpfer mit Knochen. Vom oberen Ende des Saales, an den beiseitegeschobenen Tischen und den grölenden Zuschauern des Kampfes vorbei, kam ein Mann in einem vornehmen, roten Mantel, ein breitschultriger junger Bursche mit dunklem Haar. Erik konnte sich nicht an ihn erinnern. Er wischte sich die Finger an seinem Bart ab. Wenn dieser Corban wichtig wäre, hätte er sich an ihn erinnert. Manchmal machte Gunnhild viel Lärm um nichts. Natürlich, sie und die Herrin von Hedeby kamen miteinander aus wie zwei Katzen in einem Sack.

Er beugte sich zu Arinbjorn hinunter.

»Wer ist das?«

Arinbjorn lächelte, doch sein Blick blieb an dem Mann im roten Mantel haften. »Wer weiß, woher sie diese Leute bekommt.«

Erik setzte sich wieder aufrecht hin. Er wünschte, er wüsste, was vor sich ging, und warf einen Blick auf Gunnhild, die mit zurückgelehntem Kopf dasaß und den Neuankömmling von oben herab musterte. Ihre Hände lagen auf den Donnersteinen um ihren Hals. Der Mann in dem roten Mantel trat an den Thron und verbeugte sich in der Hüfte. Hinter ihm ebbte der Lärm ab; selbst Ragnar beobachtete jetzt den Ankömmling.

»Mein König«, begann der Mann in dem roten Mantel. »Meine Königin.« Er richtete sich wieder auf und blickte von einem zum anderen. »Ich bin Corban Tunichtgut. Ich entbiete Euch die Grüße der Herrin von Hedeby, die mich hierher gesandt hat, um in ihrem Namen Handel zu treiben.«

Erik saß zurückgelehnt auf seiner Hälfte des Thrones. »Ich hoffe, du hast etwas mitgebracht, um uns ihrer Wertschätzung zu versichern.«

Corban stellte sich näher an den Tisch heran. Unter dem Arm trug er ein Bündel aus schwarzem Fell, aufgerollt mit der Lederseite nach außen.

»Für den König von Jorvik bringe ich sechs Stäbe aus Eisen, die meine Männer soeben entladen, dazu ein Geschenk an Euch von meiner Herrin. Für die Königin von Jorvik …«

Er legte das Fell auf den Tisch. Gunnhild beugte sich vor. Unwillkürlich war ihre Neugier geweckt; sie liebte Geschenke. Die um den Tisch sitzenden Männer erhoben sich halb aus den Sitzen, um besser sehen zu können. Gemurmel wurde laut. Mit einer Bewegung aus dem Handgelenk rollte der Neuankömmling das Fell aus.

Vor dem Hintergrund der dichten Schwärze funkelten die Juwelen wie lebendige Augen. Erik murmelte einen Fluch und streckte die Hand aus, um sie zu berühren, doch Gunnhild packte sein Handgelenk. Er zog die Hand zurück, um ihrem Griff zu entkommen. Sie beugte sich weiter vor, ließ den Blick über die Juwelen schweifen und suchte sich den größten Stein heraus, groß wie ein Ei und rot wie Herzblut. Sie hielt das Juwel in ihren langen Fingern.

Ihr Blick schweifte zu Corban Tunichtgut. »Du hast deinen Mantel vertauscht, Unschuldslamm. Wie ist es dazu gekommen?«

Falls der Ire sich vor ihr fürchtete, zeigte er es nicht. Er verbeugte sich erneut, doch als er sich wieder aufrichtete, sah er ihr geradewegs und fest ins Gesicht. »Ich diene der Herrin von Hedeby, Königin Gunnhild. Sie gab mir diesen Mantel.«

Erik ließ sich zurücksinken und stützte sich auf die Lehne des Thrones. Plötzlich fühlte er sich viel besser.

Er brauchte Eisen, und hier waren nun sechs Stäbe davon – für Schwerter, Helme und gepanzerte Rüstungen. Er benötigte noch viele andere Dinge, doch das Roheisen würde sie ihm beschaffen. »Willkommen in Jorvik, Corban Tunichtgut«, erklärte er deshalb freundlich. »Du darfst hier Handel treiben.«

Gunnhild warf ihm einen blitzschnellen Blick zu. Einen nach dem anderen nahm sie die Steine aus dem Fell, hielt jeden in der Hand, drehte ihn im Licht und legte ihn dann in ihre andere Hand. Erik sah, dass sie ihm nicht widersprechen würde, und wandte sich wieder dem Iren zu.

»Nur, dass du es weißt: Was immer du hier handelst, du bezahlst mir die Hälfte davon.«

Corban machte große Augen und blickte Erik jetzt voll an, ohne seiner Frau weiter Beachtung zu schenken. »Die Hälfte, mein König?«

»Was immer du kaufst oder verkaufst – ich bekomme jedes Mal die Hälfte.«

Er wartete auf Widerspruch, doch der Mann in dem roten Mantel zuckte lediglich die Achseln. »Ich bin hier, um zu handeln.«

»Gut.« Erik war erleichtert. »Du kannst gehen. Ich hoffe, du treibst viel Handel in Jorvik. Du wohnst im Haus der Herrin?«

»Ja.«

»Ich werde jeden Tag meine Männer dorthin schicken. Für meine Hälfte.«

»Gibt es Steuern in Hedeby, wenn man dort Handel treiben will, Ulf?«

Der Kopf des Kapitäns flog zu Corban herum. Sie standen in der Tür des Hedebyhauses, in das Ulf und seine Mannschaft die gesamte Ladung vom Schiff gebracht hatten.

»Natürlich. König Harald Blauzahn herrscht dort. Jeder zahlt Steuern an ihn.«

»Weißt du, wie viel?«

»Kommt darauf an, was du verkaufen willst. Normalerweise einen Penny von zehn.«

Corban blickte sich um. Er sah die Fässer vom Schiff an den Wänden entlang verstaut stehen. Die Eisenstäbe lagen auf ihrem eigenen Karren. »Tja, Erik will die Hälfte.«

Ulf schnaubte. »Deswegen ist niemand hier, um Handel zu treiben!«

Corban ging ein Stück weit in den langen, höhlenartigen Raum hinein. Das Haus war dunkel und roch schal, doch es war sauber. Ein von Asche bedecktes Feuer glühte in der Feuerstelle. Ulf folgte Corban. »Es waren ein paar Leute hier. Ich habe sie hinausgeworfen.«

»Aha.« Corban war nicht überrascht. Das Haus hatte eine Zeit lang leer gestanden, und jeder hätte dort einziehen können. Es schien in gutem Zustand zu sein. Sein Blick wanderte an den breiten, solide gebauten Bänken zu beiden Seiten vorbei, auf denen jetzt stapelweise Decken lagen. Auf den schweren, über Kopfhöhe angebrachten Dachsparren lagerten Ruder, Kisten und Holzplanken. Corban fragte sich, ob die Herrin das Haus mit einer Art Zauber in Schuss hielt.

Mit der Hand berührte er leicht den roten Mantel.

Er mochte das Gefühl, das dieser Mantel ihm verlieh: Er kam sich darin reich, wichtig und angesehen vor. Das würde

Benna und ihren Schwestern imponieren. Corban dachte daran, wie aufgeregt sie sein würden, wenn er wieder bei ihnen auftauchte, und wie er sie mit seinen Geschenken begeistern würde.

Er ging zu seinem Bündel, holte die Sachen heraus, die er für sie gekauft hatte, und verließ das Haus.

Die Sonne versank bereits im Westen. Corban ging den Weg den Abhang hinunter bis ans Flussufer. Die Stadt erschien ihm ruhiger, als er sie in Erinnerung hatte; die Gassen waren leer. Bei vielen Häusern, an denen er vorbeikam, waren die Fensterläden geschlossen. Er traf auf ein paar Leute, die sich in einem Eingang stritten; ein fliegender Händler kam ihm entgegen, der einen Korb appetitlich duftender Speisen trug. Vielleicht war Jorvik schon immer so gewesen, ruhig und langweilig. Von irgendwoher hörte er den Klang eines Hammers. Zwischen zwei Häusern arbeiteten mehrere Menschen mit Hacken in einem langen, umgepflügten Gartengrundstück.

Corban erreichte den Fluss und wandte sich nach Norden, auf die Trittsteine zu.

Dort zögerte er, die Hände auf dem Mantel. Vielleicht sollte er das nicht tun … dieser Mantel war viel zu schön, um damit von Stein zu Stein durch den Fluss zu springen. Außerdem war er jetzt ein zu vornehmer Mann. Er tat so etwas nicht. Er blickte hinüber zum gegenüberliegenden Ufer, das unter Weiden und wild wucherndem Gras verborgen lag, bis zur grob gezimmerten Leiter. Oben auf dem Deich entdeckte er Grod. Bei diesem Anblick stieß Corban einen Freudenschrei aus und warf die Arme hoch. Mantel hin oder her – so schnell er konnte, sprang er von Stein zu Stein über den Fluss. Auf der Kuppe des hohen Deichs, im Gras, sah Grod sich um und erkannte ihn ebenfalls.

»Corban!«

Behände wie eine Katze sprang der alte Mann die Leiter hinab. Corban erreichte das Ufer, und sie warfen sich einander in die Arme. »Corban! Du bist zurückgekehrt!«, wiederholte Grod immer wieder. Corban hob ihn hoch, wirbelte ihn herum und stellte ihn wieder auf die Füße.

»Ich bin froh, dich zu sehen. Sind die Mädchen noch da oben?«

»Natürlich. Aber …« Grods Miene wurde ernst und voller Trauer. »Ihr Vater liegt im Sterben. Sie sind sehr traurig.«

»Oh.«

»Komm mit. Aber ich sag dir gleich, zu essen gibt es nichts.« Sein Blick wanderte über den Mantel. Er zog die Augenbrauen hoch. »Du siehst gut genährt aus.«

»Das bin ich auch.« Er folgte Grod die Leiter hinauf.

»Hast du deine Schwester gefunden?«, fragte der alte Mann.

»Ja.«

Grod fuhr herum, und die Überraschung stand ihm ins Gesicht geschrieben. »Wo ist sie?«

»Noch in Hedeby.« Corban schüttelte Grods weitere Fragen ab; er wollte nicht mehr über irgendetwas oder irgendwen dort sprechen, zu keinem von diesen Leuten hier. Dennoch freute er sich, dass Grod seinen Mantel bewunderte.

Sie gingen über die zertrampelte Wiese auf die niedrige, armselige Hütte zu. Sie erschien Corban noch baufälliger als zuvor, als er das alles überwuchernde Unkraut sah; es schien, als würde das üppige Grün die Hütte auf den Boden hinabziehen. Corban hielt Ausschau nach den Ziegen, sah sie jedoch nicht – Gifu, so wusste er, hatte sie zu gutem Futter geführt, also war sie wohl nicht da. Doch die Frau ein Stück voraus war sicher Arre, die gebeugt im Garten stand und Unkraut rupfte.

»Sieh mal, wer hier ist!« Mit diesem Ausruf stürmte Grod auf sie zu.

Arre richtete sich auf. Sie warf sich ihr rotbraunes Haar aus dem Gesicht. Ein Lächeln erschien auf ihrem Gesicht. »Corban.« Sie trat aus dem Garten heraus, ihre Schürze dreckverschmiert, ihr Lächeln breit. Mit ausgestreckten Armen kam sie auf ihn zu. »Du bist zurück!«

Er umfasste ihre Hände. »Das sagte ich ja … doch … euer Vater … Grod hat mir erzählt …«

Bei diesen Worten erlosch Arres Lächeln, und ihr Blick wanderte hinüber zur Hütte. »Alles ist schrecklich geworden, Corban. Du wärst besser nicht zurückgekommen.« Sie schüttelte den gröbsten Dreck von ihrer Schürze und führte Corban zur Hütte. Beide bückten sich, um durch die Tür zu gelangen.

Im Innern der Hütte war es glühend heiß. Eine einzige Ziege stand angebunden in dem Verschlag, einen Haufen Dornengestrüpp vor sich. Corban kniff in dem trüben Licht die Augen zusammen, um besser sehen zu können. Der alte Mann lag auf einer Matte, die Augen geschlossen, den Mund offen. Er stöhnte bei jedem Atemzug. Benna lag neben ihm und schlief.

Corban schluckte. Er wollte sie berühren, doch irgendwie schien sie sich außerhalb seiner Reichweite zu befinden, versunken im Schlaf. Der alte Mann war viel dünner geworden, seit Corban ihn das letzte Mal gesehen hatte. Seine Haut war gelb, die Lippen verkrustet.

Es stank in der Hütte. Sie war leer. Es gab keine Hühner, keine Tontöpfe – nur den schlafenden alten Mann, das schlummernde Mädchen und die einsame Ziege.

Corban konnte diesen Anblick nicht ertragen; er drehte sich um und ging hinaus. Grod und Arre folgten ihm. Draußen stand er an der frischen Luft und atmete tief ein und aus.

»Wo ist Gifu?«

»In den Wäldern«, erwiderte Grod. »Sie hat sich das Jagen beigebracht. Nicht so gut wie du, doch sie wird immer besser. Sie wird uns etwas zu essen besorgen.«

»Wo sind die Ziegen?«

»Der König hat sie sich geholt.« Arre knetete die Schürze mit nervösen Fingern und blickte abwesend über den Fluss.

»Zuerst hat er die Hälfte mitgenommen, dann kam er und nahm wieder die Hälfte mit, und so weiter.« Mit einem Schwung warf sie ihr langes, wirres Haar zurück. Ihre Stimme klang gefasst und gleichmütig, als wäre sie gelangweilt. »Wenn er jetzt kommt, verstecken wir die Ziegen, die uns noch geblieben sind, unter einer Decke.«

»Was ist mit Bennas Töpfen geschehen?«

Das Mädchen sah ihn an. Mit großen dunklen Augen blickte sie ihm fest ins Gesicht. Tränen schimmerten auf ihren Wangen. »Es hat keinen Sinn, Töpfe herzustellen. Der König nimmt ihr alles weg, was sie verdient.«

Wieder schluckte Corban. Er kam sich in seinem roten Mantel plötzlich wie ein Narr vor. Er hatte sich ausgemalt, wie die Mädchen zur Begrüßung auf ihn zugelaufen kämen, glücklich über seine Rückkehr und dankbar für die kleinen Geschenke, die er ihnen mitgebracht hatte.

»Wenn sie aufwacht, wird sie glücklich sein, dass du wieder da bist. Aber jetzt braucht sie erst einmal ihren Schlaf – sie hat die ganze Nacht bei ihm gewacht.« Jetzt liefen ihr die Tränen in schimmernden Streifen die Wangen hinab.

»Es tut mir sehr leid«, sagte Corban.

»Du bist auf jeden Fall wieder da.«

»Ja.« Er griff in die Tasche des Mantels und holte die bunten Mitbringsel heraus, die er den Mädchen gekauft hatte – die Perlen, den Kamm, den Spiegel. »Hier. Die sind für euch.« Er drückte ihr alles in die Hand, drehte sich auf dem Absatz um und ging zurück zum Fluss.

Grod begleitete ihn. »Wo willst du hin?«

»Ich werde etwas unternehmen.«

»Soll ich mitkommen?«

»Ja.« Corban packte den Arm des alten Mannes. »Komm mit.«

Jetzt wusste er, warum es in Jorvik so ruhig zuging. Er überquerte wieder den Fluss und ging die Marktgasse hinauf.

Die Kirchenglocke schlug. Eine alte Frau, die sich aus dem Fenster lehnte, bekreuzigte sich. Ihm fiel wieder ein, dass es zuvor überall Schweine und Hühner gegeben hatte, auf allen Wegen, und Hunde, doch jetzt sah man nichts und niemanden. Die Geschäfte waren geschlossen, selbst die Bäckereien. Der König nimmt sich einfach alles, überlegte er und hatte ein Klingeln in den Ohren, wie von einem trillernden Insekt. Er wandte sich an Grod.

»Wo bekomme ich Brot?«

Traurig sah Grod ihn an. »Du musst richtiges Geld haben. Viel Geld.«

»Bring mich hin.«

Grod trottete den Weg hinauf zum hölzernen Kirchturm. Corban ging neben ihm. »Hungert hier jeder?«

»Manche. Wir nicht, wegen Gifu und Arres Garten und wegen der letzten Ziege, die Milch gibt. Aber mit dem sterbenden Vater...« Er schüttelte den Kopf. »Benna stirbt mit ihm.«

Corban schlug das Herz plötzlich bis zum Hals. »Ist sie auch krank?«

»Nein, nein.« Grod schüttelte den Kopf. »Ich wollte damit nicht sagen, dass sie tatsächlich stirbt, aber ihre Lebensgeister – sie ist so mutlos, dass sie vielleicht aufgibt. Arre sorgt sich sogar mehr um sie als um ihren Vater.« Er deutete mit dem Kopf. »Der Bäcker da hat geöffnet. Er hat immer Mehl und alles andere. Die Leute sagen, das liegt daran, dass er dem König ein Schmiergeld zahlt.«

Er führte Corban an einer Reihe von Geschäften vorbei. Die meisten waren geschlossen, außer einem Flickschuster, der in der Sonne auf seiner Bank saß und ein Stück Leder zerschnitt. Auch die Bäckerei hatte geöffnet, ersichtlich durch das hölzerne Brot, das außen vor der Tür hing. Drei Männer saßen an die Hauswand gelehnt vor dem Geschäft. Als Corban herankam, rief einer von ihnen: »Erbarmen, guter Herr, habt Erbarmen!« und hielt ihm die ausgestreckte

Hand hin. Die anderen beiden Männer sagten nichts, beobachteten ihn nur aus hageren Gesichtern.

Ich kann sie nicht alle durchfüttern, dachte Corban. Er fragte sich, ob er sich überhaupt selbst durchfüttern konnte. Der Mantel fühlte sich zu klein an, zu eng und zu belastend. Hastig zupfte er an den Ärmeln und am Kragen. Er betrat den Laden, in dem es köstlich nach frisch gebackenem Brot duftete. Mit wachsamem Blick folgte Grod ihm. Der Bäcker kam aus dem Hinterzimmer. Als er Corban in seinem roten Mantel erblickte, verbeugte er sich sofort.

»Womit kann ich dienen, mein Herr?«

»Ich brauche Brot«, erklärte Corban und nahm den Geldbeutel vom Gürtel. »Ich öffne das Hedebyhaus und brauche jeden Tag Brot für mich und meine Männer.«

Die Augen des Bäckers funkelten. »Drei Pence pro Laib.«

Corban verbiss sich eine heftige Erwiderung. In Hedeby, das wusste er, kostete ein guter Laib Brot einen Farthing das Stück. »Ich will, dass du mir Brot zu meinem Haus bringst, jeden Tag. Sechs Laib Brot täglich.« Er öffnete seinen Geldbeutel und begann, Geld auf die Theke zu zählen.

Die Kinnlade des Bäckers fiel herab. Seine Blicke klebten förmlich an den Münzen, die Corban in Stapeln zu je drei auf den Tisch zählte. Als er zehn Stapel gelegt hatte, rief der Bäcker: »Halt, mehr Brot habe ich nicht.«

Corban nickte. »Das hier ist für morgen.« Er stapelte weiter. »Und das für übermorgen.«

»Wenn ich das Mehl beschaffen kann. Der Müller muss den König auch bezahlen.«

Corban schaute auf das Geld. Der Geldbeutel fühlte sich noch genauso schwer an wie vorher. Langsam zählte er weiter. Ungläubig starrte der Bäcker ihn an.

»Damit bezahlt Ihr den König.« Er deutete auf den zweiten Stapel. »Sagt dem Müller, er soll zu mir kommen, ins Hedebyhaus.«

Einen Korb in der Hand, kam der Bäcker um den Ladentisch herum nach vorn. Im Korb lagen ein halbes Dutzend flache, runde Laibe. »Packt sie in einen Sack«, wies Corban den Bäcker an.

Der Mann ging nach hinten und kam mit einem alten Mehlsack zurück, in den er die Brote steckte. Corban schob ihm das Geld hin. Mit großen Augen beobachtete Grod das Geschehen.

Als sie sich zum Gehen wandten, fragte er: »Woher hast du das viele Geld?«

»Ich diene einem, der mehr Geld besitzt, als irgendjemand hier je gesehen hat.« Sorgfältig befestigte er den Geldbeutel wieder an seinem Gürtel. Gebührend beeindruckt, blickte Grod ihn mit großen Augen an.

Sie gingen zur Tür hinaus und in die Gasse. Noch immer saßen die drei Männer vor der Bäckerei. Wieder streckte der eine den Arm aus. »Erbarmen, *Herr*…« Corban holte einen der Laibe aus dem Sack und gab ihn dem Mann.

Der stieß einen Schrei aus. Sofort sprang er auf und stürmte davon. Die anderen kamen stolpernd auf die Beine und stürzten auf Corban zu.

»Gib uns… gib uns…«

»Nein. Das Brot war für euch drei gedacht. Den Rest brauche ich selbst. Holt euch euren Anteil von eurem Freund.«

Einer der Männer machte auf dem Absatz kehrt und rannte dem anderen hinterher, der die Gasse hinuntereilte, das Brot an die Brust gedrückt. Der dritte Mann jedoch baute sich vor Corban auf. »Er wird uns nichts abgeben. Du musst mir eines geben.«

»Hol es dir von deinem Freund«, wiederholte Corban. »Teilt es, oder ihr werdet alle sterben!« Er stapfte an dem Mann vorbei und eilte die Gasse hinunter zu seinem Haus.

Grod lief neben ihm und bemühte sich, Schritt zu halten. »Wer ist dein Herr? Bist du jetzt ein Prinz?«

Corban hielt den Sack fest unter den Arm geklemmt; das

Zusammentreffen mit den drei Bettlern hatte ihn erschüttert, weil er dort wenig Gutes bewirkt hatte, eher das Gegenteil. Und Grod ärgerte ihn mit seiner Gier und seinen Fragen. Einen Moment lang fragte er sich, ob er dem alten Mann trauen konnte, schob das Gefühl aber beiseite und nahm einen weiteren Laib aus dem Sack.

»Bring das zu Benna.«

Grod nahm das Brot und versteckte es unter seinem Hemd. Sie blieben an einer Kreuzung stehen. Linker Hand verlief der Weg zum Fluss hinunter. Grod wandte sich in diese Richtung, drehte sich dann aber noch einmal zu Corban um. Wachsam sah er ihn an. »Ich werde ihr das Brot bringen. Dann komme ich am besten zu dir zurück, ja? Ich gehöre ohnehin zu dir.«

Du gehörst zum Geld, dachte Corban und fragte sich, warum er so froh gewesen war, Grod zu sehen. Doch da waren noch die Mädchen. »Mein Haus ist das da oben, das lange mit dem hohen Dach, siehst du es?« Corban deutete in die Richtung. »Bring die Mädchen auch mit, wenn sie kommen wollen.«

Doch er bezweifelte, dass die Mädchen mitkamen, und fragte sich, ob es überhaupt wünschenswert war, auf lange Sicht gesehen. Die Mädchen waren vielleicht besser aufgehoben dort, wo sie waren.

Grod eilte davon, in Richtung Fluss, und Corban ging zurück zu seinem neuen Haus.

»Also ist er fast soweit gekommen, sich Jorvik einzuverleiben. So, wie er es mit Norwegen getan hat. Der Mann ist ein Narr! Sparsames Haushalten liegt ihm nicht.«

»Aber er muss bald handeln«, erklärte die Herrin. »Was uns eine Möglichkeit bietet. Wir müssen ihn nur in die richtige Richtung schubsen.«

Sie saß mit dem Kopf leicht zu Mav gewandt, die am anderen Ende des Raumes saß und sang. Laut klang ihre

Stimme durch die Dachsparren. In den Schlafbänken murrten die Sklaven wegen des Gesangs; Mav hatte bereits die ganze Nacht gesungen und jeden wach gehalten. Und die Sklaven – wie auch Blauzahn – hatten keinen Zugang zu Mavs Gesang, zu seiner Schönheit, zu der Vielzahl der darin verborgenen Bedeutungen. Für sie alle war der Gesang bloß Lärm.

Die Herrin wandte sich an Blauzahn. »Ich schlage vor, dass Ihr ihm ein paar Schiffe anbietet. Es scheint, als hätte er nicht viele.«

»Er kann keinen großen Hof halten, deswegen verlassen ihn die Männer. Wahrscheinlich sind sie in Orkney. Er kann jetzt Schwerter machen, doch werden die Männer zurückkehren, um sie zu tragen?«

»Die Männer kehren immer wieder zu ihm zurück.«

»Nicht, wenn es nichts zum Plündern gibt. Und Ihr habt gesagt, er hätte Jorvik völlig ausgeplündert.«

Die Herrin blickte finster drein. Das waren unwichtige Details. »Ihr seht«, sagte sie, »alles geschieht nach Euren Wünschen.«

Blauzahn starrte sie an. »Ich bin keineswegs sicher, dass Ihr damit zu tun habt.«

Sie zuckte die Achseln. Er hatte ihr Gold gebracht, zwei Barren, so groß wie zwei kleine Steine einer Mauer. Eine Mauer, die sie noch viel höher zu bauen gedachte. »Ihr werdet sehen. Jetzt geht, ich habe noch viel zu tun.«

»Ihr habt mich nicht zu entlassen!«, fuhr er auf, ging dann aber. Dass er ihr gehorchte, war für die Herrin noch besser als das Gold. Selbstzufrieden strich sie sich mit der Hand übers Gewand.

Sollte er ruhig den Weltenring beherrschen. Sie beherrschte *ihn!*

Mav sang von einem fernen Wald, von Vogelschwärmen und von Ungeheuern unter Bäumen. Ihre Stimme war laut, und sie sang unablässig. Ihr Bruder hatte ihr neues Leben eingeflößt. Die Herrin drängte die Wut zurück, die in ihr aufstieg. Daran, wie das Mädchen sang – an Tonfolge und Stil –, erkannte sie, dass Mav versuchte, ihre Gabe zu meistern, sie für sich zu behalten und die Herrin davon auszuschließen. Es war besser gewesen, als Mav gekränkelt hatte. Ihre Stimme war leiser, doch verständlich, selbst als ihr Wille immer schwächer geworden war und sie die Herrin mehr und mehr gebraucht hatte.

Jetzt widerstand Mav der Zuflucht, die ihr angeboten wurde; sie war stark wie eh und je. Sie hatte in dem Kind einen Halt gefunden. Die Herrin hasste dieses Kind und war der Ansicht, Mav sollte es ebenso hassen – um seines Vaters willen. Wenn es geboren war, würde sie dafür sorgen, dass es starb; es würde nur einen Moment dauern, während das Mädchen abgelenkt war und in seinen Schmerzen hilflos dalag. Sobald das Kind tot war, würde Mav sich in der Trauer um ihren Verlust an sie wenden, und die Herrin würde sie einsaugen und auf immer für sich haben.

Ihr Leben lang hatte sie Geist und Verstand von Frauen in sich aufgenommen – von wissenden Frauen. Sie hatte nach ihnen gesucht, sie umworben und in sich gesammelt. Inzwischen waren es so viele, dass sie sie nicht mehr zählen konnte. Sehr bald schon würde Mav ihren Widerstand aufgeben und auch ihre Macht mit der ihren vereinigen. Und die Herrin von Hedeby würde wachsen und gedeihen.

Sollte Mav sich weiterhin weigern, gab es immer noch den Bruder. Sie hatte die beiden zusammen gesehen und konnte den Bruder jederzeit benutzen, um Mav zu beherrschen. Was immer auch geschah – sie würde die Gewinnerin sein. Die Herrin nahm die beiden kleinen Goldbarren und ging zum Schatzhaus, um sie wegzusperren.

14

Benna hob den Kopf. Bis auf das kleine, flackernde Feuer war es dunkel in der Hütte, und sie war voller Rauch. An der Tür standen Grod, Arre und Gifu beisammen, redeten miteinander und aßen irgendetwas. Hastig stand Benna auf.

»Was habt ihr da? Habt ihr mir etwas aufbewahrt?«

Mit breitem Lächeln wandte Grod sich ihr zu. »Es gibt reichlich. Hier. Corban ist zurückgekehrt.« Er drückte ihr ein großes Stück Brot in die Hand.

»Corban!«

»Und er ist sehr reich. Er dient irgendeinem Prinzen, und wir alle können in die Stadt ziehen, in seinen Palast, und dort leben.«

Benna versuchte, bedächtig zu essen, doch sie war so hungrig, dass sie alles auf einmal hinunterschlang. Grod gab ihr ein weiteres Stück Brot. Sie hatte sich selbst versagt, an Corban zu denken; jetzt fiel es ihr schwer. Vorsichtig fragte sie: »Wo ist er?«

»In der Stadt«, antwortete Arre. Sie hatte sich ans Feuer gesetzt, Gifu neben sich.

»Ist das alles?« Auch Benna ließ sich neben sie sinken, das zweite Stück Brot noch in der Hand. Sie warf einen Blick auf ihren Vater. »Habt ihr versucht, ihm etwas davon zu geben?«

»Ich habe versucht, ihm Milch zu geben, kurz bevor Grod kam«, erwiderte Arre.

Benna kaute das Brot. Ihr Vater schlief jetzt schon seit Tagen, ohne aufzuwachen; sie mühten sich, ihn zu füttern, doch die Milch lief ihm ständig aus dem Mund. Benna schluckte einen Kloß in der Kehle hinunter. Sie bemerkte, dass Arre sie im schwachen Feuerschein beobachtete. Ihre Blicke trafen sich. Benna konnte nicht sprechen. Er stirbt, dachte sie – und als sie es dachte, nickte Arre, streckte den Arm aus, zog Benna an sich und umarmte sie.

»Du tust doch, was du kannst.« Plötzlich sah sie auf. »Oh, Corban hat uns Sachen mitgebracht. Hier.«

»Was denn?«, fragte Gifu. Sie saß am Feuer, die Arme um die hochgezogenen Knie geschlungen. »Davon hast du mir gar nichts erzählt.«

»Ich hatte es vergessen.« Arre kramte in den überquellenden Taschen ihrer Schürze. Sie holte Frühlingszwiebeln und Nussschalen hervor, Stofffetzen und schließlich eine Menge kleiner leuchtender Objekte, die sie auf dem Boden ausbreitete.

Gifu stieß einen Freudenschrei aus und schnappte sich die Perlenschnur, die im Feuerschein glitzerte. »Oh, das will ich haben!«

Missmutig saß Grod auf der anderen Seite des Feuers. »Mir hat er nichts mitgebracht. Dabei war er zuerst mein Freund.«

Benna nahm sich einen hölzernen Kamm. Sterne und Monde waren auf dem Griff eingeschnitzt. »Das hier ist sehr hübsch. So etwas habe ich noch nie gesehen.« Sie schaute zu, wie Arre das andere Spielzeug nahm – eine kleine, runde Scheibe.

»Oh«, entfuhr es Arre. »Ich denke, dies hier ist für dich, Benna.« Sie hielt es ihr hin.

»Was ist das?« Benna nahm es in ihre Hand. Plötzlich war in ihrer Hand das Feuer, wurde in dem schimmernden Metall reflektiert. Sie tippte mit den Fingernägeln darauf; es war kein Metall, sondern etwas anderes. Arre nahm ihre Hand und drehte sie. In der Scheibe erschien ein Gesicht mit auseinanderstehenden dunklen Augen und kleinem, rundem Kinn.

»Hast du mir nicht erzählt, er hätte um ein Bild von dir

gebeten? Und dass du gesagt hast, du wüsstest nicht, wie du aussiehst?«

Benna fuhr hoch. Ihr wurde klar, dass das Gesicht in der Scheibe das ihre war. Rasch verbarg sie das Ding unter ihren Röcken. Arre hatte sich den Kamm genommen. Im Sitzen fuhr sie sich damit durchs Haar; arbeitete sich mit den Fingern durch die verfilzten Locken. Ihr intelligentes Profil wurde von rotem Feuerschein erleuchtet, und ihr Haar schimmerte. Gifu hängte die Perlen um ihren Hals; dann hob sie die Schnur ins Licht, um sie zu bewundern.

»Nun«, meinte Benna laut. »Ich bin froh, dass er wieder da ist. Hat er seine Schwester gefunden?«

»Ich glaube schon«, erwiderte Grod, »aber sie ist nicht bei ihm. Ich gehe jetzt zurück zu seinem Haus.« Er kam auf die Füße. »Ihr könnt mitkommen, wenn ihr wollt. Das hat er ausdrücklich gesagt.«

»Wir müssen bei Vater bleiben«, erklärte Benna.

»Wir können ihn auch mitnehmen. Er sagte, ich soll dich mitbringen.«

Benna schüttelte den Kopf. Sie wusste, dass sie das nicht tun konnten. Sie wusste auch, dass ihr Vater diese Hütte nicht mehr verlassen würde. Eine wohlbekannte, bleierne Müdigkeit sammelte sich in ihrer Brust, als würde sie Steine einatmen anstelle von Luft, als würde sie sich Atemzug um Atemzug in Stein verwandeln. »Richte Corban meinen Dank aus. Sag ihm …« Sie biss sich auf die Lippen. Sie hatte noch immer Angst, an ihn zu denken. »Sag ihm danke.«

»Ich bringe euch morgen mehr Brot.« Er trat aus der Tür.

»Ich gehe morgen wieder jagen«, erklärte Gifu und kroch an die Außenwand der Hütte, wo ihre zerschlissenen Schlafdecken lagen. »Morgen erlege ich etwas, das spüre ich.« Sie legte sich hin, zog die Decken über sich und schlief.

Arre hatte ihr Haar so lange mit dem Kamm geglättet, bis es lang und fließend auf ihren Schultern hing. Seidig schimmernd ringelte es sich an den Spitzen. »Jetzt, wo Corban wieder da ist…«

Barsch unterbrach Benna sie. »Er wird sicher nicht wieder herkommen, wenn er jetzt ein Prinz ist. Er hat es hier vorher schon nicht leiden können.« Sie blickte zu ihrem Vater, der wie ein Haufen Lumpen im Dunkeln bei der Ziege lag. »Hilfst du mir?«

Lautlos kroch Arre mit ihr zu dem alten Mann, und mit vereinten Kräften gelang es ihnen, ihn umzudrehen. Seine Arme lagen so eng am Körper an, dass sie sie nicht strecken konnten. Er hatte sich vollgemacht, also zogen sie sein Hemd hoch und säuberten ihn. Er hatte überall blaue Flecken und wunde Stellen. Benna holte etwas Wasser und wusch ihn. Ihn auf diese Weise zu berühren, wo er so hilflos war und es nicht merkte, schien Teufelswerk zu sein. Er war der Vater und sollte das Sagen haben, stattdessen gingen sie mit ihm um wie mit einem großen Säugling. Arre streichelte sein Gesicht.

»Gute Nacht, Papa.«

Soweit sie konnten, zogen sie ihm seine Kleidung wieder an. Er atmete ein paar Mal angestrengt, sog die Luft mit einer plötzlichen Heftigkeit ein und stieß sie schnell wieder aus, dann hörte er beinahe auf zu atmen. Er hatte kalte Hände. Benna holte ihre Decke und legte sie ihm über, legte sich dann neben ihn, um ihn zu wärmen. Arre legte sich auf seine andere Seite.

Benna konnte nicht schlafen, so sehr quälte sie die bleierne Müdigkeit. Nach einer Weile fragte sie: »Wie hat er ausgesehen?«

»Corban? Er hatte einen hübschen Mantel an.« Sie unterbrach sich; dann fuhr sie fort: »Irgendetwas an ihm war seltsam. Er sah kleiner aus.«

Wieder biss Benna sich auf die Lippe. Neben ihr lag ihr Vater im Sterben; eigentlich sollte sie nur an ihn denken und an sonst nichts. Sie bekreuzigte sich und sprach ein kurzes

Gebet. Jetzt hörte sie Arre auf seiner anderen Seite leise schnarchen. Sie stand auf und ging auf die andere Seite der Hütte, wo jetzt ihre Töpferscheibe stand und ihre Zeichensachen lagen.

Kurz nachdem er gegangen war, hatte sie mit dem Zeichnen aufgehört. Es machte keinen Sinn, denn zu viele andere Dinge stürmten mit Macht auf sie ein: ihr im Sterben liegender Vater; die Männer des Königs, die alle paar Tage kamen, um ihnen noch mehr von dem Wenigen wegzunehmen, das sie besaßen... Ihre Hand sehnte sich nach Pinsel und Tinte, und immer noch sammelte sie Tonscherben. Doch welchen Nutzen hatten ihre armseligen Porträts? Überhaupt keinen. Sie zwang sich, es nicht zu tun. Sie würde es nie wieder tun. Doch jetzt fand sie die Scherbe, auf der sie Corban gezeichnet hatte.

Sie hielt das gebogene Stück Ton in den Händen, betrachtete sein Gesicht und fragte sich, was er jetzt von ihr halten mochte. Und als sie sein Gesicht anschaute, konnte sie sich immer besser an ihn erinnern: an das fröhliche Glitzern in seinen Augen und die Art, wie er lächelte, selbst an die Melodie seiner Stimme.

Sie schlich zurück, legte sich wieder neben ihren Vater und schlief ein.

Als sie am Morgen erwachten, war ihr Vater gestorben.

Arre merkte es als Erste. Sie berührte ihn und meinte leise: »Er ist von uns gegangen.« Keine von den dreien sagte etwas. Sie alle hatten gewusst, dass es bald geschehen würde. Benna legte die Hände auf die Wangen des Toten und berührte seine Stirn; er war kalt und steif. In ihrem Innern spürte sie nur einen dumpfen Schmerz, als wäre er bereits seit Jahren tot. Gifu sagte überhaupt nichts. Sie ging in die Stadt, um den Priester zu holen.

Arre und Benna blieben am Feuer sitzen, bedrückt, aber tränenlos. Benna nahm einen Stock und stocherte damit in den Kohlen. Die Asche fiel in sich zusammen und stieß dabei dünne, fedrige Flammen aus, die sofort wieder verloschen. Arre sagte nichts; ihr Gesicht sah hager aus. Das Feuer ließ dunkelrote Funken aus ihrem Haar sprühen. Es gab nichts zu essen. Benna goss etwas Wasser aus dem Krug in einen Becher; dabei sah sie etwas Helles auf dem Boden liegen und hob es auf.

Es war die leuchtende Scheibe, die Corban ihr aus Hedeby mitgebracht hatte. Benna starrte alarmiert darauf. Dennoch zog die helle Oberfläche sie an. Sie nahm die Scheibe in beide Hände und hielt sie so, dass sie ihr Gesicht zeigte. Sie sah in das Gesicht dieser Fremden, als könne sie daraus ablesen, was sie zu tun hatte und wer sie wirklich war.

Ich bin hässlich, dachte sie. Aber das war sie nicht; sie war im Gegenteil hübsch. Ruhe senkte sich auf sie nieder. Als sie ihr eigenes Gesicht betrachtete, meldeten sich alte Gewohnheiten. Sie sah, wie sie sich zu zeichnen hätte ... die Linie des Kinns, die Nase. Der Wunsch wurde übermächtig. Sie ging in ihre Ecke und fand ein geeignetes Stück Ton sowie ihre Pinsel. Fast die gesamte Tinte war getrocknet, doch sie goss etwas Wasser in eines der Töpfchen und rührte darin herum, bis sie Farbe auf den Pinsel bekam.

»Was tust du da?«

Benna antwortete nicht. Sie ging zum Feuer zurück, setzte sich mit der Scherbe in der Hand davor und zeichnete.

Jetzt, wo sie den Pinsel führte, zeichnete sie allerdings nicht sich selbst. Sie zeichnete ihren Vater, wie er gewesen war, stark und gesund, Herr ihres Hauses in der Stadt, der beste Töpfer von ganz Jorvik. Er floss aus der Spitze ihres Pinsels auf die Scherbe: sein breites Lächeln, die Kontur seines Kinns, die Augenbrauen. Heiße Tränen liefen Benna über die Wangen. Arre blickte ihr über die Schulter, sah ihr zu und weinte ebenfalls. Schließlich beendete Benna die Zeichnung und legte sie hin. Sie wandte sich zu ihrer Schwester um und umarmte sie. Beide weinten, bis sie keine Tränen mehr hatten.

»Ich kann nur Mehl mahlen, wenn ich Getreide habe, und Getreide gibt es kaum«, erklärte der Müller. »Ich sage Euch, es gibt heute kein Brot in Jorvik, und es wird auch morgen keines geben oder übermorgen oder den Tag danach. Kein Brot, egal zu welchem Preis.«

»Ich werde dir Getreide verkaufen. Nicht heute, aber bald.«

»In der Zwischenzeit gibt es kein Getreide und deswegen auch kein Mehl – und kein Brot.« Der Müller hob die Arme; seine fleischigen Handflächen waren mit Mehl verschmiert. »Und wer bringt es hierher zum Verkauf, wenn der König so viel nimmt? Woher wirst du das Getreide nehmen?«

»Ich werde auch die Steuern an den König für dich übernehmen. Ich bekomme Getreide aus Hedeby.«

»Du wirst auf der Reise viel verlieren. Es schimmelt, wenn es auf Schiffen transportiert wird. Es gibt Ratten. Und es wird nicht so bald hier sein. Und wenn es endlich hier ist, kann niemand es bezahlen, so ruinös sind die Kosten.« Der Müller zog die Schürze über seinen Bauch hoch. »Ich könnte uns beide reich machen, wenn du heute Getreide für mich besorgen könntest. Aber ich denke, nicht einmal der König hat Getreide. Meilen um Jorvik herum wächst nichts.«

Corban warf die Hände in die Luft. Diese Art des Handels war nicht seine Art, das konnte er nicht tun. Da hatte er eine Börse voll Geld und konnte nichts dafür kaufen! »Ich werde nach Hedeby schicken. In der Zwischenzeit, wenn ihr etwas findet …«

»Ich habe kein Geld.«

Sie standen in der Mitte von Corbans Haus. Ulf saß untätig am Feuer, die Beine ausgestreckt, und trank Ale, während seine Mannschaft die Schaffelle zusammenpackte, die Corban gekauft hatte, um sie nach Hedeby zu bringen. Selbst diese Felle hatten weit mehr gekostet, als Corban erwartet hatte. Sie stammten aus dem fernen Schottland. Jetzt gab es diesen Müller, der Geld wollte, ohne dass er überhaupt etwas zu verkaufen hatte. Corban grub im Geldbeutel herum, holte einige Geldstücke hervor und zählte sie dem Mann in die Hand.

»Lass mich wissen, wenn du Getreide gefunden hast. Damit bezahlst du den König.«

Der Müller verbeugte sich vor ihm und ging. Ulf kam zu ihm. »Ich fahre morgen.«

»Ja. Sag der Herrin, sie soll Getreide schicken, so viel sie kann. Noch eine weitere Schiffsladung, wenn möglich. Du hast die Kerbhölzer für die Felle?«

»Sag ihr auch, sie soll für Erik und Gunnhild weitere Geschenke schicken.«

»Mach ich.«

Corban wog den Beutel in der Hand; dann befestigte er ihn wieder am Gürtel. In ganz Jorvik gab es nichts zu essen. Für den gesamten Inhalt des Geldbeutels in seiner Hand konnte er keinen einzigen Laib Brot kaufen! Jemand klopfte an der Tür und riss ihn aus seinen Gedanken.

»Sieh nach, wer da ist.« Er ging zurück zur Feuerstelle, um sich einen Becher Ale zu holen – das Beste, das er je gekostet hatte.

»Corban!«

Er fuhr herum. Grod kam herein, gefolgt von Arre und dem großen dünnen Jungen mit Namen Euan, der Arre auf Schritt und Tritt folgte.

»Sieh mal, wen ich mitgebracht habe.« Grod ging geradewegs auf die Feuerstelle und den Krug zu, dessen Nutzen er sofort erkannt hatte, als sie ihn im Schrank neben der Feuerstelle entdeckt hatten. Arre trat auf Corban zu, ein Lächeln auf dem Gesicht.

»Danke. Siehst du es?« Sie drehte den Kopf mal in die eine, mal in die andere Richtung, damit er den Kamm bewundern konnte, der ihr Haar im Nacken zusammenhielt. »Er gefällt mir sehr gut.«

»Das ist schön.« Corban war erfreut. Er warf einen

schnellen Blick zur Tür, doch Arre hatte lediglich Euan mitgebracht. Lang und schlaksig, seine Kappe tief in die Stirn gezogen, hielt er sich unauffällig hinter ihr. Grod hatte Corban von ihm erzählt: Seine Mutter war Apothekerin, hatte er berichtet, und er dürfe Arre unter keinen Umständen treffen, Corban sah wieder Arre an, die vor ihm stand.

»Grod hat erzählt, dass euer Vater gestorben ist.«

Die Worte wischten das Lächeln aus ihrem Gesicht, und sie senkte den Blick. »Es war besser so«, sagte sie leise. »Er ist jetzt bei Gott und muss nicht mehr leiden. Doch es ist auch sehr traurig.«

»Komm her und setz dich.«

Sie folgte ihm an die Feuerstelle, wo Grod den Becher mit Ale füllte und ihr reichte. Sie setzte sich auf die Bank vors Feuer und strich ihre Schürze über den Knien glatt. Corbans Bündel lag offen auf dem Boden vor ihr; die Kerbhölzer fielen beinahe heraus. Er streckte den Arm aus und schob alles aus dem Weg.

Mit leuchtenden Augen blickte Arre sich um. »Das ist ein sehr schönes Haus hier, Corban. Grod sagt, du bist jetzt ein Prinz.«

»Nein, nein. Das hier gehört alles dem, dem ich diene. Aber es ist ein sehr schönes Haus, das stimmt.«

Arre trank einen Schluck Ale; dann reichte sie den Becher an Euan weiter, der auf der Bank saß und vor sich hin starrte. »Gifu gefallen die Perlen. Übrigens ist sie wieder jagen gegangen, sonst wäre sie mitgekommen und hätte sich selbst bei dir bedankt.«

»Grod hat mir erzählt, dass sie jagen geht.« Corban wollte sie nach Benna fragen. Es erschreckte ihn, wie sie die Geschenke ohne ein Wort von ihm genau so verteilt hatten, wie er es gewünscht hatte. »Benutzt sie eine Schleuder?«

»Ich weiß nicht. Ich glaube, sie wirft mit Steinen.« Arre warf ihr Haar zurück. Widerspenstig löste es sich in rötlichbraunen Locken aus dem Kamm und ringelte sich an ihren Wangen herab. Neben ihr trank Euan aus dem Becher. Leer stellte er ihn ab. Sofort nahm Grod ihn und füllte ihn erneut.

»Benna schickt dir das hier.« Arre kramte in den überquellenden Taschen ihrer Schürze und holte ein Stück Ton hervor.

Corban nahm es und hielt es ins Licht. Auf der leicht gebogenen Oberfläche, aus ein paar schlichten schwarzen Linien entstanden, war Bennas Gesicht zu sehen – so deutlich, als stünde sie vor ihm.

Erfreut fragte er: »Darf ich es behalten?«

»Natürlich.« Arre versteckte die Hände im Schoß. »Sie trägt den Spiegel, den sie von dir bekommen hat, an einem Band um den Hals. Sie mag ihn sehr, glaube ich. Danke auch für das Brot.«

»Ich lasse euch mehr bringen, wenn ich etwas auftreibe.«

Hinter Arre griff Euan in das Bündel und zog den Abakus hervor, während Corban sich an Arre wandte. Plötzlich klopfte es wieder. Grod ging zur Tür.

»Ist… habt ihr euren Vater begraben?«

Arre nickte. Ihr Lächeln erstarb. Sie nahm den Becher, trank und gab ihn an Euan weiter. »Ich weiß nicht, wie wir weiterleben sollen, Corban. Es steht sehr schlimm.«

»Ich werde euch helfen.« Wie, wusste er selbst nicht. Er legte die Scherbe auf ein Knie und sah sich wieder das Bild an. Geschäftig kam Grod zu ihm.

»Da ist jemand für dich. Er sagt, er will dich allein sprechen.«

»Hmmm.« Corban stand auf und ging zur Tür.

An der Tür stand Arinbjorn, der Kaufmann und Unterhändler des Königs, in seinem eleganten blauen Mantel. Corban war überrascht und stutzte einen Moment, dann verbeugte er sich. »Mein Herr. Ich bin erfreut, Euch zu sehen.«

»Es ist gut, dass dieses Haus wieder bewohnt wird.« Der

dänische Edle warf einen flüchtigen Blick an ihm vorbei zur Feuerstelle; dann wandte er sich leicht ab, sodass er dem Rest des Raumes den Rücken zukehrte. Er lächelte. Er hatte das glatte Aussehen eines Mannes, der selber keine Hand rühren musste und mit einem Kopfnicken alles bekam, was er begehrte. »Ich muss dich allein sprechen.«

Corban führte ihn ans andere Ende des Raumes, wo ein offener Rauchfang im Dach ein wenig Licht durchließ. Ulfs Männer trugen die letzten Schaffelle hinaus; der Kapitän winkte Corban zu und folgte seiner Mannschaft dann zur Tür hinaus. In dem schmalen Lichtstreifen, der durch das Loch im Dach fiel, drehte Arinbjorn sich um und fragte: »Du dienst der Herrin von Hedeby?«

»Ja, so ist es.«

»Und du schickst ihr Schiff heute zu ihr?«

»Ja. Ihr habt meinen Kapitän gerade gesehen.«

»Ich brauche …« Arinbjorn räusperte sich, warf einen Blick an Corban vorbei und schaute ihn wieder an. »Du musst mir einen Gefallen tun.«

»Jeden. Ihr habt mich damals gerettet.«

»Nun, ich habe da etwas, das Jorvik verlassen muss. Gibst du es deinem Kapitän mit?«

»Sicher.«

»Der König darf nichts davon erfahren.«

»Aha.«

»Wenn du das Risiko nicht eingehen willst …«

Corban fragte sich, ob das eine Probe war. Seiner Ansicht nach steckte Arinbjorn mit dem König unter einer Decke. Ja, vielleicht stellten sie ihn tatsächlich auf die Probe, um festzustellen, ob sie ihm vertrauen konnten. Arinbjorn jedenfalls schien es ernst zu meinen. Er schwitzte und wirkte angespannt.

»Schickt Ihr meiner Herrin etwas?«

»Einen Brief. Sie wird ihn weiterleiten. Ich habe schon früher mit ihr Handel getrieben. Sie weiß, was zu tun ist.«

Corban nickte. »Dann tue ich es.« – »Danke.« Arinbjorn schlug ihm freundschaftlich auf den Arm. »Ich lasse ihn unverzüglich zu deinem Schiff bringen.«

Drüben an der Feuerstelle erklang Gelächter. Corban warf einen Blick in die Richtung, dann drehte er sich wieder zu Arinbjorn um.

»Trinkt Ihr einen Schluck mit mir?«

»Gern.« Arinbjorn kam in den Raum, ging an dem staubigen Lichtstreifen vorbei. Corban bedeutete Grod, den Krug zu bringen, und folgte seinem Besucher.

»Ich muss Euch etwas fragen.« Sorgfältig wog Corban seine Worte ab.

Arinbjorn lächelte ihn an und legte die Hände an den Gürtel. »Du willst über Erik Bescheid wissen.«

Grod kam heran, einen Becher und den Krug Ale in der Hand. Er blieb in der Nähe, bis Corban ihm einen bösen Blick zuwarf; dann verschwand er ans andere Ende des Raumes. Corban blickte dem dänischen Grafen ins Gesicht.

»Ja. Was ist hier geschehen? Als ich im Frühjahr fortgegangen bin, war dies hier ein besserer Ort.«

Arinbjorn zuckte mit den Schultern, sein Gesicht blieb nichtssagend. »Kurz nach Ostern letztes Frühjahr hat Erik die Steuern erhöht. Alle beschwerten sich, also hat er sie noch einmal erhöht.«

»Er ist verrückt.« Corban dachte an den Bäcker und den Müller, an Benna und an die Sache mit den Ziegen. »Niemand hat etwas zu essen!«

»Um so etwas kümmert Erik sich nicht. Solange er bekommt, was er will, können alle anderen bleiben, wo der Pfeffer wächst. Doch sehr bald schon wird er nicht mehr bekommen, was er will. Er hat alles aufgebraucht. Die Menschen hier können nur so viel geben, wie sie haben, also muss er bald weiterziehen. Darin liegt die eigentliche Schwierigkeit. Er muss weiter, muss etwas unternehmen, doch er zögert es heraus. Er ist faul, unser Erik. Jetzt hat er sogar Sweyn Aalmund ausgeschickt, seine Arbeit zu tun.« Er unterbrach sich. Abschätzend sah er Corban an. »Was will die Herrin von ihm? Ich bezweifle, dass sie dich nur hergeschickt hat, um Schaffelle zu kaufen.«

»Ich weiß es nicht.« Corban nutzte die Gelegenheit, eine Lüge auszustreuen. »Ich bin ein Nichts, ich tue nur, was sie mir aufträgt.« Er befingerte den roten Mantel. Arinbjorn sprach nur wegen dieses Mantels so offen zu ihm, so viel war ihm klar.

»Nun, es ist Gunnhild, die Erik sagt, was er tun soll. Sie will, dass er England angreift, was in meinen Augen ziemlich verrückt ist.« Seine Lippen verzogen sich zu einem Grinsen. »Die Herrin dagegen will, aus welchem Grund auch immer, dass er Norwegen angreift, was noch schlimmer ist – Erik konnte sich mit Hakon schon damals nicht messen, und jetzt ist er fett und alt...«

Er verstummte, und sein Blick schweifte in die Ferne. Corban füllte den Becher. Er sagte nichts. Ihm wurde klar, dass Arinbjorn in diesem Spiel schneller war als er, dass er all das bereits wusste und rezitierte wie ein Barde aus einem Lieblingsmärchen. Vermutlich gab es dabei Dinge, die in seinem eigenen Interesse lagen. Anerkennend leerte Arinbjorn den Becher. »Das ist gutes Ale«, sagte er und wischte sich mit dem Handrücken den Mund ab. »Nun, es muss etwas geschehen mit Erik. Aber was? Mit Sicherheit ruiniert er Jorvik, einst eine der reichsten Städte Englands. Und dann ist da noch Gunnhild. Sie ist hier nie zufrieden gewesen. Und Eriks Jungs sind beinahe alt genug, selbst die Macht zu übernehmen. Wenn er nicht spurt, wird Gunnhild sich bald ihnen zuwenden. Doch da wird Erik nicht mitmachen. Solange er noch den Hintern hochbekommt, ist er immer noch ein großer Krieger.«

Er hielt Corban den Becher hin. Corban füllte ihn erneut, und der dänische Graf trank. »Danke für das Ale«, sagte er und machte sich auf den Weg zur Tür. Corban begleitete ihn.

»Du solltest zum Anwesen des Königs kommen. Ich weiß, dass der König sehr zufrieden ist mit dir, wegen dieser Ladung Eisen. Er wird dir eine Bleibe geben. Was du zu essen bekommst, kann allerdings keiner vorhersagen. Ich komme bald zu deinem Schiff. Ich wünsche dir einen guten Tag, Corban.«

Auch Corban verabschiedete sich. Was Arinbjorn gesagt hatte, ging ihm nicht aus dem Kopf. Doch er konnte das große Ganze nicht erkennen: Wer hinter all dem steckte und um was es bei dem Kampf ging, der hier offenbar stattfand. Ihm kam der Gedanke, dass niemand wirklich Herr der Lage war, dass alle nur auf ihren eigenen kleinen Vorteil bedacht waren, während die Welt unter ihrem eigenen Gewicht zusammenbrach.

Corban erinnerte sich daran, dass er normalerweise falsch lag, wenn er irgendetwas zu wissen glaubte. Krug und Becher in der Hand, ging er zurück zur Feuerstelle, wo Arre und Grod miteinander lachten und Euan über den Abakus gebeugt dasaß, an dem er die Perlen hin und her schob.

Grod nahm den Becher und füllte ihn. »Dieser Krug ist niemals leer«, sagte Arre.

»Nimm etwas für euch mit«, schlug Corban vor. Dieser wundersame Krug war – wie der wundersame Geldbeutel – nutzlose Magie. Er vollbrachte nichts Gutes, sondern verwirrte nur die Sinne der Menschen. Was er brauchte, war ein wundersames Brot, doch so etwas hatte er im ganzen Haus nicht gefunden.

Arre stand auf. Ihre Wangen waren gerötet. »Ich gehe jetzt, Corban. Ich bin sehr froh, dich gesehen zu haben.« Sie lachte trunken.

»Darf ich das hier haben?« Euan hielt den Abakus hoch.

Corban runzelte die Stirn. »Nein, es gehört mir nicht. Weißt du, wie man es benutzt?«

»Ich glaub schon.« Euan blinzelte. Corban fragte sich, ob der Junge kurzsichtig war. »Es ist sehr interessant.«

»Komm morgen her und zeig mir, wie es geht.«

Mav hatte den ganzen Morgen gesungen. Erschöpft zog die Herrin sich in ihr Schrankbett zurück und schickte einen Sklaven nach einem Becher warmen Weines. Jetzt wusste sie wenigstens, gegen was sie kämpfte. Sie musste den dänischen König gegen Erik Blutaxt aufbringen.

Vor Wut krampfte sich ihr Magen zusammen. Der junge Erik hatte den Eindruck erweckt, der aufsteigende Stern der ganzen Welt zu sein. Er war großartig gewesen damals, ein blonder Krieger auf dem Weg zu großen Taten. Sie fragte sich, ob er je ein Held gewesen war oder ob er das alles Gunnhild zu verdanken hatte, die Erik schon damals, als er noch jung und stark war, mit ihren Erwartungen umwickelt hatte.

Der Becher Wein wurde gebracht, und die Herrin trank einen Schluck. Sie nahm den Goldreif vom Arm und legte ihn vor sich auf den Teppich. Wieder erschien die Miniaturwelt mit den gekräuselten Meereswogen und den leuchtenden Rändern der Länder um das Meer herum.

Jetzt wusste sie, dass Corbans Schiff kam. Zumindest arbeitete er. Er hatte zu schnell herausgefunden, was es mit dem Geldbeutel auf sich hatte, und wurde abgelenkt von dem Gedanken, die Menschen in Jorvik zu retten, was ihr jedoch nichts nützte und ohnehin nicht möglich war. Es machte keinen Sinn, Schiffsladungen an Getreide an einen Ort zu schicken, an dem man keinen anständigen Preis bekam. In Gedanken sah sie, wie sich die kleinen Goldbarren in ihrem Vorratsraum in Münzen verwandelten und wie die Münzen gleich einem Schwarm kleiner gelber Vögel aus dem Fenster flatterten.

Doch es würde wieder mehr Geld fließen. Außerdem hatte Corban ihr Wissen verschafft, das besser war als Geld:

Sie wusste nun, was er brauchte. Wenn Blauzahn es nicht tat, würde sie selbst Erik einige ihrer Schiffe anbieten, solange er sie bemannte. Sobald er die Schiffe akzeptiert hatte, würde sie zusehen, dass sie in die richtige Richtung gesandt wurden. Und Gunnhild würde sie mit etwas Hübschem auf ihre Seite ziehen – wie die Sehsteine zum Beispiel, die sie sammelte.

Wie dumm von ihr, dachte die Herrin. Alle Sehsteine verdrehten die Wahrheit und gaben meist das zurück, was der Betrachter sehen wollte. Manche Steine zeigten sogar die Unwahrheit, besonders, wenn man sie sich unrechtmäßig angeeignet hatte.

Vielleicht konnte sie irgendwie eine falsche Vision für Gunnhild heraufbeschwören. Sie hing diesem Gedanken eine Weile nach, kam aber zu keinem Ergebnis.

Dann überlegte sie, Gimle irgendetwas anzubieten, dem ältesten Prinzen – ein Junge von zehn oder zwölf Jahren, wie sie wusste. Er war alt genug, den wilden Wikinger zu spielen, und wo konnte man das besser als in Norwegen? Das würde Blauzahns Zwecken dienen, und auch den ihren. Sie überlegte, was geschehen würde, wenn sie Gimle Eriksson eines ihrer eigenen Schiffe anbot, ihm ein eigenes Kommando übertrug.

Sie lächelte. Das würde die Familiensuppe zum Überkochen bringen. So etwas konnte sie jetzt nicht gebrauchen, doch sie würde es im Hinterkopf behalten. Was den Rest anging – das war so gut wie erledigt. Sie würde die Ladung umgehend nach Hollandstadt schicken, um Corbans Kapitän den Ärger zu ersparen, einen Boten über Land nach Hedeby zu senden.

Der Brief von Arinbjorn an König Harald Blauzahn war ein Angebot – so viel war ihr klar –, eine lange bestehende Fehde zwischen den beiden zu beenden. Das würde sie zu verhindern wissen. Arinbjorn einen Platz bei Blauzahn zu sichern kam nicht infrage, wenngleich er nicht einmal ein König war, sondern ein einfacher Mann. Ein kluger, feinsinniger, reicher Mann allerdings. Sollte er ruhig weiter mit Blauzahn im Streit liegen!

Mit halbem Ohr lauschte die Herrin Mavs wildem Gesang, der Bilder aus Jorvik vor ihrem inneren Auge erscheinen ließ. Sie würde kein Getreide schicken. Corban konnte ruhig eine Weile Hunger leiden – das würde seinen Verstand schärfen und ihn lehren, hauszuhalten.

Sie hob den Goldreif vom Teppich und streifte ihn sich wieder über den Arm.

15

Eriks Thronsaal war zum Bersten gefüllt; es waren mehr Tische aufgestellt, als Corban zuvor gesehen hatte, und alle waren gepackt voll mit Männern. Auf jedem Giebel leuchtete eine Fackel und sandte Rauchschwaden in die Luft. Das Gebrüll der Stimmen war ohrenbetäubend. Leise trat Corban ein. Er sah Sweyn Aalmund lauthals lachend an einem Tisch unweit des Throns sitzen. Corban hatte gehört, dass Sweyn auf einer Mission im Namen des Königs unterwegs war, doch jetzt war er offensichtlich zurückgekehrt. Der Rest von Eriks Männern saß an den vier Tischen an der Westseite des Saales.

Ihnen gegenüber, an zwei weiteren Tischen, saßen Fremde – offensichtlich keine Dänen. Es waren ernste, düstere Männer in dunklerer Kleidung, mit sorgfältig gestutzten Bärten und Haaren. Corban richtete sich auf und war plötzlich froh um den roten Mantel, der es an Pracht mit jedem Mantel in diesem Saal aufnehmen konnte.

Corban hielt Ausschau nach Arinbjorn und entdeckte ihn auch – allerdings nicht zur Rechten des Königs, wo er normalerweise saß, sondern an einem der unteren Tische. Auf seinem gewohnten Platz saß ein großer Mann mit schwarzem Haar und einer massiv goldenen Kette um den Hals. Corban ging zwischen den beiden Tischreihen hindurch auf den Thron zu.

Erik nahm den meisten Platz auf dem Thron ein. Er sah beeindruckender aus, als Corban in Erinnerung hatte: größer, gewaltiger. Er hatte den Kopf erhoben, und seine Augen blitzten; er wirkte wie ein wahrer König mit seiner Krone und den prunkvollen Gewändern. Corban trat auf ihn zu und verbeugte sich.

»Willkommen, Corban Tunichtgut.« Eriks Stimme dröhnte. Er wandte sich an den Schwarzhaarigen mit der goldenen Kette und erklärte: »Dieser Mann kauft und verkauft in Jorvik für die Herrin von Hedeby.«

Der große Mann räusperte sich. Er sah aus, als hätte er in eine Quitte gebissen. »Wir in England sind Christen. Wir dulden keine Hexen.«

Zu Eriks Linken drehte Gunnhild den Kopf, dass ihre langen, goldblonden Zöpfe im Licht schimmerten. Arinbjorn beobachtete Corban. Ihre Blicke trafen sich einen Augenblick lang, und der dänische Händler nickte ihm zu.

»Mit Eurer Erlaubnis, meine Herren«, sagte Corban und ging um das Ende des Tisches herum, wo Arinbjorn ihm Platz auf der Bank machte.

Als er sich setzte, drehte Arinbjorn sich schwungvoll und mit funkelnden Augen zu ihm um. »Das lässt du dir gefallen? Ich würde ihn ebenfalls beleidigen!«

»Wer sind all diese Leute?«

»Unterhändler des englischen Königs. Mit anderen Worten: Sie sind Spione. Morcar dort spricht ausgezeichnet Dänisch. Jedenfalls kannst du ihnen für das ausgezeichnete Essen danken. Erik hat seine Vorratskammern geplündert, um den Herren zu imponieren.«

Er deutete mit dem Kopf auf den großen gebratenen Eber, der vor ihnen auf dem Tisch lag.

Corban nahm sich ein dickes Stück Rippe von dem gerösteten Schwein und aß. Das letzte Stück Brot hatte er seinen Leuten im Haus gegeben. Wäre er nicht hergekommen, hätte er kein Abendessen gehabt, und so aß er mit Wohlbehagen und gesundem Appetit.

Doch Morcar, der Engländer, den Corban beobachtete, kostete lediglich ein Stück Fleisch, verzog das Gesicht und legte eine Hand auf seinen Magen.

»Was spionieren die Engländer eigentlich aus?«, fragte Corban.

Arinbjorn zuckte die Achseln. »Nichts, das ihnen irgendwie nützen wird, nehme ich an. Ah, da kommen die Skalden. Wenigstens werden wir ein wenig Unterhaltung haben.«

Vom unteren Ende des Saales her paradierte eine Reihe Männer an den Tischen und Bänken entlang, alle in schreiend bunten Tuniken, mit gekämmten Haaren und Bärten und Goldringen um Arme und Hälse. Mit vollem Bauch lehnte Corban sich zurück. Am nächsten Tisch hörte er Aalmund erzählen; klar und hell klang seine Stimme und erhob sich über den allgemeinen Lärm, der jedoch abrupt verstummte, als der erste der Skalden zu sprechen begann.

Die Worte waren dänisch, doch Corban konnte sich keinen Reim darauf machen. Für ihn waren es nur verwirrende Phrasen, die der Skalde mit hoher, kreischender Stimme rief, die den ganzen Saal durchdrang. Corban warf Arinbjorn einen Blick zu und sah, dass der Unterhändler vor Begeisterung strahlte; er nickte zu jedem Wort, und sein Blick war auf den Skalden gerichtet. Corban bemühte sich, die Bedeutung hinter den unablässigen Silbenketten zu erkennen, die der Skalde von sich gab. Es war eine seltsame Mischung aus Worten wie »Schwäne« und »Pfade« und »Odin« und »Thor«, in schrillem Tonfall herausgeschrien, bei dem ihm die Haare zu Berge standen. Als der Skalde sein Lied zu einem furiosen Ende brachte, spürte Corban die Rhythmen darin, die Eleganz der Phrasen. Es erinnerte ihn an alte irische Lieder aus einer Zeit, als Männer Helden waren und große Taten vollbrachten.

Nur dass es sich hier nicht um Männer aus alter Zeit handelte, sondern um Erik. Das Lied endete mit Lobeshymnen auf den König von Jorvik, der mit stolz erhobenem Kopf dasaß. Der Skalde verbeugte sich und setzte sich hin.

»Eine Drapa für den König«, erklärte Arinbjorn. »So etwas machen jetzt alle.« Er lehnte sich zurück, damit ein Sklave den Becher füllen konnte, den er sich mit Corban teilte. »Vor ein paar Jahren hat Erik einen alten Feind gefangen genommen, einen Isländer, der sich auf Poesie ebenso gut versteht wie auf das Töten. Erik wollte ihm gerade den Kopf abschlagen, da schrieb der Isländer eine großartige Drapa über ihn. Genau hier, vor dem versammelten Jorvik hat er sie dann rezitiert. Erik war so begeistert, dass er den Isländer hat gehen lassen. Niemand kann sich genau daran erinnern, was in dieser Drapa eigentlich gesagt wird – vermutlich nicht einmal Egil selbst, der sie sich ausgedacht hat –, doch jetzt versucht jeder Skalde auf der Welt, ihn auszustechen. Es ist eine Art Wettbewerb.« Er hielt inne und kostete vom Ale. »Ich wünschte, du hättest etwas von deinem Ale mitgebracht. Das hier ist ein widerliches Gesöff.«

Corban pflichtete ihm bei. Ein weiterer Skalde bewegte die Arme mit abgehackten Bewegungen durch die Luft. Unter dem steten Strom der Komplimente saß der König mit stolzgeschwellter Brust auf dem Thron und fühlte sich wohl wie eine Katze in der Sonne. Seine Frau neben ihm hingegen blickte ins Leere. Noch immer lag ihre Hand auf seinem Arm.

Corban lockerte den Kragen seines roten Mantels. Er war angetrunken, und ihm war heiß. Er löste den Blick von Erik, der soeben seinen Becher hob und dabei Ale auf sein prachtvolles Gewand verschüttete. Corban fragte sich mit einem Mal, was wirklich war und was sich nur in seinem Verstand abspielte. Er hatte das Gefühl, ganz woanders zu sein, getrennt von all diesen Männern, die er durch ein Fenster zu sehen schien.

Neben ihm beugte Arinbjorn sich leicht nach vorn, den Blick auf den vortragenden Skalden gerichtet. Am nächsten Tisch erhob Sweyn wieder laut die Stimme. »Ich bin an der Küste entlang den ganzen Weg bis Humbermouth gesegelt, und es gab nichts. Nicht ein bestelltes Feld, nicht eine Kuh.«

Die Worte dröhnten wie Glockenschläge in Corbans Kopf. In seiner Erinnerung sah er die Berge blutiger Knochen geschlachteter Kühe am Strand vor sich. Ihm drehte sich der Magen um. Von tief unten in seinen Gedanken stieg ein schreckliches Wissen an die Oberfläche. Es war etwas, das er im Grunde schon eine ganze Weile wusste, nur hatte er bisher nicht den Mut gehabt, sich diesem Wissen zu stellen. Er erinnerte sich, wie Arinbjorn gesagt hatte: »Erik schickt Sweyn jetzt aus, seine Arbeit zu tun.« Sein Nacken glühte. Wie ein blendend weißer Blitz traf ihn die Erkenntnis, dass es Erik gewesen war an jenem Tag in Irland … die blutigen Knochen, das brennende Haus, die erschlagenen Menschen.

Erik und diese Männer.

Er zwang sich, Ruhe zu bewahren. Die erste Welle der Wut überrollte ihn, und er legte die Hände auf den Tisch, starrte darauf und bezwang das Verlangen, aufzuspringen und alle diese Mörder zu töten, wie sie da saßen.

Sie redeten und lachten um ihn herum, lümmelten sich auf den Bänken, ohne etwas von dem Zorn zu ahnen, der in Corban loderte. Der Mantel erstickte ihn beinahe. Heftig zerrte er an den Ärmeln.

Erst als er an Mav dachte, beruhigte er sich wieder. Er konnte diese Männer nicht töten, nicht einen von ihnen. Als die Welt um ihn herum wie ein eisiger Wind wieder auf ihn einstürmte, spürte er einen Blick auf sich ruhen. Er drehte den Kopf und sah, dass Gunnhild ihn anstarrte.

Corban senkte den Blick, murmelte Arinbjorn eine Entschuldigung zu und erhob sich. Unsicher ging er durch den Saal und zur Tür hinaus.

Draußen umfing ihn luftige Dunkelheit. Er brach am ganzen Körper in Schweiß aus; der Magen drehte sich ihm um. Das Fleisch in seinen Eingeweiden war plötzlich verdorben, und sauer schmeckte er das Ale im Rachen. Er wollte sich übergeben, sich von dem Makel Erik Blutaxt befreien. Sein Kopf dröhnte, und er hatte das scheußliche Gefühl, aufgedunsen und verstopft zu sein. Der Mantel war zu klein, zu eng. Er zerrte daran, riss ihn auf und ließ die kalte Luft an seinen Körper. Dann wandte er sich in Richtung Fluss, merkte jedoch kaum, wohin er ging. Seine Füße suchten sich ihren Weg von allein.

Allmählich wurde sein Verstand wieder klar, und er erkannte, dass er den Weg zum Fluss hinunterging und sich in der Nähe jener Stelle befand, an der Benna ihre Töpfe verkauft hatte. Unten am Flussufer blieb er lange stehen und blickte hinaus auf das Wasser.

Verdammt sollst du sein, Erik, dachte er. Verdammt ihr alle! Doch es waren belanglose, unwichtige Worte, und er selbst war ein belangloser, unwichtiger Mann, der inmitten jener Mörder gesessen hatte, die seine Familie zerstört hatten, und der nicht einmal die Hand erhoben hatte, um zurückzuschlagen.

Alles war verdreht, verschoben. Er liebte seine Schwester und durfte sie nicht im Stich lassen. Und er hasste Erik. Was gut war, war böse – oder vielleicht gab es das Gute gar nicht, sondern nur weniger oder mehr Böses. Er konnte jetzt nicht darüber nachdenken. Alles, was er tat, stellte sich im Nachhinein als falsch heraus. Die Welt war zu verdorben, um je wieder rein werden zu können.

Nein, sagte er sich. Nicht die Welt, sondern er selbst. Er spürte den kalten Wind auf der Brust und in den Haaren. Die Sterne ließen ihr Licht auf ihn herabregnen, und das leise Plätschern des Flusses drang an seine Ohren. Er erinnerte sich daran, als er das erste Mal in Jorvik gewesen war; damals war er durch die verschneite Wildnis gewandert, um zu jagen. Er erinnerte sich an seinen einsamen Weg, an seine Suche nach Spuren von Hase oder Rotwild. Er erinnerte sich an den Frieden, den er damals in sich gespürt hatte. Dieser innere Frieden war verschwunden, und er konnte nicht darauf hoffen, ihn jemals wieder zu finden. Irgendwie hatte er sich verändert. Er stellte sich vor, wie er durch den Schnee stapfte, der rote Mantel wie eine Wunde, wie ein Blutfleck vor dem Hintergrund des Weiß.

Er stand und starrte über den Fluss. Er versuchte, Bennas Hütte auszumachen, und überlegte, ob er dorthin gehen sollte, als er hinter sich ein tiefes Knurren hörte.

Er wirbelte herum. Seine Kopfhaut prickelte. Einen Moment sah er nur den Weg mit den zu beiden Seiten aufragenden Reihen verschlossener, schweigender Häuser. Dann trat eine Wölfin aus dem Schatten zwischen zwei Häusern, den Kopf gesenkt. Im Mondlicht schimmerten ihre Augen grün.

Corban wusste sofort, wer es war. Ihm stockte der Atem. Die Wölfin trottete auf ihn zu, wobei sie ihn unablässig anstarrte. Corban unterdrückte das Verlangen, Hals über Kopf die Flucht zu ergreifen. Er zwang sich, ruhig zu bleiben. Wie gebannt blickte er die Wölfin an, die auf ihn zu schlich, das Maul offen, mit leuchtenden Augen. Er spürte, wie der Boden unter ihm schwankte, wie der Weg unter seinen Füßen zu schrumpfen schien. Ein Abgrund tat sich zu beiden Seiten von ihm auf. Sämtliche Fluchtwege waren ihm vom Flussufer, dem Stadtgraben und der Stadtmauer versperrt. Die Wölfin würde ihn in jedem Fall erwischen. Und es gab kein Versteck – wo er sich auch verbarg, welche Haken er auch schlug, sie würde ihn sofort einholen. Mit zitternden Knien blieb er, wo er war.

»Wo willst du hin?«, fragte sie.

»Ich …« Er räusperte sich. Seine Hände glitten über den Mantel. Hastig zog er ihn eng um sich. In Gedanken flehte er die Herrin um einen Zauberspruch an. »Nach Hause.« Er machte einen Schritt nach vorn, geradewegs auf sie zu.

Sie knurrte ihn an. Licht strahlte von ihr aus, ihre Umrisse glühten. »Du wagst es, mich und die Meinen zu bedrohen?«

»Ich habe nicht die Macht, Euch zu bedrohen.« Wieder ging er vor, wieder direkt auf sie zu. Der Mantel der Herrin war seine Rüstung. »Ich gehe bloß nach Hause.«

Sie sprang ihn an. Er duckte sich mit erhobenen Armen, und sie sprang durch ihn hindurch, schlug ihm wie ein heißer Windstoß entgegen. Unwillkürlich stieß er einen Schrei aus, doch sie war bereits fort. Zitternd richtete er sich auf. Ihm war schlecht. Die Welt schien aus den Angeln gehoben worden zu sein. Der Weg vor ihm war wieder fest und breit. Oben in der Stadt läuteten die Kirchenglocken.

Er blieb an Ort und Stelle stehen. Ihm war kalt, und er fühlte sich nicht erleichtert. Der Mantel hatte ihn diesmal beschützt, doch sie würde es wieder versuchen, auf andere Weise.

Die Herrin hatte gesagt, er würde wissen, was zu tun sei, doch er hatte keine Ahnung …

Bedrückt ging Corban zu seinem Haus. Bei jedem dritten Schritt blickte er über die Schulter zurück.

Mav stopfte sich die Faust in den Mund, um sich am Singen zu hindern, doch der Sprung des Wolfs ließ sie einen Schrei ausstoßen, der durchs ganze Haus schrillte. Sie verstummte, rang nach Atem und kämpfte einen neuerlichen Schrei nieder.

In ihrem Verstand loderte es. Wieder und wieder spürte sie die brennende Fackel seines Zorns. Eine Flutwelle der Wut lief zischend ihre Nervenbahnen entlang und schrie danach, gehört zu werden; sie biss die Zähne zusammen, um sich der aufsteigenden Woge des Gesangs entgegenzustemmen, stopfte sich den Kissenbezug in den Mund, jedoch vergebens: Der Gesang stieg aus ihrer Kehle hervor.

Aber sie durfte nicht singen! Alles, was sie der Herrin jetzt verriet, war gefährlich und konnte den Untergang für sie alle bedeuten. Doch der Gesang zwang ihre Kiefer auseinander, und die Töne strömten aus ihr heraus und erzählten der Herrin alles, was geschehen war, alles, was Corban tat und wusste …

Mav konnte nicht aufhören zu singen. Verzweifelt suchte sie nach einem anderen Weg. Sie könnte an etwas anderes denken, von dem sie singen konnte. Oder an *jemand* anderen. Einst hatte sie Corban immer etwas vorgesungen, der ihr näher war als ihre eigene Haut. Jetzt gab es noch jemanden, den sie ebenso sehr liebte. Sie senkte den Kopf und schlang die Arme um ihren Leib, in dem ihr Kind heranwuchs.

Und als sie das tat, versetzt das Ungeborene ihr einen kräftigen Tritt in die Seite; wie eine Quelle aus einem Felsen ergoss sich der Gesang aus ihr heraus.

Die Welt bekam einen Riss. Ihr Geist stieg empor. Plötzlich war Corban verschwunden – und mit ihm sein Hass und seine Rachegedanken. Ihr Geist kühlte sich ab. Weite Wälder und Seen öffneten sich vor ihr, eine Flut unverständlicher Bilder, die sie nie zuvor gesehen hatte und die gerade deshalb umso leuchtender und lebendiger waren. Unter ihren wiegenden Armen drehte sich das Kind und trat um sich, während Mav von der Welt sang, in der es wandeln würde.

Die Herrin saß auf einem Schemel an Mavs Bett und hielt ihre Hand. Sie hatte sofort gewusst, dass dies nicht der wahre Gesang war, nicht das, was sie wollte, und doch konnte sie sich auch diesem anderen Gesang nicht entziehen. Ihr stockte der Atem, und ihr Verstand schwebte auf diesem Fluss der Träume.

Die Musik füllte ihren Geist mit einer unermesslichen Vielfalt aus Lauten, blendenden Farben und Visionen, die so wirklich erschienen, als wäre sie dort. Sie ruderten an einem Berg aus blauem Kristall vorbei, der über ihnen aufragte; Stücke des Kristalls brachen ab und rutschten mit lautem Knirschen ins Meer, wobei sie Wellen warfen, die das Schiff emporhoben. In diesem eisigen blauen Meer schwammen riesige Ungeheuer, und die Männer im Schiff kämpften mit ihnen.

Dann befanden sie sich inmitten kupferhäutiger Menschen mit langem, schwarzem Haar. Ein Mädchen kam auf sie zu, mit kupferfarbener Haut und grauen Augen. Sie waren in einem ausgedehnten Wald, in dem ein fremd aussehendes Haus stand. Corban Tunichtgut stand neben diesem Haus, in seinem rot-blauen Mantel.

Für die Herrin ergab das alles keinen Sinn. Die Bilder stürmten in so schneller Folge auf sie ein, dass ihr schwindlig wurde. Jeder Ort war wie das Aufblitzen eines Traumes; dann war das Bild plötzlich verschwunden, und ein anderes erschien an seiner Stelle.

Sie sah eine kleine, brennende Ansiedlung. Wieder erschien der hoch aufragende blaue Kristallberg und das wogende blaue Meer. Sie sah einen Nachthimmel mit seltsamen Sternformationen. Im grauen Dämmerlicht erschienen kahle, baumlose Hügel, blank gefegt, bleich wie Knochen der Erde. Dann wieder funkelte das Meer im Sonnenlicht, und Schiffe segelten über grüne Wellen. Sie erblickte eine Flotte aus Drachenbooten; angetrieben von ihren Rudern, die wie die Beine eines ausschreitenden Giganten aussahen, durchpflügten sie die Wellen.

Ihnen entgegen segelten Reihen fremder Schiffe mit hochgezogenem, kastenförmigem Bug; unterhalb der Reling waren Augen aufgemalt. Die Drachen fuhren schnell auf sie zu, entschlossen, siegesgewiss. Es schien, als würden sie die fremden Schiffe auf einen Schlag vernichten.

Kurz bevor die Gegner aufeinandertrafen, flog von den fremden Schiffen ein stetiger Strom von Kugeln aus Feuer durch die Luft. Flammenschweife und Rauch markierten die Flugbahn dieser Feuerkugeln, die auf den Drachen explodierten und brennende Fontänen spuckten. Das Meer kochte, Flammen schossen empor, und Männer verbrannten. Schwarzer Qualm wälzte sich über den klaren blauen Himmel und verdunkelte ihn.

Die Herrin packte Mav und schüttelte sie leicht. »Zeig mir Erik«, befahl sie. »Zeig mir Gunnhild.«

Das Mädchen beachtete sie nicht. Die Bilder flossen weiter, und erneut gab die Herrin sich ihnen hin, trunken von ihrer Pracht. Sie befand sich mitten in einem Kampf; schwitzende, keuchende Männer waren überall um sie herum, schwangen ihre Waffen und wurden von Schlägen niedergeworfen. Unter ihren Füßen hob und senkte sich das Schiff. Sie konnte sich kaum auf den Beinen halten. Um sie her starben Männer, und viele riefen Jesus um Hilfe an.

Selbst im Gesang durchfuhr dieser Name sie wie ein Stich. Abwehrend wandte sie sich halb um.

Durch einen dunklen, regennassen Kiefernwald stieg sie aufwärts, stand dann auf einer Landspitze und sah das Ende der Welt, wo das Meer sich in den nebelverhangenen Abgrund ergoss – mit einem Donnern, das die Erde zu ihren Füßen erzittern ließ. Sie wandte den Kopf und sah das kupferhäutige Mädchen neben sich, das sie neugierig betrachtete.

Auf einem der großen westlichen Seen legte ein Drachenboot ab, doch an den Rudern saßen keine Dänen, sondern dunkelhäutige Männer, die ihr Haar zu einer Art Schweif gebunden trugen. Sie schaute ihnen nach, wie sie nach Westen ruderten, ins Auge der Sonne, und das Wasser strahlte golden um sie herum, gekerbt mit Schatten, wenn die Ruder eintauchten.

Dann saß vor ihr auf dem Thron in Norwegen eine alte Frau, die eine Krone auf dem Schoß hielt. Es war Gunnhild.

Die Herrin stieß einen heiseren Schrei aus, riss sich los aus der Benommenheit, packte Mav an den Schultern und rüttelte sie erneut. »Wach auf! Wach auf …«

Schwerfällig dreht Mav sich um und blickte sie an. Ihre Augen, groß und rund, leuchteten silbern wie der Mond. Aus ihrem Mund erklang eine fremdartige, tiefe, widerhallende Stimme.

»Rühr mich nicht an.«

Die Herrin zuckte zurück, behielt jedoch die Hände auf den knochigen Schultern des Mädchens. »Du erzählst mir von Dingen, die kommen werden – ich befehle dir, erzähle mir von Blauzahn. Was wird mit ihm?« Noch immer sah sie Gunnhild alt und verbraucht auf dem norwegischen Thron sitzen, in den Händen eine leere Krone. »Sag es mir!«

Einen Moment lang starrte das Mädchen sie mit ihren silbernen Augen an, dann sang sie. Entsetzt riss die Herrin die Hand zurück, denn im Strom der Musik sah sie König Harald Blauzahn niederknien, mit einem weißen Hemd bekleidet. Ein Mann mit einem Kreuz in der Hand spritzte Wasser auf ihn.

»Nein!«, schrie die Herrin. »Zeig mir nichts mehr davon!«

Mav lachte auf, und ihr Blick wurde dunkel. Sie entzog sich dem Griff der Herrin und sank aufs Bett. Still lag sie da, die Arme um den Leib geschlungen.

Die Herrin stand auf und ging nach hinten, ans rückwärtige Ende des Hauses, zu ihrem eigenen Schrankbett.

Bald darauf kam Blauzahn zu ihr, wie er es oft tat, um Neuigkeiten aus Jorvik zu erfahren. Die Herrin vertröstete ihn. Was sie von ihm gesehen hatte, was in der Zukunft aus ihm werden würde, toste wie ein Sturmwind in ihrem Innern. Sie schenkte ihm Wein ein und forderte ihn auf, es sich bequem zu machen. Gleichzeitig beobachtete sie ihn argwöhnisch.

Plötzlich hielt sie es nicht mehr aus.

»Ihr werdet Christ?«

Blauzahn schreckte auf, und sein Gesicht verdunkelte sich. Er starrte in seinen Weinbecher. Schließlich erwiderte er: »Ich habe lange und gründlich darüber nachgedacht…«

»Dummkopf!«, stieß die Herrin zornig hervor. »Sie schwingen schöne Reden, diese Christen. Haben sie auch Euch den Verstand vergiftet? Was tun sie Euch denn Gutes, zumal, wenn man bedenkt, was sie Euch kosten? Diese Erzbischöfe sind nicht besser als die anderen.«

»Doch, das sind sie«, entgegnete er, machte es sich auf dem Stuhl bequem und wandte sich ihr zu. Sein Blick war kalt und durchdringend. »Ich habe gelernt, dass Christus der wahre Schöpfer ist – Odin oder Thor einmal dahingestellt. Christus ist mächtiger als seine Rivalen. Und so, wie es nur einen Gott geben soll, so wird es nur einen König geben, versteht Ihr?«

»Pah!«, stieß die Herrin aufgebracht hervor. »Um eines kleinen Vorteils willen würdet Ihr alles vernichten, was wir sind.«

»Ich kann mich nicht einfach davon abwenden. Dieses Schwert ist von großer Kostbarkeit.« Er stand auf und raffte seinen Mantel zusammen. »Wenn Ihr mehr über Erik in Erfahrung gebracht habt, lasst mich rufen.«

Heißer Zorn stieg in ihr auf. Er hatte gerade zugegeben, dass er sie hintergehen würde – und doch erwartete er von ihr, dass sie ihm diente!

Als er fort war, dachte sie gründlich nach. Wie immer gab es verschiedene Betrachtungsweisen. Erik Blutaxt war mit dem Wasser der Christen bespritzt worden, und doch war er den alten Göttern treu geblieben. Sie strich sich übers Kinn, dachte angestrengt nach. Für sie gab es keinen Platz in der christlichen Kirche, in der es um Vertrauen ging, um Glauben, Rituale und Reliquien, um Angst und Regeln – nicht aber um Wissen, und ganz sicher nicht um *ihre* Art von Wissen.

Die Herrin fragte sich, ob ihre Zeit nun langsam zu Ende ging …

Und doch hatte sie Gunnhild auf dem Thron von Norwegen gesehen. Es sah so aus, als hätte sie dort irgendwie Erfolg gehabt – mit Blauzahn oder ihm zum Trotz. Dann war dieses bedeutende Werk nicht vergebens, sondern war nur verschlungenere Pfade gegangen.

Was die Herrin nun wusste, veränderte alles. Es war jetzt weniger wichtig, bei Erik ihren Willen durchzusetzen und

Blauzahn an sich zu binden. Viel wichtiger war, dass sie den Bruder zurückbekam, damit sie Mav dazu bringen konnte, sich ihr zu unterwerfen. Ohne Mav ging sie nirgendwo mehr hin, besonders jetzt nicht, da ihre Macht sich entfaltete. Und wohin es sie auch verschlug – eine solche Macht war Königreiche wert.

Noch gab es viel zu tun, trotz Blauzahn.

Sie berührte den Goldreif an ihrem Arm und ermahnte sich selbst, sich in Geduld zu üben und in Ruhe ihre Schritte zu tun.

16

»Gottes Wille geschehe. Und es ist Gottes Wille, dass Erik zum König über uns …«

In die Menschenmenge vor ihm geriet Bewegung. Hinten in der Gruppe presste Benna die Lippen aufeinander. Sie sagte nichts. Bisher hatte sie hier ihren Vater vertreten, doch jetzt, da er auf dem Friedhof beerdigt worden war, sollte sie eigentlich nicht mehr dort sein. Bisher jedoch hatte niemand eine Bemerkung darüber gemacht. Es waren wenigstens noch drei oder vier andere Frauen anwesend. Euans Mutter stand neben dem Altar, vor einer Reihe Kerzen.

Vom anderen Ende der Kirche rief eine tiefe Stimme: »Nein, es war nicht Gott, es war unser guter Erzbischof. Er wollte uns die Engländer vom Hals halten. Und wo ist Wulfstan jetzt?« Den Worten folgte humorloses Lachen.

Die Hände des Priesters bewegten sich vor seiner schwarzen Robe auf und ab. »Gott sei unserem Erzbischof gnädig.«

»Gott sei uns gnädig!«, brüllte die tiefe Stimme.

»Wir müssen unsere Bürde mit Demut tragen«, rief der Priester. »Fragt Gott, was er von uns verlangt …«

Er würde ewig so weiter lamentieren, erkannte Benna und trat einen Schritt vor. »Ihr müsst zu Erik gehen und ihn bitten, uns zu entlasten.«

Sofort schlug sie sich eine Hand auf den Mund; sie hatte nicht laut sprechen wollen. Jetzt hatte sie es getan, und überall um sie herum drehten die Menschen sich um und starrten sie an: die Bäcker, die Flickschuster, die Metzger …

Doch sie nickten beipflichtend. Stimmen wurden laut und wiederholten, was sie gesagt hatte. »Ihr müsst zum König gehen!«

Der Priester widersetzte sich. » Sie ist eine einfache Frau! Wie soll sie da Priestern und Königen Ratschläge erteilen?«

Benna wurde rot, ihre Wut kochte wieder hoch. »Weil ich eine einfache Frau bin, brauche ich den Schutz meines Königs und meines Priesters. Wird er ihn mir gewähren oder nicht?«

Um sie herum ertönten von überall laute Rufe der Zustimmung. Zu ihrer Überraschung drehte die Witwe des Apothekers sich zu ihr um. Mit einem Lächeln nickte sie ihr anerkennend zu.

Der Priester schwankte vor und zurück. In seiner langen, schwarzen Robe sah er aus, als hätte er keine Füße. Sein Gesicht war eine Grimasse, der Mund verzerrt, die Augen halb geschlossen. »Es wird nichts Gutes daraus gedeihen. Gott stellt uns alle auf die Probe, und ihr versagt schändlich…«

Vom anderen Ende der Menge erschallte wieder die tiefe Stimme. »Hört auf, Euch hinter Gott zu verstecken! Geht zum König! Wir gehen mit Euch oder ohne Euch. Entscheidet Euch, Vater.«

»Doch entscheidet Ihr Euch falsch«, rief einer der Flickschuster, »werdet Ihr die Messe bald allein feiern können, verdammt noch mal!«

Bei diesem Fluch zuckte der Priester zusammen, doch die Menge schrie und brüllte. Sie waren in Hochstimmung, jetzt, da ihnen nur der Priester gegenüberstand, nicht Erik oder seine Männer. Benna blickte sich um, und ihr Mut sank. Es war leicht, zu brüllen und sich gegenseitig zuzujubeln. Doch Erik zu bewegen, sie ernst zu nehmen, würde sehr viel schwieriger.

Die Leute traten aus der Kirche hinaus ins Sonnenlicht eines Sommernachmittags. Der Flickschuster rief Benna zu: »Gut gesprochen, Mädchen.« Viele Menschen hatten sich auf dem Kirchhof versammelt. Benna sah sich nach Arre um.

Den Korb am Arm stand ihre Schwester bei einer Gruppe

Stadtjungen, Euans Freunden, und wechselte ein paar Worte mit ihnen. Euan war nicht darunter. Als sie Benna erblickte, legte sich ein Lächeln auf ihr Gesicht. Sie wimmelte die Jungen ab und kam über den Hof gelaufen.

»Wie war es?«

»Ich weiß es nicht. Der Priester muss losgehen und den König bitten, uns zu helfen. Mehr weiß ich auch nicht.«

In diesem Moment trat der Priester aus der Kirche. Alles jubelte. Der Priester war totenbleich. Er hob den Arm und segnete die Versammelten mit einer schlaffen, kraftlosen Handbewegung. Dann schritt er mit angespanntem Gesichtsausdruck über den Weg. Die Menge folgte ihm.

»Lass uns zu Corbans Haus gehen«, schlug Arre vor.

»Es wird lange dauern, bis er den König dazu gebracht hat, ihm zuzuhören, vielleicht den ganzen Tag.« Sie hängte sich bei Benna ein.

»Corban… «, murmelte Benna. Sie hatte ihn noch nicht gesehen, seit er wieder in Jorvik war. Er hatte ihr den Spiegel mitgebracht, und sie hatte ihm eine Zeichnung geschenkt – darüber hinaus war zwischen ihnen nichts getauscht worden. Wollte er sie nicht sehen? Was sie selbst betraf, war Benna nicht sicher; bei ihrem letzten Zusammentreffen hatte sie wegen ihm eine Närrin aus sich gemacht. »Vielleicht…«

»Komm mit«, sagte Arre. »Sieh mal, da ist Grod!« Sie rief dem alten Mann zu und zog Benna mit sich eine Gasse hinab auf den Weg, an dem Corbans Haus stand.

»Es geht folgendermaßen«, erklärte Euan. »Wie viel hast du für die Schaffelle dort bezahlt?«

Corban hatte den ganzen Morgen damit zugebracht, Schaffelle zu kaufen, die Arinbjorn vom Lande mitgebracht hatte; jetzt sah er den Stapel durch und nannte den Preis eines jeden Felles. »Für dieses hier vier Pence, für das hier drei.« Bei jedem Preis, den er nannte, schoben die langen, knotigen Finger des Jungen die Perlen des Abakus auf ihren

Drähten hin und her. Als er sämtliche Felle durchgegangen war, richtete Corban sich auf. Mit gerunzelter Stirn blickte er Euan an. Der hielt ihm den quadratischen Rahmen mit den Drähten hin, auf denen die Perlen aufgereiht waren.

»So viel hast du für alle zusammen bezahlt. Vier Zehner und zwei – zweiundvierzig Pence.« Er legte sich den Rahmen wieder auf die Knie und spielte darauf wie auf einer Harfe. Anschließend hob er ihn wieder hoch. »Und so viel schuldest du dem König – zwei Zehner und einen, also einundzwanzig Pence.«

Corban kratzte sich am Kinn. Das schien ihm keine solch große Macht zu sein; er markierte einfach seine Kerbhölzer, und mit dem endlos fließenden Geld aus der Börse der Herrin machte es sowieso keinen großen Unterschied. Er sah jedoch, dass Euan den Abakus für etwas Wundervolles hielt. Seine Finger tanzten über die Perlen, und seine blassen, kurzsichtigen Augen waren voller Konzentration. Ohne groß darüber nachzudenken, fragte Corban: »Euan, willst du für mich arbeiten?«

Der Junge hob den Kopf und blinzelte ihn an. »Und was?«

»Felle zählen. Und andere Dinge, wie es sich ergibt.«

Der Junge nahm seine Mütze ab und strich sich mit der Hand über sein langes braunes Haar. »Meine Mutter braucht mich. Es steht sehr schlecht zurzeit, wie du weißt.«

»Ich weiß. Habt ihr zu essen?«

»Ich ...« Euan zog sich die Mütze wieder in die Stirn. Sein Blick schweifte zum Abakus, und wieder spielten die langen Finger mit den Perlen. »Wir haben Brot«, murmelte er.

»Woher bekommt ihr es?«

Der Junge wollte ihn nicht ansehen. Er beugte sich über den Abakus, als würde der ihm endlos Geheimnisse preisgeben. »Ein Freund meiner Mutter«, murmelte Euan schließlich, »von außerhalb der Mauern.«

»Ich gebe dir Geld, wenn du mir ...«

»Nein.« Euan schüttelte den Kopf. Jetzt blickte er auf. »Meine Mutter hat mir verboten, es dir zu sagen. Es gibt kaum genug für uns. Und wenn du anfragst mit all deinem Geld, wird er dir alles verkaufen und uns nichts mehr lassen.«

Corban verschränkte die Arme vor der Brust. Es lag eine üble Ironie in dieser Sache. Er fragte sich, ob nicht in allem, was mit Geld zu tun hatte, eine üble Ironie lag.

»Es tut mir leid«, erklärte Euan.

»Es braucht dir nicht leidzutun. Du hast mir gesagt, was ich wissen muss.«

Arre kam ins Zimmer. Sie trug einen Korb über dem Arm. Hinter ihr trat Grod ein, gefolgt von Benna. Corban richtete sich auf. Bevor er noch wusste, was er tat, ging er bereits zu ihr, ein breites Grinsen auf dem Gesicht. Sie schaute in seine Richtung, und ihre Blicke trafen sich. Sie lächelte, und Corbans Herz tat einen Sprung.

»Ich habe euch allen Steckrüben und Zwiebeln mitgebracht, Corban«, erklärte Arre. »Gifu ist jagen gegangen. Vielleicht besorgt sie uns Fleisch.« Grod hatte den Becher und den Krug geholt und streckte die Hand nach dem Getränk aus.

Unverwandt ruhte Corbans Blick auf Benna.

»Danke für den Spiegel«, sagte sie und hob die Hand an ihre Kehle. Er sah, dass sie den Spiegel an einem Lederband um den Hals trug.

»Ich bin froh, dass er dir gefällt. Ich bin überhaupt sehr froh, dich zu sehen.«

Hinter ihnen ließ Euan sich vernehmen. »Was ist in der Kirche geschehen? Hat der Priester angeboten, etwas zu unternehmen? Das bezweifle ich.«

»So einfach war es auch nicht«, erwiderte Arre. »Er hat es nicht angeboten – die Leute haben ihn dazu gebracht. Er muss mit dem König sprechen. Draußen wartet eine große Menschenmenge darauf, dass er sich auf den Weg macht. Rogn und Ralf waren da. Sie haben nach dir gesucht.«

»Du bist nicht über den Fluss gekommen, um mich zu sehen, Corban«, sagte Benna fest.

»Ich ...« Corban sah zu den anderen, zu Arre, Euan und Grod, die beisammenstanden und Ale tranken.

Benna betrachtete Corban genauer.

»Das ist ein sehr kleidsamer Mantel.«

Er strich über seinen schönen roten Mantel, der ihm so schlecht passte und ihm immer zu warm war.

Er zog ihn aus. »Du verstehst das nicht. Es geht so viel vor ...« Wieder wandte er den Kopf zu der Tür, durch die Arre nun zusammen mit Euan und Grod hinausgegangen war. »Wohin gehen sie?«, wollte er wissen.

»Der Priester geht zum König, um mit ihm zu sprechen. Um ihn dazu zu überreden, uns zu helfen.«

»Was wird das nützen?«

Sie sah ihn verärgert an. »Wir müssen etwas tun, sonst verhungern wir alle! Oder hast du einen besseren Vorschlag?«

»Ist dort draußen eine Menge versammelt?« Er ging zur Tür, um hinauszublicken. Die Erinnerung an Aalmund kam ihm in den Sinn, wie dieser seine Männer um sich gesammelt und die Menge hatte beschatten lassen, und wie er ihm erklärt hatte: »Ich behalte die Leute stets im Auge, denn sie hassen uns.«

Er hatte den Mantel noch immer in der Hand; unsicher legte er ihn wieder an, denn er brauchte dessen Schutz. »Komm. Lass uns gehen.« Er führte Benna hinaus auf die Gasse.

»Steckrüben und Zwiebeln!« Erik schlug mit der Faust auf den Tisch. »Das ist eine Beleidigung. Lasst die Bauern fressen, was sie aus der Erde wühlen. Ich aber brauche Fleisch!«

»Wir müssen das Fleisch aufsparen«, erwiderte Gunnhild. »Für heute Abend. Für diesen Engländer, diesen Morcar, damit er glaubt, dass wir reich sind. Morgen ist er weg.«

»Dann wird kein Fleisch mehr da sein. Wo ist Aalmund? Er ist derjenige, der uns im Stich gelassen hat. Er sollte Fleisch mitbringen und ist mit leeren Händen zurückgekommen!«

Gunnhild kauerte sich in ihre Ecke des Throns; ihr ältester Sohn Gimle, hochgewachsen und hager, stand ein Stück abseits. Sie warf ihm einen Blick zu und hoffte, dass er alles beobachtete, auch wenn er aussah, als wäre er halb eingeschlafen. Sein maisgelbes Haar war zerzaust. Gunnhild wünschte, ihr kleiner Harald wäre älter. Er war der Tüchtigere von beiden. Am anderen Ende des Thronsaales drückte sich eine schwarz gekleidete Gestalt ängstlich im Schatten herum. Mit einem gekrümmten Finger deutete Gunnhild auf den Schwarzgewandeten. »Der Priester ist da. Er will mit dir sprechen.«

Die Arme auf die Knie gestützt lehnte Erik sich vor und blickte durch den Thronsaal. »Gimle!« Der Junge schreckte auf, war plötzlich hellwach. »Geh und hol Aalmund.«

Gimle lief in Richtung Hintertür davon. Gunnhild meinte: »Du hättest letzten Winter auf mich hören sollen. Ich habe gleich gesagt, dass es so kommt.«

»Pah! Aber an die Dinge, von denen du behauptest, dass sie passieren und die dann *nicht* geschehen, erinnerst du mich nie.« Er flegelte sich in den großen, geschnitzten Stuhl. Sein langer Bart hing ihm zerzaust bis auf die Brust.

Der Priester kam durch den Saal geschlichen. Seine eng beieinander stehenden Augen sahen überallhin, nur nicht auf den König. Er hatte Todesangst vor Erik, stellte Gunnhild amüsiert fest. Schließlich erreichte er den Tisch und neigte den Kopf.

»Mein Gebieter … o mächtiger König von Jorvik …«

Erik hob einen Fuß und rammte ihn gegen den Tisch, was den Priester sofort zum Schweigen brachte. »Hast du schon gegessen?«

»Ich hatte Brot zum Frühstück, Gebieter …«

»Ich esse Steckrüben und Zwiebeln!« Erik trat vor, schrie

ihm die Worte ins Gesicht. Der Priester zitterte. Erik hatte sämtliche Priester vertrieben bis auf diesen, gleich nachdem der Erzbischof in Jedburh in sicherer Verwahrung war. Dieser hier blieb allerdings nur, weil er zu feige war davonzulaufen.

»Mein Gebieter, die Menschen haben nichts! Sie haben mich ersucht, Euch aufzusuchen ... Euch zu bit ...«

»Mich zu bitten? Um was? Denken sie, ich wühle in der Erde, um sie zu füttern? Ich bin der König! Sie müssen mich ernähren!« Wieder rammte Erik den Fuß gegen den Tisch; dann ließ er sich auf den Thron zurücksinken.

»Herr, würdet Ihr die Steuern erlassen, würden die Menschen vielleicht Lebensmittel in die Stadt bringen, um sie zu ...«

Erik richtete sich wieder auf. »Du meinst, dass es irgendwo Nahrungsmittel gibt und dass man sie vor mir versteckt hält?«

»Nein, mein Gebieter, es ist nur ... wenn die Steuern nicht so hoch wären ...«

»Verflucht sollen sie sein!« Erik sprang auf. Gimle war zurückgekehrt. Sweyn Aalmund folgte ihm auf dem Fuße. Der Priester wich zurück in den Schatten; Gesicht und Hände schwebten bleich über seinem dunklen, schäbigen Gewand. Sweyn schritt an ihm und Gimle vorbei und trat vor den König.

»Mein Gebieter«, begann er. »Draußen sind Leute, eine ganze Horde. Ich glaube, dieses Pack wartet auf den Priester hier ... dass er hinauskommt und zu ihnen spricht.«

Händeringend flüsterte der Priester in den Schatten vor sich hin. »Nein, nein ...«

Erik vergrub die Finger im Bart und spitzte die Lippen. Schweiß stand ihm auf der Stirn.

»Was meinst du damit – eine ganze Horde? Schick sie fort von hier. Das englische Legat ist direkt nebenan bei Arinbjorn. Ich will hier keinen Mob sehen!«

»Die Leute haben Hunger«, erklärte Aalmund. »Schaff sie fort von hier!« Eriks Stimme wurde laut. »Nimm alle Männer und jag sie davon, hast du gehört?«

Aalmund wandte sich bereits zum Gehen.

»Ich helfe ihm«, erklärte Gimle.

»Gut. Nimm ihn mit, Sweyn.«

»Mein Gebieter«, jammerte der Priester. »Mein Gebieter, bitte ...«

»Verschwinde«, befahl Erik, und der Priester stürmte hinaus.

Gunnhild ergriff das Wort. »So weit ist es gekommen! Jetzt isst du Wurzeln und Nüsse und schlägst dich mit den Bauern und Sklaven herum! Sieh endlich ein, dass du etwas unternehmen musst, sonst bist du die längste Zeit König gewesen.«

Sein Kopf schwang zu ihr herum; seine Stirn war gefurcht, die Unterlippe vorgeschoben. »Fang mir nicht wieder damit an, Frau.«

Sie lächelte ihn an. »Du musst einen kühnen Schlag führen, und zwar jetzt! Und dieser Schlag muss gegen London gerichtet sein. Edred ist schwach und feige. Warum, denkst du, schickt er Morcar hierher? Weil der herausfinden soll, ob du vorhast, ihn anzugreifen! Lass Morcar mit ein paar freundlichen Worten zu Edred nach London zurückkehren, und sie werden dich als harmlos betrachten. Dann greifst du ihn überraschend an. Du könntest die Krone von England in einem einzigen Sommerfeldzug erobern.«

»Ich habe keine Männer. Ich bräuchte eine große Armee, um England anzugreifen.«

»Letzten Winter hattest du mehr Leute.«

»Aber jetzt habe ich keine!« Er drehte sich mit einem Ruck auf dem Thron herum. Draußen ertönte plötzlich ein lauter Aufschrei, hundert Stimmen erhoben sich und schrien. Gunnhild zuckte zusammen; das Geräusch einer Menge machte sie stets unruhig.

Erik aber jauchzte. »Wie du siehst, habe ich für das hier immer noch genügend Männer!« Er setzte sich zurück und grinste. »Aalmund wird diesen Stadtmenschen schon die Köpfe zurechtrücken. Morcar wird sehen, dass ich hier der Herr bin.«

Gunnhild strich sich übers Haar. »Warum nimmst du nicht deine Axt von der Wand und gehst hinaus, um sie anzuführen? Das würde ihn vielleicht noch mehr überzeugen.«

»Pah! Sweyn schafft das auch allein.« Immer noch grinste er, offensichtlich höchst zufrieden mit sich. Er griff nach dem Becher mit dem dünnen, scheußlich schmeckenden Ale. Gunnhild wandte das Gesicht ab. Vor Wut biss sie sich auf die Lippen.

Auf dem breiten Weg, der am Ufer entlang zwischen dem Anwesen des Königs und der Stadt verlief, stapfte Euan auf und ab. Manche der älteren Leute waren immer noch dort, standen in kleinen Gruppen zusammen und unterhielten sich. Doch viele waren bereits gegangen – aus Angst vor dem, was geschehen würde, nachdem der Priester mit Erik gesprochen hatte.

Euan hielt inne und blickte hinauf zum Anwesen des Königs. Die niedrigeren Gebäude zu beiden Seiten ließen es noch größer erscheinen. Ein paar von Eriks Männern kamen um die Ecke des Hauptgebäudes. Während er noch dastand und sie beobachtete, näherten sich ihm Ralf und Rogn, die beiden großen, kräftigen Söhne des Müllers.

»Nimm dich in Acht vor Aalmund«, erklärte Rogn.

»Sobald er auftaucht, sei auf der Hut!«

Euan wischte sich mit der Hand über den Mund. Mit einem raschen Blick machte er in der Nähe einige andere Jungen seines Alters aus. Die Söhne des Schmieds schlenderten davon, und die Lehrlinge aus den Schlächtereien lungerten gelangweilt an der Einmündung der langen Gasse, die hinüber zum Kupfertor führte. Keiner von ihnen ging davon.

Sie alle waren untätig im Moment und ohne Arbeit, sah man von der ständigen Suche nach etwas Essbarem ab. Euan beobachtete, wie die Köpfe der Lehrlinge sich gleichzeitig drehten, als würden sie an Fäden gezogen. Weitere Männer Eriks polterten den Pfad vom Deich hinunter.

Euan presste die Lippen aufeinander. Abwartend blickte er auf die Männer, die auf ihn zukamen. Er hasste Aalmund und Gorm und die anderen, die sich einfach nahmen, was sie wollten, und die Stadtjungen verhöhnten und verprügelten, so oft sich ihnen die Gelegenheit bot.

Er wusste auch, dass diese Kerle immer noch gut und reichlich zu essen hatten. Bei diesem Gedanken sträubten sich ihm die Haare. Er war zur Hälfte Däne – sein Vater war kein Wikinger gewesen, sondern ein dänischer Zimmermann, der an der neuen Kirche gearbeitet hatte. Sie durften ihn nicht behandeln, als stünden sie über ihm.

Euan stieß Rogn, der neben ihm stand, in die Seite.

»Da ist der Priester.«

Wie eine hüpfende Krähe eilte der Priester über die Kuppe des Deichs, an den dort wartenden Dänen vorbei. Sein Gesicht war weiß. Wieder flatterten seine weißen Hände wie aufgescheuchte Tauben vor seiner schwarzen Robe umher. Sein Mund bewegte sich. Euan konnte ihn nicht verstehen, doch als der Priester im Laufschritt näher kam, erblickte er hinter ihm plötzlich weitere Männer Eriks und sah auch, dass sie Waffen trugen. Er wirbelte herum.

»Lauft! Weg hier!«

Lautes Gebrüll stieg aus den Reihen der Wikinger hinter ihm auf. Während er zur Kreuzung stürmte, sah er über die Schulter, wie sie den Deich hinunterströmten. Eine Welle der Panik ließ seine Schritte länger werden. Vor ihm, in der enger werdenden Gasse, sah er Arre mit ihrem Korb am Arm.

»Euan!« Sie lief auf ihn zu. Er packte ihre Hand.

»Hier entlang!« Er rannte weiter, Arre neben sich. Die

Menge eilte mit ihnen zusammen durch die enge Gasse, die quer durch die Stadt zum Kupfertor führte.

Eriks Männer stürzten ihnen nach, die gezogenen Schwerter in den Händen. Im Laufen stießen sie ein wildes Geheul aus. Inmitten der Menge rennender Gestalten lief Euan, Arre noch immer dicht neben sich. Unvermittelt bog er in eine Gasse zwischen zwei Häusern ein und sah sich aufgeregt nach einer Waffe um.

Außer Atem lief Arre ihm hinterher und stieß mit ihm zusammen. »Sie kommen!«, brachte sie keuchend hervor, fuhr herum und spähte aus dem Schutz der schmalen Gasse hinaus auf den Weg.

Dort hatten Eriks Männer die langsamsten und schwächsten Leute in der Menge bereits eingeholt. Wildes Geheul erklang. Euan tastete in der Gasse umher und hob alles auf, was ihm unter die Finger geriet, Steine, ein Seil, einen langen Holzstab. Mit seinen Funden eilte er zurück auf den Hauptweg. Arre sammelte derweil Steine ein und warf sie in ihren Korb.

Auf dem Weg schlugen und traten zwei große Männer auf jemanden ein, der am Boden lag. Euan holte aus und schleuderte einen Stein auf die zwei Schläger. Er zielte schlecht, und der Stein flog weit an ihnen vorbei. Die Männer duckten sich trotzdem, blickten sich um, sahen Euan und Arre und stießen ein wildes Gebrüll aus. Mit erhobenen Schwertern stürzten sie auf die beiden jungen Leute los.

Euan schrie: »Lauf!« Hinter Arre her rannte er die Gasse hinab, die zwei Verfolger auf den Fersen. Plötzlich war Grod bei ihnen; er lief auf der anderen Seite neben Arre.

»Hier lang«, rief Grod. »Rennt zu Corbans Haus!«

Der Weg war eng. Die Gebäude ragten zu beiden Seiten steil empor und bildeten einen dunklen Durchgang. Im Laufen hörte Euan, wie Türen zugeschlagen wurden und Fensterläden sich schlossen. Die Menschen verbarrikadierten sich zur Sicherheit in ihren Häusern.

Die zwei Verfolger waren jetzt unmittelbar hinter ihnen. Plötzlich eilten vor ihnen drei von Eriks Männern um eine Ecke und verstellten ihnen den Weg. Sie saßen in der Falle.

Grod stieß ein lautes Geheul aus. Euan hob den Stab, stieß damit um sich und versuchte, die Wikinger zurückzuhalten. Arre zog Grod hinter sich her in einen winzigen Gang zwischen zwei Häusern.

Euan duckte sich unter einem ungezielten, weit ausholenden Schwertschlag. Irgendjemand prallte seitlich gegen ihn und schleuderte ihn zu Boden. Er fiel auf den Rücken. Sekundenlang bekam er keine Luft mehr. Jemand anders packte ihn am Arm und schleifte ihn über den Boden. Ein Wikinger mit einem Knüppel in der einen Hand rannte über die Gasse auf ihn zu, das Schwert in der anderen Hand zum Schlag erhoben, doch aus dem engen Gang direkt hinter Euan regnete es plötzlich einen Steinhagel auf den Wikinger nieder. Stolpernd hielt er sich eine Hand an das blutige Gesicht; dann ging er taumelnd in die Knie. Euan rollte sich ab, kam auf die Füße und sprintete in den engen Gang hinein. Wie Arre und Grod vor ihm sprang er über die niedrige Mauer eines Gartens und gelangte hinter eine Häuserreihe.

Wir könnten sie besiegen!, schoss es ihm auf seiner wilden Flucht durch den Kopf. Wir könnten es ihnen heimzahlen, wenn wir nur aufhören, vor ihnen wegzulaufen!

Grod schrie: »Das ist die falsche Richtung!« Arre war rot im Gesicht; das Haar flog ihr um den Kopf. Sie hatte noch immer den Korb am Arm und hielt einen Stein in der Hand. Hinter der Häuserreihe hervor stürzten sie auf einen breiteren Platz, an dem sich zwei Wege trafen. Sie liefen drei weiteren Stadtjungen genau in die Arme, die aus der entgegengesetzten Richtung kamen.

Beide Gruppen rannten sich gegenseitig um. Euan sprang als Erster auf, erkannte die anderen Jungs und nannte sie beim Namen. »Edwy! Rogn! Ralf! Kommt mit, hier entlang!«

Er machte auf dem Absatz kehrt und orientierte sich. Die Gebäude und die dahineilenden Menschen verschwammen vor seinen Augen, doch vor dem geistigen Auge sah er, deutlich wie auf einem Abakus, die Stadt um sich herum. Er wusste, was sie zu tun hatten.

»Kommt hier entlang! Sie treiben uns zum Kupfertor... wenn wir alle hinter sie gelangen könnten...«

»Sie kommen«, unterbrach Arre ihn.

Vier von Eriks Männern erschienen unmittelbar vor ihnen. »Alle zusammen!«, rief Euan. »Auf sie!«

Arre holte aus und ließ eine Handvoll Steine fliegen. »Hier!« Mit Nachdruck hielt sie ihm den Korb mit den Steinen hin. Er griff sich welche und schleuderte sie blindlings auf den Weg. Die Jungen neben ihm schrien und schleuderten ebenfalls Steine. Angesichts dieses Steinhagels wichen Eriks Männer zurück, machten kehrt und flüchteten in den Schutz eines Hauseingangs.

Euan stieß einen Triumphschrei aus und bewegte sich zur Seite, um einen besseren Blick auf die Männer werfen zu können. »Kommt doch her! Kommt doch her!«

Plötzlich stürzten von beiden Seiten Wikinger auf ihn zu. Irgendetwas prallte von seiner Schulter ab, und er ging in die Knie. Arres Stimme klang in seinen Ohren. Sie zog ihn hoch. Er hatte plötzlich schreckliche Angst. Das Entsetzen schnürte ihm die Kehle zu. Er ruderte mit einem Arm und versuchte, sich festzuhalten. Männer stampften um ihn herum, stöhnten, schrien, schlugen aufeinander ein. Er konnte nichts sehen, hörte Grod jedoch schreien: »Hierher! Hierher!« Euan kam auf die Beine und stolperte vorwärts. Immer wieder lief er dabei anderen Leuten in die Arme. Eine wohlbekannte Hand packte ihn schließlich am Arm. Er folgte Arre die Gasse hinab, um die Ecke und zum Kupfertor; den Hügel hinunter rutschte und schlitterte er auf dem Unrat, der überall auf den Wegen verstreut lag.

Am Ende des Weges, an einer Eiche, hielt Euan an; sie hatten den Ort des wilden Kampfes weit hinter sich gelassen. Euan drehte sich um und blinzelte, blickte den Weg zurück, dorthin, wo Schreie und das Krachen von Schlägen zu hören waren. Irgendwo kreischte schrill eine Frau. Neben ihm hob Arre ihre jetzt leere Schürze, um sich Blut vom Gesicht zu wischen.

Euan stöhnte auf. »Geht es dir gut?« Er nahm ihre Hand. »Wo bist du verletzt?«

»Ich hab eine Schnittwunde.« Sie war bleich, die Lippen weiß. Das Blut leuchtete erschreckend rot auf ihren Wangen, und ihr Haar war blutverkrustet. »Komm, Grod hat recht. Wir sollten zu Corbans Haus gehen.«

Sie drehten dem Kupfertor den Rücken zu und machten sich auf zum Weg oberhalb des Flusses.

»Da unten!«, rief plötzlich jemand. Vom anderen Ende der Gasse rannten Männer auf sie zu. Euan rang keuchend nach Atem. Alles tat ihm weh – die Knie, die Schultern – und ihm war speiübel. All seine Pläne waren vergessen; er wollte nur irgendwohin, wo er sicher war. Grod lief voraus. Arre an seiner Seite, folgte Euan dem alten Mann in eine enge, mit Abfall übersäte Gasse und gelangte auf der Hinterseite um das Hedebyhaus herum.

Grod schlug mit der Faust gegen einen verschlossenen Fensterladen. Er wurde aufgestoßen. Wie eine Schlange in ihr Loch glitt Grod durch die Öffnung. Arre kletterte ebenfalls über den Sims, Euan hinterher. Sie gelangten in einen Raum voller Menschen. Alles schwieg, wie bei einer Messe; die Leute hatten die Arme umeinander gelegt.

Euan wandte sich Arre zu. Sie stand in dem Streifen Licht, der durchs Fenster fiel. »Geht es dir gut?«

Blut strömte ihr an einer Seite des Gesichts hinunter. »Ich muss mich setzen«, erklärte sie und ließ sich dort, wo sie stand, zu Boden sinken. Sekunden später kniete Benna neben ihr.

»Lass mal sehen.«

Euan drehte sich zum Fenster. Edwy und Ralf waren ihnen auf ihrer Flucht gefolgt und kletterten soeben über den Sims; hinter sich schlossen sie den Laden über der Fensteröffnung. Schlagartig wurde es dämmrig im Raum.

»Wo ist Corban?«, fragte Grod.

»Draußen«, erklärte Benna. »Vor der Tür.« Sie saß neben Arre und hatte einen Arm um sie gelegt. Arre hielt einen durchnässten Stofffetzen an ihr Gesicht.

Euan trat einen Schritt zur Seite und ließ den Blick durch den abgedunkelten Raum schweifen. Viele Männer waren hier versammelt. Wenn wir alle zusammen kämpfen würden, dachte er, könnten wir Eriks Schläger überwältigen. Wieder erschien vor seinem geistigen Auge die Stadt. Wie der Abakus war auch sie ein Muster aus Linien und Perlen; man musste nur diese Perlen hierhin und jene dorthin schieben …

Euan wischte sich mit der Hand übers Gesicht. Es war zu dunkel in dem Raum, er konnte nicht richtig sehen. In seinem Kopf hämmerte es. Arre, die er mehr liebte als alles andere auf der Welt, saß blutend am Boden. Plötzlich erschöpft, ließ er sich neben sie sinken.

Corban stand vor seinem Haus, die Arme vor der Brust verschränkt. Er trug den roten Mantel und wusste, dass die Dänen ihm nichts anhaben würden. Aus der benachbarten Gasse erreichte ihn Rufen und Schreien. Dann kam Sweyn Aalmund die Gasse entlanggelaufen. Er trug ein Schwert in der Hand und war über und über mit Blut besudelt.

»Ha, Corban! Das ist wie Schafe schlachten. Hat es hier irgendwo Ärger gegeben?«

»Hier ist nicht viel los. Ich glaube, sie sind alle nach oben gelaufen, zum großen Tor.«

Aalmund blieb neben ihm stehen, das Schwert in der Hand. Speichel lief ihm übers Kinn. Mit der freien Hand wischte er sich über den Bart. »Wir sollten diesen Ort niederbrennen.«

»Tu das nicht«, brach es aus Corban heraus. »In meinem Haus lagern Dinge von Wert.«

Sweyn lachte. »Schick nach mir, wenn es Ärger gibt.« Er ging fort, stapfte die Gasse hinunter. Als er die nächste Ecke erreicht hatte und verschwunden war, ging Corban hinein.

»Ich denke, wir sind jetzt sicher.«

Benna kam zu ihm. »Meine Schwester! Sie haben beinahe meine Schwester getötet!«

»Ich glaube, wenn ihr alle hier bleibt…« Er sah sich in dem gedrängt vollen Raum um. Eng beieinander saßen die meisten Menschen auf dem Boden. Ihre Gesichter waren ernst. »Nicht mehr lange, dann ist die Gefahr fürs Erste vorüber.«

Mit einem seltsam verstörten Blick sah Benna ihn an. »Da draußen, gerade eben… ich habe dich gesehen. Du hast mit ihm gesprochen, als wäre er ein Freund.«

»Wo ist Arre?«

Er ging an ihr vorbei in den hinteren Teil des Raumes. Arre lag auf einer der Bänke. Euan saß neben ihr. Der Junge hatte sein Hemd ausgezogen und es ihr übergelegt.

»Arre.« Corban berührte sie, doch sie bewegte sich nicht. Eine Seite ihres Kopfes war geschwollen und verfärbte sich dunkel.

»Sie ist eingeschlafen«, erklärte Benna, die ihm gefolgt war. »Genau so, wie auch mein Vater eingeschlafen ist…« Ihre Stimme brach.

»Nein.« Corban legte einen Arm um sie. Ihm wurde übel vor Angst.

Sie entzog sich seiner Umarmung. »Du hast mit ihm gesprochen, als wäre er ein Freund von dir.« Ihre Stimme zitterte.

»Benna, lass mich erklären…«

»Nein. Ich will keine Erklärungen. Ich will, dass du uns hilfst.«

»Das tue ich!« Mit einer Armbewegung umfing er den

Raum und die Menschen, die bei ihm Zuflucht gefunden hatten.

»Hilfst du uns oder ihm?« Sie streckte die Hand aus und stieß mit dem Finger gegen den roten Mantel. »Ich denke, hiermit bist du einer von Eriks Männern, Corban.« Sie drehte sich um und setzte sich neben ihre Schwester, wandte Corban den Rücken zu.

Euan sah zu ihm auf. »Das stimmt nicht. Ich weiß, dass es nicht stimmt.«

Corban wandte sich ab. Sein Magen war in Aufruhr. Wieder musste er an den Fluch seines Vaters denken – wohin er auch kam, tat er nicht Gutes, sondern machte nur Ärger. Nie erzielte er die beabsichtigte Wirkung, sondern das Gegenteil. Benna hat recht, dachte er.

Um ihn herum beruhigten die Menschen sich nach und nach. Manche holten Reste von Essensvorräten hervor und teilten sie mit anderen. Der Krug mit dem Ale wanderte von Hand zu Hand, und die Menschen tranken direkt daraus. Grod war schon sehr betrunken. An der Feuerstelle ließ er seine üblichen Lügengeschichten vom Stapel, wobei seine Stimme sich in die rauchgeschwängerte Luft erhob. Corban entfernte sich von Arre, Benna und Euan. Er hob die Hände an den Mantel.

Kalte Angst überfiel ihn. Der Mantel verlieh ihm seine Macht. Er brauchte diesen Mantel, um Erik zu bekämpfen. Er dachte an seine Begegnung mit der Wölfin und daran, wie der Mantel ihn gerettet hatte. Er konnte diese Aufgabe nicht allein bewältigen. Er hatte ohnehin keine Ahnung, was er tun sollte. So stand er da, inmitten der schweigend versammelten Menschenmenge, die Hände am roten Mantel, und wünschte, er wäre ein anderer, mächtigerer Mann.

17

»Ich hatte es Euch gesagt«, erwiderte Aalmund. »Ich bin die ganze Küste entlanggesegelt, nach Humber, überallhin. Nicht einmal auf den Feldern wächst etwas, kein einziger Maiskolben, nichts. Und keine Kuh weit und breit. Was ich aber gehört habe…« Er drehte sich um und blickte in die Richtung, in der Arinbjorn stand. »Graf Arinbjorn hier hat gehört, dass manche dieser Leute ihr gesamtes Hab und Gut gepackt und nach Aidansby geschleppt haben, in die Hügel.«

Arinbjorn drehte sich um, als er seinen Namen hörte, lauschte kurz und nickte dann zustimmend. »Die Leute glauben, wenn sie sich nur weit genug von den Flüssen entfernen, könnt Ihr sie nicht erreichen.«

Erik fragte mürrisch: »Warum habt Ihr mir das nicht gesagt?«

Arinbjorn blickte überrascht drein. Er zog die Augenbrauen hoch. Stets gelang es ihm, den Eindruck zu vermitteln, als würde er auf jemanden herabsehen. Erik fragte sich, warum er ihn bei sich duldete, wo er doch niemals kämpfte. Doch Arinbjorn war ein reicher Mann und sorgte normalerweise dafür, dass auch Erik ein reicher Mann blieb.

Doch es nutzte nichts, einen Lagerraum voller Gold zu besitzen, wenn man nichts zu essen hatte. Erik warf Arinbjorn einen weiteren bösen Blick zu; dann beugte er ruckartig den Oberkörper vor und stemmte die Hände auf den Tisch. »Dann macht Euch auf nach Aidansby«, befahl er Sweyn Aalmund. »Zeigt denen, dass sie sich irren.«

Aalmund wischte sich mit der Hand über den Mund. »Das werde ich. Aber Ihr solltet uns anführen, Herr.«

Erik schnaubte. Zwischen Thron und Tisch stellte er sich unvermittelt aufrecht hin und starrte auf den anderen Mann hinab. »Fürchtet Ihr Euch?«

Bevor er eine Antwort bekam, ergriff Gunnhild, die hinter ihm auf dem Thron saß, das Wort. »Er hat recht, Erik. Ihr solltet Eure Männer anführen. Ihr wollt den Leuten doch keine Lektion erteilen, bei der sie lernen, Sweyn Aalmund zu fürchten. Sie sollen vor *Erik Blutaxt* den rechten Respekt haben!«

Aalmund warf ihr einen raschen Blick zu. In Erik keimte der Verdacht, dass die beiden, seine Frau und sein Untertan, dies von langer Hand geplant hatten. Er ließ den Blick zwischen ihnen hin und her wandern, runzelte die Stirn und versuchte, sich einen Reim auf die ganze Sache zu machen.

Gunnhild fing seinen Blick auf. »Geh. Zeig allen, dass du der König bist, Gebieter.« Sie wickelte sich eine Locke ihres Haares um die Finger. »Und wo du schon dabei bist – nimm Corban Tunichtgut mit und sorg dafür, dass er nicht zurückkehrt.«

»Ach was«, wiegelte Sweyn ab. »Corban ist nicht so schlimm …«

Mit einem Ruck riss Gunnhild den Kopf herum und starrte ihn so wütend an, dass ihm die Worte im Halse stecken blieben. Er trat einen Schritt zurück und murmelte irgendetwas in seinen Bart, den Blick auf den Boden geheftet.

Erik zog die Schultern ein. Aidansby lag zwei oder drei Tagesmärsche entfernt in den Hügeln. Das bedeutete, ein Pferd reiten, auf dem Boden schlafen und seine Frau verlassen zu müssen. Er setzte sich auf die Kante des Throns und warf Gunnhild einen Blick zu. »Warum sollte ich mitgehen? Es ist nicht mal ein richtiger Raubzug.«

Gunnhild sah ihn mit zusammengezogenen Augenbrauen und schmalen Lippen an. Rasch blickte sie zu Arinbjorn hinüber. »Sie haben Nahrungsmittel dort?«

»Reichlich. Wie ich hörte, haben sie allein tausend Schafe.« Gunnhild wandte sich wieder Erik zu. Er sah, dass sie sich in dieser Sache unbedingt durchsetzen wollte. Ihre Augen funkelten gefährlich. »Wir könnten auch Gimle zum Anführer bestimmen.«

Erik wurde es kalt bis in die Zehenspitzen. Er schnellte auf die Füße. Seine Hand fuhr zum Gürtel, wo sonst seine Axt hing. »Gimle?« Er beugte sich zu ihr hinunter und hob die Hand. »Du denkst wohl, ich bin ein alter Mann? Willst du das damit sagen?«

Furchtlos sah sie durch ihn hindurch, den Blick in die Ferne gerichtet. »Führe sie selber, an, Erik.« Ihre Stimme knirschte wie zerstoßenes Eis. »Falls du noch kein alter Mann bist.«

Er ballte die Hände zu Fäusten. Sie versteifte sich, den Blick furchtsam auf seine Hände gerichtet.

Erik war wütend. Er würde allen beweisen, dass noch immer er der König war! Er wandte sich an Aalmund.

»Also gut. Ich werde euch anführen. Alle kommen mit. Wir reiten. Sorg dafür, dass jeder ein Pferd hat. Wir holen uns ein paar von diesen Schafen, um sie den Leuten in der Stadt zu verkaufen, das wird sie wieder glücklich machen.« Er warf Arinbjorn, der teilnahmslos an einem der Tische saß und zusah, einen Blick zu. »Vielleicht werde ich sogar die Steuern senken. Gibt es außer Schafen noch etwas zu holen?«

»Jede Menge Rindviecher«, erwiderte Arinbjorn. »Und Schweine.«

»Sehr gut! Wir holen uns alles. Ich werde es den Leuten schon zeigen!«

Gunnhild lächelte und entspannte sich wieder. Sie streckte den Arm aus und legte ihre Hand auf die Eriks.

Früh am nächsten Morgen, der Nebel lag noch über dem Fluss, stieg Corban den Hügel hinauf, um sich mit Arinbjorn zu treffen. Er hatte die Absicht, mehr von den Schaffellen zu erwerben, die Arinbjorn offenbar in Hülle und Fülle besaß. Als er oben auf dem Deich anlangte, wo Arinbjorns Haus in der Nähe von Eriks Anwesen stand, sah er eine Menschenmenge, die sich vor den Türen des königlichen Anwesens versammelt hatte. Arinbjorn in seinem feinen blauen Mantel befand sich unter den Leuten. Corban arbeitete sich durch die Menge bis zu dem dänischen Händler vor. Gerade, als er ihn erreicht hatte, öffneten sich die Türen, und Erik trat hinaus.

Bei ihm war der Gesandte des englischen Königs, dessen Name, erinnerte sich Corban, Morcar lautete. Nun erkannte Corban den Grund für diese Versammlung. Er blieb neben Arinbjorn stehen. Erik und der mürrisch dreinblickende Engländer verabschiedeten sich lautstark voneinander und überreichten sich gegenseitig Geschenke.

Die Sonne stieg höher; es würde ein heißer Tag werden. Jetzt schon schwitzte Corban unter seinem schweren Mantel. Arinbjorn trat einen Schritt zurück und stellte sich neben ihn. Leise sagte er: »Sobald ich mein Schiff beladen habe, breche ich nach Orkney auf. Wenn ich du wäre, würde ich ebenfalls von hier verschwinden.«

»Wieso?« Corban war überrascht.

»Gunnhild hat etwas gegen dich, das ist völlig offensichtlich.«

Corban wandte den Blick vom Gesicht des Händlers und sah hinüber zum Anwesen des Königs. In der Tür stand Gunnhild. Als sein Blick auf sie fiel, überkamen ihn Benommenheit und Furcht. Ihn schauderte, und er wandte sich wieder Arinbjorn zu.

»Danke. Ich wünsche dir alles Gute, wo immer du auch sein magst.«

Arinbjorn hielt ihm die Hand hin. »Ich wünsche dir dasselbe, Corban.« Sie schüttelten einander die Hände.

Die Zeremonie vor dem Anwesen des Königs ging ihrem

Ende entgegen. Auf einem großen roten Hengst ritt Morcar den Weg entlang auf die große Schranke in der Stadtmauer zu. Seine Männer trotteten hinter ihm her, manche zu Fuß, manche zu Pferd. Die Reihen der Männer um Erik brachen auseinander; jeder ging seiner eigenen Wege. Der König jedoch kam zu Corban und Arinbjorn hinüber. Er trug ein herrliches Gewand mit prachtvollem Goldkragen. Kalt nickte er Armbjorn zu, der sich verbeugte, dann wandte er sich an Corban.

»Ich gehe mit meinen Männern nach Aidansby, in die Hügel, um dort Recht zu sprechen. Ich will, dass du mit uns kommst.« Erik verzog den Mund zu einem humorlosen Grinsen. »Ich werde dich vielleicht brauchen, um für mich einzukaufen.«

Corban wand sich innerlich. Er fragte sich, was Erik unter »Recht sprechen« verstand. Dann wurde ihm klar, dass es sich um einen Raubzug über Land handeln musste: Erik und seine Leute würden Aidansby überfallen …

Der König ließ Corban nicht aus den Augen. Er machte den Eindruck, als wüsste er, was Corban durch den Kopf ging.

»Wie Ihr wünscht, mein Gebieter«, sagte Corban schließlich.

Arinbjorn brummte irgendetwas und machte sich schnellen Schrittes auf den Weg den Hügel hinunter. Der König beachtete ihn nicht. Sein Blick bannte Corban auf der Stelle. »Wir reiten noch vor Mittag. Ich beschaffe dir ein Pferd.«

»Ich gehe zu Fuß.« Auf steifen Beinen drehte Corban sich um und ging über den ausgetretenen Pfad zu seinem Haus.

Sein Verstand schlug Haken wie ein Hase, als er nach einem Schlupfloch suchte, durch das er entkommen konnte. Er nahm kaum noch etwas wahr um sich herum; als er sein Haus erreichte, betrat er es blindlings, stand dann in dem Dämmerlicht und versuchte, wieder zu Atem zu kommen. Ihm war heiß; er legte die Hände an den Mantel. Sein

Inneres war in hellem Aufruhr. Er riss am Mantel, der plötzlich enger zu werden schien, als wollte er an ihm festwachsen wie eine zweite Haut. Er zerrte so heftig daran, dass er den Ärmel vom Handgelenk bis zur Achsel abriss; dann fetzte er sich den Mantel vom Leib und schleuderte ihn zu Boden.

Sofort wurde ihm kühler, und er beruhigte sich. Ein Gedanke drängte sich ihm auf: Dieser Raubzug war seine Chance – die vielleicht beste Gelegenheit, die sich ihm je bieten würde, Erik zu beseitigen. Zum einen würde Gunnhild nicht mitkommen. Außerdem waren sie an Land unterwegs, würden durch die raue Hügellandschaft reiten und nicht in ihren Schiffen, in denen sie am stärksten waren, übers Meer fahren. Sicherlich würde Erik alle seine Männer mitnehmen, doch es waren weniger als sonst …

Corban durchmaß das Haus, schritt auf die Feuerstelle zu. Grod lag vor dem knisternden Feuer auf der Bank, den Krug im Arm. Corban nahm den Krug und stellte ihn in den Schrank; dann ging er ans andere Ende des Raumes zu der Bank, auf der Arre lag, noch immer mit Euans Hemd zugedeckt. Unter ihrem Haar sah man, dass der Kopf geschwollen war. Die anderen hatten sie vom Blut gesäubert und ihr eine Art Breiumschlag angelegt, ein Knäuel aus verschiedenen Grünschattierungen, vermischt mit Lehm. Ihr langes, sanft gewelltes Haar war schmutzig. Benna saß neben ihr und zeichnete etwas auf die Scherbe eines zerbrochenen Kruges. Euan schlief auf der nächsten Bank.

Einen Moment stand Corban still da und sah auf Arre hinab, die im Schlaf zuckte und deren Augen sich unter den geschlossenen Lidern unruhig bewegten.

Er beugte sich hinunter und strich ihr übers Haar. Benna blickte zu Corban auf, und ein rosiger Schimmer überzog ihr blasses Gesicht. »Es tut mir leid. Ich hätte das gestern nicht sagen sollen. Wo du die vielen Leute vor den Männern des Königs gerettet hast …«

»Nein«, widersprach Corban. »Du hattest recht.« Er lächelte sie an. »Ich glaube, deine Schwester wacht auf.«

»Ja.« Benna wandte sich Arre zu und nahm ihre Hand. »Sie ist vor einer Weile schon einmal kurz aufgewacht und hat mich erkannt.« Sie hob den Blick und sah ihn an. »Was wird mit uns geschehen?«

»Ich weiß es nicht. Ich brauche Hilfe. Euan, bist du wach?«

Der Junge rührte sich und hob den Kopf. »Was ist?«

Corban setzte sich auf die Bank neben Arre. »Der König reitet mit seinen Männern los, um einen Ort namens Aidansby zu überfallen. Weißt du, wo das ist?«

Euan blinzelte. »Irgendwo am Weg nach Westmoreland, glaube ich.«

»Ich möchte, dass du mit Grod zusammen diesem Engländer folgst, diesem Morcar, der bis eben hier gewesen ist. Er ist zum Großen Tor hinaus. Sagt ihm, wohin Erik will, und bringt ihn dazu, uns zu helfen.«

Mit Morcar ritten nur etwa ein Dutzend Mann. Erik hingegen würde mindestens sechzig Mann mitnehmen. Wieder überschlugen sich Corbans Gedanken bei der Suche nach einer Lösung. »Morcar wird wissen, wo er weitere Männer finden kann. Und er kann das Dorf vorwarnen.« Im Dorf gab es weitere kampffähige Männer, vielleicht sogar viele. Allmählich nahm in Corbans Verstand ein Plan Gestalt an.

»Was ist mit dir?«, fragte Euan.

»Der König hat mir befohlen, mit ihm zu gehen.«

Im Gesicht des Jungen arbeitete es. »Er will dich töten.«

Benna murmelte etwas vor sich hin. Sie war wieder blass geworden und hielt den Blick starr auf Corban gerichtet.

»Vielleicht«, erwiderte Corban. »Aber damit werde ich schon fertig. Bringt ihr Morcar dazu, dass er uns hilft – erzählt ihnen, er und seine Leute könnten Erik an Land erwischen, ohne Schiffe.« Er legte dem Jungen die Hand auf den Arm. »Tu, was du kannst, Euan.«

»Das werde ich.« Unvermittelt nahm der Junge seine Mütze ab und fuhr sich mit der Hand durch sein strähniges Haar. »Das werde ich.«

»Nimm Grod mit. Wenn du ihn wach bekommst.«

»In Ordnung.« Euan ging durch den Raum und rief Grods Namen.

»Und was kann ich tun?«, fragte Benna.

»Du musst Gunnhild ablenken, die Gemahlin des Königs. Ich weiß nicht, wozu sie fähig ist, aber du musst sie irgendwie beschäftigen …«

»Und wie soll ich das anstellen?« Benna ließ ein ungläubiges Lachen hören.

»Ich weiß es nicht. Ich weiß nur, das du irgendeine Macht besitzt und dass du sie jetzt einsetzen musst.«

Wieder lachte Benna, diesmal jedoch verängstigt. Sie machte einen unscheinbaren, harmlosen Eindruck, wie sie mit eingezogenen Schultern vor ihm saß, doch ihr Blick war entschlossen. »Ich werde tun, was ich kann.«

Corban fuhr sich mit der Zunge über die Lippen. »Es könnte gefährlich für dich werden, also sei auf der Hut …« Seine Stimme verlor sich. Er wandte den Blick von ihr ab, um sich zu sammeln; dann sah er sie wieder an. Abwartend stand sie vor ihm und beobachtete ihn.

»Ich liebe dich«, erklärte er. »Ich würde dich niemals einer Gefahr aussetzen, wenn es nicht unbedingt sein müsste.«

Sie nahm seine Hand. »Ich liebe dich auch, Corban«, sagte sie und ließ sich in seine Arme ziehen.

Er hielt sie an sich gedrückt, das Gesicht in ihrem Haar, glücklich, dass es sie gab. Unwillkürlich dachte er an Mav, die weit weg war, in Hedeby, und deren Niederkunft unmittelbar bevorstand. Welche Gefahren barg das für sie? Was würde jetzt aus ihr werden?

Corban wusste es nicht, konnte es nicht wissen und würde es nie wissen. Er musste seinen Weg weitergehen und tun, was in seiner Macht stand, voller Mut und Entschlossenheit.

Vielleicht war es das, was ihn vor der Wölfin gerettet hatte: nicht der Mantel, sondern die Tatsache, dass er entschlossen und geradewegs auf sie zu gegangen war.

Einen Moment blieb er noch stehen und drückte Benna an sich, dann ließ er sie los und trat einen Schritt zurück. »Behalt mich in Erinnerung, falls ich nicht zurückkomme.«

»Wo gehst du hin?«

»Ich begleite den König.« Er ging quer durch den Raum zu der Bank, auf der er schlief und seine Sachen aufbewahrte, schob die Hand in sein Bündel und zog seinen alten, rot und blauen Mantel hervor, den er im Tausch für das kymrische Schiff bekommen hatte. Benna war ihm gefolgt. An der Feuerstelle hatte Euan es mittlerweile geschafft, Grod wach zu bekommen. Er stöhnte und fluchte zwar, bewegte sich jedoch in Richtung Tür.

»Was hast du vor?«, fragte Benna.

Er wollte ihr nichts erzählen, aus Angst, Gunnhild käme irgendwie dahinter. Er schlug den Mantel aus und legte ihn sich mit einem Schwung um. »Sei vorsichtig«, ermahnte er sie. Dann beugte er sich hinab und küsste sie. Sie umarmte ihn und erwiderte den Kuss stürmisch. Schließlich rief Euan: »Corban! Hier ist jemand für dich!«

Er löste sich von Benna und richtete sich auf. »Ich komme.« Noch einmal blickte er ihr ins Gesicht und versuchte zu lächeln. Benna trat zurück. Tränen schimmerten in ihren Augen. Corban ging durch den Raum zur Tür.

Draußen stand Sweyn Aalmund und hielt zwei Pferde an den Zügeln. »Bist du bereit?« Auf seinem Gesicht lag ein seltsamer Ausdruck.

»Ja.« Corban trat hinaus.

Euan zog Grod hinter sich her, schleppte ihn den ganzen Weg durch Jorvik hindurch bis zum großen Tor. Das lange

Haupttor durchzog wie ein Höhlengang die dicken Mauern. Von dort führte der Weg nach Westen. Obgleich der Morgen bereits weit fortgeschritten war, hielt sich dort keine Menschenseele auf. Euan vermeinte, die Söhne des Müllers unten am Kupfertor zu sehen, doch alle Läden waren geschlossen und verbarrikadiert. Sie erreichten das Tor. Die einzigen Menschen, die sie dort antrafen, waren zwei von Eriks Männern, die gelangweilt dreinschauten.

Euan vermied es, sie anzusehen. Er hasste sie mehr denn je. Gemeinsam mit Grod trat er durchs Tor und auf den Weg, der sich durch Wiesen, Felder und Baumgruppen hindurchwand. Die spätsommerliche Sonne überzog alles mit einem goldenen Dunst. Bienen summten im dichten, vertrocknenden Gras im Graben unterhalb der Mauer. In den Bäumen am Wegesrand krächzte eine Krähe und flatterte davon.

Morcar hatte die Stadt erst kurz zuvor verlassen. Euan konnte weit voraus eine Staubwolke ausmachen, die vermutlich von den Pferden des Reitertrupps aufgewirbelt wurde, der Morcar begleitete. Nachdenklich kaute Euan auf seiner Unterlippe. Er betrachtete die Staubwolke, die sich nicht einmal in die ungefähre Richtung Aidansbys bewegte – jener Stadt, die dringend die Hilfe der Engländer brauchte. Doch Euan kamen Zweifel.

»Wir müssen uns beeilen, wenn wir ihn einholen wollen«, forderte Grod ihn auf.

Euan erwiderte nachdenklich: »Gestern hat er uns auch nicht geholfen, hier in Jorvik.«

»Das konnte er auch nicht, weil Erik …«

»Hier geht es wieder um Erik.«

»Was meinst du damit?« Mit geweiteten Augen warf Grod einen Blick zurück zu den Wachposten am Tor und ins Innere des Tores. Dann wandte er sich wieder Euan zu und senkte die Stimme zu einem eindringlichen, leisen Zischen. »Corban hat doch gesagt, wir sollen ihn dazu bringen, dass er uns hilft!«

»Corban ist verzweifelt. Er weiß nicht, was man sonst tun könnte.« Plötzlich machte Euan auf dem Absatz kehrt und strebte den Weg zurück, den sie gekommen waren, in Richtung Stadtmitte. »Ich habe eine bessere Idee.«

»Euan«, jammerte Grod. »Wir müssen tun, was Corban gesagt hat …!«

Unvermittelt wirbelte er herum, sprang zur Seite und zog Euan mit sich in den Graben. Aus dem Tor heraus paradierte eine lange Reihe von Reitern. An der Spitze ritt König Erik, groß wie ein Bergriese. Er trug einen Brustpanzer aus mit Eisen bewehrtem Leder. Von seinem Gürtel hing die große Streitaxt mit ihrer glänzenden, gebogenen Klinge. Er hatte eine Hand auf der Hüfte und sprach zu dem Mann, der neben ihm ritt. In Zweier- und Dreierreihen folgte ihm seine Armee durch das Tor. Die mit Helmen bewehrten Männer saßen auf ihren struppigen Pferden; ihre langen Schwerter waren hinter den Sätteln befestigt oder baumelten von ihren Gürteln. Zwischen ihnen, ohne Schwert und ohne Helm, ritt Corban in seinem rot und blauen Mantel.

Er sah die beiden Freunde, und sein Blick wandte sich ihnen zu. Euan blickte in die großen grauen Augen des Iren – dann war er fort, allein und unbewaffnet unter all den Wikingern.

Euan stellte sich aufrecht hin. Sein Herz klopfte, als er den Männern nachblickte, wie sie den Weg entlangritten.

Und plötzlich sah er klar und deutlich vor dem inneren Auge, was er zu tun hatte.

Grod neben ihm bekreuzigte sich unvermittelt. Euan lachte spöttisch.

»Es soll bloß Glück bringen«, verteidigte sich Grod. »Glück kann man immer brauchen.« Eingebettet in das Geflecht aus Falten blickten seine Augen traurig und müde.

»Komm mit.« Euan lief zurück durchs Tor in die Stadt, um nach seinen Freunden Edwy, Rogn und Ralf zu suchen.

Benna hatte König Erik so oft gesehen, dass sie sein Gesicht aus dem Gedächtnis zeichnen konnte. Doch sie malte ihn nicht so, wie er war – dick und bösartig –, sondern so, wie seine Gemahlin ihn vermutlich gern hätte: stark und gut aussehend, der Sohn eines Königs und selbst ein König. Mit der bemalten Scherbe in der Schürze machte Benna sich dann auf den Weg zum Anwesen des Königs.

Der Koch saß auf den Stufen und kaufte Gemüse von dem vordersten Mann in einer Reihe von Leuten, die Körbe und Bündel mit Dingen trugen, die sie verkaufen wollten. Benna stellte sich hinten an und sah zu, wie der Koch Zwiebeln und Kohl kaufte, drei frisch erlegte Hasen, Fisch und zwei Ladungen Feuerholz. Bis sie an der Reihe war, hatte sie genügend Mut gesammelt, um nach Gunnhild zu fragen.

»Was willst du von ihr?« Der Koch blickte sie mürrisch an. »Worum geht es?«

Benna zog die Scherbe aus der Schürze und zeigte sie ihm. Die Augen des Kochs weiteten sich.

»Jesus und Thor!« Er wollte die Scherbe in die Hand nehmen, doch Benna zog sie fort.

»In Ordnung«, sagte der Koch. »Geh rein.«

Sie betrat die Halle des Königs durch den hinteren Eingang. Leere Tische standen dort, und die Luft war staubig und unbewegt. Am anderen Ende der Halle stand die Tür weit offen. Streifen von Sonnenlicht fielen durch die Rauchfänge in den Raum. Durch die Tür hörte Benna Kindergeschrei. An der Wand der großen Halle entlang machte sie unsicher ein paar Schritte vorwärts, dann drehte sie sich um und blickte auf den Thron.

Die Königin saß darauf, den Arm auf eine der mit Löwenköpfen verzierten Armstützen gelehnt. Der spitze Rücken des Throns ragte über ihr empor. Sie hatte den Kopf auf eine Faust gestützt, und ihre Augen waren geschlossen. Benna glaubte, Gunnhild würde schlafen, doch plötzlich schlug sie die Augen auf und blickte ihr geradewegs ins Gesicht.

Dieser Blick war wie ein Schlag ins Gesicht, wie ein Finger, der auf sie zeigte, wie ein Schrei in ihrem Innern. Bewegungslos blieb Benna stehen. Gunnhild betrachtete sie ausgiebig. Dann fragte sie: »Du wolltest mich sprechen?«

»Herrin…« Bennas Mund war trocken, ihre Zunge gehorchte ihr plötzlich nicht mehr. »Ich dachte mir… ich wollte Euch das hier zeigen. Vielleicht wollt Ihr es kaufen.«

»Kaufen?« Gunnhild streckte die Hand aus. »Komm her, komm näher. Ich beiße nicht.« Benna umrundete den Tisch, der vor dem Thron stand, blieb neben ihr stehen und reichte ihr die Scherbe.

Gunnhild nahm sie. Wie schon dem Koch, entfuhr auch ihr ein Aufschrei, als sie auf die Scherbe starrte und sie leicht hin und her drehte. »So hat er schon seit Jahren nicht mehr ausgesehen.« Sie lachte. Eine ganze Weile betrachtete sie die Zeichnung. Als sie Benna dann wieder ansah, hatte ihre Miene sich verändert. Ihr Blick war voller Neugier.

»Wer bist du? Ich glaube, ich kenne dich… die Tochter des Töpfers? Ja, natürlich. Nun, da dein Vater tot ist, solltest du unter unsere Vormundschaft gestellt werden, und wir sollten einen Ehemann für dich finden.« Sie senkte den Blick und betrachtete wieder die Scherbe, während Benna über die Vorstellung nachdachte, jemanden zu heiraten, den Gunnhild für sie ausgesucht hatte.

»Hast du das gezeichnet?«

»Ja, Herrin.«

»Du bist sehr geschickt. Aber ich werde das hier trotzdem nicht kaufen. Ich habe diesen Mann in Fleisch und Blut, ich brauche kein Bild von ihm. Aber…« Mit der Hand strich sie sich über den Hals, und ihr Blick wurde weich. Plötzlich sah sie aus wie ein Mädchen, wie eine wunderschöne, gelangweilte Mädchenprinzessin. Ihre Stimme klang honigsüß. »Könntest du auch eine Zeichnung von mir machen?«

Benna zuckte überrascht zusammen; daran hätte sie niemals gedacht. Zuvor hatte sie den Blick der Königin wie einen Schlag empfunden, jetzt fühlte er sich an wie das sanfteste Streicheln. »Ja, Herrin … natürlich. Wie Ihr wünscht. Ich muss nur rasch zurück, um meine Tinte und die Pinsel zu holen.«

»Hol alles her.« Gunnhild saß jetzt aufrecht auf dem Thron, die Hand auf der großen Löwen-Lehne. »Aber eine Scherbe brauchst du nicht.« Mit einem Finger schnippte sie verächtlich gegen den Ton. »Ich werde etwas anderes für dich besorgen, worauf du zeichnen wirst. Komm zurück, so schnell du kannst.«

»Ja, Herrin.« Benna verbeugte sich. Ihr Magen verkrampfte sich. Als sie aus der Tür trat, fragte sie sich, ob sie diesen Auftrag überhaupt würde ausführen können.

Gunnhild ließ ihre Gedanken zu Erik schweifen. Was immer er auf seinem Raubzug zuwege brachte – sie, die Königin, vermochte alles in einen großen Sieg zu verwandeln, selbst den unbedeutenden Raub eines Schafs oder Rinds. Das wiederum würde weitere Krieger anlocken, die nach einem trägen und bequemen Winter tatendurstig und gierig nach Beute, Ruhm und der Gunst eines Königs wie Erik Blutaxt waren. Und dann würde sie Erik mit einer großen Streitmacht gegen London ziehen lassen.

Sobald er London eingenommen hätte, würden sich ihm *noch mehr* Männer anschließen. Er wäre König von ganz England, und mit diesem Reichtum an Gold und Männern könnte er es dann mit jedem aufnehmen, könnte ein Königreich nach dem anderen erobern, und jedes eroberte Reich würde seine Macht und Schlagkraft vergrößern. Norwegen, Dänemark, Schweden im Osten, vielleicht sogar Russland – und, nach Westen hin, Island, dieses Nest von Aufständischen, die Orkney-Inseln, Irland, die Isle of Man und sämtliche Länder um das Nordmeer herum. Eines nach dem anderen würden sie und Erik die Welt unter einem Dach vereinen. Unter *ihrem* Dach. Gunnhild blickte auf die Tonscherbe mit Eriks lächelndem Gesicht darauf. Er würde schließlich doch noch einen richtigen König abgeben – mit ihrer Hilfe. Sie konnte ihm jetzt im Geiste folgen; sein Gesicht vor sich zu haben, erleichterte es irgendwie. Eine Zeit lang ritt sie mit ihm auf einem staubigen Weg, der nach Aidansby führte. Corban Tunichtgut jedoch hatte sie bereits aus den Augen verloren, und das ärgerte sie.

Mit hängendem Kopf kam Gimle in den Thronsaal. Er machte ein langes Gesicht, denn er hatte Erik auf dem Raubzug begleiten wollen, doch der König hatte ihm befohlen zu bleiben, zusammen mit seinen Brüdern, um in seiner Abwesenheit die Herrschaft auszuüben – was letztendlich nichts bedeutete, da Gunnhild ebenfalls geblieben war und *sie* die Befehlsgewalt hatte, ob der König anwesend war oder nicht.

Gimle ging durch den Thronsaal auf sie zu. Mit einer Gerte bearbeitete er dabei Bänke und Tische und warf Gunnhild einen finsteren Blick zu.

»Nun, kleiner Mann, warum so zornig?« Sie legte die Scherbe beiseite.

»Ich werde nie richtig kämpfen!«

»Ach.« Sie zog ihn zu sich und strich ihm das Haar aus der Stirn.

Wütend machte er sich von ihr los. »Ich bin kein kleines Kind mehr!«

»Du ungezogener Bengel.« Sie gab ihm eine Ohrfeige. »Geh und kämpfe mit deinen Brüdern, wenn du Krieg willst.«

»Mutter …«

»Tu, was ich sage!« Sie wandte sich von ihm ab und klatschte in die Hände. Zwei ihrer Zofen erschienen. Sie schickte sie los, ihre Juwelenschatulle und ihren Pelzmantel zu holen. Es war ein heißer Tag, doch sie brauchte den Pelz. »Geh, Gimle«, befahl sie, als sie merkte, dass der Junge noch immer bei ihr war. »Ich habe zu tun.« Wieder wanderte ihr

Blick zu der Scherbe und dem Bild von Erik – einem vornehmen, schönen Erik. Ein Schauer der Lust überkam sie, allerdings nicht nach ihrem Mann.

Gunnhild hätte auf dem Weg nach Aidansby bei ihm bleiben und sicherstellen sollen, dass alles so lief wie geplant; das wusste sie. Doch es war ein langer und ereignisloser Ritt, und Gunnhild wollte lieber sich selbst sehen – als edle und große Königin und Mutter zukünftiger Könige. Erik kam sicher ohne sie aus; es war ja ohnehin nur ein kleiner Raubzug. Ungeduldig rief sie den Frauen hinterher, dass sie ihr endlich die Juwelen und den Pelz bringen sollten. Sie setzte sich auf dem Thron zurecht und posierte so, wie Benna sie sehen und zeichnen sollte.

»Das ist keine gute Idee, Euan«, sagte Grod.

»Denk, was du willst«, gab Euan kurz angebunden zurück. Er warf einen Blick hinter sich; er hatte fast zwanzig Jungen und junge Männer gefunden, die bereit waren, mit ihm zu gehen. Dicht gedrängt folgten sie ihm jetzt, unter einem strahlend blauen Sommerhimmel. Vor sich im Staub entdeckte Euan die frischen Hufabdrücke von König Eriks Pferden, die sich in der Ferne verloren. Er rieb sich die Nase, um nicht zu niesen. Gleichzeitig fragte er sich, ob Grod recht hatte. Einen Augenblick lang schwand seine Entschlossenheit, doch dann erkannte er einmal mehr die Ordnung und Durchdachtheit seines Planes und richtete sich wieder auf. Zu seiner Verwunderung lief auf einmal Gifu neben ihm, Arres kleine Schwester.

»Wohin geht ihr?«, fragte sie. Sie trug ein Männerhemd, geflickt und zerrissen, und einen schweren Gürtel um die Taille, in dem ein Messer und eine Schleuder steckten. Ihre langen braunen Beine waren bloß, und ihre Füße steckten in derben Stiefeln. Um ihren Hals hing eine Schnur mit farbigen Perlen. Ihr Gesicht war schmutzig.

Von oben herab beschied Euan ihr: »Wir haben wichtige

Dinge zu erledigen, Gifu. Geh nach Hause und pass auf deine Ziegen auf.«

Sie blieb neben ihm. Ihre blauen Augen betrachteten ihn von oben bis unten. Dann schweifte ihr Blick zu den anderen Jungs, bevor er wieder zu Euan zurückkehrte.

»Ich helfe euch.«

»Das kannst du nicht. Du bist nur ein Mädchen.«

»Ich kann euch sehr wohl helfen. Zum Beispiel… ich kenne eine Abkürzung nach Aidansby.«

Euan lachte hämisch. »Wie schön! Wir gehen aber nicht nach Aidansby.«

Sie runzelte die Stirn und öffnete den Mund, um etwas zu erwidern. »Warte«, kam Euan ihr zuvor. Ihm war der Gedanke gekommen, dass sie vielleicht doch mitgehen sollte; er hatte einmal erlebt, wie sie mit einem Stein ein Eichhörnchen erlegt hatte, auf dreißig Schritt Entfernung. Außerdem war sie in dieser Umgebung zu Hause. »Kennst den Weg nach Westmoreland?«

»Bis nach Aidansby«, erwiderte sie.

»Gut. Dann komm mit. Vielleicht kannst du uns doch irgendwie helfen.«

Gunnhild gab Benna ein Stück gegerbtes Leder, das steif wie ein Brett war. Darauf sollte sie zeichnen; auf einer Seite befanden sich Linien und Markierungen in dunkelbrauner Tinte, doch die andere Seite war rein und sauber. Benna legte das Leder auf den Tisch, stellte den Topf mit Tinte daneben und nahm den Pinsel.

Gunnhild saß auf dem Thron. Sie schien jetzt größer zu sein als zuvor. Sie trug einen Mantel aus glänzendem schwarzem Pelz, und ein juwelenbesetztes Kollier zierte ihren Hals. Ihr Haar glänzte wie Gold, und ihr Gesicht strahlte Entschlossenheit und Ruhe zugleich aus. Man hatte das Gefühl, dass sie aus einer Höhe herabblickte, die für normale Sterbliche unerreichbar war.

Benna starrte auf das Stück Leder vor sich und erkannte plötzlich, dass sie aus irgendeinem Grund zum ersten Mal im Leben nicht zeichnen konnte. Nichts, was sie zustande brächte, wäre gut genug. Ihr Magen verkrampfte sich. Um sie herum schien sich der Raum zu verzerren. Ein Junge in Gifus Alter kam herein; die Königin rief ihn zu sich, strich ihm übers Haar und schob ihn dann von sich.

Benna blickte noch immer auf das Stück Leder vor sich, das sie nicht einmal zu berühren wagte.

Nein, sie konnte die Königin nicht zeichnen. Sie würde nicht gut genug sein. Sie war nie gut gewesen. Bis jetzt hatte es keine Rolle gespielt; nun aber war es von großer Bedeutung, und sie würde versagen.

Doch sie musste es wenigstens versuchen – um Corbans willen.

Tiefe Ruhe legte sich über Benna, und sie blickte hinauf zu der Frau auf dem Thron und griff nach dem Pinsel. Gunnhild so einzufangen, wie sie wirklich war, würde schwierig sein. Doch sie so zu zeichnen, wie sie sein wollte, war leicht.

Benna zeichnete das Bild so groß, wie das Stück Leder es erlaubte, und zeichnete alles mit hinein – den Pelz, die Juwelen, und alles andere. Die harten Linien um Gunnhilds Mund ließ sie jedoch weg, sondern zeichnete ein kleines Lächeln. Stück für Stück zeichnete sie das Gesicht und machte das, was gut war, noch besser. Sie arbeitete den ganzen Nachmittag, während Gunnhild dasaß und lächelte. Schließlich, als die Sklaven bereits dabei waren, die Tische zu richten, legte Benna den Pinsel nieder und drehte das Stück Leder herum.

Innerlich war sie zum Zerreißen gespannt. Sie wusste, dass es nicht gut genug war; sie wusste, dass sie dem, was sie vor ihrem inneren Auge sah, niemals gerecht werden würde. Gespannt beugte Gunnhild sich vor, um sich die Zeichnung anzuschauen.

»Bring es mir«, befahl sie. Vorsichtig ergriff Benna die Zeichnung mit beiden Händen, ging um den Tisch herum und legte sie der Königin auf die Knie.

Gunnhild sah hinunter auf die Zeichnung und lächelte versonnen. Eine Hand zwirbelte eine Locke ihres goldenen Haares. Mit der anderen strich sie sanft über das Leder.

»Seid vorsichtig«, sagte Benna. »Es könnte noch feucht sein.«

Gunnhild murmelte vor sich hin. Sie nahm den Blick nicht von dem Bild. Ihre Fingerspitzen fuhren die Linien nach, streichelten sanft darüber. Benna war mit einem Mal vergessen; Gunnhild nahm keine Notiz mehr von ihr. Schließlich ging sie zur Hintertür hinaus.

18

Corban fiel ein, dass der Weg nach Westen an dem Galgen vorbeiführte, an dem er und Grod die drei gehenkten Männer gesehen hatten, als sie zum ersten Mal nach Jorvik gekommen waren. Doch Erik führte seine Armee nicht diesen Weg. Stattdessen schwenkten sie nach Norden ab, kurz nachdem sie Jorvik verlassen hatten, und zogen das Flusstal entlang. Sie folgten einem staubigen Pfad, der durch die ebene Landschaft westlich des Flusses führte. Zu ihrer Linken erhob sich eine lange, sanft ansteigende Hügelkette. Die niedrigen Erhebungen waren in spätsommerliches Grün und Braun gekleidet, durchsetzt von den dunklen Säumen der Wälder. Der Weg führte durch Brachland, das einst bebaut gewesen war. Jetzt wuchsen dort nur noch verfilztes Unkraut und Dorngestrüpp.

Corban dachte an Euan und Grod, und sein Magen verkrampfte sich. Nur mit Mühe unterdrückte er einen Wutanfall. Sein ganzer, armseliger Plan fiel in sich zusammen. Euan und Grod würden Morcar niemals rechtzeitig erreichen, um ihn in Richtung Aidansby zu lotsen. Stattdessen ritt er, Corban, nun selbst dorthin, inmitten von Männern, die seine Familie ermordet und sein Heim zerstört hatten – Männer, die vorhatten, diesen Opfern weitere hinzuzufügen. Und er, Corban, würde hilflos dabei zusehen müssen, ohne es verhindern zu können.

Er dachte an Mav und spürte, wie sein ganzer Körper sich ihr entgegenstreckte. Er hatte das Gefühl, sich übers Meer katapultieren und wieder mit ihr zusammen sein zu können, eins mit ihr zu sein.

Die Sonne stieg höher. Am Talgrund wurde es so heiß,

dass die Hügel in der Ferne sich in der schimmernden Hitze kräuselten. Die Dänen schwitzten, stöhnten und schimpften. Corban blieb wohlweislich im hinteren Teil der Horde, weit weg von Erik, der neben Sweyn Aalmund ritt und mit lauter Stimme tönte.

»Man muss die Leute hart anfassen, oder sie werden unverschämt, hat schon mein Vater mir gesagt. Ich werde die Steuern zur Erntezeit senken; dann werden die Leute so glücklich sein, dass sie mir vor Dankbarkeit die Füße küssen!«

Er lachte lauthals. Auch die anderen Männer brachen in schallendes Gelächter aus. Corban ließ den Blick über das brachliegende, öde Land zu beiden Seiten des Weges schweifen. Ernte?, dachte er. Hier würde es keine Ernte geben. Erik musste blind sein – oder verrückt.

»Harald Blondhaar war ein großer König, habe ich gehört«, sagte Sweyn Aalmund.

»So, hast du gehört, ja?«, knurrte Erik. »Lass dir gesagt sein, dass mein Vater der großartigste Mann war, der je ein Schwert gezogen hat, um damit seine Feinde niederzumähen. Du solltest auf die Knie sinken und Gott danken, dass du nicht zu seinen Feinden gezählt hast!«

Der Weg führte um einen Hügel herum; vor sich, weit entfernt in einer Niederung, erblickten sie drei oder vier Schafe, die vor ihnen davonliefen. Eriks Arm schoss nach vorn.

»Holt sie euch!«

»Sie sind zu weit weg«, erwiderte Sweyn und machte keine Anstalten, dem König zu gehorchen. »Sie verschwinden in dem Sumpf dort unten, und wir finden sie nie wieder.«

»Na gut, na gut«, murrte Erik. »Wenn wir nach Aidansby kommen, kriegen wir genug zu essen.«

Corban biss sich in hilflosem Zorn auf die Lippen. Die Pferde trotteten durch die Hitze des Tages. Der Trupp ritt durch ein Wäldchen, in dem sämtliche Bäume abgestorben waren; rindenlose weiße Stämme standen wie Geister zwischen alles überwuchernden grünen Vorhängen aus Ranken und Dornen. Die Pferde stolperten den Weg entlang. Corban vermutete, dass sie zu Fuß schneller gewesen wären.

»Ich habe in meinem Leben viele Dinge falsch gemacht, aber eines kann ich sagen«, tönte Erik. »Ich habe mich nie gegen meinen Vater gewandt. Ich frage mich, wie lange es noch dauert, bis mein ältester Sohn sich gegen mich erhebt.«

»Oh, Gimle ist ein guter Junge«, erwiderte Aalmund.

»Er kommt ganz auf Gunnhild«, sagte Erik. »Mir fühlt er sich jetzt schon überlegen.«

Einer der Männer meinte: »So ist das mit Jungen. Sie gehen aus dem Haus und glauben, alles viel besser zu können als ihre Väter, bis die Wirklichkeit sie so weit eingeholt hat, dass sie schon mehr als zufrieden damit sind, wenigstens genauso viel zu erreichen.«

»Ich bin damals nicht weggegangen«, sagte Erik. »Das musste ich gar nicht. Ich habe alles getan, was mein Vater mir auftrug. Einige meiner Brüder haben sich ihm widersetzt. Da hat Vater mich losgeschickt, sie zur Vernunft zu bringen – wenn nötig, mit Gewalt. Das hat mir den Namen Blutaxt eingebracht. So werde ich auch mit Gimle verfahren, wenn er sich nicht vorsieht.«

Nach diesen Worten setzte für einige Zeit Stille ein. Schließlich nahm Sweyn Aalmund den Faden wieder auf. Mit dünner Stimme wiederholte er: »Gimle ist ein guter Junge.«

Sie folgten dem Weg hinauf in die Hügel. An einer Quelle in einem kleinen Wäldchen rasteten sie eine Zeit lang. Steif stieg Corban vom Pferd. Die Männer fluchten lautstark und stapften umher, um sich die Beine zu vertreten. Leise entfernte Corban sich von ihnen, ging bis an den Rand des kleinen Wäldchens, blickte über die sich gelb verfärbende Hügellandschaft, lehnte sich gegen einen Stamm und dachte an den großen Wald im fernen Land im Westen. Er wünschte sich, wieder dort zu sein. Das Böse hier würde nicht bis an jenen Ort reichen. Dann dachte er an May und fragte sich, was die Herrin ihr antun würde, wenn sie herausfand, dass er versuchte, Erik zu vernichten. Und voller Trauer dachte er an Benna. Auch sie hatte er in Gefahr gebracht – für nichts.

Sie ritten hügelan, durch Wiesen und Eichenwälder. Der Weg führte über eine Anhöhe und dann steil nach unten, einem schräg abfallenden Einschnitt folgend, der dicht mit Weiden und Brombeerbüschen bewachsen war. Der Einschnitt führte sie zu einer Furt im Fluss. Obwohl nur zehn Zentimeter tief, erstreckte das Wasser sich dreißig Meter breit über eine Kiesfurt. Der Weg führte geradewegs hinüber und das gegenüberliegende Ufer hinauf. Es war höher als das diesseitige und lag unter Unmengen überhängender Äste verborgen.

Sie ritten hinaus in die Furt. Die Pferde drängten sich zusammen, heraus aus dem tiefen Wasser. Plötzlich hob Aalmund, der an Corbans Seite ritt, den Kopf. »Riechst du den Rauch?« Corban schnüffelte. Tatsächlich lag ein schwacher Geruch nach Rauch in der Luft. Aalmund schrie noch: »Helme! Helme!«, als es aus dem dicht mit Bäumen bewachsenen anderen Ufer auch schon Steinsalven hagelte. Das Unterholz schien förmlich zu explodieren.

Corban drückte sich flach auf den Rücken seines Pferdes; Steine trafen ihn an Hals, Schultern und Rücken. Ein Stein, groß wie ein Kohlkopf, traf den vor ihm reitenden Mann; seitwärts rutschte er aus dem Sattel. Sweyn Aalmund brüllte einen Fluch. Immer mehr Steine regneten auf sie nieder. Corban glitt auf der geschützten Seite von seinem Pferd, hielt sich jedoch an Mähne und Zügel fest. Das Pferd stieg. Mit den Hufen schlug es in die Luft über ihm. Corban ließ die Zügel los. Das Pferd vor ihm scheute, stieß gegen seines. Corbans Pferd stolperte und stürzte mit lautem Aufklatschen in den Fluss. Um ihn herum schlugen weitere Steine ein. Vor sich sah er das auskeilende Pferd des getroffenen Mannes, der in sich zusammensackte. Blut spritzte zwischen seinen Haaren hervor.

Unablässig regnete es Steine um Corban herum. Er hielt sich die Hände über den Kopf und wich zurück an das diesseitige Ufer. Durch das Gedränge der Pferde hindurch versuchte er, etwas zu erkennen. Ein Stein prallte schmerzhaft von seiner Hand ab, und er fiel bis zu den Hüften ins Wasser.

Drüben, am jenseitigen Ufer, wurde der Weg die Böschung hinauf von dichten Sträuchern versperrt. Aalmund war dort und versuchte, sich seinen Weg hindurch zu kämpfen. Niemand half ihm. Die Hälfte der Männer in der Furt war aus den Sätteln gesprungen und versuchte, sich vor den strauchelnden Tieren in Sicherheit zu bringen; die andere Hälfte versuchte, die verängstigten Pferde zu zügeln, die sich aufbäumten und schrill wieherten. Corbans Tier befand sich mitten in der Furt und keilte wild aus. Ein weiteres Pferd stürzte und warf seinen Reiter ab. Zwei der Wikinger eilten herbei, um dem abgeworfenen Mann zu helfen. Doch bevor sie ihn erreichten, galoppierte das panische Pferd über ihn hinweg und warf die beiden anderen Männer zu Boden.

Neuerliches Sperrfeuer aus Steinen hagelte auf das Gewirr aus Männern und Pferden herab. Noch immer stand Corban bis zur Hüfte im Wasser, flussabwärts von der Furt aus gesehen, außer Reichweite der meisten Steine. Er suchte nach Erik. Wenn er Erik fand, konnte er ihn möglicherweise töten, jetzt, auf der Stelle – egal, was dann weiter geschah. Ein Mann taumelte an ihm vorbei. Aus einer Kopfwunde strömte Blut. Er stolperte ins Wasser, verlor die Balance und fiel. Zu zweit und zu dritt preschten die Pferde davon und stürzten hinaus aus der Furt auf den Weg zurück, den sie gekommen waren.

Hinter Corban rief Aalmund Befehle, zog Männer auf die Füße und winkte sie aus dem seichten Wasser, in dem sie umherkrochen. »Vorwärts! Es sind nicht viele! Greift sie an! Los! Vorwärts!« Er stürmte die hohe, unterspülte Böschung mit ihren Vorhängen aus Weiden hinauf, von denen ein weiterer Steinhagel niederging.

Corban bückte sich in dem rauschenden Wasser. Steine hagelten vor ihm in den Fluss. Am jenseitigen Ufer, oberhalb des dichten Bewuchses, vermeinte er, einen kurzen Augenblick lang eine wild gelockte blonde Mähne gesehen zu haben. Im Unterholz dort raschelte es laut. Wieder prasselten Steine nieder. Doch die Wikinger gehorchten Aalmund, der wild sein Schwert schwenkte und laut brüllte. Geradewegs stürzten die Männer auf die Böschung zu und kletterten die glatte Lehmwand hinauf, wobei sie sich an Wurzeln festhielten, um sich hochzuziehen.

Corban sah kein Zeichen von Erik; deshalb blieb er im Fluss und beobachtete Aalmunds Angriff.

Oben auf dem gegenüberliegenden Ufer stieg Rauch auf. Er konnte Menschen hin und her laufen sehen. Die Wikinger versuchten weiterhin, die Böschung zu stürmen. Jetzt züngelten Flammen durchs Gebüsch; schwarzer Qualm wogte unter den Bäumen hervor. An der Spitze seiner Truppe kletterte Aalmund die Böschung hinauf – und sah sich einer lodernden Feuerwand gegenüber.

Aalmund erstarrte. Die Männer hinter ihm glitten aus und fielen zurück in den Fluss. Auch Aalmund sprang ins Wasser und fuhr herum. Seine Augen funkelten. »Vorwärts!«, brüllte er. »Hier lang!« Heftig stieß er sein Schwert zurück in die Scheide, warf es sich über die Schulter und stürzte sich in die Strömung.

Seine Männer folgten ihm. Sie warfen ihre Helme fort.

Corban stieß sich von der Böschung ab und folgte ihnen. Die Strömung erfasste ihn. Aalmund führte die Männer an; mit kräftigen Zügen schwamm er vor ihnen her. Sein Kopf schnitt wie eines der Drachenboote durchs Wasser. Corban, der hinter ihm schwamm, sah sich nach den anderen Männern um, immer noch auf der Suche nach Erik. Oben auf der Uferböschung erhaschte er kurze Blicke auf Gestalten, die durchs Gebüsch eilten. Jetzt flogen Erdklumpen und brennende Zweige auf sie herab.

Corban wurde langsamer. Er ließ die anderen Männer an sich vorbei; hinter Aalmund her schwammen sie durch die lange Höhlung des Flusses, unter der überhängenden Böschung und den herabhängenden Ästen der Bäume entlang. Noch immer war keine Spur von Erik zu sehen. Als alle an Corban vorbei waren, schwamm er zur nächsten Böschung und erhob sich, als das Wasser ihm nur noch bis zur Taille reichte.

Gegen den kräftigen Druck der Strömung watete er zur Furt zurück. Immer wieder glitten seine Füße auf dem steinigen Grund aus. Mit dem Gesicht nach unten trieb ein Körper an ihm vorbei. Ein Mann hielt sich an einem Ast fest, der in die starke Strömung ragte, und rief um Hilfe. Eins seiner Augen blutete. Corban packte ihn am Arm, zerrte ihn ans Ufer und ließ ihn im Schlamm liegen, wo er sich würgend erbrach.

Er watete weiter auf die Furt zu. Die breiten, mit Sonnenlicht gesprenkelten Untiefen waren mit toten und verwundeten Männern schier übersät. Die Flammen auf der Böschung waren jetzt erloschen, doch immer noch wogten dichte Rauchschwaden in die Schlucht und zum Fluss hinunter. Beißender Gestank lag in der Luft. Die Pferde waren auf den Weg zurückgelaufen. Corban sah, wie sie unruhig unter den Bäumen hin und her tänzelten.

Flussabwärts hörte man plötzlich einen schrillen Schrei und das Gebrüll mehrerer Stimmen.

Ein Schatten segelte über Corban hinweg. Er sah auf. An dem schmalen Streifen Himmel, der zwischen dem dichten Dach der Bäume zu sehen war, kreiste ein Schwarm schwarzer Vögel. Am Fuße der jenseitigen Böschung löste sich plötzlich ein Mann aus dem Kies. Einer seiner Arme baumelte schlaff herab. Der Mann machte zwei stolpernde Schritte; dann fiel er mit dem Gesicht nach vorn in den Fluss. Die Strömung erfasste ihn und trieb ihn davon.

Geräuschvoll flatternd, ließen die Vögel sich auf der hohen Böschung in den überhängenden Zweigen nieder. In den Untiefen der Furt sammelte sich rot das Blut zwischen den Steinen. Neben einem der zertrampelten, blutigen Körper lag ein Schwert, die Klinge halb im Wasser.

Mitten im Fluss blieb Corban in der Furt stehen. Jetzt endlich sah er König Erik Blutaxt, wie er aus dem Schutz der Böschung hervorkroch …

Corban überlief es eiskalt. Er richtete sich auf und stemmte die Hände in die Seiten. Der König sah ihn und erhob sich ebenfalls.

»Bring mir das Pferd da.« Erik deutete auf eines der Tiere, die hinter Corban auf dem Weg standen, der die Uferböschung hinaufführte.

»Ihr habt meinen Vater getötet.«

Erik blinzelte ihn an. Er hatte eine Schürfwunde an der Stirn, und seine rechte Hand blutete. In seinem grauen, verfilzten Bart bewegte sich sein Mund, rot wie eine weitere Wunde. Erneut zeigte er auf das Pferd und wiederholte: »Bring es mir!«

Corbans Stimme wurde lauter. »Ihr habt meine Mutter getötet, meine kleine Schwester, und meinen Bruder. Ihr habt sie alle getötet!«

Knurrend bleckte Erik die Zähne. »Und jetzt töte ich dich.«

Er zerrte seine Axt aus dem Gürtel und stürmte durch das seichte Wasser auf ihn zu. Corban wich ihm aus, sprang zur Seite. Erik warf sich herum und stürzte sich auf ihn. Corban schnellte gerade noch rechtzeitig zurück. Die Axt pfiff an ihm vorbei und schlug klirrend auf den steinigen Boden.

Von der Wucht des Schlages nach vorn gerissen, stolperte Erik und fiel auf ein Knie. Sein Atem ging pfeifend unter seinem ledernen, mit Eisen bewehrten Brustpanzer. Es würde nicht einfach sein, diesen Mann zu töten.

Corban brauchte ein Schwert. Er wusste, wo eins zu finden war, stürzte am König vorbei, fand das Schwert im Fluss, packte es mit beiden Händen und wirbelte herum. Sein erster Schlag fuhr unkontrolliert durch die Luft; beinahe wäre das Schwert ihm aus den Händen geflogen. Unbeholfen wuchtete er es zu einem erneuten Schlag herum. Diesmal verhakte sich die Schneide in Eriks erhobener Axt. Mit einem drehenden Ruck seiner Schultern entriss der König Corban das Schwert. Es wirbelte durch die Luft und landete im Fluss.

Erik knurrte und bleckte die Zähne. Sein Gesicht war gerötet. Er stapfte auf Corban zu, schwankte dabei hin und her und schlug wild mit der Axt um sich. Corban wich zurück, den Blick auf die mondsichelförmig geschmiedete Axtklinge gerichtet. Das Wasser reichte ihm jetzt bis an die Knie, und die Strömung zerrte an ihm. In einem plötzlichen Ausfall stürzte Erik mit zum Schlag erhobener Axt auf ihn zu. Corban stolperte rückwärts. Er verlor den Halt, sah sich bereits hilflos zu Eriks Füßen am Boden liegen. Mit letzter Kraft gelang es ihm, sich nach hinten von der Furt in den Fluss zu katapultieren.

Im tiefen Wasser warf er sich herum, schürfte sich dabei die Knie am Grund auf und kam wieder auf die Beine. Hinter ihm schlug Erik blindlings um sich und schwenkte die Axt über dem Kopf, brüllend vor Zorn. Corban stieß sich aus dem Fluss hoch und rammte die Schulter unter den Arm des Königs, legte sein ganzes Körpergewicht hinein.

Erik wurde auf den Rücken geschleudert, ins seichte Wasser der Furt. Corban ließ sich auf ihn fallen, umklammerte das Gelenk der Hand, welche die Axt hielt, und klemmte den Arm Eriks ein, drückte ihn unter Wasser auf den steinigen Grund. Brüllend bäumte der König sich unter ihm auf. Corban schlug ihm die Faust auf den Mund. Eriks Blut spritzte ihm ins Gesicht. Er stemmte sich hoch, wobei er Eriks rechten Arm weiterhin festhielt, und kniete sich auf die Brust des Königs. Einen Fuß setzte er auf den linken Arm. Der König konnte sich jetzt nicht mehr rühren.

»Lösegeld…!«, stieß Erik hervor. »Ich werde Lösegeld…«

»Nein, wirst du nicht«, rief Corban, entdeckte das Messer in Eriks Gürtel und packte es. »Das ist für meinen Vater!« Er zerrte das Messer aus der Scheide, setzte die Spitze zwischen zwei der eisernen Nieten auf Eriks Lederpanzer und stieß dem König die Klinge in die Brust.

Erik kreischte schrill. Sein Körper bäumte sich auf. Corban zog das Messer aus der Wunde, holte aus und stieß es erneut in Eriks Körper.

»Das ist für meine Mutter…« Er riss das Messer hoch. Wieder stach er zu, und wieder. Der sich aufbäumende Körper unter ihm erzitterte, wurde schlaff und fiel reglos auf den Kies, nur noch ein lebloser Kadaver. »Das ist für meine Schwester… für mich… für mich… mich…«

Corban war außer Atem, als er endlich von dem toten Erik abließ. Für einen Moment schloss er die Augen. Eine schreckliche Last, die er getragen hatte, seit seine Familie zum Opfer dieses Mannes geworden war, fiel von ihm ab. Er stand auf. Das Messer ließ er in Eriks Brust stecken.

Ein Geräusch über ihm ließ ihn herumfahren, und er blickte die überhängende Böschung hinauf.

Dort oben, zwischen den niedergetrampelten Büschen, standen Euan, Gifu und Grod und beobachteten ihn. Corban wischte sich die Hand an der Brust ab. Erst jetzt sah er, dass er über und über mit Blut besudelt war.

»Wo sind die anderen?«, rief er hinauf.

»In alle Winde zerstreut«, erwiderte Euan. »Die meisten sind auf dem Weg nach Hause. Eriks Männer jagen sie.

Auch wir müssen fort von hier. Sie werden bald zurückkommen.«

Corban stolperte den Weg zu den Pferden hinauf.

Grods Hände waren blutig. Die ganze Zeit hatte er Steine geschleppt. Er hatte nicht kämpfen dürfen, war aber dazu verdonnert worden, körbeweise Steine heranzuschaffen. So war er ständig hin und her geeilt und hatte Steine gesammelt. Jetzt waren seine Finger wund und schmerzten von der Anstrengung. An den Sattel geklammert, saß er zusammengesunken auf dem dänischen Pferd und sehnte sich nach einem Krug Ale, während sie auf dem staubigen Weg nach Hause stolperten.

Das haben wir alles Corban zu verdanken, dachte er düster und fluchte lautlos.

Dann aber dachte er daran, dass Corban den verdammten alten Erik erstochen hatte, und lachte leise. Er warf Corban einen Blick zu. Der ritt ein Stück vor ihm, den rot und blauen Mantel umgehängt. Ein plötzliches Gefühl des Stolzes überkam den alten Mann. Sein Corban – ein Held!

Das gute Gefühl hielt jedoch nicht lange an. Er hatte Hunger und Durst und hing mehr schlecht als recht im Sattel. Grod hasste Pferde. Er hätte wer weiß was dafür gegeben, absteigen und sich einen ordentlichen Krug zur Brust nehmen zu können, um sich anschließend hinzulegen und zu schlafen. Die Gefährten erreichten ein kleines Wäldchen – einen schönen, schattigen Platz.

Grod öffnete den Mund, um Corban zuzurufen, dass er anhalten sollte, damit er sich eine Weile ausruhen könnte. Doch bevor er dazu kam, richtete Corban sich im Sattel auf und warf einen Blick über die Schulter. Abrupt brachte er sein Pferd zum Stehen. Grods Pferd trottete weiter und verharrte schließlich neben dem Tier Corbans. Der riss Grod die Zügel aus der Hand.

»Da kommt jemand, Grod. Schnell! Euan! Da kommt jemand.« Corban wendete sein Pferd, zog Grod hinter sich her und ritt vom Weg herunter in das mit Ranken durchwachsene Gebüsch, das zu beiden Seiten wucherte. Euan und Gifu kamen direkt hinter ihnen. Gemeinsam trieben sie die Pferde durchs dichte Unterholz und tief in den Schatten. Unter einem struppigen Baum blieben sie stehen.

Keuchend ließ sich Grod im Sattel vornüber fallen. Plötzlich schmerzte seine Brust. Die Wikinger würden sie erwischen. Er biss sich auf die Lippen. Die Luft war staubtrocken. Er mühte sich, zwischen den Deckung gewährenden Zweigen der Bäume den Weg zu erkennen. Nichts war zu sehen. Er ließ den Blick über die anderen schweifen: Euan blickte ebenfalls zum Weg, und Gifu zog sich einen Splitter aus der Hand.

Plötzlich erklang auf dem Weg das Donnern von Hufen. Durch eine Lücke in den Sträuchern sah Grod mehrere Pferde im Galopp vorüberpreschen, bis das Hämmern der Hufe verklang. »Aalmund«, sagte Corban. »Auf dem Weg zu Gunnhild, um Bericht zu erstatten.«

»Wir müssen vom Weg herunter«, ließ Euan sich vernehmen. Er wandte sich an Gifu. »Gibt es noch einen anderen Weg?«

»Ja, aber der ist länger.« Gifu war gespannt wie ein Bogen, und ihre Augen waren dunkel. Während des ganzen Kampfes hatte sie in vorderster Linie gestanden, hatte Steine und Zweige auf den Feind geschleudert und den anderen Warnungen zugerufen. Nun führte sie die Gefährten aus dem Gebüsch. Gemeinsam machten sie sich auf den Weg hügelabwärts ins Tal.

Grod sehnte sich nach Ale. Seine Hände waren wund, und er hüpfte im Sattel, sodass seine alten Knochen gestaucht wurden. Wenigsten hatten die Wikinger sie nicht erwischt! Allmählich fühlte Grod sich besser. Ihm wurde klar, dass auch er ein Held war, genau wie Corban und Gifu und Euan, der sich das alles ausgedacht hatte und ihnen gesagt hatte, was sie tun sollten. Er klammerte sich an den Sattelknauf und folgte Corban auf den Grund des Tales, zurück nach Jorvik.

Mav kreischte vor Entzücken. Sie konnte es nicht für sich behalten. Ihre Stimme schwoll an, Schrei um Schrei, in wildem Triumph.

Die Herrin kam herbei und starrte sie an, doch Mav lachte nur. Sie warf den Kopf zurück in die Kissen ihres Schrankbetts und lachte und schrie und sang aus vollem Hals vom Tode Erik Blutaxts.

Die Herrin blieb stehen und starrte Mav kalt an. »Du magst dich jetzt an meinem Unglück weiden, Mädchen, doch du wirst mich nicht davon abhalten, zu tun, was ich tun will!« Alle ihre übereinander geschichteten Gesichter bebten, zitterten wie Gras im Wind. »Dein Bruder wird kommen, und dann werdet ihr beide leiden, du und er!« Sie schlug die Schranktür zu und Mav hörte, wie der Bolzen vorgeschoben wurde.

Sie legte sich zurück, die Augen geschlossen, die Zähne zusammengebissen. Sie lag bereits in den Wehen, was sie vor der Herrin mit allen Mitteln zu verbergen versucht hatte. Sie biss sich auf die Lippen, um ihre Schreie zu unterdrücken, die Hände auf dem Leib, der jetzt hart wie Stein war unter ihren Handflächen. Sie musste alles alleine tun, und in aller Stille. Sie schloss die Augen und sammelte ihre Kräfte für die vor ihr liegende Aufgabe.

19

»Und jetzt sind alle jungen Männer verschwunden. Hier weht ein böser Wind«, sagte die Bäckersfrau. »Ein Wind, der nichts Gutes bringt!«

»Amen«, murmelten die anderen Frauen.

»Wenigstens *versuchen* sie etwas«, ließ Arre sich vernehmen.

Die Bäckersfrau grinste sie höhnisch an. »Was können sie schon tun? Euan, dieser Dummkopf, wird den König nur gegen uns aufbringen.«

Die anderen Frauen ließen tiefe Seufzer hören. Arre verschränkte die Arme vor der Brust, unsicher und voller Furcht. Sie und die anderen Frauen standen unter der großen Eiche. Euan und die anderen waren bereits den ganzen Tag fort. Arre warf einen Blick über die Gasse bis zur Ecke; selbst Benna war verschwunden.

»Dieser Euan ist ein ganz Schlimmer«, fuhr die Bäckersfrau fort. »Denkt an meine Worte, das ist alles sein Werk. Wenn der König uns die Kehlen durchschneidet, können wir uns bei Euan bedanken.«

Arre biss die Zähne zusammen. Sie konnte und wollte sich nicht mit den anderen Frauen streiten. Sie wandte ihnen den Rücken zu und ging schnellen Schrittes zum Kupfertor hinauf. Vielleicht hatte der Priester doch recht; vielleicht war alles Gottes Wille.

Wieder überfielen sie schreckliche Kopfschmerzen, ein unablässiges Pochen und ein Druck, als würde sich ein eiserner Kranz um ihren Schädel pressen.

Sie erinnerte sich daran, wie sie vor den Männern des Königs davongelaufen waren. Wie Säure schmeckte sie noch einmal die Angst. Irgendwo dort draußen stellte Euan sich ihnen jetzt wieder entgegen, Euan und die anderen Jungen: Fäuste und Steine gegen Schwerter und Äxte.

Bei dem plötzlichen, blendenden Bild eines Schwertes, das durch die Luft schnitt und auf nackte Hände niedersauste, verließ Arre der Mut. Ohne Gottes Hilfe hatten Euan und die anderen gegen Erik und dessen Krieger nicht die Spur einer Chance.

Arre ging durch die Gasse der Schlachter, die verlassen und still war, und gelangte zur Kirche. Die Hände vor dem Leib gefaltet, stand der Priester davor. Arre blickte ihn mürrisch an und ging weiter bis zum großen Tor in der Stadtmauer. Zwei, drei Männer lungerten im tiefen Schatten des Tores: alte Getreuen des Königs. Alle Dänen, die ein Schwert zu tragen vermochten, waren mit Erik gezogen.

Die Vision des niedersausenden Schwertes wurde wieder lebendig vor Arres geistigem Auge, doch sie verdrängte das Bild. Sie kletterte ein Stück die Mauer empor, bis an die Stufen, die in die Wälle gehauen worden waren; von dort stieg sie hinauf auf die breite flache Kuppe. Ein schmaler, ausgetretener Lehmpfad wand sich hier durchs grüne Gras.

Gott begünstigt die Herrschenden, dachte sie plötzlich wütend. Das ist nicht recht. Ängstlich bekreuzigte sie sich.

Sie wandte den Blick von der Stadt ab, spähte stattdessen nach Norden und Westen, über den Weg, der nach Westmoreland führte. Nichts regte sich dort draußen in der brütenden Nachmittagshitze.

Wenn Gott gut war, würde Euan siegen, ganz bestimmt. Arre holte zitternd Luft. Sie sah den Abgrund, der sich durch ihre Gedanken vor ihr auftat, und erkannte, dass sie sich Gott unterwerfen musste, egal was geschah. Ihr Kopf schmerzte so sehr, dass sie kaum mehr denken konnte. Sie versuchte zu beten, wollte Gott um ein Zeichen anflehen, dass Euan und die anderen recht hatten und dass der Priester und die Bäckersfrau im Unrecht waren.

Sie fragte sich, wo ihre Schwestern waren. Selbst der alte Grod war verschwunden. Sie war allein und starrte in das goldene Sonnenlicht des Spätnachmittags. In ihrem Kopf wogte in dumpfen Wellen der Schmerz.

Den ganzen Nachmittag ging sie auf der Kuppe des Walles auf und ab. Am Abend sah sie plötzlich, wie sich auf dem Weg etwas voranbewegte. Jemand kam in Richtung Stadt.

Arre streckte sich und beschattete die Augen. Ihr Herz tat einen Sprung. Pferde galoppierten heran! Sie lief zurück zu den Stufen und hüpfte hinunter; dann schlich sie bis zur Ecke des Tores. Dort konnte sie lauschen.

An die Wand gelehnt, strengte sie die Ohren an.

Pferde donnerten durchs Tor; einen Moment lang klangen die Hufschläge hohl und widerhallend. Dann hörte Arre das Schnauben der Tiere. Einer der Wächter rief: »Sweyn! Wo ist der König?«

Die Reiter gaben keine Antwort. Einer trieb sein verschwitztes, dampfendes Pferd an Arre vorbei und auf den Weg, der quer durch die Stadt führte. Sie konnte einen kurzen Blick auf sein Gesicht werfen, auf den Mund mit der großen Zahnlücke: Sweyn Aalmund, der Hauptmann des Königs.

Er reitet zum Anwesen des Königs, dachte Arre aufgeregt, und er hat es sehr eilig! Sie wandte sich wieder zum Tor. Der andere Reiter war dort abgestiegen. Seine Stimme klang schrill vor Zorn. »Das mache ich nie wieder! Mein Arsch ist ...«

»Wo ist der König?«, rief einer der Wächter und eilte zu ihm, dicht gefolgt von dem anderen. »Wo ist der König?

»Der König ist tot. Wir sind geradewegs einer gewaltigen Armee in die Arme gelaufen, die von Norden kam.«

Arre stieß einen Schrei aus. Alle Männer fuhren zu ihr herum. Sie machte auf dem Absatz kehrt und lief davon, so schnell sie konnte. Der Schmerz in ihrem Kopf war verschwunden. Ihre Füße flogen nur so über den hölzernen

Gehweg, und sie stieß einen weiteren Schrei des Triumphs aus.

Was Aalmund der Königin zu sagen hatte, sollte ganz Jorvik erfahren. Und Arre wusste einen sicheren Weg, es den Leuten mitzuteilen. Mit gerafften Röcken lief sie die breite, leere Gasse hinunter zur Kirche.

Gunnhild fuhr auf. Im Halbschlaf hatte sie auf dem Thron gesessen, die Zeichnung auf dem Schoß. Jetzt versuchte sie, sich daran zu erinnern, was sie geweckt hatte. Wie ein Wurm ringelte sich eine tiefe Furcht in ihren Eingeweiden. Sie blickte hinab auf das Bild. Unvermittelt hatte sie das Gefühl, hintergangen worden zu sein. Sie stand auf.

Erik, dachte sie, und der Wurm wand sich in ihrem Innern. Sie ging durch den leeren Thronsaal. An der Tür hörte sie, dass plötzlich die Kirchenglocken zu läuten begannen.

Ihr sträubten sich die Haare. Ihr Magen verkrampfte sich. Das Läuten der Glocken peitschte ihre Nerven. Etwas Schreckliches war geschehen ...

»Gimle!« Mit langen Schritten eilte sie wieder zurück. »Guthorm ... Harald ...«

Hinter ihr wurde die Tür aufgestoßen. Gunnhild wirbelte herum, die Hand am Messer in ihrem Gürtel. Doch es war nur Sweyn Aalmund, der durch die Tür stolperte. Sein Gesicht war mit Streifen alten, getrockneten Bluts verschmiert.

»Herrin, hört Ihr die Glocken denn nicht?«, rief er. »Erik ist tot. Der Pöbel sammelt sich in den Gassen. Sie werden herkommen, und niemand kann sie aufhalten! Ihr müsst fliehen, Herrin ...«

»Meine Söhne!« Gunnhild schlug die Hände über dem Kopf zusammen und bedachte Aalmund mit einem stechenden Blick. »Seid Ihr auf meiner Seite, Aalmund?«

Er richtete sich auf. Sie sah, wie müde und verletzt er war, doch als er sprach, funkelten seine Augen. »Ich bin auf Eurer Seite, Herrin.«

»Holt meine Juwelen. Die Schatulle … dort …« Sie schritt auf den Thron zu. Gimle kam durch die Hintertür herein, Guthorm im Schlepptau.

»Mutter, was hat das zu bedeuten? Warum läuten die Glocken? Stimmt etwas nicht?«

Sie packte ihn am Arm. »Ja. Hol deine Brüder, wir müssen fort von hier.« Sie beugte sich herab und nahm seinen kleinen Bruder auf den Arm. »Aalmund wird uns begleiten … Sweyn! Haben wir ein Schiff?«

»Vater … ist es Vater?«, schrie Gimle plötzlich. Unablässig läuteten die Glocken.

Aalmund kam durch den Thronsaal zu ihr, die Schatulle mit den Juwelen unterm Arm. »Wir haben drei Schiffe. Ruderer werden wir von den Nichtstuern unten am Fluss anheuern. Aber wir müssen uns beeilen!«

»Geht und macht die Schiffe klar. Ich bringe die anderen. Beeilt Euch.« Sie setzte Guthorm ab und stürzte wieder zur Hintertür, durch die jetzt ihre anderen Söhne hereingerannt kamen.

»Mutter!« Mit ausgestreckten Armen stürzte Harald auf sie zu. »Mutter, da kommen Leute … sie rufen, dass Vater tot ist …«

»Beeilt euch«, erwiderte sie nur. Der kleine Sigurd brach in Tränen aus. Sie nahm ihn hoch und schüttelte ihn. »Hör auf zu heulen, du verzogenes Gör! Du bist der Sohn eines Königs!« Sie griff nach Erlings Hand. Als sie am Thron vorbeikamen, hielt sie einen Moment inne, ließ ihren kleinen Sohn los, nahm die Zeichnung, die sie darstellte, und schleuderte sie in die Feuerstelle, zwischen die aufgeschichteten Kohlen, wo sie sofort Feuer fing.

Gunnhild beobachtete, wie ihr eigenes Gesicht in den Flammen schmolz. Leise murmelte sie: »Du glaubt, du hättest mich vernichtet, aber du hast mir lediglich die Freiheit gegeben, meinen Weg zu gehen. Ich werde mich rächen!«

Dann verließ sie zusammen mit den Jungen das Königshaus von Jorvik.

Es wurde dunkel. Atemlos wand Arre sich durch die Menschenmassen, die auf den Wegen lungerten. Alle hatten den Blick auf das Anwesen des Königs gerichtet, das auf dem Deich über ihnen stand.

»Was ist geschehen?«, rief jemand hinter Arre.

»Der König ist tot!«

Lautes Gebrüll erhob sich. Die Menge drängte näher an den Deich heran. Auch Arre rückte nach vorn. Plötzlich bemerkte sie neben sich die Bäckersfrau.

»Es war nicht Euan, weißt du«, rief sie. »Es war eine Armee von Schotten, die aus dem Norden gekommen ist…«

»Seht!« Arre streckte den Arm aus und deutete zum Anwesen des Königs.

Aus der Menge erhob sich ein neuerlicher, ohrenbetäubender Schrei. Aus der Tür des Königshauses flutete ein Strom von Menschen ins letzte Licht des Tages. Gunnhild führte sie an, die Königin, die Hexe, deren langes blondes Haar wehte. Sie beachtete den tobenden Mob nicht, der in den Gassen wogte, sondern eilte den Hügel hinunter zum Fluss.

Arre stieß einen Schrei aus. »Sie fliehen!« Sie stürmte die steile Böschung des Deichs hinauf zum Anwesen des Königs. Es zog sie magisch an; es war der Ort der Macht, der Thron. Sie rannte den Hügel hinauf. Ihr Atem ging stoßweise. Stampfende Schritte folgten ihr, rufende Stimmen. Arre schritt noch schneller aus, um als Erste den Fuß durch die gähnende Tür in die trostlose Dunkelheit zu setzen.

Der Thronsaal hallte von ihren Schritten wider. Eine einzelne Fackel brannte neben dem Thron. Arre lief darauf zu. Hinter ihr fluteten die Stadtbewohner, die ihr gefolgt waren, durch die Tür und stürzten sich auf die Beute: die Teppiche und Felle auf den Bänken, die Truhen und Schränke, die

Töpfe und Kessel – alles, was irgendwie von Wert war. Am Thron angekommen, stellte Arre sich auf die Zehenspitzen und zerrte die schwere, rauchende Fackel aus der Wandhalterung.

Um sie herum brachen die Menschen Truhen auf und stritten sich um die Beute. Ihre Stimmen bildeten ein wirres Durcheinander. Arre wandte sich wieder dem verlassenen Thron zu. Er war über und über mit wilden Tieren und Kronen beschnitzt.

»Nimm dies für deine Macht«, rief sie und warf die Fackel auf den Thron, trat einen Schritt zurück und schaute zu, wie er Feuer fing.

Corban und die anderen erreichten Jorvik nicht vor Einbruch der Dunkelheit. Gifu führte sie durch das Tal, durch einen Sumpf und am Flussufer entlang. Ein gutes Stück, bevor sie die Stadt erreichten, hörten sie bereits die Kirchenglocken und sahen den roten Schimmer am Himmel. Als sie schließlich an die Stadtmauer ritten, klang der Lärm der Siegesfeier laut bis zu ihnen. Sie umrundeten die Mauer bis zu dem offenen, verlassenen Tor. Kurz dahinter stieg Euan steifbeinig vom Pferd.

»Ich gehe nach Hause. Ich muss nach meiner Mutter sehen«, erklärte er und ging davon. Sein erschöpftes Pferd ließ er mit hängendem Kopf stehen.

Grod war erschöpft über dem Hals seines Tieres zusammengesunken und stöhnte. Gifu streckte die Hand aus und ergriff die herabhängenden Zügel von Euans Pferd; sie hatte sich im Sattel sofort so zu Hause gefühlt, als wäre sie ihr Lebtag nur geritten. »Wir können die Pferde doch behalten, oder nicht?«, wollte sie wissen.

»Wenn niemand sie wiedererkennt, ja. Anderenfalls könnten sie uns mehr Ärger bringen, als sie wert sind.«

Corban ritt neben ihr durchs Tor. Über den Dächern sah er Eriks Anwesen auf dem Deich wie eine Fackel lichterloh brennen. Das stete Läuten der Kirchenglocken schmerzte ihm in den Ohren. Er fragte sich, was mit Gunnhild und ihren Kindern geschehen war.

Den breiten Weg entlang ritten sie ins Zentrum der Stadt. Auf dem offenen Platz oben am Kupfertor hielten Mädchen und Jungen sich bei den Händen und tanzten im Licht der Fackeln, während die Pärchen sich in die dunklen Gassen zu beiden Seiten verzogen. Rotgesichtig und lachend zogen Männer und Frauen in Scharen durch die Stadt und ließen Krüge kreisen. Es gab keine Dänen mehr in Jorvik. Sämtliche Häuser standen offen; Menschen strömten durch die Türen hinein und hinaus, klatschten in die Hände und jubelten. Unten an der Eiche, am unteren Ende des Kupfertores, brieten Städter ein Schwein über einem großen Feuer.

Corban bog in die Gasse ab, in der sein Haus stand, glitt vor der Tür aus dem Sattel seines Pferdes und warf Gifu die Zügel zu. Seine Beine schmerzten vom langen Ritt. An ihm vorbei eilte Grod über die Schwelle. Corban wusste, dass er es auf den Krug abgesehen hatte.

Vorsichtig trat er über die Schwelle. Im Innern sah es ruhig und anheimelnd aus. Alles befand sich an seinem Platz, und im Kamin brannte das Feuer. Er hielt nach Arre und Benna Ausschau, doch sie waren verschwunden. Gähnend kam Ulf hinter dem Feuer hervor.

»Ulf!«, rief Corban. »Wann bist du hier angekommen?«

»Gegen Mittag. Kurz nachdem ich angelegt hatte, kam Aalmund, hat Gunnhild und ihre Gören in ein Schiff verfrachtet und sich mit ihnen zusammen flussabwärts aus dem Staub gemacht.« Stirnrunzelnd musterte Ulf ihn von Kopf bis Fuß. »Du siehst schrecklich aus. Wo warst du?«

»In Geschäften unterwegs«, erwiderte Corban.

Ulf streckte die Hand aus und zupfte ihm an den Hemdsärmeln, die steif waren von getrocknetem Blut. »Schwierige Geschäfte, wie es scheint.«

»Was sagen die Leute über Erik?«

»Er ist tot. Gunnhild wäre sonst nicht geflüchtet. Sie ist eine Hexe, aber das hilft einem nicht, wenn der Mob mit Fackeln den Hügel hinaufstürmt. So viel ich gehört habe, soll Erik nach Norden unterwegs gewesen sein, zu einem Raubzug, und ist dort auf eine große Armee Schotten gestoßen.«

»Sehr gut«, sagte Corban und zog den Mantel aus. Er war todmüde. »Ich muss sofort weiter. Mach bitte das Schiff klar.«

Ulf zuckte die Achseln. »Wie du meinst. Wir sollten sowieso nicht hier sein, falls die Schotten beschließen, hierherzukommen.«

Grod erschien, den Krug in der einen Hand, einen leeren Becher in der anderen. Er sah niedergeschlagen aus. Ulf ging an ihm vorbei und verließ das Haus. Traurig kam der alte Mann zu Corban geschlurft.

»Ich habe Erik Blutaxt getötet, aber alle reden nur von einer Armee Schotten«, sagte er murrend und hob den Krug. Das dickflüssige schäumende Ale lief gleichmäßig in den Becher wie ein bernsteinfarbenes Band. Doch plötzlich war es verschwunden. Grod stieß einen Schrei aus, hob den Krug und spähte hinein. »Er ist leer!«

Corbans Rücken prickelte. »Sie weiß Bescheid!« Er versuchte, die Angst abzuschütteln. »Ich muss meine Schwester von ihr wegholen. Sehen wir zu, dass wir aus diesem Haus verschwinden! Los!«

»Wohin?«

Corban packte den alten Mann am Arm und zerrte ihn zur Tür. Er sah hinauf zu den dunklen Dachsparren des Hauses. Jeden Moment konnte alles zusammenstürzen. Das Feuer im Kamin erlosch. Mit einem Mal war es vollkommen still und kalt. Corban zerrte Grod aus der Tür.

»Wohin gehen wir?«

»Zu Benna.«

Mav biss sich auf die Finger. Sie durfte nicht schreien, wenngleich ihr Körper ein einziger glühender Schmerz war. Wimmernd zerkratzte sie sich mit den Fingernägeln das Gesicht. Dann verebbte der rasende Schmerz, und keuchend ließ Mav sich in die schweißnassen Bettlaken fallen, bis der nächste Krampf einsetzte. Schluchzend barg sie ihr Gesicht in den Laken.

Dann, gegen Ende der Nacht, brachte sie ihr Kind zur Welt, einen Jungen. Erschöpft lag sie auf dem durchnässten Laken und legte sich das Kleine an die Brust. Er war warm und schwerer, als sie erwartet hatte. Mit den Fingern fuhr sie die Kontur seiner winzigen Wange nach; oben auf seinem kleinen Kopf spürte sie seinen Puls. Immer noch in völliger Dunkelheit raffte sie das Laken um ihn, und er kuschelte sich in ihre Armbeuge.

Mav schwebte auf einer Wolke des Glücks. Sie hatte ihren Sohn allein zur Welt gebracht. Der Schmerz und die Schrecken, der ihn ins Leben gerufen hatte, waren nur noch blasse Erinnerungen, die nicht mehr zählten. Erik war tot, und dieses Kind gehörte ihr allein.

Doch bei dem Gedanken an die Herrin schwand Mavs Glücksgefühl. Falls die Herrin sie und das Kind fand, währte ihrer beider Leben nicht mehr lange – es sei denn, Corban kam …

In ihrem eigenen Schrankbett lag die Herrin wach. Heiße Wut kochte in ihrem Innern. Sie hasste Mav. Sie hatte sich ihr widersetzt und war so dumm zu glauben, das Kind vor ihr verstecken zu können. Die Herrin hörte das Tuscheln der gefangenen Stimmen. Sie flüsterten ihr zu, dass sie einen Fehler machte und die Gefahr drohte, ihre Macht über Mav könne einen Riss bekommen.

Doch dieses Wagnis würde sie eingehen. Sie würde Mav und deren überwältigende Gabe, in die Zukunft schauen zu können, nicht verlieren. Mit einer solchen Macht gab es für die Herrin keine Hindernisse mehr. Sobald Corban sich in ihren Händen befand, würde sie mit dem Mädchen einen

Handel machen – das Leben ihres Bruders gegen ihre Unterwerfung. Sie wusste, dass Mav einwilligen würde. Und dann würde sie Corban vernichten und den elenden Säugling ins Meer werfen …

Sie beruhigte sich wieder. Blauzahn und Erik hatten sie im Stich gelassen. Das war das Los vieler Frauen, die sich auf schwächliche Männer verließen. Sie jedoch würde weitermachen, würde weiteren Siegen entgegenstreben. Sie kämpfte die rebellischen, zweifelnden Stimmen in ihrem Innern nieder und wartete, dass Corban zurück nach Hedeby kam.

20

»Ich gehe mit dir«, erklärte Benna.

Er hielt ihre Hände und sah ihr ins Gesicht. »Es kann sein, dass ich nicht zurückkomme.«

»Deswegen gehe ich ja mit.«

Gifu und Arre saßen am Feuer und beobachteten die beiden. Gifus Haar wirkte im Feuerschein wie ein Geflecht aus feinem goldenem Draht.

Benna sah Corban unverwandt an. »Können die anderen mitkommen?«

»Ich gehe nicht mit«, erklärte Gifu. »Euan und Arre auch nicht.«

»Ich bleibe ebenfalls hier«, erklärte Grod.

Corban ergriff Bennas Hände. »Du wirst sie verlassen müssen, aber du wirst niemals alleine sein. Wenn du mit mir kommst, dann als meine Frau.«

»Wirst du uns wirklich verlassen, Benna?«, fragte Arre.

»Ich will«, erwiderte Benna, schaute dabei aber Corban an. »Ich will.«

Er küsste ihre Hände.

Benna drehte sich um und ging zu ihren Schwestern. Am Feuer fielen die drei sich in die Arme. Damit sie sich in Ruhe verabschieden konnten, stand Corban auf, ging zur Tür und trat hinaus in die Dunkelheit. Der Wind wehte aus den Mooren herauf. Es roch intensiv nach trockenem Heidekraut. Über den Fluss hinweg waren die Reste von König Eriks Anwesen zu sehen: Glühende Asche krönte den Deich mit einem schwachen, rötlichen Schimmer.

Corbans Magen zog sich zusammen. Die Herrin wusste, was er getan hatte – dennoch musste er zu ihr zurück, auch wenn Mav wie der Köder in einer Falle war, die seine Feindin für ihn aufgestellt hatte.

Er konnte sich nicht abwenden, musste den direkten Weg gehen.

Grod kam hinter ihm aus der Hütte. »Du wirst auch ohne mich gehen müssen.« Mit dem Daumen zeigte er auf die Hütte. »Sie brauchen mich mehr als du.«

»Du bist ein guter Freund, Grod.«

»Du auch.« Grod räusperte sich und legte Corban eine Hand auf den Arm. »Ich wünschte, ich könnte mit dir kommen.« Seine Stimme klang belegt. Corban sah, dass er den Tränen nahe war.

»Ich dachte, du würdest nach Hause gehen, Grod.«

»Zu Hause … was ist das anderes als ein Ort, an dem man dich kennt und an dem du geliebt wirst?«

Im Mantel und mit einem Bündel unter dem Arm trat Benna aus der Tür. Corban streckte ihr die Hand entgegen. Benna ergriff sie. Unbeweglich stand Corban da, genoss diesen Augenblick des Glücklichseins. Denn auf dem Weg, der vor ihnen lag, war jeder Schritt trügerisch.

Fragend blickte Benna zu ihm auf.

Corban räusperte sich. »Gehen wir«, sagte er dann.

»Es waren Euan, deine Schwestern und zwanzig ihrer Freunde, die Jorvik gerettet haben«, erklärte Corban. »Aber wird es jemand je erfahren? Schon jetzt ist das Gerücht über eine schottische Armee im Umlauf. Was tatsächlich in der Welt geschieht, ist die eine Sache – wie die Menschen damit umgehen, eine andere.«

Benna saß neben ihm im Vorderdeck des Schiffes und zeichnete auf einem Stück Holz. »Was macht es schon aus, solange du es weißt«, sagte sie, und geschickt strichen ihre Hände über das Stück Holz.

Das Schiff schwankte auf den Wogen. England wurde zu einem dunklen Streifen Land zu ihrer Rechten. Eine

Möwe schwebte am Himmel vor ihnen, weiß und grau und weiß.

»Wo ist deine Schwester?«, fragte Benna.

»In Hedeby. In den Händen einer Frau, die viel mächtiger ist als Gunnhild. Ich weiß nicht, warum sie Mav haben will oder was sie mit ihr vorhat, doch es kann nichts Gutes sein. Jedenfalls hat sie meine Schwester jetzt in ihrer Gewalt. Aber sie ist nicht allmächtig, wie auch Gunnhild es nicht war. Was hast du eigentlich mit ihr angestellt?«

»Ich habe ihr Bild gezeichnet.«

»So, wie sie ist? Oder so, wie sie sich gern sehen würde?«

Benna lachte. »Ich hätte sie lieber so gezeichnet, wie sie ist.« Auf dem Holz erschienen die Umrisse einer Möwe.

»Bei der Herrin von Hedeby wäre das unmöglich.«

»Wie meinst du das?« Benna leckte sich das Salz von den Lippen.

»Ich kann es nicht erklären. Sie verändert sich.«

»Ist sie eine Gestaltwandlerin?«

»Nein, das war Gunnhild. Diese Frau ist wie die Meeresbrandung… stets eine andere.«

Benna setzte sich aufrecht hin und konzentrierte sich wieder auf ihre Zeichenutensilien. »Wie sieht Hedeby aus?«

Er erzählte es ihr, ließ sich selbst durch seine Worte in sie hineinfließen. Auf dem Stück Holz zeichnete Benna die Möwe fertig, wie sie sich hinauf in den stürmischen Himmel schwang.

Sie erreichten die Küste, die England gegenüberlag, und ruderten sie entlang. »Wie willst du deine Schwester retten, Corban?«

»Ich weiß es nicht. Wenn ich es nicht schaffe, musst du nach Jorvik zurück.« Er saß einen Moment schweigend da. Warm spürte er sie neben sich; ihr Kopf lehnte an seiner Schulter. »Als ich das erste Mal von dir fortgegangen bin, sind wir nicht auf direktem Weg nach Hedeby gefahren, weißt du. Ein Sturm hat uns weit nach Westen und Süden getrieben. Es gab ein Land dort, sehr schön und lieblich und fruchtbar. Ich will wieder dorthin. Ich will irgendwohin, weit weg von hier, wo es noch keine Könige, keine Priester gibt. Ich will für uns ein Leben aufbauen, das frei ist von solchen Menschen.«

»Wo auch immer du hingehst, ich gehe mit dir.«

Bei diesen Worten machte sein Herz einen Sprung, und er umarmte sie. Und doch – je näher sie Hedeby kamen, desto stärker wurde Corbans Wunsch, er hätte Benna nicht mitgenommen. Er hatte nicht die leiseste Ahnung, was er gegen die Herrin ausrichten konnte. Noch sah er keine Möglichkeit, Mav vor ihr zu retten. Stattdessen brachte er jetzt auch noch Benna in Gefahr.

Zur Rechten erstreckte sich flaches Sumpfland. Sie näherten sich dem Wasserweg, der sie nach Hollandstadt brachte. Ein weiteres Segel schwebte geisterhaft vor ihnen, an Inseln aus Schilfgras vorbei. Benna pflückte ein paar Halme ab und zerkaute die Enden. Stetig bewegten sie sich den Fluss hinauf. Auf großen Erdwällen grasten Kühe.

Mit der untergehenden Sonne erreichten sie die Anlegestelle von Hollandstadt. Der Hafen war voller Schiffe. Die Nacht über blieben sie an Bord, legten sich Seite an Seite in den Bug. Als Benna schlief, schlich Corban sich von ihr weg und ging nach achtern, wo Ulf schlafend im Heck lag.

Ulf schreckte auf. »Wohin gehst du?«

»Nach Hedeby. Sei still und hör mir zu«, sagte Corban mit gesenkter Stimme. »Hast du Geld?«

»Ein wenig.«

»Belade das Schiff mit ausreichend Nahrung, zusätzlichen Segeln, Tauen, Wasser – mit allem, was wir für eine lange Reise benötigen.«

»In Ordnung.« Mit einem Kopfnicken deutete Ulf zum Bug. »Du lässt sie hier?«

»Wenn ich nicht wiederkomme, bring sie zurück nach Jorvik. Ich muss meine Schwester holen, Ulf.«

Freundschaftlich schlug Ulf ihm auf die Schulter. »Mögen Christus und Thor mit dir sein, Corban.«

»Ich weiß nicht, ob das so funktioniert.« Corban warf einen letzten Blick zum Bug; dann schwang er sich über die Bordwand des Schiffes, ließ sich ins Wasser gleiten und schwamm zum Strand.

»Wo geht er hin?«, fragte Benna.

Erschreckt machte Ulf einen Satz; er hatte Corban über das dunkle Wasser hinweg hinterhergeblickt. Der Mond stieg über die Dämme und übergoss sie mit bleichem Licht.

»Er hat gesagt, du sollst hierbleiben«, erwiderte Ulf.

»Niemals! Dreh dich um.« Sie zog sich ihr langes Kleid über den Kopf, während Ulf in eine andere Richtung blickte. »Benna, bitte...« Doch weitere Versuche, sie aufzuhalten, unternahm Ulf nicht.

Benna bündelte Kleid und Schuhe und setzte sich auf die Reling. Dann schwang sie die Beine darüber und glitt ins Wasser.

»Benna!«, rief er leise hinter ihr her, doch sie schwamm davon.

Es war schwierig für sie, zu schwimmen und dabei Kleid und Schuhe zu tragen. Einen Arm zog sie durchs Wasser und trat gleichzeitig mit den Füßen. Langsam, aber stetig kämpfte sie sich voran. Von der Wasseroberfläche aus sah sie nicht, wohin sie schwamm. Sie kam an einem vertäuten Schiff vorbei. Ein Licht spiegelte sich an der Küste und tanzte vor ihr auf dem Wasser. Ein weiteres Schiff erschien, das am Ende seiner langen, schlaffen Ankerleine knarrte. Auch an diesem Schiff schwamm sie vorüber. Dann, endlich, berührten ihre Füße den Grund. Sie watete aus der Bucht, wobei sie ihre triefenden Kleider vor sich hielt, und ging mit schwankenden Schritten in den Lichtkreis einer blendenden Fackel, die über der Tür eines Gebäudes befestigt war, von denen es hier viele gab.

Menschen, einzeln und in Gruppen, bewegten sich zwischen den Häusern. Viele von ihnen gingen in dem Haus mit der Fackel ein und aus. Zu ihrer Rechten ragte im Dunkeln der Damm auf, an dessen Fuß ein breiter Weg verlief.

Benna wrang ihr Kleid aus und zog es an. Unsicher ging sie auf den Weg zu. Aus dem Haus mit der Fackel über der Tür erklang grölendes Gelächter.

Vielleicht war Corban dort hineingegangen …? Sie blickte den Weg entlang: Es war niemand zu sehen. Wieder schaute sie hinüber zum Haus mit der Fackel und runzelte die Stirn, denn zum größten Teil waren es betrunkene Männer, die dieses Haus besuchten. Sie musste schleunigst verschwinden, bevor jemand sie bemerkte.

Sie eilte ein Stück über den Weg, der blass im Mondlicht vor ihr lag und sich leer und verlassen bis zum Horizont erstreckte.

Nein, der Weg war nicht verlassen. Weit vor ihr ging jemand … eine einzelne Person.

Wilde Freude überkam Benna. Sie wusste, dass es Corban war. Rasch schritt sie aus und folgte ihm. Nach der langen Reise auf dem Schiff tat das Gehen gut. Doch es war schwierig, Corban auf dem schier endlosen, vom Mond beschienenen Weg nicht aus den Augen zu verlieren. Zudem war Benna müde und hungrig. Doch sie durfte nicht zu weit hinter ihm zurückbleiben, sonst verlor sie ihn aus den Augen. Am Himmel wurde es heller. Mit wunden Füßen und schmerzenden Beinen folgte sie Corban, wanderte unablässig hinter ihm her auf den immer näher rückenden Dunst aus Staub und Rauch zu, der in der Ferne zu sehen war.

Sie näherten sich einem Tor. Selbst so früh am Morgen war bereits eine Menschentraube davor versammelt. Viele Leute waren zu Fuß unterwegs; ein Mann ging neben einem großen Wagen. Benna ging schneller, aus Angst, Corban in der Menge aus den Augen zu verlieren.

Er verschwand im Torbogen. Sie eilte ihm nach und hinein in die Menge, kämpfte sich einen Weg hindurch. Auf der anderen Seite fand sie sich inmitten einer von Menschen wimmelnden Stadt wieder. Wo war Corban? Verzweifelt suchte sie die bevölkerten Wege vor sich ab. Dann sah sie ihn, sah den rot und blauen Mantel, der sich durch den Strom fremder Menschen bewegte. Benna eilte ihm nach.

Konzentriert hielt sie den Blick auf den Mantel gerichtet; von der Stadt um sie herum nahm sie nur so viel wahr, wie kurze Seitenblicke es erlaubten. An einem Ort mit so vielen Menschen war sie noch nie gewesen. Sie kam an Gruppen von Frauen und fliegenden Händlern vorbei, an einem Marktschreier und drei Männern, die auf Flöten spielten. Die hölzernen Gehwege dröhnten unter dem steten Stampfen ungezählter Füße. Benna nahm den Geruch eines Hafens wahr, wie am Fluss von Jorvik.

Unvermittelt bog Corban in eine Seitengasse ab. Benna lief bis zur Ecke und musste hilflos mitansehen, wie Corban zu einer Holzwand eilte, mit erhobenen Armen in die Höhe sprang, den oberen Rand zu fassen bekam, sich emporzog und sich über die Wand hinwegschwang.

Verzweifelt sah Benna sich um. Die glatte, hölzerne Wand zog sich die gesamte Gasse entlang. Sie trat näher und betrachtete die obere Kante, die sie unmöglich erreichen konnte. Nahe an der Wand schritt sie die Gasse ab. An der nächsten Ecke zwängte sie sich in einen Spalt, der sich zwischen der Wand und einer Weißdornhecke befand, und kämpfte sich durch knietiefes, sumpfiges Schilf.

Am Ende der Wand gelangte sie an einen Kanal. Es stank nach Fäulnis. Ein kleiner Abfluss öffnete sich in der Wand, der Wasser aus einem dahinter liegenden Raum entließ. Entschlossen ließ Benna sich auf Hände und Knie nieder und kroch in den Abfluss hinein.

In einem nachtstillen Garten, der wegen der hohen Mauern, die ihn umgaben, noch im Dunkeln lag, kam sie wieder zum Vorschein und stand auf. Vor sich sah sie ein Herrenhaus mit Strohdach. Die Wände bestanden aus Holzplanken. Das Haus machte einen stattlichen, ja vornehmen Eindruck, wie das Haus des Königs in Jorvik. Langsam, mit klopfendem Herzen, trat Benna näher.

Auf halbem Weg die lange Wand entlang kam sie zu einer offen stehenden Tür. Zwei Leute hockten verstohlen am Türrahmen und spähten ins Haus. Benna blieb stocksteif stehen.

Doch die beiden rührten sich nicht, hatten sie offensichtlich nicht bemerkt. Vorsichtig näherte Benna sich ihnen, erreichte die Tür und blieb dort einen Moment stehen. Die zwei am Boden hockenden Gestalten starrten wie gebannt in den Raum, ohne Benna zu beachten.

Jetzt hörte sie eine Stimme, hoch und schrill. Die keifende Stimme einer Frau.

»Siehst du? Du hast genau das getan, was ich von dir wollte. Ich wollte, dass du hierher zurückkehrst – und du bist gekommen! Alles, was du tust, geschieht nach *meinem* Willen. Du bist *mein* Geschöpf.«

Leise trat Benna über die Schwelle ins Haus; die Schlafbänke zu beiden Seiten waren voll besetzt mit Menschen, die sich in die Ecken drückten; in dem Schatten sah Benna das Funkeln ihrer Augen. Düster erstreckte sich der Raum vor ihr; es war finster bis auf ein weißes Licht am jenseitigen Ende.

Eine Lampe brannte dort und warf ihren Schein zu Füßen einer sehr großen Frau. Doch das Licht der Lampe war nichts im Vergleich zu dem weißen Leuchten, das dem Gesicht der Frau entströmte. Mit ausgestreckten Armen stand sie da. Und vor ihr, klein und dunkel, stand Corban.

Benna ließ sich zurückfallen in die Schatten, zu den Sklaven des Hauses, die stumm das Geschehen verfolgten. Dies also war die Herrin von Hedeby. Hinter ihr und dem weißen Licht sah Benna die offenen Türen eines Schrankbetts, zu dem Corban offensichtlich wollte. Jetzt sagte er: »Ich bin gekommen, um meine Schwester zu holen.«

Die Herrin leuchtete noch heller auf. »Du kommst zu deiner Vernichtung, kleiner Mann!«, spie sie hervor.

»Nein…« Aus der Dunkelheit des Schrankbetts rief eine Stimme. »Nimm mich!«

»Das werde ich schon noch, keine Bange!« Die Frau lachte Wellen aus weißem Licht und schleuderte bunte, leuchtende Strahlen in die Luft. Doch nur sie allein leuchtete: Seltsamerweise herrschte um sie herum tiefste Schwärze.

Corban trat vor. »Ich komme, Mav!« Er hob die Arme, bereit, die Herrin beiseitezustoßen. Er machte einen Schritt nach vorn auf sie zu.

Die Herrin riss einen Arm in die Höhe und ließ die Hand auf Corbans Schulter fallen. Wie angewurzelt blieb er stehen. Sie hielt ihn scheinbar mühelos fest.

Benna stöhnte auf, als sie sah, wie Corban langsam zusammensank. So sehr er darum kämpfte, auf den Beinen zu bleiben – die Hand auf seiner Schulter drückte ihn unnachgiebig zu Boden. Seine Knie gaben nach, sein Rücken krümmte sich. Dann stand die Frau über ihm und stieß einen Triumphschrei aus.

»Hast du geglaubt, du könntest mich ungestraft hintergehen? Du dummer kleiner Wicht!«

Am ganzen Körper zitternd kroch Benna vorwärts. Sie musste etwas tun, jetzt, bevor die Frau sie bemerkte. Vor ihrem geistigen Augen erschien das Bild Gunnhilds, wie sie verliebt auf ihr eigenes Spiegelbild geblickt hatte. Das Gesicht der Herrin jedoch konnte Benna nicht richtig erkennen – zu grell war das Licht, das ihm entströmte. Außerdem hatte Corban erklärt, es hätte keinen Sinn; sie würde die Herrin ohnehin nicht zeichnen können.

Corban war jetzt zu Füßen der Hexe zusammengebrochen. Wieder ließ sie einen triumphierenden Schrei hören. Ohne sich umzusehen, streckte sie den anderen Arm nach hinten aus, um jemanden abzuwehren.

Schwach im Lichtschein zu erkennen war Mav, die aus

dem Bett aufgestanden war. Sie war erschreckend dünn. Schwankend, mit nach vorn ausgestreckten Armen, bewegte sie sich voran.

»Nimm mich ...«

Die hoch aufragende, in Licht getauchte Gestalt jubelte. »Das werde ich, doch *ihn* nehme ich zuerst! Sieh zu, wie er stirbt!«

»Nein!« Mit diesem Aufschrei stürzte Benna vor, wobei sie an ihrem Hals nestelte. Der Spiegel! Mit dem Spiegel konnte sie es schaffen! Die Frau in dem grellen Licht drehte sich zu ihr um. »Sieh dir selbst in die Augen, Hexe«, rief Benna ihr zu. Sie erreichte Corban. Am ausgestreckten Arm hielt sie den Spiegel vor sich.

Das Licht traf Benna. Sie zuckte zusammen und wich zurück. Geblendet hielt sie den freien Arm schützend vor die Augen. In der anderen Hand hielt sie den Spiegel wie einen Schild vor sich, um den Blick abzuwehren.

Plötzlich hörte Benna, wie die Frau kreischte. Sie blinzelte, versuchte angestrengt, etwas zu erkennen. Verschwommen sah sie, wie Corban sich mühsam vom Boden erhob, zu ihr kam und sich neben sie stellte. Seine Hand legte sich um die ihre – die Hand, die den Spiegel hielt –, und hielt sie ruhig.

Benna sah nur noch grellweißen Nebel, in dessen Mitte eine große Gestalt wankte. Wieder blinzelte sie, und diesmal erkannte sie mehr: Eine schattenhafte Gegenwelt schwebte in dem grellen Licht. Vor ihr riss die Herrin ihren Blick vom Spiegel los. Ihre Hände flogen ihr vors Gesicht, betasteten es in der anschwellenden, alles verschlingenden Dunkelheit.

Sie schrumpfte. Das weiße Licht um sie herum wurde schwächer. Mav schob sich an ihr vorbei, stolperte auf ihren Bruder zu. Bei ihrer Berührung fiel die Herrin auf die Knie. Die Flamme der Lampe wurde kleiner. Corban murmelte etwas vor sich hin. Im letzten Licht der Lampe war zu sehen, wie das Gesicht der Herrin von Hedeby sich in tausend Falten legte, wie das Haar strähnig, lang und weiß um ihre Schultern floss. Ihr Gewand zerfiel in glanzlose schwarze Fetzen, die kaum noch ihre alte, faltige weiße Haut bedeckten.

»Mav«, flüsterte Corban. »Hol das Kind… lauf.«

Benna rückte näher an ihn heran, und schützend legte er den Arm um sie. Ihre Knie zitterten. Mav stolperte zurück zum Bett.

»Wird die Frau sterben?«, fragte Benna.

»Ich weiß es nicht… Ich glaube nicht. Wir müssen fort von hier.«

»Wartet«, rief Mav, die mit dem Kind zurückgekehrt war. »Seht.«

Die Lampe flackerte; ihre Flamme war nur noch ein blauer Schimmer. Das erste Sonnenlicht schien ins Haus. Eine alte Frau kniete vor ihnen, händeringend, gebeugt, mit geschlossenen Augen. Aus ihren Nasenlöchern stieg Rauch.

Bennas Finger umklammerten Corbans Arm, während beide zusahen. Der Rauch schwebte hinauf zum Sonnenlicht, breitete sich aus und bildete den schattenhaften Umriss einer Frau. Ihr langes Haar kräuselte sich im Rauch, und die Arme stiegen wie Rauchsäulen in die Höhe. Die Schattenfrau legte den Kopf zurück und lachte, stieg vollends empor und entfernte sich von der Herrin von Hedeby. Hinter ihr stieg weiterer, sich kräuselnder Rauch empor und schwebte ihr nach; ein weiterer folgte, und noch einer und wieder einer – mehr und mehr, bis Mav sie nicht mehr zählen konnte.

Sämtliche Rauchsäulen stiegen lautlos empor in die staubige Luft. Über Mav hielten sie kurz inne, eine nach der anderen, und beugten sich zu ihr hinunter. Dann schwebten sie davon und verschwanden. Zurück blieb eine kleine, weißhaarige Frau mit wächsernem Gesicht, die gebeugt am Boden hockte und tief und fest schlief.

»Jetzt«, sagte Mav und wollte zur Tür.

Doch bevor sie die Tür erreichten, füllte sich das Haus um sie herum mit Leben. All die erstarrten, verängstigten Sklaven wurden plötzlich munter. Ihre Stimmen erhoben sich, wurden zu einem wilden Durcheinander. Sie streiften sich ihre Kleidung über, packten ihre Decken, legten sich ihre Bündel über die Schultern und stürmten zum Sonnenlicht, zur Freiheit, wobei sie Corban, Benna und Mav mit zur Tür hinaus und durch den Garten schoben.

Unter dem Ansturm zerbarst das vordere Tor, und gemeinsam stürmten sie alle hinaus auf die hölzernen Gehsteige von Hedeby.

Das erste Sonnenlicht erhellte den Himmel. Corban hielt Mav bei der Hand; sie konnte sich kaum noch auf den Beinen halten. Sie war spindeldürr, und ihre Haut besaß die Farbe von Molke. Einzig in ihren Augen war Leben. Das Kind in ihren Armen, eingewickelt in die vor Schmutz starrenden Fetzen eines Lakens, stieß einen Schrei aus.

Corban drehte sich zu Benna um, die jetzt neben ihm ging. Benna, die plötzlich aus dem Nichts aufgetaucht war, als er der Hexe gegenüberstand. Er legte den freien Arm um sie, küsste sie und sah ihr ins Gesicht. »Du hast uns gerettet, Benna«, sagte er. »Wo bist du hergekommen? Wie bist du ins Haus gelangt? Wie hast du uns gefunden?«

»Ich bin dir gefolgt.« Sie strich sich das Haar zurück. »Hast du geglaubt, ich würde dich noch einmal gehen lassen?« Mit einem Kopfnicken deutete sie auf seine Schwester. »Sie ist völlig erschöpft. Ich halte das Kind, wenn sie möchte.«

»Ja, nimm es.« Corban nahm Mav in die Arme und trug sie, einem Bündel Reisig gleich in einem blutigen, zerrissenen Nachthemd, während Benna ihr das Kind aus den Armen nahm.

»Wohin gehen wir?« Sie hob den Blick und sah Corban an.

Corban zog den Mantel um Mav, um sie zu schützen, und sie drückte sich an ihn und schloss die Augen. Er war zu müde, um nachzudenken. Er musste weitermachen, musste den direkten Weg gehen, musste tun, was in seiner Macht stand. Er nahm alle Kraft zusammen, die ihm geblieben war – für die Schwester in seinen Armen und die Frau an seiner Seite.

Die Sklaven waren vorausgeeilt. Verlassen lag der Weg vor ihnen. Heiß und grell stieg die Sonne über den Hausdächern empor. Corban wandte sich ihr zu, ging ihrem Licht entgegen, ihrer Wärme, ihrer Kraft.

»Wir gehen nach Westen«, antwortete er auf Bennas Frage und schritt schneller aus. »Weit nach Westen.

Weltbild Buchverlag
– Originalausgaben –
Genehmigte Lizenzausgabe 2007
Verlagsgruppe Weltbild GmbH,
Steinerne Furt, 86167 Augsburg

Projektleitung: Bettina Spangler
Umschlag: Zeichenpool, München
Umschlagabbildung: Artothek
Satz: Uhl und Massopust GmbH, Aalen
Gesetzt aus der Sabon 10,5/12,5 pt
Druck und Bindung: GGP Media GmH, Pößneck

Gedruckt auf chlorfrei gebleichtem Papier

Printed in the EU

ISBN 978-3-89897-792-0